NB

Stanley G. Weinbaum
Die Welten des Wenn...

Klassische
Science-fiction-Erzählungen

Verlag Das Neue Berlin

Aus dem Amerikanischen übersetzt von Edda Fensch
Mit einem Nachwort von Erik Simon

Eine Mars-Odyssee

Jarvis streckte sich so bequem wie möglich in dem engen Aufenthaltsraum der *Ares* aus.

»Luft, die man atmen kann!« sagte er genüßlich. »Nach dem dünnen Zeug da draußen hat man das Gefühl, sie ist dick wie Suppe.« Dabei deutete er mit dem Kopf zu der Marslandschaft hin, die sich hinter dem Bullauge im Licht des näheren Mondes flach und öde ausbreitete.

Die anderen drei sahen ihn freundlich und mitfühlend an – Putz, der Ingenieur, Leroy, der Biologe, und Harrison, der Astronom und Chef der Expedition. Dick Jarvis war der Chemiker der berühmten Mannschaft, der *Ares*-Expedition, die ersten menschlichen Wesen, die den geheimnisvollen Nachbarn der Erde, den Planeten Mars, betreten sollten. Das war natürlich in den alten Zeiten, weniger als zwanzig Jahre, nachdem der verrückte Amerikaner Doheny den Atomantrieb perfektioniert und dabei sein Leben gelassen hatte, und nur ein Jahrzehnt, nachdem der gleichermaßen verrückte Cardoza damit zum Mond geflogen war.

Sie waren echte Pioniere, diese vier von der *Ares.* Abgesehen von einem halben Dutzend Mondexpeditionen und dem mißlungenen Flug de Laceys zu dem reizvollen Himmelskörper Venus, waren sie die ersten Männer, die eine andere Schwerkraft als die der Erde fühlten und mit Sicherheit die erste erfolgreiche Besatzung, die das Erde-Mond-System verlassen hatte. Und sie hatten diesen Erfolg auch verdient, wenn man an all die Schwierigkeiten und Unannehmlichkeiten dachte – die Monate, die sie in Akklimatisierungskammern daheim auf der Erde zugebracht hatten, wo sie lernten, so dünne Luft wie die des Mars zu atmen, die Herausforderung des leeren Raumes rings um die kleine Rakete, die von den launischen Reaktormotoren des einundzwanzigsten Jahrhunderts angetrieben wurde, und vor allem der Eintritt in eine absolut unbekannte Welt.

Jarvis rekelte sich und befühlte seine wunde, vom Frost angegriffene Nasenspitze, von der sich Hautfetzen lösten. Abermals seufzte er zufrieden.

»Also hören wir jetzt endlich, was passiert ist?« erkundigte sich Harrison abrupt. »Du fliegst mit einer Bordrakete los, die tipptopp in Ordnung ist, und dann hören wir zehn Tage keinen Mucks, bis schließlich Putz hier dich aus einem wahnsinnigen Ameisenhaufen rausholt zusammen mit einer Mißgeburt von Strauß als deinem Kumpel! Nun spuck's schon aus, Mann!«

»Spuken?« fragte Leroy verblüfft. »Wieso spuken?«

»Er meint ausspucken«, erläuterte Putz. »Das bedeutet erzählen.«

Jarvis begegnete Harrisons amüsiertem Blick, jedoch ohne die Andeutung eines Lächelns.

»Entsprechend meinem Befehl«, sagte Jarvis, »beobachtete ich, wie Karl in Richtung Norden startete, dann kletterte ich in meinen fliegenden Schwitzkasten und machte mich in Richtung Süden davon. Sie werden sich erinnern, Käptn, daß wir die Anweisung erhalten hatten, nicht zu landen, sondern nur auszukundschaften, ob es irgend etwas von Interesse gäbe. Ich ließ also die Kameras laufen und schwirrte so dahin, aus verschiedenen Gründen flog ich jedoch ziemlich hoch, etwa zweitausend Fuß. So fingen erstens die Kameras einen größeren Radius ein, und zweitens legen die Strahlen der Stütztriebwerke in diesem Halbvakuum, das sie hier Luft nennen, einen so weiten Weg zurück, daß sie den Staub aufwirbeln, wenn man zu niedrig fliegt.«

»Das wissen wir alles schon von Putz«, brummte Harrison. »Ich wünschte, du hättest wenigstens die Filme gerettet. Damit hätten wir die Kosten für diese Spritztour wieder raus; erinnert ihr euch, wie die hinter den ersten Mondbildern her waren?«

»Die Filme sind in Sicherheit«, gab Jarvis zurück. »Also wie ich schon sagte, ich schwirrte so dahin mit ziemlichem Tempo; wie wir uns schon gedacht hatten, kriegen die Tragflächen nicht viel Auftrieb bei einer Geschwindigkeit von weniger als hundert Meilen pro Stunde, und selbst dann mußte ich noch die Stütztriebwerke dazuschalten.

Bei der Geschwindigkeit und Höhe und dem Dunst, den die Stütztriebwerke verursachten, war die Sicht nicht besonders gut. Dennoch sah ich genug, um unterscheiden zu können, daß das, worüber ich hinwegsegelte, noch immer diese graue Ebene war, die wir die ganze Woche seit unserer Landung durchforscht hatten – die gleichen klumpenartigen Erhebungen aus Bewuchs und der gleiche endlose Teppich aus kriechenden kleinen Pflanzentieren oder Biopodien, wie Leroy sie nennt. So flog ich dahin, gab weisungsgemäß jede Stunde meine Position an, und wußte nicht, ob ihr mich hörtet.«

»Klar hab ich's gehört«, erwiderte Harrison gallig.

»Hundertfünfzig Meilen südlich«, fuhr Jarvis unerschütterlich fort, »wandelte sich die Oberfläche zu einer Art flachem Plateau, nichts als Wüste und orangefarbener Sand. Ich vermutete, daß wir also recht hatten mit unserer Annahme und diese graue Ebene, auf der wir gelandet waren, tatsächlich das Mare Cimmerium war, woraus folgte, daß meine orangene Wüste die als Xanthus bezeichnete Region war. Wenn das stimmte, müßte ich nach weiteren hundert Meilen erneut auf eine graue Ebene stoßen, das Mare Chronium, und dann wieder auf eine orangefarbene Wüste, Thyle I oder II. So geschah es auch.«

»Putz hat unsere Position bereits vor eineinhalb Wochen festgestellt«, murmelte der Kapitän. »Kommen wir also zur Sache.«

»Sofort!« antwortete Jarvis. »Ich hatte zwanzig Meilen

über Thyle zurückgelegt, als ich – das könnt ihr glauben oder nicht – einen Kanal kreuzte!«

»Putz hat Hunderte davon fotografiert! Erzähl uns endlich mal was Neues!«

»Und hat er auch eine Stadt gesehen?«

»Zwanzig Stück, wenn du diese Dreckhaufen Städte nennen willst!«

»Von jetzt an«, erklärte Jarvis, »werde ich ein paar Dinge erzählen, die Putz nicht gesehen hat.« Er rieb sich seine kribbelnde Nase und fuhr fort. »Ich wußte, daß ich in dieser Jahreszeit etwa sechzehn Stunden Tageslicht zur Verfügung hatte. Also entschloß ich mich nach acht Stunden – etwa achthundert Meilen von hier – zur Umkehr. Ich war noch immer über Thyle, aber ob I oder II, da bin ich nicht sicher. Jedenfalls war ich nicht mehr als fünfundzwanzig Meilen in dieses Gebiet vorgestoßen. Und genau da gab Putz' netter kleiner Motor den Geist auf!«

»Den Geist auf? Wie denn?« Putz war bekümmert.

»Der Atomantrieb ließ nach. Ich verlor augenblicklich an Höhe, und plötzlich ging ich mit einem Aufprall mitten in Thyle runter. Knallte auch noch mit der Nase gegen das Fenster!« Betrübt strich er über das verletzte Körperteil.

»Hast du vielleicht probiert, die Brennkammern mit Salzsäure auszuwaschen?« erkundigte sich Putz. »Manchmal sendet der Zuleiter eine zweite Strahlung aus.«

»Nein!« sagte Jarvis ärgerlich. »Das würde ich natürlich nicht machen – jedenfalls nicht mehr als zehnmal. Außerdem drückte der Aufprall das Landegestell ein und riß die Stütztriebwerke ab. Angenommen, ich hätte das Ding wieder in Gang gekriegt – was dann? Zehn Meilen fliegen bei einem Strahlantrieb, der direkt von unten kommt, und der Boden wäre mir unter den Füßen weggeschmolzen. Zum Glück entspricht ein Pfund hier nur zweihundert Gramm, sonst wäre ich plattgequetscht worden.«

»Ich hätte es schon wieder hingekriegt!« rief der Ingenieur. »Ich wette, es war nichts Ernstes.«

»Sicher nicht«, pflichtete ihm Jarvis mit sarkastischem Unterton bei. »Nur daß das Ding nicht mehr fliegen wollte. Nichts Ernstes, aber ich hatte die Wahl, zu warten, bis ich abgeholt würde oder zurückzulaufen – achthundert Meilen und etwa zwanzig Tage Zeit bis zu unserem Rückflug. Vierzig Meilen pro Tag! Nun ja, ich entschied mich dafür zu laufen. Die Chancen, irgendwann aufgegriffen zu werden, waren damit gleichgroß, und so war ich wenigstens beschäftigt.«

»Wir hätten dich schon gefunden«, sagte Harrison.

»Zweifellos. Jedenfalls fummelte ich mir aus ein paar Sitzgurten ein Traggestell zusammen und lud mir den Wassertank auf den Rücken, dann nahm ich mir noch einen Patronengürtel und meine Pistole, steckte ein paar eiserne Rationen ein und machte mich auf den Weg.«

»Den Wassertank?« rief der kleine Biologe Leroy. »Der wiegt doch eine Vierteltonne!«

»War nicht voll. Hatte etwa zweihundertfünfzig Pfund Erdgewicht, was fünfundachtzig Pfund hier oben sind. Außerdem sind meine eigenen zweihundertzehn Pfund auch nur siebzig Pfund auf dem Mars, also hatte ich mit Tank und allem zusammen hundertfünfundfünfzig Pfund, also fünfundfünfzig Pfund weniger als mein normales Erdgewicht. Darauf setzte ich, als ich meinen täglichen Vierzig-Meilen-Marsch antrat. Oh, – natürlich hatte ich auch noch einen Thermo-Schlafsack für diese winterlichen Marsnächte bei mir.

Ich ging also los und kam ganz schön schnell voran. Acht Stunden Tageslicht bedeuteten, daß ich zwanzig Meilen oder mehr zurücklegen konnte. Natürlich wurde ich schläfrig, als ich so über die sanfte Sandwüste dahintrottete, wo es nichts zu sehen gab, nicht mal Leroys kriechende Biopodien. Aber nach einer Stunde etwa langte ich an dem Kanal an – lediglich ein ausgetrockneter Graben, etwa vierhundert Fuß breit, der so schnurgerade verlief wie eine Eisenbahnstrecke auf einer Verkehrskarte.

Irgendwann war da mal Wasser in dem Graben gewesen, denn er war überzogen mit etwas, das wie hübscher grüner Rasen aussah. Bloß als ich näherkam, da ging mir der Rasen aus dem Weg!«

»Wie?« fragte Leroy.

»Ja, es war wohl ein Verwandter von deinen Biopodien. Ich schnappte eins davon – einen kleinen grasähnlichen Halm, etwa so lang wie mein Finger, mit zwei dünnen Röhrenbeinchen.«

»Und wo ist er?« fragte Leroy begierig.

»Ich habe ihn wieder laufenlassen. Ich mußte weiter, so bahnte ich mir einen Weg durch das wandernde Gras, das sich vor mir öffnete und hinter mir schloß. Und dann war ich wieder auf der orangefarbenen Wüste von Thyle.

Ich marschierte gleichmäßig weiter, verfluchte den Sand, der das Gehen so beschwerlich machte, und gelegentlich verfluchte ich auch deinen launischen Motor, Karl. Gerade noch vor der Dämmerung erreichte ich den Rand von Thyle und sah hinweg über das graue Mare Chronium. Und ich wußte, daß fünfundsiebzig Meilen *davon* vor mir lagen und dann noch ein paar hundert Meilen von dieser Xanthus-Wüste, und dann etwa noch mal soviel vom Mare Cimmerium. Sollte ich mich freuen? Ich fing an, euch Kerle zu verfluchen, weil ihr mich da nicht wegholtet.«

»Wir haben's ja versucht, du Blödmann!« erwiderte Harrison.

»Das half mir auch nichts. Nun gut. Ich glaubte also, ich könne ebensogut noch ausnutzen, was vom Tageslicht übrig war, und den Felsenrand hinuntersteigen, der Thyle eingrenzte. Ich fand eine annehmbare Stelle zum Klettern und stieg hinab. Das Mare Chronium war genauso ein Gebiet wie dieses hier – verrückte blattlose Pflanzen und haufenweise diese Kriechdinger. Ich warf einen kurzen Blick darauf und rollte dann meinen Schlafsack aus. Wißt ihr, bis zu diesem Zeitpunkt hatte ich in dieser halbtoten Welt nichts entdeckt, worüber ich mir hätte Sorgen machen müssen – nichts Gefährliches meine ich.«

»Und dann?« erkundigte sich Harrison.

»Und dann! Du wirst's schon noch erfahren, wenn ich soweit bin. Ich wollte mich gerade schlafen legen, als ich plötzlich den wüstesten Wirrwarr hörte. Ich wußte nicht, woher das kam, also kroch ich hin, um es herauszufinden. Das war ein Krach, als würde eine Schar Krähen einen Schwarm Kanarienvögel auffressen. Pfiffe, Gackern, Krächzen, Trillern und was ihr euch nur denken könnt. Ich ging um eine Gruppe von Baumstümpfen herum, und da war Tweel!«

»Tweel?« sagte Harrison, und »Tweel?« sagten Leroy und Putz.

»Dieser komische Strauß«, erklärte der Erzähler. »Tweel kommt jedenfalls der Aussprache am nächsten, ohne daß ich anfangen muß zu spucken. Er sprach es etwa wie ›Trrrweerrlll‹ aus.«

»Was hat er da gemacht?« wollte der Kapitän wissen.

»Er wurde verspeist! Und kreischte natürlich, wie es jeder tun würde.«

»Verspeist? Von wem?«

»Das fand ich erst später heraus. Alles, was ich sehen konnte, war ein Bündel seilartiger schwarzer Arme, die sich um etwas herumwanden, das wie ein Strauß aussah. Ich wollte mich da natürlich nicht einmischen, denn falls beide Kreaturen gefährlich waren, so bliebe auf jeden Fall eine übrig, die mir Ärger machen konnte.

»Aber dieses vogelartige Ding lieferte einen guten Kampf, indem es zwischen den Quieckern deftige Hiebe mit seinem achtzehn Zoll langen Schnabel austeilte. Und dann erhaschte ich einen Blick davon, was sich am Ende dieser Arme befand!« Jarvis schauderte. »Aber den Ausschlag gab, daß ich einen kleinen schwarzen Beutel am Hals dieses Vogelviehs bemerkte! Es war ein intelligentes Wesen! Entweder das oder es war gezähmt, nahm ich an. Jedenfalls gab das den Ausschlag für meine Entscheidung. Ich zog meine Automatik und feuerte in das hinein, was ich von seinem Gegner ausmachen konnte.

Es gab ein Durcheinander von Tentakeln, und ein Strahl von irgendeiner schwarzen Fäulnissubstanz schoß hervor, und dann zog sich das Ding samt seinen Armen und mit einem ekelhaften schmatzenden Geräusch in ein Erdloch zurück. Der andere gackerte ein paarmal, stakste auf seinen Beinen herum, die etwa so dick waren wie Golfschläger, und wandte sich dann jäh um und sah mich an. Ich hielt meine Waffe schußbereit, während wir uns beide fixierten. Dieses Marsgeschöpf war nicht wirklich ein Vogel. Es war nicht mal vogelähnlich, höchstens auf den ersten Blick. Es hatte zwar einen Schnabel und ein paar fedrige Anhängsel, aber der Schnabel war auch kein Schnabel im eigentlichen Sinne. Er war irgendwie elastisch. Ich konnte sehen, wie seine Spitze sich langsam von einer Seite zur anderen bewegte. Es war fast wie eine Kreuzung zwischen Schnabel und Rüssel. Es hatte Füße mit vier Zehen, und vierfingrige – Hände, ja so müßte man sie nennen, und einen kleinen rundlichen Körper, und dann noch einen langen Hals, der in einem winzigen Kopf endete – und in jenem Schnabel. Es war etwa einen Kopf größer als ich und –, na, Putz hat es ja gesehen!«

Der Ingenieur nickte. »Ja, ich hab's gesehen!«

Jarvis sprach weiter. »Wir musterten uns also. Schließlich gab diese Kreatur einige Gackerlaute und ein Zwitschern von sich und streckte mir seine leere Hand entgegen. Ich nahm das als eine Geste der Freundschaft.«

»Vielleicht«, gab Harrison zu bedenken, »hat sich das Ding deine Nase angesehen und dich für seinen Bruder gehalten.«

»Meine Güte! Du kannst auch witzig sein, ohne was zu sagen! Jedenfalls steckte ich meine Pistole weg und sagte etwas in der Art wie ›Ach, ist doch nicht der Rede wert‹ oder so, und dann kam das Ding rüber zu mir, und wir waren Kumpel.

Zu der Zeit stand die Sonne schon ziemlich tief, und ich wußte, daß ich mir besser ein Feuer machen oder in meinen Thermosack kriechen sollte. Ich entschied mich für das Feuer. Ich suchte mir eine Stelle am Fuße der Thyle-Klippen aus, wo die Felsen etwas von der Hitze reflektieren konnten. Ich fing an, Zweige von dieser ausgetrockneten Marsvegetation zu zerbrechen, und mein Gefährte begriff und brachte auch einen Armvoll. Ich langte nach einem Streichholz, aber das Marswesen fischte in seinem Beutel herum und brachte etwas zum Vorschein, das wie ein Stück glühende Kohle aussah. Nur eine leichte Berührung damit, und das Feuer schlug hoch – und ihr alle wißt, wieviel Mühe wir haben, in dieser Atmosphäre ein Feuer in Gang zu kriegen!

Und dieser Beutel!« fuhr der Erzähler fort, »das war ein Fabrikerzeugnis, meine Freunde; drückte man an einem Ende, dann sprang er auf, und drückte man in der Mitte, verschloß er sich so fest, daß man nicht einmal die Linie zwischen den aneinandergelegten Seiten wahrnehmen konnte. Besser als ein Reißverschluß!

Wir stierten also eine Weile zusammen ins Feuer, und ich entschloß mich, eine Art Kommunikation mit dem Marsbewohner zu probieren. Ich deutete auf mich selbst und sagte ›Dick‹, er erfaßte den Gedanken sofort, streckte mir eine knochige Klaue entgegen und wiederholte ›Tick‹. Dann zeigte ich auf ihn, und er gab dieses Pfeifen von sich, das ich als Tweel deutete. Ich kann seine Aussprache nicht imitieren. Die Dinge ließen sich gut an. Um die Namen noch einmal zu betonen, wiederholte ich ›Dick‹ und, indem ich auf ihn zeigte, ›Tweel‹.

Dann saßen wir fest. Er gab ein Geschnatter von sich, das ablehnend klang, und sagte dann etwas wie ›P-p-proot‹. Und das war erst der Anfang. Ich war immer ›Tick‹, aber was ihn betraf, so war er mal ›Tweel‹, dann wieder eine Zeitlang ›P-p-p-proot‹, und dann noch sechzehn andere Geräusche!

Wir konnten einfach nicht klarkommen. Ich versuchte es mit ›Stein‹ und mit ›Stern‹ und ›Baum‹ und ›Feuer‹ und Gott weiß was noch, aber was ich auch anstellte, ich konnte kein einziges Wort von ihm mitkriegen. Nichts blieb zwei Minuten hintereinander das gleiche, und wenn das eine Sprache ist, dann bin ich ein Alchimist! Schließlich gab ich es auf und nannte ihn Tweel, und das schien zu funktionieren.

Aber Tweel hielt an einigen meiner Worte fest. Er erinnerte sich an sie, und ich nehme an, das ist eine großartige Leistung, wenn man an eine Sprache gewöhnt ist, die sich mit jeder Minute ändert. Bloß ich kapierte den Sinn von seinem Gerede nicht, entweder mir entging irgendein wichtiger Punkt oder wir *dachten* einfach verschieden – und ich glaube eher, daß letzteres der Fall war.

Ich habe noch mehr Gründe, das zu glauben. Nach einer Weile gab ich die Sache mit der Sprache auf und versuchte es mit Mathematik. Ich kratzte zwei plus zwei gleich vier in die Erde und demonstrierte es mit Steinen. Auch das begriff Tweel und ließ mich wissen, daß drei plus drei sechs ergibt. Wieder schienen wir ein Stück voranzukommen.

Da ich nun wußte, daß Tweel mindestens eine Grundschulausbildung genossen hatte, zeichnete ich einen Kreis auf für die Sonne, deutete zuerst darauf und dann auf ihren versiegenden Schein. Dann zeichnete ich noch die Planeten Merkur, Venus, Mutter Erde und Mars mit dazu, und danach beschrieb ich mit der Hand einen Bogen in einer Art alles einschließenden Geste, um anzudeuten, daß der Mars unsere gegenwärtige Umgebung sei. Ich arbeitete darauf hin, ihm klarzumachen, daß meine Heimat die Erde sei.

Tweel verstand meine Skizze sofort. Er stieß mit seinem Schnabel darauf, und unter mächtig viel Getriller und Glucksen fügte er zum Mars Deimos und Phobos hinzu, und dann zeichnete er den Erdmond ein.

Begreift ihr, was damit bewiesen wird!? Das beweist, daß Tweels Rasse Teleskope benutzt, daß sie zivilisiert ist!«

»Beweist es nicht!« sagte Harrison ungehalten. »Der Mond ist von hier aus als Stern fünfter Größe sichtbar. Sie könnten seine Umdrehungen mit dem bloßen Auge verfolgen.«

»Den Mond ja!« gab Jarvis zurück. »Aber du vergißt etwas Wichtiges. Merkur kann man nicht sehen! Und Tweel kannte Merkur, denn er ordnete den Mond als *dritten* Planeten an, nicht als zweiten. Hätte er Merkur nicht gekannt, würde er die Erde an zweite und den Mars an die dritte Stelle gesetzt haben anstatt an die vierte. Verstehst du?«

»Hm«, machte Harrison.

»Ich fuhr jedenfalls fort mit meinem Unterricht«, redete Jarvis weiter. »Es lief ganz gut und hatte den Anschein, als würde ich mich ihm verständlich machen können. Ich zeigte auf die Erde in meiner Zeichnung, dann auf mich selbst, und um es noch klarer zu machen, deutete ich wieder auf mich und dann auf die Erde, die hellgrün schimmerte und fast ihren höchsten Stand erreicht hatte.

Tweel stimmte ein so aufgeregtes Geschnatter an, daß ich sicher war, er hatte mich verstanden. Er sprang auf und ab, dann zeigte er plötzlich auf sich selbst, dann auf den Himmel, dann wieder auf sich selbst und noch mal auf den Himmel. Er deutete auf seinen Körper und dann auf Arktur – seinen Kopf – und danach auf Spika – seine Füße – und dann auf ein halbes Dutzend Sterne, während ich ihn nur fassungslos anstarrte. Dann vollführte er ganz überraschend einen mächtigen Sprung. Mann, war das ein Satz! Er schoß geradewegs hinauf in den Sternenhimmel, etwa fünfundsiebzig Fuß hoch, wenn nicht noch mehr. Ich sah, wie sich seine Umrisse gegen den Himmel abzeichneten, wie er wendete und kopfüber wieder zu mir herunterkam und auf seinem Schnabel landete – wie ein Speer. Da steckte er nun genau in der Mitte meines Sonnenkreises – ein Volltreffer!«

»Unsinn!« lautete der Kommentar des Kapitäns. »Kompletter Unsinn!«

»Das dachte ich auch. Ich staunte ihn mit offenem Mund an, während er seinen Kopf aus dem Sand zog und sich aufrichtete. Ich schlußfolgerte, daß er mich nicht verstanden hatte, und ging die ganze verfluchte Sache noch einmal mit ihm durch, und es endete wieder wie beim vorigen Mal: Tweel, der mit seiner Nase mitten in meinem Bild steckt!«

»Vielleicht ist das ein religiöser Ritus«, gab Harrison zu bedenken.

»Kann sein«, entgegnete Jarvis unbestimmt. »Nun ja, so stand es mit uns. Bis zu einem gewissen Punkt konnten wir Gedanken austauschen, und dann – peng! Irgend etwas in uns war zu verschieden, nicht verwandt. Ich zweifle nicht daran, daß Tweel mich für genauso verrückt hielt wie ich ihn. Wir betrachteten die Welt einfach aus unterschiedlichen Blickwinkeln, und vielleicht war seiner genauso wahr wie unserer. Aber wir konnten nicht übereinkommen – das ist alles. Doch trotz aller Probleme mochte ich Tweel, und ich habe das merkwürdige Gefühl, daß er mich auch mochte.«

»Unsinn!« wiederholte der Kapitän nochmals. »Einfach idiotisch!«

»Wirklich? Wart's nur ab. Gelegentlich dachte ich schon, daß wir ...« Jarvis hielt inne, um dann in seinem Bericht fortzufahren. »Ich gab es schließlich auf und kroch in meinen Thermosack, um zu schlafen. Das Feuer hatte mich überhaupt nicht erwärmen können, aber dieser verdammte Schlafsack schaffte es. Fünf Minuten, nachdem ich mich eingeschlossen hatte, war mir mächtig heiß und stickig. Ich öffnete den Sack ein wenig, und da war's passiert. Eiskalte Luft – achtzehn Grad unter Null – schlug mir entgegen, und bei dieser Gelegenheit holte ich mir die nette kleine Frostbeule, zusätzlich zu dem Stoß, den ich beim Aufprall meiner Rakete abgekriegt hatte.

Ich habe keine Ahnung, was Tweel von meinem Schlaf hielt. Er setzte sich dazu, doch als ich erwachte, war er verschwunden. Ich kletterte gerade aus meinem Sack, als ich Geschnatter hörte, und da kam er, segelte herab von dem Thylefelsen, der etwa so hoch war wie drei Stockwerke, und landete neben mir auf seinem Schnabel. Ich zeigte auf mich und wies dann nach Norden, er zeigte auf sich und dann in Richtung Süden, aber als ich mir mein Gepäck auflud und mich auf den Weg machte, kam er mit mir.

Mann, der hatte eine Art zu reisen! Hundertfünfzig Fuß mit einem Sprung, indem er durch die Luft segelte und sich streckte wie ein Speer und dann auf seinem Schnabel landete. Es schien ihn zu überraschen, daß ich mich so schwerfällig dahinschleppte, aber nach ein paar Minuten paßte er sich meinem Schritt an und ging neben mir, nur daß er ab und zu einen von seinen Sprüngen vollführte. Danach schoß er wieder los und kam zu mir zurück. Anfangs machte es mich nervös, seinen Schnabel wie einen Speer auf mich zukommen zu sehen, aber er landete immer im Sand neben mir.

So schleppten wir uns beide also übers Mare Chronium. Sieht da annähernd genauso aus wie hier – die gleichen verrückten Pflanzen und die gleichen grünen Biopodien, die im Sand wuchsen oder vor uns davonkrochen. Wir unterhielten uns – nicht daß wir einander verstanden, nur so zur Gesellschaft, wißt ihr. Ich sang Lieder, und ich vermute, Tweel tat das auch; jedenfalls hatten sein Gezwitscher und seine Triller so eine Art Rhythmus.

Dann spulte Tweel zur Abwechslung die englischen Worte, die er gelernt hatte, ab. Er zeigte auf eine Erhebung und sagte ›Stein‹, dann zeigte er auf einen Kieselstein und sagte das gleiche noch mal. Er berührte meinen Arm und sagte ›Tick‹, und auch das wiederholte er. Es schien ihn ungeheuer zu amüsieren, daß das gleiche Wort zweimal hintereinander gesprochen auch zweimal das gleiche bedeutete oder daß ein und dasselbe Wort für zwei verschiedene Gegenstände gebraucht werden konnte. Ich fragte mich, ob seine Sprache vielleicht der primitiven Sprache einiger Erdbewohner gleichkam – Sie wissen doch, Kapitän, wie die Negritos zum Beispiel, die keinerlei Gattungsnamen kennen. Kein Wort für Nahrung oder Wasser oder Mensch – sie haben zwar Worte für gutes Essen und schlechtes Essen, Regenwasser und Meereswasser, für einen starken und einen schwachen Menschen, aber keine Namen für die Oberbegriffe. Sie sind zu einfältig, um zu begreifen, daß Regenwasser und Meereswasser nur zwei Erscheinungsformen ein und derselben Sache sind. Aber das war bei Tweel nicht der Fall; es war eben nur so, daß wir auf geheimnisvolle Art verschieden waren – unsere Denkweisen waren einander fremd. Und doch *mochten* wir uns.«

»Verrückt ist das alles«, bemerkte Harrison. »Deshalb wart ihr so begeistert voneinander.«

»Nun, ich mag *dich!*« konterte Jarvis boshaft. »Auf keinen Fall solltet ihr denken, daß Tweel irgendwie nicht ganz richtig im Kopf war. Im Gegenteil, ich bin mir nicht sicher, ob er nicht unserer hochgepriesenen menschlichen Intelligenz ein paar Kniffe hätte beibringen können. Na ja, ich vermute, er war kein intellektueller Superman, aber ihr dürft nicht die Tatsache übersehen, daß er etwas von meiner Geistesarbeit begriff, ich hingegen nicht einen Schimmer von seiner.«

»Weil gar keine vorhanden war«, meinte der Kapitän, während Putz und Leroy wohlwollend blinzelten.

»Darüber kannst du urteilen, wenn ich zu Ende erzählt habe«, sagte Jarvis. »Wir schlurften also über das Mare Chronium, den ganzen Tag lang und auch noch den nächsten. Mare Chronium – Meer der Zeit! Ich sage euch, am Ende unseres Marsches war ich bereit, dieser von Schiaparelli geprägten Bezeichnung zuzustimmen. Immer nur diese graue endlose Ebene mit diesen komischen Pflanzen, und nicht die Spur irgendeines anderen Lebens. Das war so eintönig, daß ich mich sogar freute, am zweiten Tag gegen Abend die Wüste Xanthus zu sehen.

Ich war ziemlich erledigt, aber Tweel schien so frisch wie immer und dabei sah ich ihn nie essen oder trinken. Ich glaube, er hätte das Mare Chronium in ein paar Stunden hinter sich bringen können mit seinen irre langen Nasenstürzen, aber er blieb an meiner Seite. Ein- oder zweimal bot ich ihm Wasser an; er nahm mir den Becher ab, sog die Flüssigkeit in seinen Schnabel ein, dann spritzte er sie jedoch vorsichtig in die Tasse zurück, die er mir mit ernsthafter Miene reichte.

Gerade als wir Xanthus sichteten beziehungsweise die Felsen, die die Wüste umgaben, stob uns eine dieser ekelhaften Sandwolken entgegen, nicht so schlimm wie die, die wir hier hatten, aber unangenehm genug, wenn man sie gegen sich hat. Ich zog mir die durchsichtige Klappe meines Thermosacks über das Gesicht, und das machte sich ziemlich gut; ich bemerkte, daß Tweel ein paar fedrige Anhängsel, die wie ein Schnurrbart um seinen Schnabel wuchsen, dazu benutzte, seine Nasenlöcher zu schützen, und ein paar ähnliche Fusseln, um seine Augen abzuschirmen.«

»Er ist ein Wüstenlebewesen!« stieß der kleine Biologe Leroy hervor.

»Hä? Wieso das?«

»Er trinkt kein Wasser, er kann sich Sandstürmen anpassen . . .«

»Beweist gar nichts! Nirgendwo auf dieser ausgetrockneten Kugel, die sich Mars nennt, gibt es genug Wasser, als daß man es verschwenden könnte. Auf der Erde würden wir jeden Flecken hier als Wüste bezeichnen.« Er machte eine Pause. »Nachdem der Sandsturm vorbei war, blieb nur noch ein schwacher Wind, der uns ins Gesicht blies, nicht mal stark genug, den Sand aufzuwirbeln. Aber plötzlich rauschten irgendwelche Dinger von den Xanthusfelsen auf uns zu – kleine, transparente Kugeln wie gläserne Tennisbälle. Sie waren sehr leicht – fast leicht genug, um in dieser dünnen Luft schweben zu können. Und auch hohl. Schließlich knackte ich ein paar auf, und es kam nichts heraus als ein schlechter Geruch. Ich fragte Tweel, was das für Dinger seien, aber er sagte nur ›Nein, nein, nein‹, was für mich hieß, daß er nichts über sie wußte. So trudelten sie wie Steppenhexe oder Seifenblasen an uns vorüber, und wir stapften weiter auf Xanthus zu. Tweel zeigte auf eine der durchsichtigen Kugeln und sagte ›Stein‹, aber ich war zu müde, mit ihm zu streiten. Später fand ich heraus, was er meinte.

Schließlich langten wir am Fuße der Xanthusfelsen an, als es bereits dämmrig wurde, und ich beschloß, wenn möglich, auf einem Plateau zu übernachten; alles, was gefährlich war, überlegte ich, würde wohl eher in der Vegetation des Mare Chronium herumkrauchen als im Wüstensand von Xanthus. Ich hatte bis dahin noch kein einziges Anzeichen einer Bedrohung entdecken können – außer dem seilarmigen schwarzen Monster, das Tweel in den Fängen gehabt hatte, und offenbar kroch dieses Ding überhaupt nicht herum, sondern lockte seine Opfer an, bis sie in Reichweite kamen. Mich konnte es nicht anlokken, weil ich ja schlief, während Tweel überhaupt nicht zu schlafen schien, sondern die ganze Nacht nur still dasaß. Ich wunderte mich, wie diese Kreatur es fertiggebracht hatte, Tweel zu schnappen, aber es gab keine Möglichkeit, ihn zu fragen. Auch das fand ich erst später heraus; es ist geradezu teuflisch!

Wir strichen also um die Xanthusfelsen herum und suchten nach einer geeigneten Stelle für den Aufstieg. Ich jedenfalls tat das. Tweel hätte leicht hinaufspringen können, denn die Felsen waren nicht mal so hoch wie die von Thyle, etwa sechzig Fuß. Ich fand eine Stelle und fing an hochzuklettern, wobei ich den Wassertank verfluchte, den ich mir auf den Rücken gebunden hatte – er störte mich nicht, außer beim Klettern. Und plötzlich hörte ich ein Geräusch, das ich wiederzuerkennen glaubte!

Ihr wißt, wie trügerisch Geräusche in dieser dünnen Luft sind. Ein Schuß klingt wie das ›Flop‹ eines Korkens. Aber dieses Geräusch war das Dröhnen einer Rakete, und tatsächlich. – Etwa zehn Meilen westwärts flog unsere zweite Bordrakete dahin – zwischen mir und der untergehenden Sonne!»

»Das war ich«, sagte Putz. »Ich war auf der Suche nach dir.«

»Ja, das wußte ich, aber was hatte ich davon? Ich hing auf dem Felsen und schrie und winkte. Tweel sah die Rakete auch, und er hob ein Zwitschern und Trillern an, sprang auf den Gipfel der Felskette und von dort aus hoch in die Luft. Und während ich sie noch weiter mit den Augen verfolgte, flog die Maschine mit lautem Getöse in südlicher Richtung davon.

Ich erklomm den Felsen. Tweel trillerte immer noch aufgeregt herum, schoß hinauf in die Luft und kam kopfüber wieder herunter, um auf seinem Schnabel im Sand niederzugehen. Ich zeigte gen Süden, und dann auf mich selbst, und er sagte: ›Ja, ja, ja‹. Aber irgendwie hatte ich das Gefühl, daß er annahm, dieses Flugobjekt sei ein Verwandter von mir, mein Vater vielleicht. Kann sein, ich tat seiner Intelligenz damit unrecht; jetzt bin ich überzeugt davon.

Ich war bitter enttäuscht darüber, daß es mir nicht gelungen war, mich bemerkbar zu machen. Ich nahm meinen Thermosack raus und kroch hinein, da die nächtliche Kühle bereits spürbar war. Tweel steckte seinen Schnabel in den Sand, zog Arme und Beine an und sah genauso aus wie einer dieser blattlosen Büsche da draußen. Ich glaube, er verharrte die ganze Zeit in dieser Stellung.«

»Tarnmimikry!« rief Leroy. »Seht ihr, er ist doch ein Wüstenwesen!«

»Am Morgen«, fuhr Jarvis mit seiner Erzählung fort, »machten wir uns wieder auf den Weg. Wir hatten keine hundert Yard auf Xanthus-Gebiet zurückgelegt, als ich etwas Eigenartiges sah! Das ist etwas, was Putz nicht fotografiert hat, da gehe ich jede Wette ein!

Da war eine Reihe kleiner Pyramiden – winzige Dinger, nicht mehr als sechs Zoll hoch; sie erstreckten sich über die Xanthus-Wüste, soweit das Auge reichte. Kleine Bauwerke aus Pygmäen-Ziegeln waren das – innen hohl und oben abgestumpft, oder man hatte die Spitzen weggebrochen und die Pyramiden leergemacht. Ich zeigte darauf und sagte ›Was‹ zu Tweel, aber er gab ein Gezwitscher von sich, das abschlägig klang und womit er mir wahrscheinlich mitteilen wollte, daß er es nicht wisse. Also gingen wir weiter, wobei wir den Pyramiden folgten, denn die Reihe verlief nordwärts, und ich ging ebenfalls nach Norden.

Wir marschierten stundenlang an dieser Reihe dahin. Nach einer Weile fiel mir ein weiterer merkwürdiger Umstand auf: Die Pyramiden wurden größer. Die Anzahl der Ziegel blieb gleich, aber ihre Ausmaße nahmen zu.

Gegen Mittag waren die Pyramiden bereits schulterhoch. Ich sah in einige hinein, aber immer war es dasselbe: die Spitzen abgebrochen und innen leer. Ich betrachtete auch einige Ziegel genauer; sie waren silikathaltig und alt wie die Schöpfung selbst!«

»Woher weißt du das?« fragte Leroy.

»Sie waren verwittert, die Ecken waren abgeschliffen, gerundet. Silikatgestein verwittert nicht mal auf der Erde besonders schnell, und in diesem Klima . . .«

»Wie alt schätzt du sie?«

»Fünfzigtausend, vielleicht auch hunderttausend Jahre. Wie soll ich das sagen können? Die kleinen, die wir am Morgen gesehen hatten, waren noch älter, vielleicht zehnmal so alt. Porös. Wie alt könnten sie demnach sein? Eine halbe Million Jahre? Wer weiß? Wir folgten also dieser Reihe. Tweel deutete auf die Pyramiden und sagte ›Stein‹, aber das hatte er vorher schon oft getan. Außerdem stimmte es ja mehr oder weniger.

Ich versuchte ihn auszufragen. Ich deutete auf eine Pyramide und sagte ›Menschen?‹ und wies dabei auf uns beide. Er ließ ein Glucksen hören und sagte ›Nein, nein, nein. Nicht eins-eins-zwei. Nicht zwei-zwei-vier‹, und dabei rieb er sich seinen Bauch. Ich starrte ihn bloß an, und er wiederholte alles noch mal. ›Nicht eins-eins-zwei. Nicht zwei-zwei-vier.‹ Ich staunte ihn an.«

»Das ist doch der Beweis!« rief Harrison. »Reiner Blödsinn!«

»Meinst du?« fragte Jarvis bitter. »Nun, ich fand etwas anderes heraus. ›Nein eins-eins-zwei!‹ Du kapierst es natürlich nicht, stimmt's?«

»Nein, tue ich nicht, und du auch nicht!«

»Ich denke schon. Tweel gebrauchte die wenigen Worte Englisch, die er kannte, um mir eine sehr komplexe Idee zu vermitteln. Woran, möchte ich mal fragen, denkt ihr, wenn ihr ›Mathematik‹ hört?«

»Nun, an Astronomie. Oder – oder Logik!«

»Genau! ›Nein eins-eins-zwei!‹ Tweel sagte mir damit, daß die Erbauer dieser Pyramiden keine Menschen waren – oder auch, daß es keine intelligenten, keine vernunftbegabten Wesen waren! Versteht ihr?«

»Meine Güte! Verflucht soll ich sein!«

»Das wirst du sicher auch.«

»Weshalb«, fragte Leroy dazwischen, »rieb er sich dabei den Bauch?«

»Weshalb? Deshalb, mein lieber Biologe, weil er da seinen Verstand hat! Nicht in seinem winzigen Kopf, in seinem Körper!«

»C'est impossible!«

»Nicht auf dem Mars, da ist es nicht unmöglich. Die Flora und Fauna hier ist nicht mit der auf der Erde zu vergleichen, eure Biopodien beweisen das doch!« Jarvis grinste und nahm dann seine Erzählung wieder auf. »Wir schleppten uns also weiter über die Xanthus-Wüste dahin, als am Nachmittag noch etwas Seltsames geschah! Die Pyramidenreihe endete.«

»Endete?«

»Ja, und das Komische daran war, daß die letzte Pyramide – sie waren jetzt etwa zehn Fuß hoch – eine Spitze hatte! Versteht ihr? Wer oder was immer sie auch gebaut hatte, befand sich noch darin! Wir waren ihnen von ihrem eine halbe Million Jahre zurückliegenden Ursprung bis in die Gegenwart gefolgt.

Tweel und ich entdeckten das etwa gleichzeitig. Ich riß meine Automatik raus (es steckte ein Magazin mit Bolands Explosivgeschossen darin), und Tweel zog flink wie ein Trickbetrüger aus seinem Beutel einen merkwürdigen kleinen gläsernen Revolver hervor. Das Ding sah so aus wie unsere Waffen auch, nur daß der Griff größer war, seiner Klauenhand angemessen. Wir hielten unsere Waffen schußbereit und schlichen an der Reihe der leeren Pyramiden entlang.

Tweel nahm die Bewegung als erster wahr. Die oberste Schicht der Ziegelsteine hob sich, erzitterte und rutschte plötzlich mit einem schwachen Poltern an den Seiten herab. Und dann – kam etwas – etwas kam da heraus!

Ein langer silbergrauer Arm tauchte auf und zog einen gepanzerten Körper nach sich. Er hatte eine Art Rüstung an, meine ich, eine Schuppenrüstung, die silbergrau war und dumpf glänzte. Der Arm zog das Monster aus dem Loch heraus, das Scheusal krachte auf den Sand. Es war ein Geschöpf, das man nicht beschreiben kann – ein Rumpf wie eine dicke graue Tonne, ein Arm und eine Art Mundhöhle an dem einen Ende, einen steifen, spitzzulaufenden Schwanz am anderen Ende – das war's auch schon. Keine weiteren Gliedmaßen, keine Augen, Ohren, Nase – nichts! Das Ding hievte sich selbst ein paar Meter weit, bohrte seinen spitzen Schwanz in den Sand, richtete sich auf und saß da.

Tweel und ich beobachteten es ungefähr zehn Minuten lang, ehe es sich regte. Dann bewegte es mit einem Knarren und Rascheln – so als würde man steifes Papier zusammenknüllen – seinen Arm zu der Mundöffnung hin, und heraus kam ein Ziegelstein! Der Arm legte den Ziegelstein vorsichtig auf dem Boden ab, und das Monster saß wieder reglos da. Nach weiteren zehn Minuten – noch ein Ziegelstein. Ein Maurer der Natur! Ich wollte gerade weghuschen und weitergehen, als Tweel auf dieses Monster zeigte und ›Stein‹ sagte. Dann gab er – von einigen Trillern begleitet – ein ›Nein,

nein‹ von sich und dazu noch zwei oder drei pfeifende Atemzüge.

Es war wie ein Wunder, daß ich begriff, was er meinte! Ich sagte ›Kein Atem?‹ und demonstrierte das Wort. Tweel geriet fast in Ekstase; er sagte ›Ja, ja, ja! nicht, nicht at'm‹ Dann tat er einen Sprung und setzte etwa einen Schritt von dem Monster entfernt zur Landung an.

Ich war entsetzt, das könnt ihr euch denken! Der Arm ging nach oben, um den nächsten Ziegelstein zu fassen, und ich erwartete zu sehen, wie Tweel ergriffen und zermalmt würde, aber – nichts geschah. Tweel trommelte auf der Kreatur herum, und der Arm nahm den Ziegelstein und legte ihn sorgsam neben den ersten. Tweel schlug abermals auf den Tonnenkörper ein und sagte ›Stein‹, und ich faßte mir ein Herz und ging selbst nachsehen.

Tweel hatte wieder einmal recht. Diese Kreatur war aus Stein, und sie atmete nicht.«

»Woher weißt du das?« wollte Leroy wissen, dessen Augen vor Eifer leuchteten.

»Weil ich Chemiker bin. Das Ungetüm war aus Silikatgestein! Es muß also pures Silizium in dem Sand gewesen sein, und davon lebte dieses Ding. Verstehst du? Unser Leben, auch Tweels und das der Pflanzen da draußen, sogar das der Biopodien basiert auf Kohlenstoff. Bei dem Ding da liefen ganz andere chemische Reaktionen ab. Sein Leben beruhte auf Silizium!«

»La vie silicieuse!« schrie Leroy. »Ich hatte den Verdacht, und er hat sich bestätigt! Das muß ich sehen! *Il faut que je ...«*

»Schon gut! Schon gut!« erwiderte Jarvis. »Du kannst es dir ja ansehen. Da war also dieses Ding, ein Lebewesen und gleichzeitig doch wieder nicht, und bewegte alle zehn Minuten seinen Arm, um einen Ziegelstein herauszunehmen. Diese Ziegelsteine waren seine Abfallprodukte. Begreifst du, Franzose? Wir leben auf Kohlenstoffbasis, und unser Stoffwechselprodukt ist Kohlendioxid, dieses Unikum da lebt von Silizium, und sein Abfallprodukt ist

Siliziumdioxid, also Kieselsäure. Silikat ist eine feste Substanz, daher die Steine. Dieses Ding mauert sich selbst ein, und wenn es eingeschlossen ist, wechselt es über an einen neuen Ort und fängt von vorn an. Kein Wunder, daß es knarrte! Ein Lebewesen, das eine halbe Million Jahre auf dem Buckel hat!«

»Woher weißt du, wie alt das Monster war?« Leroy war außer sich.

»Wir sind den Pyramiden von ihrem Ursprung an gefolgt, nicht wahr? Wäre das nicht der ursprüngliche Pyramidenbaumeister gewesen, hätte die Reihe doch irgendwann vorher aufgehört, ehe wir ihn fanden – hätte aufgehört und mit kleinen Pyramiden neu angefangen. Das ist doch ganz einfach, oder?

Aber er reproduziert sich oder versucht es zumindest. Ehe der dritte Ziegelstein ausgeworfen wurde, gab es ein leises Rauschen, und aus der Mundöffnung kam ein ganzer Schwall von diesen durchsichtigen kleinen Bällchen. Das sind seine Sporen oder Eier oder Samen – nennt es wie ihr wollt. Sie glitten über die Xanthus-Wüste dahin, so wie sie auch im Mare Chronium an uns vorbeigesegelt waren. Ich kann mir denken, wie sie funktionieren – das ist zu deiner Information, Leroy. Ich glaube, die durchsichtige Hülle ist nur zum Schutz gedacht, etwa wie eine Eierschale, und das eigentlich tätige Prinzip ist dieser Geruch innen. Es ist eine Art Gas, das mit Silizium eine Verbindung eingeht, und wenn die Hülle an einer Stelle, wo sich Silizium angesammelt hat, zerbricht, so setzt sofort eine Reaktion ein, aus der sich am Ende so ein Ungetüm wie das hier entwickelt.«

»Du solltest es mal probieren!« rief der kleine Franzose. »Wir müssen eine aufbrechen und sehen, was passiert!«

»Ach wirklich? Nun, ich hab's bereits getan, hab ein paar Stück in den Sand geschmettert. Würde es dir Spaß machen, in ungefähr zehntausend Jahren hierher zurückzukommen, um zu sehen, ob es mir gelungen ist, die Saat für einige Pyramidenmonster zu legen? Zu diesem Zeitpunkt wird man es wahrscheinlich mit Sicherheit sagen können.« Jarvis machte eine Pause und atmete tief durch. »Mein Gott! So eine merkwürdige Kreatur aber auch! Könnt ihr sie euch vorstellen? Blind, taub, keine Nerven, kein Gehirn – nur ein mechanisches Wesen, und doch unsterblich! Dazu bestimmt, ununterbrochen Ziegel zu produzieren, Pyramiden zu bauen, solange es Silizium und Sauerstoff gibt, und selbst, wenn das nicht mehr der Fall sein sollte, würde es einfach nur stillstehen. Es wäre nicht tot. Wenn die Zufälle von einer Million Jahren ihm wieder Nahrung zuführen, wird er erneut zur Stelle sein, bereit, von neuem zu beginnen, während ganze Zivilisationen längst in die Vergangenheit eingegangen sind. Eine rätselhafte Kreatur – und doch bin ich auf eine gestoßen, die noch eigenwilliger war!«

»Wahrscheinlich im Traum«, brummte Harrison.

»Stimmt!« entgegnete Jarvis ernst. »Auf eine Art hast du recht. Das Traum-Ungeheuer! So sollte man es am besten nennen – es ist das teuflischste, grauenhafteste Geschöpf, das man sich vorstellen kann! Gefährlicher als ein Löwe, hinterlistiger als eine Schlange!«

»Sag schon«, drängte Leroy. »Ich muß unbedingt hin und es mir ansehen.«

»Nicht diesen Satan!« Jarvis stockte, bevor er weiterredete. »Tweel und ich verließen also das Pyramidenwesen und stiefelten weiter durch die Xanthus-Wüste. Ich war müde und auch ein wenig entmutigt, weil es Putz nicht gelungen war, mich zu finden, und Tweels Getriller ging mir auf die Nerven, ebenso wie seine Schnabellandungen. So schritt ich Stunde um Stunde wortlos durch die eintönige öde Wüste.

Gegen Nachmittag kam eine dunkle Linie am Horizont in Sicht. Ich wußte, was das war. Es war ein Kanal; ich hatte ihn mit der Rakete überflogen, und sein Erscheinen bedeutete, daß wir ein Drittel des Weges durch Xanthus zurückgelegt hatten. Netter Gedanke, was? Und doch hielt ich immer noch an meinem Plan fest.

Langsam näherten wir uns dem Kanal; ich erinnerte mich daran, daß dieser Graben durch einen breiten Vegetationsstreifen eingegrenzt war und daß sich darauf die Lehmstadt befand.

Wie ich schon sagte, ich war müde. Ich dachte immerzu an ein gutes warmes Essen, und dann stellte ich Betrachtungen darüber an, was für ein hübscher und heimeliger Ort selbst Borneo wäre nach diesem verrückten Planeten hier, und von da wanderten meine Gedanken zu dem kleinen alten New York, und ich dachte an ein Mädchen, das ich dort kenne – Fancy Long. Kennt ihr sie?«

»Fernsehentertainer«, sagte Harrison. »Hab ich immer eingeschaltet. So 'ne hübsche Blonde. – Tanzt und singt in der *Yerba-Mate*-Sendung.«

»Genau, das ist sie«, sagte Jarvis. »Ich kenne sie ziemlich gut – na ja, wir sind nur gute Freunde, obwohl sie uns bis zur *Ares* begleitet hat. Ich dachte an sie, weil ich mich recht einsam fühlte, und die ganze Zeit liefen wir auf diesen Streifen von Gummipflanzen zu.

Und dann – dann brachte ich nur noch heraus, ›Was zum Teufel ist das!‹ und guckte gebannt. Da war sie – Fancy Long, stand da schlicht wie der Tag unter einem von diesen beknackten Bäumen, lächelte und winkte gerade so, wie ich es von unserem Abschied her in Erinnerung hatte.«

»Jetzt hast du auch den Verstand verloren!« bemerkte der Kapitän.

»Junge, ich hätte dir fast zugestimmt. Ich stand nur da und starrte, dann zwickte ich mich, schloß die Augen und öffnete sie wieder und starrte. Und die ganze Zeit über war Fancy Long da und lächelte und winkte mir zu. Tweel sah auch etwas, denn er trillerte und schnatterte ununterbrochen, aber das nahm ich kaum wahr. Ich ging auf sie zu, zu verblüfft, um mir Fragen zu stellen.

Ich war nicht mal mehr zwanzig Fuß von ihr entfernt,

als Tweel mich mit einem Sprung einholte. Er faßte nach meinem Arm und schrie, ›Nein, Nein, Nein!‹ mit seiner quiekenden Stimme. Ich versuchte, ihn abzuschütteln – er war so leicht, als bestünde er aus Bambus –, aber er krallte sich an mir fest und schrie. Und letztlich kehrte doch noch etwas von meinem gesunden Menschenverstand zu mir zurück, und ich blieb zehn Fuß von ihr entfernt stehen. Da stand sie und sah so wahrhaftig aus wie Putz' Kopf.«

»Vot?*« fragte der Ingenieur.

»Sie lächelte und winkte und winkte und lächelte, und ich verharrte so sprachlos wie Leroy, während Tweel quiekte und schnatterte. Ich wußte, das konnte nicht wirklich sein – und doch stand sie da!

Ich sagte, ›Fancy! Fancy Long!‹ Sie lächelte und winkte immer noch und sah dabei so leibhaftig aus, als hätte ich sie nicht in siebenunddreißig Millionen Kilometer Entfernung zurückgelassen, sondern mit mir genommen.

Tweel hatte seine Glaspistole herausgeholt und zielte auf Fancy. Ich hielt seinen Arm fest, aber er versuchte, mich wegzustoßen. Er zielte auf sie und sagte dabei, ›Nicht at'm, nicht at'm!‹ und ich begriff, daß er damit sagen wollte, daß sie nicht wirklich ein Lebewesen sei. Mann, in meinem Kopf drehte sich alles!

Trotzdem konnte ich es nicht ertragen, ihn auf sie zielen zu sehen. Ich weiß auch nicht, warum ich nur dastand, ihn beobachtete, aber nichts unternahm, um ihn von seinem Vorhaben abzubringen, aber so war es nun mal. Dann drückte Tweel den Griff seiner Waffe, eine kleine Dampfwolke puffte heraus, und Fancy Long war verschwunden! Und an ihre Stelle war eines dieser seilarmigen, sich windenden schwarzen Ungeheuer getreten, das genauso aussah wie das, vor dem ich Tweel gerettet hatte!

Das Traum-Ungeheuer! Ich sah benommen zu, wie es starb, und Tweel trillerte und pfiff indessen. Schließlich berührte er meinen Arm, deutete auf das sich schlän-

* gemeint ist: engl. what?

gelnde Etwas und sagte, ›Du eins-eins-zwei, er eins-eins-zwei‹. Nachdem er es acht- oder zehnmal wiederholt hatte, begriff ich. Hat irgend jemand von euch es auch kapiert?«

»Oui!« kreischte Leroy. *»Moi – je le comprenda!* Er meint, du denkst an irgendwas, dieses Untier weiß davon, und schon siehst du es vor dir. *Un chien* – ein hungriger Hund, der würde einen großen Fleischknochen sehen – und riechen, stimmt's?«

»Richtig!« sagte Jarvis. »Dieses Traum-Ungeheuer benutzt die Wünsche und Sehnsüchte seines Opfers dazu, seine Beute anzulocken. Ein Vogel in der Balzzeit würde seinen Gefährten sehen, ein Fuchs, der selbst auf der Suche nach Beute herumstreicht, würde einen hilflosen Hasen sehen!«

»Wie macht er das?« fragte Leroy.

»Woher soll ich das wissen? Wie kann eine Schlange bei uns auf der Erde einen Vogel umgarnen, um ihn zwischen die Kiefer zu bekommen? Und gibt es nicht auch Tiefseefische, die ihre Opfer direkt in ihr Maul locken? Oh, Gott!« Jarvis schauderte. »Begreift ihr, wie heimtükkisch dieses Monster ist? Wir sind jetzt gewarnt, und in Zukunft können wir nicht mal mehr unseren Augen trauen. Ihr könntet mich sehen – ich könne einen von euch sehen – und in Wirklichkeit steckt eins von diesen schwarzen Greuelviechern dahinter.«

»Wieso hat dein Freund es gewußt?« sagte der Kapitän unvermittelt.

»Tweel? Das frage ich mich auch. Vielleicht dachte er an etwas, das mich möglicherweise nicht interessierte, und als ich loslief, wußte er, daß ich etwas ganz anderes sah und war auf der Hut. Oder vielleicht kann dieses Traum-Ungeheuer auch nur eine einzige Vision hervorbringen, und Tweel hat gesehen, was ich auch sah. Ich konnte ihn ja nicht danach fragen. Aber das ist ein weiterer Beweis, daß seine Intelligenz der unseren entspricht oder sogar noch größer ist.«

»Ich sage dir, der ist verrückt!« meinte Harrison. »Wie kannst du nur glauben, daß sein Verstand an den des Menschen heranreicht?«

»Dazu habe ich vielerlei Gründe. Erstens, das Pyramiden-Ungeheuer. Er hatte zuvor keins von diesen Dingern gesehen, jedenfalls sagte er so. Dennoch erkannte er es als einen zwischen Tod und Leben pendelnden Siliziumautomaten.«

»Vielleicht hat er davon schon gehört«, wandte Harrison ein. »Er lebt ja hier in der Gegend.«

»Nun gut, aber nehmen wir die Sprache. Mir ist es nicht gelungen, auch nur einen seiner Begriffe aufzuschnappen, während er von mir sechs oder sieben Wörter gelernt hat. Und erkennst du denn nicht, was für komplexe Gedanken er mit nur sechs, sieben Wörtern zu übermitteln in der Lage ist? Das Pyramiden-Monster! Das Traum-Ungeheuer! Mit einem einzigen Satz gab er mir zu verstehen, daß das eine nur ein harmloser Automat war, das andere dagegen ein todbringender Hypnotiseur. Was sagst du dazu?«

»Hm«, machte der Kapitän.

»*Hm,* meinetwegen. Hättest du das mit nur sechs Worten Englisch fertiggebracht? Hättest du vielleicht noch weitergehen können, so wie Tweel es getan hat, und mir zu verstehen gegeben, daß eine weitere Kreatur existiert, deren Denkvermögen sich von dem unseren so sehr unterscheidet, daß eine Verständigung unmöglich ist – noch weniger möglich als zwischen Tweel und mir?«

»He, was war denn das?«

»Später. Was ich euch klarmachen will, ist, daß Tweel und seine Artgenossen unsere Freundschaft verdient haben. Irgendwo auf dem Mars – und ihr werdet merken, daß ich recht habe – gibt es eine Zivilisation und Kultur, die der unseren ähnlich ist, und eventuell sogar mehr als ähnlich. Eine Verständigung zwischen ihnen und uns ist möglich; Tweel beweist es. Es mag Jahre geduldiger Bemühungen kosten, denn ihre Art zu denken ist uns fremd, allerdings weniger fremd als die der nächsten Wesen, auf die wir trafen, wenn man bei denen überhaupt von Denken sprechen kann.«

»Die nächsten? Welche nächsten?«

»Die Bewohner der Lehmstädte, die sich am Kanal entlangzogen.«

Jarvis runzelte die Stirn. »Ich dachte, das Traum-Ungeheuer und das Silizium-Monster seien die denkbar eigentümlichsten Kreaturen, aber ich hatte unrecht. Diese Biester aus den Lehmstädten sind noch viel fremdartiger und viel weniger zu begreifen als alle anderen, und sie sind auch nicht so verständig wie Tweel, mit dem Freundschaft möglich ist und bei einiger Geduld und Konzentration sogar der Austausch von Gedanken.

Wir verließen also das Traum-Ungeheuer, während es starb und sich in sein Loch zurückzog, und gingen auf den Kanal zu. Da war ein ganzer Teppich von diesem merkwürdigen Wandergras, das vor uns davonhuschte. Und als wir das Ufer des Kanals erreichten, war nur ein spärliches Rinnsal gelben Wassers zu sehen. Die Lehmstadt, die ich von der Rakete aus wahrgenommen hatte, lag ungefähr eine Meile weiter rechts, und ich war so neugierig, daß ich sie mir unbedingt ansehen wollte.

Als ich sie von der Rakete aus betrachtet hatte, war sie mir ganz und gar verlassen vorgekommen, und wenn da irgendwelche Monster lauern sollten, nun, Tweel und ich waren ja bewaffnet. Tweels durchsichtige Waffe war übrigens eine interessante Erfindung; nach der Geschichte mit dem Traum-Ungeheuer sah ich sie mir näher an. Ich glaube, ein kleiner vergifteter Glassplitter wurde daraus abgefeuert, und ich schätze, sie enthielt mindestens hundert Stück davon. Die Treibladung war Dampf, ganz einfacher Dampf!«

»Dampf!« wiederholte Putz. »Wo soll der herkommen?«

»Von Wasser natürlich. Man konnte das Wasser in dem transparenten Griff sehen und dann noch ein paar Milliliter von einer anderen Flüssigkeit, dick und gelblich.

Wenn Tweel den Griff drückte – es war ja kein Abzug daran –, dann gelangten ein Tropfen Wasser und ein Tropfen von dem anderen Zeug in die Feuerkammer, und das Wasser verdampfte mit einem Knall. Es ist nicht kompliziert; wir könnten wahrscheinlich auch so ein System entwickeln. Konzentrierte Schwefelsäure erhitzt Wasser fast bis zum Kochen, und so ist es auch mit ungelöschtem Kalk, Natrium, Kalium ...

Natürlich hatte diese Waffe nicht so eine große Reichweite wie meine, aber das war nicht schlimm bei dieser dünnen Luft, und sie enthielt soviel Schuß wie 'ne Cowboykanone in einem Western. Sie war auch recht wirkungsvoll, zumindest was das Marsleben betraf. Ich probierte sie aus, feuerte auf eine dieser verrückten Pflanzen, und traute meinen Augen nicht: Sie verdorrte und zerfiel augenblicklich. Darum glaube ich, daß die Glassplitter vergiftet waren.

Wir schleppten uns mühsam vorwärts auf die Lehmstadt zu, und ich fing an mir Gedanken darüber zu machen, ob die Städtebauer nicht auch die Kanäle gegraben hatten. Ich zeigte auf die Stadt, und dann auf den Kanal, und Tweel sagte, ›Nein, nein, nein‹ und deutete nach Süden. Ich verstand das so, daß andere dieses Kanalsystem erschaffen hatten, vielleicht Tweels Leute. Ich weiß nicht, vielleicht gibt es noch eine vernunftbegabte Rasse auf diesem Planeten oder auch noch ein Dutzend. Der Mars ist eine sonderbare kleine Welt.

Etwa hundert Yards von der Stadt entfernt überquerten wir eine Art Straße – nur ein hartgewalzter Weg aus Lehm, und dann kam da ganz überraschend einer von diesen Bauleuten anspaziert!

Mann, erzählt mir nichts von Phantasiegebilden. Es sah eher aus wie ein Faß auf vier Beinen mit zusätzlich vier Armen oder Fangarmen, wie auch immer. Es hatte keinen Kopf, nur den Rumpf mit den Gliedmaßen dran und rundherum eine Reihe Augen. Das obere Ende des Faßkörpers bildete eine Membran, straff gespannt wie ein

Trommelfell, und das war alles. Es schob einen kleinen Kupferkarren vor sich her und fegte an uns vorbei wie der sprichwörtliche geölte Blitz. Es bemerkte uns nicht einmal, obwohl ich glaubte, die zu meiner Seite gerichteten Augen hätten sich etwas bewegt, als er an uns vorbeiflitzte.

Einen Augenblick später kam noch einer, der auch einen leeren Karren schob und an uns vorbeisauste. Nun, ich wollte es nicht hinnehmen, daß ein paar Fässer, die Eisenbahn spielten, mich so einfach ignorierten, so pflanzte ich mich dem dritten, der sich nun näherte, mitten in den Weg – bereit wegzuspringen, falls das Ding nicht anhielt.

Aber es hielt an. Hielt an, und die Membran oben trommelte los. Ich streckte ihm beide Hände entgegen und sagte, ›Wir sind Freunde!‹ Und was glaubt ihr, was das Ding machte?«

»Ich wette, es sagte ›Nett, Sie kennenzulernen‹!« entgegnete Harrison.

»Wenn es das getan hätte, hätte mich das auch nicht überrascht. Es trommelte auf seine Membran, platzte plötzlich heraus, ›Wir sind Wr-r-reunde!‹ und gab seiner Schubkarre einen tüchtigen Stoß in meine Richtung. Ich sprang zur Seite, und da lief es weiter, während ich ihm verdutzt nachschaute.

Eine Minute später kam wieder einer angeflitzt. Der blieb nicht stehen, sondern brachte unter Trommelgedröhn heraus, ›Wir sind Wr-r-reunde!‹ und eilte weiter. Wie hatte er diesen Satz gelernt? Standen all diese Geschöpfe miteinander in Verbindung und kommunizierten? Waren sie alle Bestandteil irgendeines zentralen Organismus? Ich hatte keinerlei Erklärung dafür, aber ich glaube, Tweel hatte eine.

Diese Kreaturen huschten jedoch weiter an uns vorüber, und jede begrüßte uns mit demselben Satz. Allmählich fand ich Gefallen daran. Ich hätte nie geglaubt, so viele Freunde auf diesem gottverlassenen Planeten zu finden! Ich machte eine rätselhafte Geste, aber Tweel verstand sie wohl, denn er sagte, ›Eins-eins-zwei, ja! Zwei-zwei-vier. nein!‹ Klar?«

»Na sicher, ist ein Kinderreim hier auf dem Mars.«

»Ich hatte mich mittlerweile an Tweels Symbolik gewöhnt, und ich dachte mir das so: ›Eins-eins-zwei, ja!‹ – Die Dinger sind intelligent. ›Zwei-zwei-vier, nein!‹ – Ihre Intelligenz ist von anderer Art als unsere und steht jenseits der Logik von zwei und zwei gleich vier. Vielleicht habe ich ihn auch falsch verstanden. Kann sein, er meinte, daß sich ihr Verstand auf einer niedrigeren Stufe bewegt, sie zwar damit in der Lage sind, die einfacheren Sachverhalte zu erfassen – ›Eins-eins-zwei, ja!‹ –, aber nicht die komplizierteren – ›Zwei-zwei-vier, nein!‹ Aber nach dem zu urteilen, was wir dann später sahen, schließe ich, daß er doch das andere meinte.

Kurze Zeit später huschten diese Gestalten wieder zurück – erst einer, dann der nächste. Ihre Schubkarren waren beladen mit Steinen, Sand, Ästen von Gummipflanzen und solchem Kram. Sie schmetterten ihren freundlichen Gruß heraus, der in Wirklichkeit gar nicht so freundlich klang, und flitzten weiter. Der dritte, so nahm ich an, war der, mit dem ich mich schon bekannt gemacht hatte, und ich beschloß, ein wenig mit ihm zu plaudern. Ich stellte mich ihm wieder in den Weg und wartete.

Da tauchte er auch schon auf, schrie mir sein ›Wir sind Wr-r-reunde‹ entgegen und hielt an. Ich betrachtete ihn. Gleichzeitig waren vier oder fünf seiner Augen auf mich gerichtet. Er versuchte es noch einmal mit seinem Losungswort und gab seiner Karre einen Stoß, aber ich blieb unbeweglich stehen. Und dann – dann streckte diese von mir überrumpelte Kreatur einen Arm aus, und zwei fingerähnliche Krallen kniffen mich in die Nase!«

»Ha!« platzte Harrison heraus, »vielleicht haben diese Dinger doch einen Schönheitssinn!«

»Lache nur!« brummte Jarvis. »Diese Nase hatte bereits einen häßlichen Aufprall und einen gemeinen Frostschaden erleiden müssen. Na ja, ich schrie also ›Autsch!‹, sprang beiseite, und das seltsame Wesen eilte davon; aber von da an lautete ihr Gruß ›Wir sind Wr-r-reunde! Autsch!‹ Seltsame Gestalten!

Tweel und ich hielten uns an die Straße, die quer zu dem am nächsten gelegenen Erdhügel führte. Diese Kreaturen kamen und gingen und schenkten uns nicht die leiseste Beachtung; karrten nur ihren Plunder. Die Straße tauchte regelrecht in eine Öffnung ein und ging dann bergab wie in eine alte Mine; diese Faß-Wesen liefen dort ein und aus und grüßten uns mit den ewig gleichen Worten.

Ich spähte hinein; irgendwo dort unten war Licht, und ich war neugierig und wollte mir das alles genauer ansehen. Wißt ihr, das sah nicht aus wie eine Flamme oder eine Fackel, sondern eher wie ein Licht, das auf einen zivilisierteren Status hindeutete, und ich glaubte, das würde mir vielleicht Aufschluß über den Entwicklungsstand dieser Kreaturen geben. Also ging ich hinein, und Tweel lief mir nach, jedoch nicht ohne einige Triller von sich zu geben.

Das Licht war wirklich eigenartig; es sprühte und flakkerte wie eine alte Bogenlampe, aber es kam aus einer einzigen schwarzen Stange, die in die Wand des Stollenganges eingelassen war. Es war ohne Zweifel elektrisches Licht. Anscheinend waren diese Wesen recht weit fortgeschritten in ihrer Zivilisation.

Dann sah ich noch ein Licht, das auf etwas gerichtet war, das glitzerte, und als ich hinging, um einen Blick darauf zu werfen, stellte ich fest, daß es nur ein glänzender Sandhaufen war. Ich wandte mich dem Ausgang zu, um hinauszugehen, und der Teufel soll mich holen, wenn nicht die Öffnung auf einmal verschwunden war!

Zuerst vermutete ich, der Gang habe vielleicht eine Kurve beschrieben oder ich sei in einen Seitenstollen geraten. Ich lief also in die Richtung zurück, aus der wir meiner Meinung nach gekommen waren, aber alles, was ich sah, war der dämmrige Gang. Das war ein Labyrinth! Nichts weiter als sich windende Gänge, die in alle möglichen Richtungen liefen, hier und da von einer Lampe erleuchtet wurden und durch die hin und wieder eine von diesen Gestalten flitzte, mal mit Schubkarre, mal ohne.

Zuerst machte ich mir gar nicht so große Sorgen deswegen, Tweel und ich waren ja nicht weit gekommen, nur ein paar Schritte vom Eingang entfernt. Aber jeder Schritt, den wir uns auf diesen Eingang zu bewegten, schien uns tiefer in das Labyrinth zu bringen. Zuletzt versuchte ich einer dieser Kreaturen, die mit einem leeren Karren daherkam, zu folgen, denn ich nahm an, das Ding würde hinauslaufen, um sich eine Ladung von diesem Krempel zu holen, aber es lief ziellos herum, in einen Gang hinein, zum anderen hinaus. Als es dann anfing, um einen Pfeiler rumzuwetzen, wie eine dieser Mäuse im Laufrad, gab ich es auf, stellte meinen Wasserkanister auf den Boden und setzte mich.

Tweel war ebenso ratlos wie ich. Ich zeigte nach oben, und er antwortete in einer Art hilflosem Getriller ›Nein-nein-nein!‹ Von den Bewohnern konnten wir keinerlei Hilfe erwarten. Sie schenkten uns keine Beachtung, außer um uns zu versichern, daß sie unsere Freunde seien.

Mein Gott! Ich kann nicht sagen, wie viele Stunden oder Tage wir dort herumwanderten! Zweimal schlief ich vor lauter Erschöpfung ein. Tweel hingegen schien keinen Schlaf zu brauchen. Wir wollten nur den Gängen folgen, die aufwärts verliefen, aber sie gingen eine Zeitlang bergauf und fielen dann wieder ab. Die Temperatur in diesem verfluchten Ameisenhaufen blieb konstant. Man konnte die Nacht nicht vom Tag unterscheiden, und nach meinem ersten Schlaf hatte ich keine Ahnung, ob ich eine oder dreizehn Stunden geschlafen hatte, und meine Uhr gab keine Auskunft darüber, ob es Mitternacht oder Mittag war.

Wir sahen viele seltsame Dinge. In einigen Stollen liefen Maschinen, aber sie schienen keine Arbeit zu verrichten, nur die Räder drehten sich. Mehrmals sah ich zwei von diesen Faß-Leuten mit einem Kleinen, das mit beiden verbunden war und zwischen ihnen wuchs.«

»Parthenogenese!« rief Leroy. »Parthenogenese *les tulipes**!«

»Kann schon sein, Franzose«, stimmte Jarvis ihm zu. »Diese Dinger bemerkten uns überhaupt nicht, außer wie ich schon sagte, um uns mit ›Wir sind Wr-r-reunde! Autsch!‹ zu begrüßen. Häusliches Leben schien ihnen fremd zu sein, sie karrten nur mit diesen Wagen herum und brachten Dreck herein. Und dann entdeckte ich, was sie damit machten.

Bei einem Stollen hatten wir ein bißchen Glück, er führte über eine lange Strecke aufwärts. Ich fühlte, daß wir der Erdoberfläche sehr nahe sein mußten, als der Gang plötzlich in eine gewölbte Kammer mündete, die einzige, die wir bislang gesehen hatten. Mann! – ich hätte vor Freude tanzen können, als ich durch einen Spalt in der Decke etwas erblickte, das wie Tageslicht aussah.

In der Kammer gab es so eine Art Maschine, ein enorm großes Rad, das sich langsam drehte, und eine der Gestalten war gerade dabei, seinen Dreck darunter auszuschütten. Das Rad zermahlte alles – Sand, Steine und Pflanzen – knirschend zu einem Pulver, das irgendwohin geleitet wurde. Während wir zusahen, marschierten andere Faß-Wesen herein, wiederholten den Vorgang, und das schien auch schon alles zu sein. Ohne Sinn und Verstand die ganze Sache, aber das ist typisch für diesen verrückten Planeten. Und da ist noch ein Umstand, der fast zu grotesk ist, um ihn zu glauben. Eines der Faßdinger stieß seinen Karren krachend von sich und schob sich in aller Ruhe selbst unter das Rad! Ich sah zu, wie es zermalmt wurde, war aber zu verdutzt, um einen Ton von mir zu geben, und einen Moment später folgte der nächste! Auch hierin gingen sie ganz methodisch vor; eine der Kreaturen ohne Wagen übernahm die zurückgelassene Schubkarre.

* durch Keimung

Tweel schien das nicht zu überraschen; ich wies ihn auf den nächsten Selbstmord hin, aber er zuckte nur denkbar menschenähnlich die Schultern, als wollte er sagen ›Was kann ich dagegen tun?‹ Er muß irgendwas über diese Faßdinger gewußt haben.

Dann erblickte ich noch etwas. Es befand sich hinter dem Rad, etwas, das auf einer Art flachem Podest stand und leuchtete. Ich ging hinüber, da war ein kleines Kristall von ungefähr der Größe eines Eies, das so sehr fluoreszierte, daß es Tophet hätte zerschlagen können. Sein Strahl traf mein Gesicht und meine Hände wie eine statische Entladung, und dann bemerkte ich eine weitere komische Sache. Erinnert ihr euch an die Warze, die ich am linken Daumen hatte? Guckt euch das an!« Jarvis streckte seine Hand aus. »Sie schrumpfte und fiel ab, einfach so! Und was meine arg in Mitleidenschaft gezogene Nase betraf – stellt euch vor, wie durch ein Wunder schmerzte sie nicht mehr. Von dem Ding gingen harte Röntgenstrahlen oder Gammastrahlen aus, nur eben noch mehr als das; es zerstörte krankes Gewebe, aber gesundes Gewebe griff es nicht an!

Ich dachte daran, welch wunderbares Geschenk für Mutter Erde das wäre, wenn wir es mit zurückbrächten, als ein mächtiges Getöse meine Gedanken unterbrach. Wir preschten zurück zur anderen Seite des Rades, gerade noch rechzeitig, um zu sehen, wie eine Schubkarre zerrieben wurde. Einer der Selbstmörder war anscheinend unvorsichtig gewesen.

Dann klopften und trommelten mit einemmal alle diese Gestalten um uns herum, und der Lärm, den sie machten, wirkte eindeutig bedrohlich. Eine Gruppe von ihnen näherte sich uns. Wir liefen den Gang zurück, durch den wir meiner Meinung nach gekommen waren, und sie rumpelten hinter uns her – einige mit Schubkarre, andere ohne. Verrückte Bestien! In einem ganzen Chor erschallte das ›Wir sind Wr-r-reunde! Autsch!‹ Das ›Autsch‹ gefiel mir gar nicht; es war recht vielsagend.

Tweel hatte seine Glaspistole hervorgezogen, und ich ließ, um größere Bewegungsfreiheit zu haben, meinen Wassertank fallen und zog ebenfalls meine Pistole. Wir hasteten den Stollengang entlang, und diese lebenden Fässer waren uns auf den Fersen, etwa zwanzig waren es. Kuriose Sachen – diejenigen, die uns mit beladenen Karren entgegen kamen, zogen in geringem Abstand an uns vorbei, ohne eine Reaktion zu zeigen.

Tweel war das wohl auch aufgefallen. Plötzlich griff er hastig nach seinem glühenden Zigarrenanzünder und hielt ihn an eine Wagenladung mit Pflanzenteilen. Sofort stand der ganze Karren in Flammen – und das verrückte Biest, das ihn schob, lief in demselben Schrittmaß weiter! Immerhin sorgte das Feuer für Verwirrung unter unseren ›Wr-r-reunden‹ – und dann zogen Rauchschwaden und -wirbel an uns vorbei, und so stand fest, daß der Eingang vor uns lag!

Ich schnappte Tweel, und schon stürzten wir hinaus, und hinter uns unsere zwanzig Verfolger. Das Tageslicht empfand ich wie den Himmel, obwohl ich auf einen Blick sah, daß die Sonne schon fast untergegangen war, und das war übel, denn ohne meinen Thermo-Schlafsack konnte ich eine Marsnacht nicht unter freiem Himmel durchstehen, nicht, ohne wenigstens ein Feuer zu haben.

Binnen kürzester Zeit wurde alles noch schlimmer. Ich hatte meine Waffe nicht abgefeuert, und auch Tweel hatte das nicht getan. Es hätte keinen Sinn gehabt, diese Bestien zu reizen. Sie machten in einiger Entfernung halt und hoben wieder ihr Geschrei an über Freundschaft und Autsch.

Dann verschlechterte sich unsere Lage noch mehr! Eins von diesen Scheusalen kam mit einer Schubkarre heraus, und alle griffen hinein und brachten Hände voller fußlanger spitzer Kupferpfeile zum Vorschein, und im nächsten Augenblick zischte auch schon einer an meinem Ohr vorüber! Schießen oder sterben, hieß es da für uns.

Eine Weile hielten wir uns ganz gut. Wir nahmen diejenigen, die der Schubkarre am nächsten standen, aufs Korn und schafften es so, die Pfeile auf ein Minimum zu beschränken, aber dann erschallte plötzlich ein donnerndes ›Wr-r-r-reunde‹ und ›Autsch‹, und eine ganze Armee von Faß-Ungeheuern kroch aus der Höhle hervor.

Mann! Wir waren erledigt, das war mir klar! Tweel allerdings schien das nicht zu begreifen. Er hätte ohne weiteres über den Lehmhügel hinter uns springen können, aber er blieb um meinetwillen!

Wirklich, mir wären die Tränen gekommen, wenn ich Zeit dazu gehabt hätte. Ich hatte Tweel von Anfang an gemocht, aber ob ich aus Dankbarkeit soviel für ihn getan hätte wie er jetzt für mich? Nehmen wir einmal an, ich hatte ihn wirklich vor diesem Traum-Ungeheuer gerettet, so hatte er doch für mich mindestens genausoviel getan, stimmt's? Ich packte seinen Arm und sagte ›Tweel‹ und zeigte dabei nach oben; er verstand mich. Er sagte ›Nein, nein, nein, Tick!‹ und huschte davon mit seiner Glaspistole.

Was konnte ich tun? Ich würde nicht mehr lange unter den Lebenden weilen, wenn die Sonne erst untergegangen war, aber das konnte ich ihm nicht verständlich machen. Ich sagte ›Danke, Tweel. Du bist ein wahrer Mensch‹, aber gleichzeitig fühlte ich, daß ich ihm damit überhaupt kein Kompliment machte. Ein Mensch! Es gibt herzlich wenig Menschen, die sich so wie er verhalten würden.

Also ballerte ich weiter herum mit meiner Waffe, und Tweel tat dasselbe, und die Faßdinger warfen ihre Pfeile und schickten sich an, uns zu überrennen, und brüllten immer noch, daß wir ihre Freunde seien. Ich hatte alle Hoffnung aufgegeben, als plötzlich ein Engel direkt vom Himmel fiel – in Gestalt von Putz, der mit seinen Stütztriebwerken die Fässer in Stücke zerblies!

Ich stieß einen Schrei aus und eilte auf die Rakete zu. Putz öffnete die Luke, und schon war ich drin, lachte, weinte und jubelte. Im nächsten Moment fiel mir Tweel ein; ich sah umher und konnte gerade noch beobachten, wie er sich zu einem seiner Schnabellandesprünge erhob und verschwand. Es war verdammt schwierig, Putz zu überreden, Tweel zu folgen. Als die Rakete startklar war, hatte sich die Dunkelheit herabgesenkt. Ihr wißt, wie das hier vor sich geht – als würde man das Licht ausschalten. Wir segelten über die Wüste hinweg und gingen ein- oder zweimal runter. Ich rief ›Tweel‹, bestimmt hundertmal. Wir fanden ihn nicht; er kam so schnell voran wie der Wind, und alles, was ich wahrnahm – zumindest bildete ich mir das ein – war ein schwaches Trillern und Zwitschern, das von Süden herüberwehte. Er war fort. Verdammt, ich wünschte, er wäre es nicht!«

Die vier Männer der *Ares* schwiegen – sogar der hämische Harrison. Schließlich brach Leroy die Stille.

»Ich hätte ihn gern gesehen«, murmelte er.

»Ja«, sagte Harrison. »Und die Warzenkur. Zu schade, daß du dir das Ding hast entgehen lassen; es könnte die Heilung des Krebses bedeuten, der sie schon anderthalb Jahrhunderte lang hinterherjagen.«

»Ach, das!« murmelte Jarvis düster. »Das hat doch den Kampf erst ausgelöst!« Er zog einen glitzernden Gegenstand aus seiner Tasche. »Hier ist es.«

Das Tal der Träume

Kapitän Harrison von der *Ares*-Expedition wandte sich von dem kleinen Teleskop im Bug der Rakete ab. »Höchstens noch zwei Wochen«, bemerkte er. »Der Mars ist insgesamt nur siebzig Tage rückläufig, ähnlich der Erde. Während dieser Periode müssen wir uns auf den Heimweg machen oder anderthalb Jahre warten, daß die alte Mutter Erde ihre Bahn um die Sonne zieht und uns wieder einholt. Wie würde es euch gefallen, einen Winter hier zu verbringen?«

Dick Jarvis, der Chemiker des Teams, sah von seinem Notizheft auf und fröstelte. »Genausogut könnte ich den Winter über in einem Flüssiglufttank sitzen«, behauptete er. »Diese Achtzig-unter-Null-Sommernächte reichen mir schon.«

»Nun«, sagte der Kapitän nachdenklich, »die erste erfolgreiche Marsexpedition müßte lange Zeit vorher wieder zu Hause sein.«

»Erfolgreich nur, *wenn* wir bis nach Hause kommen«, korrigierte Jarvis. »Ich traue diesen launischen Raketen nicht – nicht mehr, seit die Bordrakete mich letzte Woche mitten in Thyle abgesetzt hat. Von einem Raketenflug zurücklaufen, ist eine ganz neue Erfahrung für mich.«

»Was mich daran erinnert«, sagte Harrison daraufhin, »daß wir unsere Filme wiederfinden müssen. Sie werden wichtig sein, wenn wir uns für diesen Abstecher verantworten müssen. Erinnert ihr euch, wie die Leute hinter den ersten Mondbildern her waren? Wenn sie unsere Aufnahmen sehen, werden sie glattweg aus dem Häuschen geraten. Die Rechte für die Verbreitung der Bilder kommen noch dazu, wir könnten einen schönen Gewinn für die Akademie einheimsen.«

»Was mich viel mehr interessiert«, entgegnete Jarvis, »ist ein persönlicher Gewinn. Ein Buch zum Beispiel; Expeditionsbücher sind immer gefragt. Martian Deserts* – wie wär's mit dem Titel?«

»Blöd!« murrte der Käptn. »Hört sich an wie'n Kochbuch für Desserts. Du mußt es ›Das Liebesleben eines Marsbewohners‹ nennen oder so was in der Art.«

Jarvis kicherte. »Auf jeden Fall«, sagte er, »bin ich entschlossen, zusammenzuraffen, was an Profit möglich ist, wenn wir irgendwann mal wieder nach Hause kommen, und dann werde ich mich nur noch so weit von der Erde entfernen, wie ein gutes Stratosphärenflugzeug mich trägt. Ich habe unseren Planeten schätzen gelernt, nachdem ich über diese ausgetrocknete Kugel geackert bin, auf der wir uns jetzt befinden.«

»Ich gehe jede Wette ein, daß du übernächstes Jahr wieder hier sein wirst«, sagte der Käptn grinsend. »Du wirst deinen Freund wiedersehen wollen, diesen raffinierten Strauß.«

»Tweel?« Jarvis' Ton wurde ernst. »Ich wünschte, ich hätte ihn nicht verloren. Er war ein guter Kamerad. Wenn er nicht gewesen wäre, hätte ich die Sache mit diesem Traum-Ungeheuer nicht überlebt. Und dann der Kampf mit den Schubkarren-Dingern – ich konnte ihm nicht mal danken.«

»Ein paar Verrückte seid ihr zwei«, stellte Harrison fest. Er spähte durch das Bullauge in die graue Düsternis des Mare Cimmerium hinaus. »Da kommt die Sonne.« Er hielt einen Moment inne. »Hör zu, Dick – du und Leroy, ihr nehmt unsere andere Bordrakete und versucht, die Filme zu bergen.«

Jarvis starrte ihn an. »Ich und Leroy?« wiederholte er stammelnd.

»Wieso nicht ich und Putz? Für einen Ingenieur gäbe es

* engl.: Marswüsten

eine Chance, uns hin und auch wieder zurück zu bringen, falls die Rakete uns übel mitspielt.«

Der Kapitän deutete mit einem Kopfnicken zum Heck des Raumschiffes, woher in dem Moment ein Geräusch von auf Metall treffenden Schlägen und kehligen Flüchen ertönte. »Putz nimmt sich noch mal das Innenleben der *Ares* vor«, verkündete er. »Er wird alle Hände voll zu tun haben, bis wir abfliegen, denn ich will, daß er sich jede Schraube ansieht. Wenn wir erst einmal gestartet sind, ist es für Reparaturen zu spät.«

»Und wenn Leroy und ich eine Bruchlandung machen? Das ist unsere letzte Bordrakete.«

»Treib noch einen Strauß auf und lauf zurück«, antwortete Harrison mürrisch. Dann lächelte er. »Wenn ihr in Schwierigkeiten kommt, werden wir euch mit der *Ares* ausfindig machen«, sagte er abschließend. »Diese Filme sind wichtig.« Er wandte sich um. »Leroy!«

Der nette kleine Biologe erschien und machte ein fragendes Gesicht.

»Jarvis und du, ihr rückt aus, um die Bordrakete zu bergen«, wies der Kapitän ihn an. »Alles ist bereit, und ihr solltet jetzt lieber starten. Meldet euch in Abständen von einer halben Stunde. Ich werde auf euren Funkruf warten.«

Leroys Augen strahlten. »Vielleicht können wir landen, um ein paar Proben mitzunehmen, oder?« forschte er.

»Landet, wenn ihr wollt. Diese Golfkugel scheint sicher genug zu sein.«

»Nur nicht sicher vor dem Traum-Ungeheuer«, brummte Jarvis, wobei er leicht schauderte. Plötzlich verdüsterte sich sein Gesicht. »Hört mal, solange wir auf dieser Route sind, könnt ihr sicher sein, daß ich nach Tweels Behausung Ausschau halten werde. Er muß irgendwo da draußen leben, und er ist das Bedeutendste, was mir auf dem Mars begegnet ist.«

Harrison hatte Bedenken. »Und ich habe geglaubt, ihr

wolltet euch die Probleme vom Halse halten«, sagte er. »Also gut. Schaut euch um. Essen und Wasser habt ihr an Bord; ihr könnt euch ein paar Tage Zeit lassen. Aber bleibt in Kontakt mit mir, ihr Pfeifen!«

Leroy und Jarvis traten durch die pneumatische Schleuse hinaus auf die graue Ebene. Die dünne Luft, mäßig erwärmt durch die aufsteigende Sonne, stach wie mit Nadeln in Fleisch und Lunge, und sie schnappten nach Luft in dem Gefühl, zu ersticken. Sie setzten sich hin und warteten darauf, daß ihre Körper, die sie monatelang in Akklimatisierungskammern auf der Erde trainiert hatten, sich an die dünne Atmosphäre anpaßten. Wie immer färbte sich Leroys Gesicht blau wie bei einer Erstickung, und Jarvis hörte seinen eigenen Atem in der Kehle rasseln. Aber nach fünf Minuten schwand dieses unangenehme Gefühl. Sie erhoben sich und kletterten in die kleine Bordrakete, die neben dem schwarzen Rumpf der *Ares* lagerte.

Die Stütztriebwerke dröhnten und ein feuriger Strahl schoß daraus hervor, Staub und Partikel zerfetzter Biopodien wirbelten in einer Wolke auf, als die Rakete abhob. Harrison verfolgte die Bahn des Flugkörpers auf ihrem flammenden Weg in den Süden, dann wandte er sich wieder seiner Arbeit zu.

Es vergingen vier Tage, ehe er die Rakete wiedersah. Am Abend, als die Sonne so schnell hinter dem Horizont versank wie eine Kerze, die ins Meer fällt, brach die Bordrakete aus dem südlichen Himmel hervor und glitt auf den flammenden Flügeln der Stütztriebwerke sanft nieder. Jarvis und Leroy tauchten auf, gingen durch den sich schnell setzenden Staub und traten dem Kapitän dann im Licht der *Ares* gegenüber. Er musterte die beiden; Jarvis war zerfetzt und zerkratzt, aber scheinbar in besserer Verfassung als Leroy, dessen Gesichtszüge jede Feinheit verloren hatte. Der kleine Biologe war so bleich wie der Mond, der draußen schien, ein Arm war bandagiert und mit Thermofolie umwickelt, und seine Kombination hing wahrhaftig wie Lumpen an ihm herab. Aber es waren vor allem seine Augen, die Harrison höchst seltsam berührten; jemand, der all die vielen beschwerlichen Tage mit dem kleinen Franzosen zusammengelebt hatte, sah in diesen Augen etwas Sonderbares. Sie waren von Furcht gezeichnet, das war offensichtlich, aber gerade das war merkwürdig, denn Leroy war kein Feigling; anderenfalls wäre er niemals eines der vier Besatzungsmitglieder geworden, die die Akademie für die erste Marsexpedition ausgewählt hatte. Dennoch war die Angst in seinen Augen verständlicher als jener andere Ausdruck, der noch darin lag, diese seltsame Starre des Blicks, wie bei jemandem, der in Trance ist oder in Ekstase. »Wie einer, der Himmel und Hölle auf einmal gesehen hat«, sagte sich Harrison im stillen. Er sollte noch herausfinden, wie recht er damit hatte.

Er gab sich betont schroff, als die beiden sich erschöpft setzten. »Ihr gebt ja wirklich 'n nettes Paar ab!« sagte er verdrießlich. »Ich hätte es besser wissen müssen und euch nicht allein losziehen lassen.« Er war einen Augenblick still. »Ist dein Arm in Ordnung, Leroy? Brauchst du 'ne Behandlung?«

Jarvis antwortete. »Ist schon in Ordnung – bloß eine Schnittwunde. Keine Gefahr, daß man sich hier infiziert, schätze ich; Leroy sagt, daß es auf dem Mars keine Mikroben gibt.«

»Na, nun macht schon!« wetterte der Käptn los. »Redet endlich! Eure Funkberichte klangen ziemlich verdreht. ›Aus dem Paradies entkommen!‹ Meine Güte!«

»Ich wollte über Funk keine Einzelheiten durchgeben«, sagte Jarvis ernst. »Du hättest geglaubt, wir seien übergeschnappt.«

»Das glaube ich auch so.«

»Ich auch«, brummte Leroy.

»Soll ich mit dem Anfang beginnen?« erkundigte sich der Chemiker. »Unsere ersten Berichte waren eigentlich ziemlich genau.« Er schaute zu Putz hin, der leise hereingekommen war, Gesicht und Hände schwarz von Ölkohle, und sich neben Harrison gesetzt hatte.

»Von Anfang an«, bestimmte der Käptn.

»Na ja«, begann Jarvis, »wir hatten einen guten Start, und dann hielten wir uns immer südlich auf dem gleichen Kurs, den ich letzte Woche eingeschlagen hatte. Ich gewöhnte mich an diesen engen Horizont und hatte nicht mehr so sehr das Gefühl, daß man eine große Glocke über mich gestülpt hatte, aber man überschätzt immer wieder die Entfernungen. Etwas, das vier Meilen weit weg ist, sieht aus, als sei es acht Meilen entfernt, wenn man an die Erdkrümmung gewöhnt ist, und so schätzt man die Ausmaße der Dinge viermal größer ein. Ein kleiner Hügel sieht aus wie ein Berg – bis du dann fast darüber bist.«

»Das weiß ich alles«, murrte Harrison.

»Ja, aber Leroy wußte das nicht, und ich verbrachte die ersten paar Stunden damit, es ihm auseinanderzusetzen. Als er es endlich kapierte, hatten wir schon das Cimmerium hinter uns gelassen und befanden uns über der Xanthus-Wüste, und dann überflogen wir den Kanal mit der Lehmstadt und den faßförmigen Einwohnern und die Stelle, wo Tweel das Traum-Ungeheuer erschossen hatte. Pierre bestand darauf, daß wir hier landeten, damit er an den Überresten seine biologischen Untersuchungen anstellen konnte. Das taten wir dann auch.

Das Ding war noch immer da. Kein Anzeichen von Verwesung; kann natürlich auch gar nicht sein, wenn's keine bakteriellen Lebensformen gibt, und Leroy sagt, daß der Mars so steril ist wie ein Operationstisch.«

»Comme le cœur d'une fileuse«, berichtigte der Biologe, der dabei war, einen Funken seiner ursprünglichen Vitalität wiederzuerlangen. »Wie das Herz einer alten Jungfer!«

»Jedenfalls«, so fuhr Jarvis fort, »hatten sich etwa hundert dieser winzigen graugrünen Biopodien an dieses Ding geheftet und wuchsen und verzweigten sich. Leroy fand einen Stock und schlug sie ab, und jeder einzelne Zweig brach weg und wurde zu einer Biopodie, die mit den anderen herumkroch. So stocherte er an der Kreatur herum, während ich indessen wegsah; selbst tot jagte mir dieser seilarmige Teufel einen Schauer über den Rücken. Und dann kam die Überraschung; das Ding war zum Teil pflanzlicher Natur!«

»*C'est vrai!*« bestätigte der Biologe. »Das stimmt!«

»Das war so was wie 'n großer Vetter der Biopodien«, erzählte Jarvis weiter. »Leroy war ziemlich aufgeregt; er meint, alles Marsleben sei von dieser Art – entweder pflanzlich oder tierisch. Das Leben hat sich hier nie in eine bestimmte Richtung entwickelt, sagte er; alles trägt beide Naturen in sich, selbst diese faßförmigen Mißgestalten – selbst Tweel! Ich glaube, er hat recht, vor allem, wenn ich mich daran erinnere, wie Tweel ruhte, indem er seinen Schnabel in den Sand steckte und die ganze Nacht über so verharrte. Ich habe ihn auch nie essen oder trinken sehen; vielleicht hatte sein Schnabel eher etwas von einer Wurzel an sich, und er erhielt auf diesem Wege seine Nahrung.«

»Hört sich ziemlich verrückt an«, bemerkte Harrison.

»Wir brachen dann ein paar von den anderen Gewächsen ab, und sie reagierten in der gleichen Weise – die Teilchen krochen umher, nur viel langsamer als die Biopodien, und dann gruben sie sich in den Boden. Leroy mußte ein Stück von diesem wandelnden Gras fangen, und wir waren schon bereit, den Ort zu verlassen, als eine Parade dieser Faßkreaturen samt ihren Schubkarren eilig vorüberzog. Auch sie hatten mich nicht vergessen; alle trommelten sie los ›Wir sind Wr-r-r-reunde – autsch!‹, so wie sie es zuvor getan hatten. Leroy wollte einen niederschießen und aufschneiden, aber ich erinnerte mich an den Kampf, den Tweel und ich mit ihnen ausgefochten hatten und erhob Einspruch gegen diesen Vorschlag. Leroy war auf eine Erklärung aus, was sie mit all dem Müll machten, den sie da zusammentrugen.«

»Ich nehme an, sie machten Lehmkuchen draus«, warf der Käpt'n brummig ein.

»Mehr oder weniger schon«, pflichtete ihm Jarvis bei. »Sie nutzen es als Nahrung, meint Leroy. Wenn sie zum Teil pflanzlich sind, ist es genau das, was sie sich wünschen würden – Erde mit organischen Bestandteilen darin, um diese fruchtbar zu machen. Deshalb schaufeln sie sich Sand, Biopodien und andere Gewächse ein, alles zusammen. Begreifst du?«

»Ziemlich verschwommen«, entgegnete Harrison. »Was ist mit den Selbstmördern?«

»Da hat Leroy auch eine Vermutung. Die Selbstmörder springen in das Mahlwerk, wenn das Gemisch zuviel Sand und Kies enthält; sie werfen sich selbst hinein, um die Proportionen auszugleichen.«

»Blödsinn!« sagte Harrison ärgerlich. »Warum können sie denn nicht 'n paar Zweige zusätzlich von draußen dazugeben?«

»Weil Selbstmord einfacher ist. Du mußt davon ausgehen, daß diese Kreaturen nicht nach Maßstäben beurteilt werden können, die für die Erde gelten; wahrscheinlich fühlen sie gar keinen Schmerz, und ihnen fehlt, was wir Individualität nennen. Was sie an Intelligenz besitzen, ist Eigentum der gesamten Gemeinschaft – wie bei einem Ameisenhaufen. Genau! Ameisen sind bereit, für ihren Ameisenhaufen zu sterben; bei diesen Kreaturen ist es genauso.«

»Und auch die Menschen sind dazu bereit, wenn es sein muß«, stellte der Kapitän fest.

»Ja, schon, aber die Menschen sind nicht so eifrig dabei. Es ist schon ein starkes Gefühl nötig wie etwa Patriotismus, um sie so weit zu bringen, daß sie für ihr Land sterben, für diese Dinger ist es etwas ganz Alltägliches.« Er hielt inne.

»Wir haben einige Aufnahmen von dem Traum-Ungeheuer und den Faßkreaturen gemacht, und dann starteten wir wieder.

Wir segelten über Xanthus hinweg, wobei wir uns so dicht an den Meridian der *Ares* hielten wie nur möglich, und schon sehr bald kreuzten wir den Weg der Pyramidenbauer. Wir wendeten und flogen zurück, damit Leroy einen Blick draufwerfen konnte, und als wir die Stelle wiederfanden, landeten wir. Das Ding hatte zwei Reihen Ziegel fabriziert, seit Tweel und ich es verlassen hatten, und da war es nun – atmete Silikon ein und warf Ziegelsteine aus, gerade so, als hätte es für diese Aufgabe eine Ewigkeit Zeit – was es ja auch wirklich hat. Leroy wollte das Ding mit einem Boland-Explosionsgeschoß zerlegen, aber ich war der Meinung, daß man etwas, das schon zehn Millionen Jahre lebte, den Respekt schuldig war, der dem hohen Alter zukommt, also redete ich ihm die Sache aus. Er spähte in das Loch und hätte beinahe einen tüchtigen Schlag gefangen von dem Arm, der mit dem Ziegelstein nach oben kam, und dann hat er ein paar kleine Stückchen von dem Ding abgeschabt, was die Kreatur jedoch nicht im geringsten gestört hat. Er fand die Stelle, an der auch ich etwas abgeschlagen hatte, und versuchte herauszufinden, ob sich Anzeichen für eine Heilung fanden, aber dann meinte er, in zwei- oder dreitausend Jahren könne man mehr sagen. So machten wir nur noch ein paar Aufnahmen und segelten weiter.

Am späten Nachmittag sichteten wir das Wrack meiner Rakete. Alles war unberührt. Wir holten die Filme und überlegten, was wir als nächstes tun sollten. Ich wollte, wenn möglich, Tweel finden. Aus der Tatsache, daß er nach Süden gezeigt hatte, schloß ich, daß er irgendwo unweit von Thyle hauste. Wir zeichneten unsere Flugroute auf und entschieden, daß die Wüste, in der wir uns befanden, Thyle II war. Thyle I sollte östlich von uns liegen. So beschlossen wir kurzerhand, einen Abstecher nach Thyle I zu machen und schwirrten ab.«

»Und die Motoren liefen?« erkundigte sich Putz und unterbrach damit sein anhaltendes Schweigen.

»Es war wie ein Wunder, aber wir hatten keine Schwierigkeiten, Karl. Der Antrieb funktionierte tadellos. So surrten wir dahin, flogen ziemlich hoch, um einen weiten Ausblick zu haben. Ich würde sagen, wir waren so fünfzigtausend Fuß hoch. Thyle II breitete sich unter uns wie ein orangener Teppich aus, und eine Weile später gelangten wir an den grauen Streifen des Mare Chronium, der die orangene Wüste begrenzte. Der war nicht sehr breit. In einer halben Stunde waren wir darüber hinweg, und da lag Thyle I vor uns – die gleiche orange getönte Wüste wie ihr Namensvetter. Wir hielten südlichen Kurs, auf das Mare Australe zu und folgten dem Wüstenrand. Und gegen Sonnenuntergang erblickten wir dann die Gebäude, die wie Tupfer über die Wüste verstreut waren. Keine von diesen Lehmstädten bei den Kanälen, obgleich sich auch hier ein Kanal durchzog. Nach der Karte zu urteilen, war dieser Kanal die Fortführung eines anderen, den Schiaparelli Ascanius genannt hatte.

Wahrscheinlich flogen wir zu hoch, als daß uns die Einwohner der Stadt hätten erspähen können, aber auch zu hoch, um selbst eine gute Sicht zu haben; mit den Ferngläsern war es nicht besser. Na ja, die Sonne ging ohnehin bald unter, also verwarfen wir den Plan, der Stadt einen kurzen Besuch abzustatten. Wir umkreisten das Gebiet. Der Kanal mündete ins Mare Australe, und dort glitzerte im Süden die schmelzende Polareiskappe. Der Kanal nahm das Wasser auf; wir konnten sehen, wie es darin funkelte. Weit entfernt in südöstlicher Richtung, genau am Rande des Mare Australe, lag ein Tal – die erste Unregelmäßigkeit in der Landschaft, die ich, abgesehen von den Felsen, die Xanthus und Thyle II umschlossen, auf dem Mars sah.

Wir überflogen das Tal ...« Jarvis brach plötzlich ab und schauderte. Leroy, der allmählich wieder Farbe bekommen hatte, erblaßte. Der Chemiker redete weiter. »Mit dem Tal schien alles in Ordnung zu sein – zu dem Zeitpunkt! Einfach eine graue Ödnis, sicherlich voll von diesen Krabbelviechern wie es sie woanders auch gab.

Wir drehten ab und flogen wieder zurück, bis wir uns über der Stadt befanden. Mann, ich kann euch sagen, dieses Fleckchen war wirklich – ja, gigantisch! Ganz kolossal; zuerst dachte ich, daß das Ausmaß dieser Stadt nur mit der Sinnestäuschung zusammenhing, von der ich euch berichtet habe – ihr erinnert euch, die Nähe des Horizontes –, aber das war nicht der Fall. Wir sind direkt darüber hinweggesegelt, und ich sage euch, so was habt ihr noch nicht gesehen!

Aber in dem Moment verschwand die Sonne. Ich wußte, daß wir ziemlich weit südlich waren – 60. Breitengrad –, aber ich wußte nicht, wie lang die Nacht sein würde.«

Harrison schaute auf eine Schiaparelli-Tabelle. »So um den 60. rum, ja?« fragte er. »Dicht dran an dem, was dem Antarktischen Kreis entspricht. Zu dieser Jahreszeit hättet ihr dort vier Nachtstunden gehabt. Drei Monate weiter, und ihr hättet überhaupt keine gehabt.«

»Drei Monate!« wiederholte Jarvis überrascht. Dann griente er. »Ist klar! Ich habe vergessen, daß die Jahreszeiten hier zweimal so lang sind wie bei uns. Nun ja, wir trudelten also etwa zwanzig Meilen weit in die Wüste hinein, was die Stadt unterhalb des Horizonts rückte, falls wir verschlafen sollten, und dort verbrachten wir die Nacht.

Du hast recht, was ihre Dauer betrifft. Wir hatten etwa vier Stunden Dunkelheit, und danach fühlten wir uns ziemlich ausgeruht. Wir aßen Frühstück, gaben unsere Position an euch durch und starteten, um uns die Stadt anzusehen.

Wir flogen von Osten her darauf zu, und sie tauchte wie eine Bergkette vor uns auf. Gott, was für eine Stadt! New York mag wohl höhere Gebäude haben und Chikago eine größere Fläche einnehmen, aber was die bloße Masse anging, waren diese Bauwerke eine Klasse für sich! Ungeheuer!

Dennoch sah der Ort irgendwie merkwürdig aus. Ihr wißt, wie eine Stadt auf der Erde sich ausbreitet: ein Gürtel von Vororten, ein Kreis von Wohnvierteln, Fabrikbereiche, Parks, Hauptstraßen. Nichts davon hier; die Stadt erhob sich so übergangslos aus der Wüste wie ein Felsen. Nur ein paar kleine Sandhügel markierten die Trennlinie, und dann kamen schon die Mauern dieser gigantischen Bauwerke.

Auch die Architektur war seltsam. Es gab eine Menge Einfälle und architektonische Kniffe, die bei uns zu Hause unmöglich wären, zum Beispiel so etwas wie zurückgesetzte Fassaden, nur umgekehrt, so daß ein Gebäude mit einem kleinen Fundament sich in dem Maße, wie es wächst, ausdehnen kann. So ein Kunstgriff wäre von unschätzbarem Wert für New York, wo Baugrund nahezu unbezahlbar ist, aber um das zu tun, müßte man die Marsgravitation dorthin übertragen.

Da man nun mal mit einer Rakete nicht gut auf einer Stadtstraße landen kann, gingen wir am Kanalufer runter, nahmen unsere kleinen Kameras und Revolver mit und brachen auf, um einen Durchschlupf in dem Mauerwerk zu suchen. Wir waren nicht mal zehn Fuß von der Rakete entfernt, als wir beide die Erklärung für den seltsamen Eindruck, den die Stadt machte, fanden.

Die Stadt war im Zerfall begriffen. Verlassen, verwaist, tot wie Babylon! Zumindest machte sie auf uns diesen Eindruck bei den leeren Straßen, die, falls sie überhaupt einmal gepflastert waren, nun unter einer hohen Sandschicht lagen.«

»Tatsächlich eine Ruine?« erkundigte sich Harrison ungläubig. »Wie alt?«

»Woher soll ich das wissen?« entgegnete Jarvis. »Die nächste Expedition zu diesem Golfball sollte einen Archäologen dabei haben – und auch einen Philologen, wie wir später feststellten. Es ist ein verteufelter Job, hier das Alter von irgend etwas zu schätzen; alles verwittert hier so langsam, daß die Gebäude auch am Tag zuvor erst hätten erbaut sein können. Keine Regenfälle, keine Erderschütterungen, keine Vegetation, die durch ihre Wurzeln Risse im Mauerwerk verursachen könnte – nichts. Die einzigen Faktoren hier, die das Altern begünstigen, sind die Erosion durch den Wind – aber die ist bei dieser Atmosphäre nur geringfügig – und die Temperaturschwankungen, die Risse hervorrufen. Und noch eine Ursache für den Verfall kommt hinzu – Meteoriten. Ab und zu müssen welche auf die Stadt herabstürzen, nach der dünnen Luft zu urteilen und dem Umstand, daß vier hier ganz in der Nähe der *Ares* aufgeschlagen sind.«

»Sieben«, berichtigte der Kapitän. »Drei sind noch heruntergeknallt, als ihr weg wart.«

»Nun, die Zerstörung durch Meteoriten kann ohnehin nicht erheblich sein. Große Meteoriten sind hier sicher genauso rar wie bei uns auf der Erde, und von den kleinen können diese Gebäude dort eine ganze Menge vertragen. Das Alter der Stadt würde ich auf fünfzehntausend Jahre schätzen – was natürlich zu einem hohen Prozentsatz falsch sein kann. Aber selbst diese Zahl bedeutet, daß sie Tausende Jahre älter ist als jede menschliche Zivilisation, vor fünfzehntausend Jahren hatten wir das späte Steinzeitalter in der Geschichte der Menschheit.

Leroy und ich kletterten also hinauf zu diesen gewaltigen Bauwerken, wobei wir uns wie Zwerge fühlten, ganz von Ehrfurcht ergriffen waren und nur im Flüsterton sprachen. Ich sage euch, es war gespenstisch, diese tote und verlassene Straße entlangzugehen, und jedesmal, wenn wir über einen Schattenflecken huschten, fröstelten wir, und das nicht nur, weil es im Schatten auf dem Mars sehr kalt ist. Wir kamen uns vor wie Eindringlinge, so als könne uns die große Rasse, die diesen Ort erbaut hatte, selbst auf eine Distanz von hundertfünfzig Jahrhunderten unsere Anwesenheit verübeln. Der Ort war still wie ein Grab, aber ständig sahen wir in unserer Vorstellung irgendwelche Dinge, spähten die dunklen Wege zwischen den Gebäuden entlang und blickten über unsere Schultern zurück. Die meisten der Bauwerke waren ohne Fenster, aber wenn wir in diesen riesigen Mauern eine Öffnung entdeckten, konnten wir unseren Blick nicht abwenden, erwarteten immer, irgendein Schreckenswesen könne daraus hervorlinsen.

Dann kamen wir an einem Gebäude mit einem offenen Torbogen vorbei. Die Torflügel waren noch vorhanden, aber der Sand, der sich davorgeschoben hatte, hielt sie offen. Ich nahm all meinen Mut zusammen und schaute hinein, und dann entdeckten wir, daß wir natürlich unsere Stablampen vergessen hatten. Dennoch wagten wir einige Schritte in die Dunkelheit, und der Durchgang öffnete sich zu einer riesigen Halle. Hoch über uns ließ ein Spalt in der Decke einen blassen Strahl Tageslicht durch, nicht annähernd genug, um den Ort zu erhellen; ich konnte nicht einmal erkennen, ob die Halle gerade hoch ging bis zu dem fernen Dach. Aber ich weiß, daß der Raum enorm groß war. Ich sagte etwas zu Leroy, und eine Million feiner Echos schnellten aus der Dunkelheit zu uns zurück. Danach hörten wir noch andere Laute – gleitende, raschelnde Geräusche und Wispern und Geräusche wie von unterdrücktem Atmen – und etwas Schwarzes und Stilles bewegte sich zwischen uns und dem weit entfernten Lichtspalt.

Dann sahen wir drei kleine grünlich schimmernde Flekken in der Dämmerung zu unserer Linken. Wir standen da und starrten sie an, und dann regten sie sich alle auf einmal. Leroy schrie, ›Das waren Augen!‹

Einen Moment standen wir wie versteinert, während Leroys Schrei noch zwischen den entfernten Wänden hin- und herschwang, und die Echos wiederholten die Worte mit eigenartigen dünnen Stimmen. Da war ein Murmeln und Murren, Flüstern und Laute, die von einem seltsam sanften Gelächter herzurühren schienen, und dann bewegte sich dieses dreiäugige Ding wieder. Da stürzten wir zur Tür.

Draußen, im Sonnenlicht, fühlten wir uns besser; wir sahen uns blöde an, aber keiner von uns machte den Vorschlag, noch einen Blick ins Innere dieses Gebäudes zu werfen – obwohl wir uns den Ort dann später doch ansahen, und das war in der Tat sehr seltsam – aber das werdet ihr erfahren, wenn ich soweit bin. Wir machten also unsere Revolver locker und schlichen weiter diese gespenstische Straße entlang.

Die Straße beschrieb einige Kurven und Windungen und teilte sich dann. Ich achtete genau darauf, welche Richtung wir einschlugen, denn wir konnten nicht riskieren, in diesem gigantischen Labyrinth verlorenzugehen. Ohne unsere Thermo-Schlafsäcke hätte diese Nacht uns erledigt, wenn es schon dieses Etwas, das in den Ruinen lauerte, nicht geschafft hatte. Allmählich bemerkte ich, daß wir wieder zum Kanal hin schwenkten; die Gebäudereihe endete, und es standen nur noch ein paar Dutzend schäbige Steinhütten da, die so aussahen, als seien sie aus dem Schutt der Stadt erbaut. Ich war etwas enttäuscht, daß ich keine Spur von Tweels Leuten gefunden hatte, doch als wir um eine Ecke bogen, stand er plötzlich vor uns!

Ich rief ›Tweel!‹, aber er stierte uns nur regungslos an, und dann sah ich, daß es nicht Tweel war, sondern ein anderes Marswesen seiner Art. Tweels fedrige Anhängsel waren eher orange gefärbt, und er war um einige Zoll größer als dieser hier. Leroy sprudelte über vor Aufregung, und der Marsianer hielt seinen boshaften Schnabel auf uns gerichtet. Ich, als Friedensstifter, trat einen Schritt vor. Ich fragte vorsichtig ›Tweel?‹ – nichts geschah. Ich probierte es etliche Male, und schließlich mußten wir's aufgeben. Wir verstanden uns nicht.

Leroy und ich gingen auf die Hütten zu, und der Marsianer folgte uns. Zweimal gesellten sich noch andere zu ihm, und jedesmal rief ich sie mit ›Tweel!‹ an, doch sie starrten nur zurück. So gingen wir gemächlich weiter, während drei Marsianer uns nachkamen, und da schoß mir plötzlich durch den Kopf, daß mein Akzent Schuld sein könnte. Ich wandte mich der Gruppe zu und versuchte so zu trillern wie Tweel es auch tat: ›T-r-r-rwee-r-r-l!‹ So etwa.

Und das klappte! Einer von ihnen schraubte seinen Kopf um volle neunzig Grad herum und kreischte ›T-r-r-rwee-r-r-l!‹, und einen Moment später kam Tweel wie ein Pfeil über die Hütten gesegelt und landete auf seinem Schnabel direkt vor mir!

Mann, wir freuten uns vielleicht, uns wiederzusehen! Tweel stimmte ein Gezwitscher und Gezirpe an wie auf einer Farm im Sommer und schwebte immer wieder in die Luft und landete auf seinem Schnabel, und ich hätte gern seine Hände ergriffen, nur hielt er nie lange genug still.

Die anderen Marsianer und Leroy guckten bloß, und nach einer Weile hörte Tweel auf herumzuhopsen, und da waren wir nun wieder beieinander. Wir konnten nicht mehr miteinander reden als vorher, und nachdem ich einige Male ›Tweel‹ gesagt hatte und er ›Tick‹, waren wir mehr oder weniger hilflos. Na ja, es war erst Vormittag, und es schien schon wichtig zu sein, daß wir alles über Tweel und die Stadt in Erfahrung brachten, und deshalb schlug ich vor, daß er uns durch den Ort führen sollte, falls er nichts zu tun hatte. Ich machte ihm diese Idee klar, indem ich zurück zu den Bauwerken zeigte und dann auf ihn und uns deutete.

Nun, anscheinend war er gerade nicht sehr beschäftigt, und so trabte er mit uns los und wies uns den Weg, indem er einen seiner hundertfünfzig Fuß weiten Kopfübersprünge absolvierte, was Leroy die Sprache verschlug. Als wir die Entfernung aufgeholt hatten, sagte er etwas wie ›Eins, eins, zwei, zwei, zwei, vier-nein, nein-ja, ja -Stein – nein at'm!‹ Das schien keine Bedeutung zu haben; vielleicht wollte er Leroy nur vorführen, was er alles in Englisch sagen konnte, oder vielleicht ging er auch bloß noch mal sein Vokabular durch, um sein Gedächtnis aufzufrischen.

Jedenfalls ging er mit uns herum. Er hatte ein Lämpchen in seinem schwarzen Beutel, ausreichend für kleine

Räume, aber kaum von Nutzen in den gewaltigen Höhlen, die wir durchschritten. Neun von zehn Gebäuden hatten in unseren Augen überhaupt keinen Sinn – einfach weite leere Kammern voller Schattenbilder und raschelnden Geräuschen. Ich konnte mir nicht vorstellen, welchen Zweck sie erfüllen sollten. Als Wohnräume schienen sie nicht geeignet, nicht mal für kommerzielle Zwecke – Handel und so weiter. Als Kraftwerke wären sie ganz gut zu gebrauchen, aber was sollte eine ganze Stadt voller solcher Bauten? Und wo waren die Überreste der Maschinenausrüstung?

Die Stadt war ein einziges Rätsel. Manchmal geleitete Tweel uns durch Hallen, in denen ein Ozeandampfer Platz gefunden hätte, und dann blies er sich auf vor Stolz, während wir nicht das Geringste damit anfangen konnten! Als eine Schau architektonischer Möglichkeiten war die Stadt grandios; ansonsten war das einfach Mumpitz!

Aber eine Sache sahen wir, die sich uns eingeprägt hat. Wir kamen zu dem Haus, das Leroy und ich zuvor schon betreten hatten – das mit den drei Augen drin. Wir waren uns nicht ganz sicher, ob wir da hineingehen sollten, aber Tweel piepste aufgeregt und trillerte und sagte unaufhörlich ›ja, ja, ja‹, also folgten wir ihm und hielten nervös Ausschau nach diesem Ding, das uns beobachtet hatte. Die Halle war genauso wie alle anderen, erfüllt von Gemurmel, Gleitgeräuschen und Schattengestalten, die in die Ecken schlüpften. Wenn diese dreiäugige Kreatur noch da war, hatte sie sich wahrscheinlich mit den anderen davongestohlen.

Tweel führte uns an der Wand entlang; im Schein seiner Lampe tauchten eine Reihe kleiner Nischen auf, und in der ersten davon stießen wir auf ein mysteriöses Ding – sehr unheimlich. Als das Licht in die Nische fiel, sah ich zuerst nur einen leeren Raum, und dann, auf dem Boden hockend, erblickte ich es! Ein kleines Vieh, etwa so lang wie eine große Ratte war es, grau und zusammengekauert und offensichtlich durch unser Auftauchen sehr erschreckt. Es hatte das eigentümlichste und teuflischste kleine Gesicht, das ich je gesehen hatte! – spitze Ohren oder Hörner und satanische Augen, in denen eine Art boshafter Intelligenz zu blitzen schien.

Tweel sah es auch und stieß einen Angstschrei aus, und da stellte sich die Kreatur auf zwei bleistiftdünne Beine und eilte mit einem halb entsetzten, halb herausfordernden Gequieke davon. Es sauste an uns vorbei in die Dunkelheit, selbst für Tweel zu schnell, und indem es rannte, wehte etwas um seinen Körper herum, wie ein flatternder Umhang. Tweel kreischte ihm wütend nach und stimmte ein schrilles Geschrei an, das nach echtem Zorn klang.

Aber das Ding war weg – und da bemerkte ich etwas, wie man es sich merkwürdiger nicht vorstellen kann. Dort, wo das Ding auf dem Boden gehockt hatte, lag – ein Buch! Es hatte auf einem Buch gelegen!

Ich ging einen Schritt vor; für mich stand so gut wie fest, daß die Seiten irgendwelche Eintragungen enthielten – geschwungene weiße Linien wie bei einer Seismographenaufzeichnung auf schwarzem Tuch, das gleiche Material, aus dem Tweels Beutel gemacht war. Tweel schäumte vor Wut, nahm den Band auf und feuerte ihn wieder auf seinen Platz in einem Regal, das voll von weiteren Büchern war. Leroy und ich starrten uns sprachlos an.

Hatte das kleine Ding mit dem bösartigen Gesicht etwa gelesen? Oder fraß es einfach die Seiten auf, war eher auf stoffliche Nahrung aus als auf geistige! Oder war der ganze Vorgang nur ein Zufall?

Wenn die Kreatur ein rattenähnliches Ungeziefer war, das Bücher zerstörte, war Tweels Zorn verständlich, aber warum sollte er ein intelligentes Wesen, selbst wenn es von einer fremden Rasse stammte, vom Lesen abhalten wollen, falls es wirklich las? Ich weiß nicht. Ich stellte aber fest, daß das Buch ganz unversehrt war, und auch die anderen, die wir in die Hand nahmen, waren unbeschädigt. Aber ich habe so eine seltsame Ahnung, daß, wenn wir das Geheimnis dieses kleinen, in einen Umhang gehüllten Wichts herausbekämen, sich auch das Mysterium dieser großen verlassenen Stadt und des Niedergangs der Marskultur entschlüsseln würde.

Nach einer Weile beruhigte sich Tweel wieder und führte uns durch die ganze riesige Halle. Ich glaube, es war mal eine Bibliothek. Jedenfalls gab es dort Tausende und aber Tausende von diesen seltsamen Büchern mit schwarzen Seiten, die weiß bedruckt waren. Einige enthielten auch Abbildungen, und auf manchen dieser Bilder waren Tweels Leute zu sehen. Das ist natürlich der springende Punkt! Es deutet darauf hin, daß es seine Rasse war, die die Stadt baute und die Bücher druckte. Ich glaube, daß auch der größte Philologe auf Erden nicht eine Zeile dieser Aufzeichnungen übersetzen könnte; sie wurden von einem Geist ersonnen, der dem unseren zu verschieden ist.

Tweel konnte die Zeichen selbstverständlich lesen. Er zwitscherte ein paar Zeilen herunter, und dann nahm ich mit seiner Erlaubnis einige der Bücher. Bei einigen sagte er ›Nein, nein!‹, bei anderen ›Ja, ja!‹ Vielleicht behielt er diejenigen ein, die seine Leute noch benötigten oder er ließ mich die nehmen, von denen er meinte, die könnten wir am ehesten verstehen. Ich weiß es nicht; die Bücher sind draußen in der Rakete.

Dann richtete er seine funzlige Lampe auf die Wände, und sie waren bemalt! Mein Gott, was für Bilder! Sie erstreckten sich bis hinauf in die Schwärze des Daches, geheimnisvoll und gigantisch! Mit dem Bild auf der ersten Wand konnte ich nicht viel anfangen. Es schien ein Porträt einer großen Gesellschaft von Tweels Leuten zu sein. Vielleicht sollte es die Gemeinschaft oder die Regierung symbolisieren. Das Bild auf der nächsten Wand war verständlicher; es zeigte Gestalten bei der Arbeit an einer gewaltigen Maschine, und das stellte wohl die Industrie oder die Wissenschaft dar. Das Bild auf der Rückwand war teilweise zersetzt; aus dem, was wir erkennen konnten, schloß ich, daß diese Darstellung die Kunst versinnbildlichen sollte, aber als wir zu der vierten Wand kamen, waren wir durch den Schock, den wir erlitten, wie betäubt.

Ich glaube, es war ein Symbol für Entdeckungen, für Forschung. Diese Wandbemalung war deutlicher zu erkennen, da der wandernde Strahl des Tageslichts, das durch den Spalt an der Decke eintrat, die obere Fläche beleuchtete und Tweels Lampe die untere erhellte. Wir konnten eine überdimensionale sitzende Gestalt ausmachen, einen von diesen Marsianern mit dem spitzen Schnabel, so wie Tweel, aber jedes der Gliedmaßen suggerierte Schwermut und Überdruß. Die Arme hingen wie leblos herab, der dünne Hals war gebeugt, und der Schnabel ruhte auf dem Rumpf, so als könne die Kreatur nur mit Mühe ihr eigenes Gewicht tragen. Und noch ehe wir darin eine kniende Gestalt erkannten, taumelten Leroy und ich nur beim bloßen Anblick fast gegeneinander. Es war ganz augenscheinlich ein Mensch!«

»Ein Mensch!« krächzte Harrison. »Ein Mensch, sagst du?«

»Ich sagte, augenscheinlich«, erwiderte Jarvis. »Der Künstler hatte die Nase übertrieben groß gemalt, etwa so lang wie Tweels Schnabel, aber die Gestalt hatte schwarzes, schulterlanges Haar, und anstatt der bei den Marsianern üblichen vier Finger hatte sie fünf Finger an der ausgestreckten Hand! Sie kniete, wie zur Anbetung der Marsianer, und auf dem Boden stand etwas, das wie eine Steingutschüssel mit etwas Eßbarem als Opfergabe darin aussah. Mann, Leroy und ich glaubten schon, wir hätten den Verstand verloren!«

»Das glauben Putz und ich auch!« polterte der Käpt'n los.

»Kann schon was dran sein«, antwortete Jarvis, wobei er ein schwaches Grinsen zu dem blassen kleinen Franzosen 'rüberschickte, der es schweigend erwiderte. »Tweel«, so erzählte Jarvis weiter, »gab ein Gequieke von sich und zeigte auf die Gestalt an der Wand und sagte ›Tick! Tick!‹ Also hatte er die Ähnlichkeit bemerkt – aber laß jetzt bloß deine blöden Witzeleien über meine Nase stecken!« warnte er den Kapitän. »Leroy machte dann eine wichtige Bemerkung; er sah den Marsianer an und sagte ›Thoth! Der Gott Thoth!‹«

»Oui!« bestätigte der Biologe. *»Comme l'Egypte!«*

»Ja«, sagte Jarvis, »wie der ägyptische Gott mit dem ibisförmigen Kopf – der mit dem Schnabel. Sobald Tweel den Namen Thoth hörte, lärmte er los und trillerte und quiekte. Er deutete auf sich selbst und sagte ›Thoth! Thoth!‹, und dann beschrieb er mit seinem Arm einen Kreis und wiederholte es. Natürlich tat er oft recht seltsame Dinge, dennoch glaubten wir beide, daß wir ihn verstanden hatten. Er versuchte uns zu sagen, daß seine Rasse sich Thoth nannte. Versteht ihr, worauf ich hinaus will?«

»Aber genau«, sagte Harrison. »Du meinst, die Marsianer hätten irgendwann mal einen Abstecher zur Erde gemacht, und die Ägypter haben sich in ihrer Mythologie daran erinnert. Also damit bist du raus aus dem Spiel. Vor fünfzehntausend Jahren gab's nämlich noch keine ägyptische Zivilisation.«

»Falsch!« sagte Jarvis mit einem Grinsen. »Es ist wirklich schade, daß wir keinen Archäologen mit haben, aber Leroy hat mir gesagt, daß es in Ägypten eine Steinzeitkultur gab, Zivilisation, noch ehe die Dynastien existierten.

»Na und, selbst wenn's so wäre. Was heißt das schon?«

»Eine ganze Menge! Alles auf diesem Bild ist ein Beweis für meine Theorie. Die Haltung des Marsianers, schlaff und schwerfällig – das ist die unnatürliche Belastung durch die Erdgravitation. Der Name Thoth; Leroy sagt, Thoth war der ägyptische Gott der Philosophie und der *Begründer der Schrift*! Begreift ihr? Diese Idee muß ihnen gekommen sein, als sie die Marsianer dabei beobachteten, wie sie sich Aufzeichnungen machten. Es wäre doch ein unwahrscheinliches Zusammentreffen, daß

Thoth einen Schnabel und einen ibisförmigen Kopf haben soll, und daß die Schnabel-Marsianer sich ausgerechnet Thoth nennen.«

»Nun, der Teufel soll mich holen! Aber was soll dann die Nase an diesem Ägypter bedeuten? Willst du etwa sagen, daß die Ägypter des Steinzeitalters längere Nasen hatten als gewöhnliche Menschen?«

»Natürlich nicht! Es ist nur so, daß die Marsianer ganz selbstverständlich ihre Malereien in der für sie typischen Weise gestalten. Neigen die Menschen nicht dazu, alles auf sich zu beziehen? Das ist der Grund, weshalb von den Seekühen und Lamantinen der Seejungfrauenmythos ausging – Seeleute glaubten an den Ungeheuern menschliche Züge zu erkennen. So hat dieser Marskünstler, der entweder nach Beschreibungen zeichnete oder nach mangelhaften Fotografien die Größe der Nase in solch einem Maße übertrieben, wie es ihm normal schien. Das ist jedenfalls meine Erklärung dafür.«

»Na ja, als Erklärung mag's angehen«, brummte Harrison. »Was ich wissen will, ist, weshalb ihr beide ausseht wie ein paar alte Vogelscheuchen?«

Jarvis schauderte abermals und warf Leroy einen Blick zu. Der kleine Biologe hatte seine gewohnte Ausgeglichenheit fast wiedererlangt, aber als er Jarvis' Blick erwiderte, lag darin der Nachklang allen Schreckens.

»Dazu kommen wir noch«, sagte der Chemiker. Erst mal bleibe ich noch bei Tweel und seinen Leuten. Von den drei Tagen verbrachten wir die meiste Zeit mit ihnen, wie ihr wißt. Ich kann nicht alle Einzelheiten berichten, aber ich werde die wichtigsten Fakten zusammenfassen und euch unsere Schlußfolgerungen nennen, die vielleicht nicht mal 'nen Inflationsfranc wert sind. Es ist wirklich schwer, diese ausgetrocknete Welt nach irdischen Maßstäben zu beurteilen.

Wir machten Aufnahmen von allem möglichen; ich versuchte sogar, das gigantische Wandgemälde in der Bibliothek aufzunehmen, aber wenn nicht die chemische Wirksamkeit der Lichtstrahlen aus Tweels Lampe besonders hoch war, glaube ich nicht, daß etwas darauf zu sehen sein wird. Und das ist wirklich bedauerlich, denn es ist zweifellos das interessanteste Objekt, das wir auf dem Mars gefunden haben, zumindest aus der Sicht des Menschen.

Tweel war ein sehr höflicher Gastgeber. Er führte uns an alle wichtigen Orte – sogar zu den neuen Wasserwerken.«

Putz' Augen hellten sich bei dem Wort auf. »Wasserwerke?« fragte er. »Wofür?«

»Für den Kanal natürlich. Sie kommen nicht umhin, dort eine Wassersäule zu errichten, um das Wasser durchzupumpen, das ist ganz offensichtlich.« Er schaute den Kapitän an. »Sie selbst haben mir erzählt, daß, wenn man das Wasser von den Polareiskappen des Mars zum Äquator leitet, das genauso ist, als würde man es einen zwanzig Meilen hohen Berg hinaufzwingen, denn der Mars ist an den Polen platt und wölbt sich am Äquator, so wie auf der Erde.«

»Das stimmt«, bestätigte Harrison.

»Die Stadt«, fuhr Jarvis fort, »ist der Standort für ein Hilfskraftwerk, das den Fluß vorantreibt. Das Kraftwerk schien das einzige der gigantischen Bauwerke zu sein, das einem nützlichen Zweck diente, und das war schon sehenswert. Ich wünschte, Du hättest es ebenfalls gesehen, Karl; du wirst dir so gut es geht mit Hilfe unserer Aufnahmen ein Bild davon machen müssen. Es ist ein Sonnenkraftwerk.«

Harrison und Putz starrten ihn an. »Sonnenkraft!« raunzte der Kapitän. »Das ist doch primitiv!« Und der Ingenieur stimmte ihm nachdrücklich zu.

»Nicht ganz so primitiv«, stellte Jarvis richtig. »Das Sonnenlicht fiel konzentriert auf einen eigenartigen Zylinder in der Mitte eines großen Konkavspiegels, und daraus gewannen sie elektrischen Strom. Der Strom betrieb die Pumpen.«

»Ein Thermoelement!« rief Putz aus.

»Das klingt einleuchtend; urteilt selbst, wenn ihr die Aufnahmen seht. Ein paar merkwürdige Dinge gab es allerdings bei diesem Kraftwerk. Das Seltsamste war, daß die Maschinen nicht von Tweels Leuten bedient wurden, sondern von einigen dieser faßförmigen Gestalten, ähnlich denen aus der Xanthus-Wüste!« Er blickte rundum in die Gesichter seiner Zuhörer; sie sagten nichts dazu.

»Habt ihr's kapiert?« erkundigte er sich. Als sie schwiegen, sagte er: »Ich sehe schon, ihr begreift es nicht. Leroy hat's rausgekriegt, ob er recht hat oder nicht, das weiß ich nicht. Er denkt, daß diese Faßdinger und Tweels Rasse in einer Wechselbeziehung stehen, etwa wie Bienen und Blumen auf der Erde. Die Blumen geben den Bienen Honig, und die Bienen tragen den Pollen für die Blumen weiter. Klar? Die Faßdinger kümmern sich um die Maschinen, und Tweels Leute bauen das Kanalsystem. In der Xanthus-Stadt, das muß eine Verstärkerstation gewesen sein, das erklärt die rätselhaften Maschinen, die ich gesehen habe. Leroy glaubt weiter, daß das keine sehr intelligente Vereinbarung ist – zumindest nicht von Seiten der Faßkreaturen –, aber es ist über Tausende Generationen so gehandhabt worden, daß es zu einer Art Instinkt geworden ist – ein Tropismus – ebenso wie die Verrichtungen der Ameisen und Bienen. Diese Kreaturen sind es nicht anders gewöhnt.

»Blödsinn!« bemerkte Harrison. »Dann laß mal hören, wie du dir diese große leere Stadt erklärst.«

»Tweels Zivilisation ist im Niedergang begriffen, das ist der Grund. Es ist eine sterbende Rasse, und von all den Millionen, die hier mal gelebt haben müssen, sind nur Tweels paar Hundert Artgenossen übrig geblieben. Sie sind als Außenposten, zurückgelassen, um die Wasserquelle der Polarspitze in Gang zu halten; wahrscheinlich gibt es noch einige ganz respektable Städte, die an diesem Kanalsystem gelegen sind, höchstwahrscheinlich in der Nähe der Wendekreise. Es sind die letzten Atemzüge einer Rasse – einer Rasse, die eine höhere Kulturstufe erreicht hat als die Menschheit.«

»So?« sagte Harrison. »Und weshalb sterben sie dann aus? Zu wenig Wasser?«

»Das glaube ich nicht«, entgegnete der Chemiker. »Vorausgesetzt, meine Schätzung des Alters der Stadt ist richtig, dann würden fünfzehntausend Jahre nicht so einen großen Unterschied in der zur Verfügung stehenden Wassermenge bewirken – nicht mal hunderttausend Jahre könnten das. Es ist etwas anderes, obwohl das Wasser sicher auch eine Rolle spielt.«

»Wohin verschwindet das Wasser?« unterbrach ihn Putz.

»Das weiß doch sogar ein Chemiker!« spottete Jarvis. »Zumindest, wie das auf der Erde geschieht. Hier bin ich mir nicht so sicher, aber auf der Erde ist es so: Jedesmal, wenn es blitzt, wird Wasserdampf elektrolytisch in Wasserstoff und Sauerstoff versetzt, und der Wasserstoff verflüchtigt sich dann in den Weltraum, da die Erdanziehungskraft ihn nicht auf die Dauer halten kann. Und jedesmal, wenn es ein Erdbeben gibt, verschwindet das Wasser ins Erdinnere. Langsam zwar, aber verflucht sicher.« Er wandte sich an Harrison. »Stimmt's, Käpt'n?«

»Stimmt«, pflichtete der Käpt'n ihm bei. »Aber hier, wo es keine Erdbeben, keine Gewitter gibt, muß der Verlust ziemlich gering sein. Warum also geht dann diese Rasse zugrunde?«

»Das Sonnenkraftwerk gibt die Antwort darauf«, entgegnete Jarvis. »Es gibt einen Mangel an Brennstoff! Kein Öl mehr, keine Kohle mehr; falls der Mars jemals ein auf Kohlenstoff beruhendes Zeitalter hatte – und keine Wasserkraft zur Verfügung steht –, so können sie selbst die geringste Menge Energie nur aus der Sonne beziehen. Deshalb sterben sie aus.«

»Bei der grenzenlosen Energie des Atoms?« Harrison geriet in Rage.

»Sie wissen nichts über die Atomenergie, haben's wahrscheinlich auch nie gewußt. Müssen ihre Raumschiffe nach irgendeinem anderen Prinzip betrieben haben.«

»Weshalb setzt du dann ihre Intelligenz über die der Menschen?« fragte Harrison spitz. »*Wir* haben schließlich das Atom gespalten!«

»Sicher, das haben wir. Wir hatten den Schlüssel dafür – Radium und Uran. Glaubst du, wir hätten es auch ohne diese Elemente geschafft? Wir hätten nicht mal geahnt, daß Atomenergie existiert!«

»Nun, haben sie denn keine . . .?«

»Nein, haben sie nicht. Du selbst hast mir erzählt, daß der Mars nur dreiundsiebzig Prozent der Erddichte hat. Selbst ein Chemiker erkennt, daß es somit an Schwermetallen fehlt – kein Osmium, kein Uran, kein Radium. Sie hatten einfach nicht die Mittel.«

»Auch wenn es so ist, das beweist noch lange nicht, daß sie fortschrittlicher sind als wir. Wenn sie wirklich besser wären als wir, dann hätten sie diese Entdeckung auch anderswie gemacht.«

»Mag sein«, gestand Jarvis ihm zu. »Ich behaupte ja nicht, daß wir sie nicht in einigen Dingen übertreffen, aber in anderen sind sie uns weit voraus.«

»In welchen zum Beispiel?«

»Nun ja, gesellschaftlich.«

»Wie meinst du das?«

Nacheinander schaute Jarvis jeden der drei an, die ihm gegenüber saßen. Er zögerte. »Ich bin nicht sicher, wie ihr Jungs das aufnehmen werdet«, murmelte er. »Es ist ganz natürlich, daß jeder sein System für das Beste hält.« Sein Gesicht wurde ernst. »Seht mal – auf der Erde haben wir drei verschiedene Gesellschaftssysteme. Und ein Vertreter jedes dieser Systeme sitzt hier. Putz lebt unter einer Diktatur – einer Autokratie. Leroy ist Bürger der Sechsten Kommune in Frankreich. Harrison und ich sind Amerikaner, leben in einer Demokratie. Da habt ihr sie – Autokratie, Demokratie, Kommunismus – die drei Typen der Gesellschaftsformen auf der Erde. Tweels Volk hat ein System, das sich von jedem der unseren unterscheidet.«

»Welches System soll das sein?«

»Eins, das keine Nation auf der Erde jemals ausprobiert hat. Die Anarchie!«

»Anarchie!« riefen Putz und Harrison gleichzeitig aus.

»Ja, genau.«

»Aber was meinst du damit, daß sie uns voraus sind?« fuhr Harrison auf. »Anarchie! Pah!«

»Ich sage ja nicht, daß das bei uns oder bei irgend einer menschlichen Rasse funktioniert. Aber bei ihnen klappt es.«

»Aber – Anarchie!« Der Kapitän war skeptisch.

»Wenn ihr der Sache mal auf den Grund geht«, verteidigte sich Jarvis, »werdet ihr feststellen, daß Anarchie die ideale Regierungsform ist, wenn sie funktioniert. Emerson sagte, die beste Regierung sei diejenige, die am wenigsten regiert, und das sagten auch Wendell Phillips und George Washington. Es gibt keine Regierungsform, wo weniger regiert wird als in der Anarchie, denn Anarchie bedeutet ja, daß es überhaupt keine Regierung gibt.«

Der Kapitän war aufgebracht. »Aber das ist unnatürlich! Selbst Eingeborenenstämme haben ihre Stammesoberhäupter! Sogar ein Rudel Wölfe hat seinen Anführer!«

»Das beweist doch nur, daß eine Regierung eine primitive Erfindung ist, oder?« fragte Jarvis herausfordernd. »Bei einer vollkommenen Rasse würde man sie überhaupt nicht benötigen; Regierung ist ein Eingeständnis der Schwäche. Sie ist das Eingeständnis, daß ein Teil der Menschen nicht mit den übrigen zusammenarbeiten will und daß man Gesetze braucht, um jene Individuen zu zügeln, die der Psychologe asozial nennt. Wenn es keine asozialen Personen gäbe – Kriminelle und andere – würde man auch keine Gesetze und keine Polizei brauchen, stimmt's?«

»Aber man braucht eine Regierung! Was wird mit den öffentlichen Angelegenheiten – Kriegen, Steuern?«

»Es gibt keine Kriege auf dem Mars, obwohl er nach dem Kriegsgott benannt ist. Es ist kein Grund dafür vorhanden. Der Mars ist zu dünn besiedelt, und die Bevölkerung ist zu zersplittert, und außerdem ist die Unterstützung jeder einzelnen Gemeinschaft erforderlich, um das Kanalsystem in Gang zu halten. Steuern gibt es auch nicht, denn ganz augenscheinlich arbeiten alle Individuen beim Bau öffentlicher Einrichtungen mit. Keine Konkurrenz, die Ärger verursacht, denn jedermann kann sich selbst mit allem versorgen. Wie ich schon sagte, bei einer vollkommenen Rasse ist eine Regierung absolut überflüssig.«

»Und du betrachtest also die Marsianer als eine vollkommene Rasse?« fragte der Kapitän grimmig.

»Ganz und gar nicht! Aber sie existieren so viel länger als die Menschheit, daß sie – zumindest gesellschaftlich – an einen Punkt gelangt sind, wo sie keine Regierung mehr benötigen. Sie arbeiten zusammen, das ist alles.« Jarvis machte eine Pause. »Ist doch eigenartig – als würde Mutter Natur zwei Experimente durchführen, eins bei uns zu Hause und eins auf dem Mars. Auf der Erde ist es der Versuch einer gefühlsbegabten, angestrengt miteinander wetteifernden Rasse in einer Welt des Überflusses; hier ist es der Versuch einer stillen, freundlichen Rasse in einer verödeten, unergiebigen, ungastlichen Welt. Alles hier ist auf Zusammenarbeit ausgerichtet. Nun, und dann fällt ein weiterer Umstand weg, der bei uns zu Hause zu viele Probleme verursacht – Sex!«

»Was?«

»Ja. Tweels Leute vermehren sich wie die Faßgebilde in den Lehmstädten; zwischen zwei Individuen wächst ein drittes heran. Ein weiterer Beweis für Leroys These, daß das Marsleben weder tierisch noch pflanzlich ist. Außerdem war Tweel als Gastgeber so freundlich zuzulassen, daß wir seinen Kopf vornüberbeugten und die Federn anhoben, und diese Untersuchung überzeugte Leroy.«

»Oui«, bestätigte der Biologe. »Das stimmt.«

»Aber Anarchie!« brummte Harrison verärgert. »Das kann's auch nur auf so einer verrückten halbtoten Kugel wie dem Mars geben!«

»Es werden noch etliche Jahrhunderte vergehen, ehe du dir auf der Erde darüber den Kopf zerbrechen mußt«, sagte Jarvis grinsend. Er fuhr fort zu erzählen.

»Also wir streiften durch diese Grabesstadt und machten von allem Fotos. Und dann faßte ich den Entschluß, mir das Tal anzusehen, das wir von der Rakete aus erspäht hatten. Ich weiß auch nicht warum, aber als wir versuchten, Tweel in diese Richtung zu lenken, stimmte er solch ein Gekreische und Geschrei an, daß ich glaubte, er sei übergeschnappt.«

»Wenn das überhaupt noch möglich ist!« sagte Harrison spöttisch.

»So machten wir uns ohne ihn auf den Weg; er hörte nicht auf zu jammern und zu lamentieren. ›No-nein-nein! Tick!‹, aber das machte uns nur noch neugieriger. Er segelte über unsere Köpfe hinweg, balancierte auf seinem Schnabel und vollführte noch ein Dutzend anderer Tollheiten, aber wir zogen weiter, und schließlich gab er es auf und trottete mißmutig neben uns her.

Das Tal lag nur eine Meile südöstlich von der Stadt entfernt. Tweel hätte die Entfernung mit zwanzig Sprüngen zurücklegen können, aber er ging langsam, trödelte und zeigte immer wieder zur Stadt zurück und jammerte ›Nein-nein-nein!‹ Dann schwang er sich in die Luft und schwirrte wieder herab, wobei er direkt vor uns auf seinem Schnabel landete, und wir um ihn herumgehen mußten. Ich hatte ihn auch vorher schon eine Menge verrückter Dinge anstellen sehen; ich war daran gewöhnt, aber es war klar wie Tinte, daß er uns daran hindern wollte, jenes Tal zu sehen.«

»Warum?« erkundigte sich Harrison.

»Du hast uns gefragt, weshalb wir bei unserer Rückkehr wie Landstreicher aussahen«, sagte Jarvis mit einem leichten Schauder. »Du wirst es erfahren. Wir trabten weiter, eine niedrige steinige Erhebung hinauf, die das Tal einschloß, und als wir uns der Spitze näherten, sagte Tweel. ›Nein at'm, Tick! Nein at'm!‹ Das waren die Worte, die er gebraucht hatte, um das Silikonmonster zu beschreiben; und es waren die gleichen Worte, die er benutzt hatte, um mir klarzumachen, daß das Bild von Fancy Long, die mich fast zu dem Traum-Ungeheuer hingelockt hatte, nicht real war. Ich erinnerte mich zwar daran, aber zu dem Zeitpunkt scherte ich mich nicht darum.

Gleich darauf sagte Tweel: ›Du eins-eins-zwei, er eins-eins-zwei‹, und da begann ich zu verstehen. Diesen Satzfetzen hatte er benutzt, um mir das Wesen des Traum-Ungeheuers begreiflich zu machen, mir zu sagen, daß die Kreatur dasselbe dachte wie ich, mir zu sagen, daß dieses Ding seine Opfer mit Hilfe ihrer eigenen Wunschbilder anlockte. Ich warnte also Leroy; ich glaubte, das Traum-Ungeheuer sei ungefährlich, wenn man vorgewarnt war und es erwartete. Ich hatte mich getäuscht!

Als wir den Gipfel erreichten, drehte Tweel seinen Kopf so weit, daß seine Füße zwar vorwärts zeigten, seine Augen jedoch nach hinten blickten, so als fürchte er sich davor, ins Tal zu schauen. Leroy und ich blickten darüber hinweg – die gleiche graue Ödnis, die uns auch vorher umgeben hatte, nur daß weit hinter seiner südlichen Begrenzung der Südpol schimmerte. So war es eine Sekunde lang, und in der nächsten schon – das Paradies!«

»Was?« rief der Kapitän.

Jarvis wandte sich zu Leroy um. »Kannst du es beschreiben?« fragte er.

Der Biologe hob hilflos die Hände. *»C'est impossible!«* murmelte er. *»Il me rend muet!«*

»Ich finde auch keine Worte dafür«, sagte Jarvis. »Ich weiß nicht, wie ich es sagen soll; ich bin Chemiker, kein Poet. Paradies – ein besseres Wort fällt mir nicht ein, und trotzdem stimmt es nicht. Es war Paradies und Hölle in einem.«

»Kannst du mal vernünftig reden?« grollte der Kapitän.

»Nur soweit es möglich ist, darüber vernünftig zu reden. Ich sage euch, einen Augenblick lang schauten wir auf ein mit tropfenförmigen Pflanzen überzogenes Tal, und im nächsten Moment – mein Gott! Ihr könnt euch das nicht vorstellen! Wie würde es euch gefallen, all eure Träume verwirklicht zu sehen? Alle Wünsche, die ihr jemals hattet, erfüllt? Alles, was ihr je ersehnt habt, zum Greifen nahe?«

»Mir würde das gefallen!« sagte der Kapitän.

»Na dann willkommen! – nicht nur eure edelsten Wünsche! Jede gute Eingebung, ja – aber auch das widerlichste kleinste Verlangen, jeden bösartigen Gedanken, alles, was ihr je ersehnt habt, Gutes und Böses! Diese Traum-Ungeheuer sind großartige Handelsleute, aber ihnen fehlt der Sinn für Moral!«

»Die Traum-Ungeheuer?«

»Ja. Das Tal war voll von ihnen. Hunderte, schätze ich, vielleicht sogar Tausende. Jedenfalls genug, um ein komplettes Bild deiner Wünsche vor dir auszubreiten, selbst die lange vergessenen, die aus dem Unterbewußtsein hervorgeholt wurden. Ein Paradies – aller Arten! Ich sah ein Dutzend Fancy Longs, in allen Gewändern, die ich je an ihr bewundert hatte, und einige, die nur in meiner Vorstellung existierten. Ich sah alle schönen Frauen, die ich je gekannt habe, und sie alle warben um meine Zuwendung. Ich sah jeden herrlichen Ort, an dem ich immer hatte sein wollen, alle in dieses kleine Tal gepfercht. Und ich sah – andere Dinge!« Er schüttelte traurig den Kopf. »Aber nicht alles war so wunderschön! Gott, wieviel von einem Ungeheuer doch in uns steckt! Ich glaube, wenn jeder Mensch einen Blick auf das gespenstische Tal werfen könnte und herausfinden, welche Abscheulichkeiten sich in ihm verbergen – nun, die Welt könnte dadurch nur gewinnen. Im nachhinein war ich dem Himmel dankbar, der Leroy und auch Tweel meine Visionen nicht wahrnehmen lassen konnten, sondern nur ihre eigenen.«

Ich drehte völlig durch, und diese Verrücktheit war mit

einer Art Ekstase gepaart. Ich schloß die Augen, doch selbst mit geschlossenen Augen sah ich die ganze Szenerie vor mir. Dieses herrliche, verderbliche, teuflische Panorama war in meinem Kopf, nicht nur vor meinen Augen. Diese Unwesen erreichen ihre Absicht über das Hirn. Ich wußte, daß das die Traum-Ungeheuer waren. Ich bedurfte gar nicht Tweels kläglicher Warnung ›Nein at'm! Nein at'm!‹ Aber ich konnte mich einfach nicht davon lösen. Ich wußte, daß es der Tod war, der mir von dort zuwinkte, aber dieser eine Augenblick mit der wunderbaren Vision vor Augen war es mir wert.«

»Welche Vision speziell?« fragte sich Harrison.

Jarvis errötete. »Das spielt keine Rolle«, sagte er. Aber neben mir hörte ich Leroy ›Yvonne! Yvonne!‹ rufen, und ich wußte, er war genauso in die Falle gegangen wie ich. Ich rang darum, wieder einen klaren Verstand zu bekommen; immer wieder sagte ich mir, ich müsse Schluß machen damit, und doch stürzte ich mich kopfüber ins Verderben.

Dann brachte mich irgend etwas zu Fall. Tweel! Er war von hinten auf mich zugesprungen; als ich zu Boden fiel, sah ich ihn über mich hinwegsausen, und dann stieß er seinen Schnabel direkt in ihr Herz!«

»Oh!« sagte der Kapitän mit einem bedeutungsvollen Kopfnicken. *Ihr* Herz!«

»Das laß mal aus dem Spiel. Als ich mich wieder hochrappelte, war dieses ganz spezielle Bild verschwunden, und Tweel befand sich in einer Verschlingung aus schwarzen seilähnlichen Fangarmen, so wie damals, als ich ihn das erstemal sah. Er hatte diese lebenswichtige Stelle im Körper dieses Ungeheuers verfehlt, und er versuchte verzweifelt, der Bestie zu entkommen, indem er mit dem Schnabel darauf einhackte.

Irgendwie war der Zauberbann gebrochen, teilweise zumindest. Ich war keine fünf Fuß von Tweel entfernt, und obwohl es mich gewaltige Anstrengungen kostete, schaffte ich es schließlich, meinen Revolver zu erheben und ein Boland-Geschoß in das Ungeheuer hineinzufeuern.

Ein ekelhafter schwarzer Strahl einer fauligen Substanz schoß heraus, so daß Tweel und ich völlig durchnäßt waren, und ich glaube, dieser widerliche Gestank trug dazu bei, die Illusion eines Tals der Schönheit zu zerstören. Es gelang uns auch, Leroy von dem dämonischen Wesen, das ihn in den Fängen hatte, wegzuzerren, und alle drei taumelten wir bis zum Rand des Tals, und dann lag es endlich hinter uns. Ich war geistesgegenwärtig genug, um meine Kamera hoch über die Begrenzung des Tals zu halten und eine Aufnahme zu machen, aber ich möchte wetten, daß nichts weiter darauf zu sehen ist als eine graue Einöde und sich windende Schreckensgebilde. Wir hatten mit unserem Hirn gesehen, nicht mit den Augen.«

Jarvis legte eine Pause ein, und ein Schauer durchrann ihn. »Das Monster hatte Leroy fast vergiftet«, redete er weiter. »Wir schleppten uns zu unserer Bordrakete, riefen euch über Funk und behandelten dann so gut es möglich war unsere Wunden. Leroy nahm einen tüchtigen Schluck von dem Kognak, den wir mit hatten; wir wagten nicht, etwas von Tweel anzunehmen, denn sein Stoffwechsel funktioniert ganz anders als unserer, und was ihn kurierte, hätte uns töten können. Aber der Kognak schien zu wirken, und nachdem ich noch eine Kleinigkeit erledigt hatte, die ich mir vorgenommen hatte, flogen wir wieder zurück – das ist alles.«

»Tatsächlich alles?« wollte der Kapitän wissen. »Also habt ihr alle Geheimnisse des Mars ergründet, was?«

»Es ist verdammt noch mal nicht damit getan, daß man mal einen Blick darauf wirft!« gab Jarvis zurück. »Es bleiben noch eine Menge Fragen ungeklärt.«

»Ja«, hakte Putz ein. »Die Wasserverdunstung – wie können sie die verhindern?«

»In den Kanälen? Das habe ich mich auch gefragt. Bei Tausenden von Meilen und einem so geringen Luftdruck, müßte man annehmen, daß viel verlorengeht. Aber die Antwort ist ganz einfach. Sie überziehen das Wasser mit einer Ölschicht.«

Putz nickte, aber Harrison unterbrach Jarvis. »Hier wird's problematisch. Wenn sie nur Kohle und Öl haben, – nur Verbrennung oder Elektrokraft – woher nehmen sie dann die Energie, ein planetenweites Kanalsystem zu bauen, Tausende und aber Tausende Meilen lang. Denkt mal dran, was für ein Akt es war, den Panamakanal auf Meereshöhe zu bringen, und dann antwortet mir darauf!«

»Kein Problem!« sagte Jarvis grinsend. »Marsgravitation und Marsluft – das ist die Antwort. Überleg doch mal: Erstens wogen die Bodenmassen, die sie auszugraben hatten, nur ein Drittel soviel wie auf der Erde. Zweitens muß eine Dampfmaschine hier pro Quadratzoll zehn Pfund weniger Luftdruck überwinden als auf der Erde. Drittens könnten sie die Maschine hier dreimal so groß bauen, ohne daß sie ein größeres Eigengewicht bekäme als die bei uns zu Hause. Und viertens ist der gesamte Planet fast eben. Stimmt's Putz?«

Der Ingenieur nickte. Ja, die Dampfmaschine ist hier siebenundzwanzig Mal effektiver.«

»Damit ist also auch das letzte Rätsel gelöst«, sagte Harrison.

»Ach, wirklich?« fragte Jarvis ironisch. »Dann beantworte mir mal folgende Fragen: Was war das Prinzip dieser riesigen ausgestorbenen Stadt? Weshalb brauchen die Marsianer überhaupt Kanäle, wo wir sie doch nie essen oder trinken gesehen haben? Waren sie wirklich auf der Erde, noch ehe unsere Geschichte überhaupt begann, und wenn es keine Atomkraft war, die ihr Raumschiff antrieb, was war es dann? Da Tweels Rasse nur sehr wenig, beziehungsweise gar kein Wasser zu benötigen scheint, betreiben sie dann diese Kanalanlage für irgendwelche höherentwickelten Wesen, die das Wasser brauchen? Gibt es weitere vernunftbegabte Lebewesen auf dem Mars? Wenn nicht, was war dann diese Mißgeburt mit dem teuflischen

Gesicht, die wir auf dem Buch sitzen sahen? Ein paar Rätsel bleiben dir schon noch!«

»Ich weiß sogar noch ein oder zwei weitere«, brummte Harrison, indem er unvermittelt Leroy anblickte. »Du und deine Visionen! ›Yvonne!‹ Deine Frau heißt Marie, ist es nicht so?«

Der kleine Biologe wurde feuerrot. *»Oui«,* gab er unglücklich zu. Er schaute den Kapitän mit flehenden Augen an. »In Paris *tout le monde* – denkt jeder anders über diese Dinge, nicht?« Er rutschte unbehaglich auf seinem Sitz herum. »Bitte, Sie werden es Marie nicht erzählen, *n'est-ce pas?«*

Harrison grinste. »Das geht mich nichts an«, sagte er. »Eine Frage noch, Jarvis. Was war die ›Kleinigkeit‹, die du noch zu erledigen hattest, ehe ihr zurückkamt?«

Jarvis schaute etwas betreten drein. »Ach, das.« Er zögerte. »Na ja, ich hatte irgendwie das Gefühl, daß wir Tweel etwas schuldig waren, und nach einigem Hin und Her konnten wir ihn überreden, in unsere Rakete zu steigen, und dann flogen wir ihn zum Wrack unserer ersten Bordrakete hinüber nach Thyle II. Dann«, sagte Jarvis entschuldigend, »habe ich ihm den Atomantrieb erklärt, das Ding in Gang gesetzt und es ihm überlassen.«

»Du hast *was?«* brüllte der Kapitän. »Du hast etwas, das soviel Macht bedeutet, einer fremden Rasse anvertraut? Einer Rasse, die eines Tages vielleicht zu unserem Feind wird?«

»Ja, das habe ich getan«, bestätigte Jarvis. »Sieh mal«, verteidigte er sich, »auf dieser lausigen, ausgetrockneten Wüstenkugel, die sich Mars nennt, werden niemals viele Menschen leben können. Da wäre die Sahara ein genauso gutes Gebiet für den Imperialismus, und vor allem viel näher gelegen. Tweels Rasse wird uns nie feindlich gesinnt sein. Der Mars hat für uns nur einen Sinn, wenn wir mit den Marsbewohnern Handel treiben können. Und außerdem, warum sollte ich Tweel keine Überlebenschance geben? Mit Atomenergie können sie ihr Kanalsystem hundertmal effektiver betreiben. Sie können diese Geisterstädte wieder bevölkern; sie können ihre Künste und ihre Industrie wieder aufleben lassen; sie können mit den Erdnationen handeln – und ich wette, sie können uns noch ein paar Dinge beibringen, wenn sie die Sache mit dem Atomantrieb erst mal im Griff haben – und ich gehe jede Wette ein, daß sie's schaffen. Das sind keine Dummköpfe, Tweel und seine Marsianer mit den Straußengesichtern!«

Die Welten des »Wenn«

Ich machte auf dem Weg zum Staten-Island-Flughafen halt, um zu telefonieren, und genau das war ein Fehler, ohne Zweifel, denn ich hatte ja die Möglichkeit, die Sache anders zu regeln. Aber das Büro war freundlich. »Wir halten die Maschine fünf Minuten für Sie zurück«, teilte mir der Beamte mit. »Das ist alles, was wir tun können.«

So eilte ich zurück zu meinem Taxi, und wir rollten auf die dritte Spur und rasten über die Staten-Brücke dahin wie ein Komet auf einer stählernen Regenbogenbahn. Ich mußte abends um acht Uhr in Moskau sein, wo die Gebote für den Ural-Tunnel gemacht werden sollten. Die Regierung verlangte die persönliche Anwesenheit eines Vertreters jeder der bietenden Firmen, aber meine Firma hätte wissen müssen, daß man mich, Dixon Wells, besser nicht dorthin schickte, obwohl die N. J. Wells Corporation sozusagen mein Vaterhaus ist. Ich habe den – ja, den unverdienten Ruf, zu allem zu spät zu kommen; irgend etwas kommt immer dazwischen, das mich davon abhält, rechtzeitig irgendwohin zu gelangen. Es ist nie meine Schuld. Dieses Mal war es eine zufällige Begegnung mit meinem alten Physikprofessor, dem guten Haskel van Manderpootz. Ich konnte nicht einfach bloß hallo und auf Wiedersehen zu ihm sagen. Damals, in den Collegetagen von 2014, war ich einer seiner Lieblingsstudenten.

Natürlich verpaßte ich die Maschine. Ich war noch immer auf der Staten-Brücke, als ich von der Abschußrampe her das Dröhnen hörte, und die sowjetische Rakete *Baikal* surrte über uns hin wie ein Leichtspurgeschoß mit einem langen Flammenschweif.

Irgendwie kriegten wir den Auftrag doch. Die Firma kabelte unserem Mann in Beirut, und er flog dann nach Moskau, aber das war meinem Ruf auch nicht dienlich. Dennoch fühlte ich mich wesentlich besser, als ich die Abendzeitungen las. Die *Baikal,* die am nördlichen Rand der ostwärts gerichteten Luftstraße entlanggeflogen war, um einem Sturm zu entgehen, war mit einer britischen Luftfrachtmaschine kollidiert, und alle, bis auf einhundert von den fünfhundert Passagieren, waren umgekommen. Fast wäre ich »der späte Mr. Wells« geworden, allerdings in einem schlimmen Sinne.

Ich hatte für die folgende Woche eine Verabredung mit dem alten van Manderpootz getroffen. Es sah so aus, als wäre er an die N. Y. U. als Chef der Abteilung für Neuere Physik – das heißt, der Relativitätslehre versetzt worden. Das hatte er verdient. Der alte Kerl war ein Genie, wenn es überhaupt je eins gegeben hat, und selbst jetzt, acht Jahre nach dem College, ist mir mehr aus seinem Seminar im Gedächtnis haften geblieben als von einem halben Dutzend Rechen-, Dampf-, Gas- und Mechanikseminaren und anderen Hindernissen auf dem Weg zu einer Ingenieurausbildung. Am Dienstagabend traf ich dann, um die Wahrheit zu sagen, erst eine Stunde später ein, da ich eine Verabredung vergessen hatte, die bis zum frühen Abend dauerte.

Er saß in einem Zimmer, das so unordentlich war wie eh und je, und las. »Na ja«, raunzte er, »ich sehe, die Zeit verändert alles außer den Gewohnheiten. Sie waren ein guter Student, Dick, aber ich glaube mich daran zu erinnern, daß Sie den Seminarraum immer erst betraten, wenn die Vorlesung zur Hälfte vorbei war.«

»Ich hatte vorher ein Seminar in East Hall«, erklärte ich. »Ich hätte es wirklich nicht rechtzeitig schaffen können.«

»Also ist es an der Zeit, daß Sie lernen, zur rechten Zeit zu erscheinen«, brummte er. Dann zwinkerte er mit den Augen. »Zeit!« rief er aus. »Das faszinierendste Wort in unserer Sprache. Da haben wir es nun viermal in der ersten Minute unserer Unterhaltung gebraucht. Jeder von uns versteht den anderen, und dennoch fängt die Wissenschaft gerade erst an, die Bedeutung dieses Wortes zu erfassen. Wissenschaft? Ich meine, daß *ich* sie zu erfassen beginne.«

Ich setzte mich. »Sie und die Wissenschaft – das sind doch Synonyme«, sagte ich grinsend. »Sind Sie nicht einer der herausragenden Physiker der Welt?«

»Einer von ihnen!« schnaufte er. »*Einer* von ihnen, wie?! Und wer sind die anderen?«

»Oh, Corveille und Hastings und Shrimski . . .«

»Pah! Wollen Sie die in einem Atemzug mit dem Namen van Manderpootz nennen? Ein Rudel von Schakalen, die sich von den Ideenkrumen ernähren, die von meinem Festmahl der Gedanken übrigbleiben! Wären Sie ins letzte Jahrhundert zurückgegangen, hätten Sie Einstein und de Sitter erwähnt – nun, das wären vielleicht Namen, wert, sie mit van Manderpootz auf eine Stufe zu stellen!«

Ich griente amüsiert. »Einstein hielt man doch für ziemlich gut, stimmt's?« bemerkte ich. »Schließlich war er der erste, dem es gelang, Zeit und Raum in das Labor zu bannen. Vor ihm waren das lediglich philosophische Konzepte.«

»Das hat er nicht getan!« krächzte der Professor. »Vielleicht hat er auf verschwommene, primitive Weise den Weg gewiesen, aber ich – ich, van Manderpootz, bin der erste, der die Zeit erfaßt, sie in sein Laboratorium gezerrt und ein Experiment damit durchgeführt hat.«

»Ach, wirklich? Und was für ein Experiment?«

»Welches andere Experiment als die einfache Messung ist denn noch möglich?« fragte er bissig.

»Nun, ich weiß nicht: Darin zu reisen?«

»Genau.«

»Wie diese Zeitmaschinen, die gegenwärtig so ein beliebtes Thema in den Zeitschriften sind? Wollen Sie in die Zukunft oder in die Vergangenheit reisen?«

»Pah! Und nochmals pah! Die Zukunft oder die Vergangenheit – pfui! Es ist kein van Manderpootz nötig, den Trugschluß darin zu sehen. Soviel hat uns auch Einstein schon gezeigt.«

»Wieso? Es ist doch vorstellbar, oder?«

»Vorstellbar? Und Sie, Dixon Wells, wollen bei van Manderpootz studiert haben?« Er wurde erst rot vor Erregung und dann bedenklich ruhig. »Hören Sie zu. Sie wissen doch, daß die Zeit sich in Abhängigkeit von der Geschwindigkeit eines Systems verändert – Einsteins Relativitätstheorie.«

»Ja.«

»Sehr gut. Nun stellen Sie sich vor, daß der Ingenieur Dixon Wells eine Maschine erfindet, mit der man in der Lage ist, sehr schnell zu reisen, enorm schnell, etwa so schnell wie neun Zehntel von der Lichtgeschwindigkeit. Können Sie folgen? Gut. Dann versorgen Sie dieses Wunderschiff mit Brennstoff für eine kleine Spritzfahrt von einer halben Million Meilen, wozu – da die Masse und das Trägheitsmoment sich nach der Einsteinschen Formel mit zunehmender Geschwindigkeit erhöhen – alles Brennmaterial der Welt nötig wäre. Sie aber lösen das Problem. Sie benutzen Atomenergie. Da Ihr Raumschiff bei neun Zehntel der Lichtgeschwindigkeit etwa soviel wie die Sonne wiegt, spalten Sie ganz Nordamerika auf, um eine ausreichende Antriebskraft zu erhalten. Sie starten mit einer Geschwindigkeit von 204000 Meilen pro Sekunde, und Sie fliegen 204000 Meilen. Die Beschleunigung hat Sie dann zwar zerquetscht, aber Sie sind in die Zukunft eingedrungen.« Er hielt inne und grinste teuflisch. »So ist es doch, nicht wahr?«

»Ja.«

»Und wie weit sind Sie eingedrungen?«

Ich zögerte.

»Benutzen Sie doch Ihre Einsteinsche Formel«, kreischte er. »Wie weit? Ich werde es Ihnen sagen. *Eine Sekunde!*« Er lächelte triumphierend. »So steht es mit den Möglichkeiten, in die Zukunft zu reisen. Und was die

Vergangenheit betrifft – nun, in erster Linie müßten Sie die Lichtgeschwindigkeit ausdehnen, was Ihnen sogleich das Problem der Bereitstellung einer unendlichen Anzahl von Pferdestärken aufbürden würde. Nehmen wir an, daß der große Ingenieur Dixon Wells auch dieses kleine Hindernis meistert, auch wenn der Energieausstoß des gesamten Universums nicht eine unendliche Anzahl von Pferdestärken ergibt. Er setzt dann diese mehr als unendliche Kraft ein, um zehn Sekunden lang 204000 Meilen pro Sekunde zu fliegen. Dann ist er in die Vergangenheit vorgestoßen. Wie weit?«

Wieder zögerte ich.

»Ich werde es Ihnen sagen. *Eine Sekunde!*« Er strahlte mich an. »Nun, alles was Sie tun müssen, ist, so eine Maschine zu konstruieren, und dann wird van Manderpootz die Möglichkeit einer Reise in die Zukunft zugestehen – für eine begrenzte Anzahl von Sekunden. Was eine Reise in die Vergangenheit angeht, so habe ich soeben erklärt, daß die gesamte Energie des Universums unzureichend dafür ist.«

»Aber«, stotterte ich, »Sie haben doch gerade gesagt, daß Sie . . .«

»Ich habe *nicht* darüber gesprochen, in die Zukunft oder die Vergangenheit zu reisen. Daß diese Reisen unmöglich sind, habe ich soeben demonstriert – eine praktische Undurchführbarkeit in dem einen Fall und eine absolute in dem anderen.«

»Aber wie reisen Sie dann in der Zeit?«

»Nicht einmal van Manderpootz kann das Unmögliche möglich machen«, erwiderte der Professor, jetzt schon etwas jovial. Er klopfte auf einen dicken Stapel Schreibmaschinenpapier neben sich. »Sehen Sie, Dick, das ist die Welt, das Universum.« Er stippte einen Finger darauf. »Lang in der Zeit und« – mit der Hand darüber streichend – »weit im Raum, aber« – und nun stieß er mit seinem Finger direkt auf die Mitte – »es ist sehr dünn in der vierten Dimension. Van Manderpootz schlägt immer den kürzesten, den logischsten Weg ein. Ich unternehme keine Zeitreise in die Zukunft oder Vergangenheit. Nein. Ich reise quer durch die Zeit, seitwärts!«

Ich schluckte. »Seitwärts in die Zeit! Was gibt es dort?«

»Was müßte wohl natürlicherweise dort zu finden sein?« schnaufte er. »Vor uns liegt die Zukunft, hinter uns die Vergangenheit. Jene sind real. Die Welten der Vergangenheit und der Zukunft. Welche Welten gehören weder zur Vergangenheit noch zur Zukunft, sondern zur Gegenwart und existieren dennoch – extemporal –, wie es der Fall ist in einer Zeit, die parallel zu unserer Zeit verläuft?«

Ich schüttelte meinen Kopf.

»Idiot!« schimpfte er. »Die bedingt existierenden, die abhängigen Welten, die Welten des ›Wenn‹. Vor uns liegen die Welten, die einmal sein werden, hinter uns die, die bereits vergangen sind, zu beiden Seiten aber liegen die Welten, die es gegeben haben könnte – die Welten des ›Wenn‹!«

»Hä?« Ich war verwirrt. »Wollen Sie damit andeuten, daß Sie voraussehen können, was geschehen wird, wenn Sie dieses oder jenes tun?«

»Nein!« sagte er unwillig. »Meine Erfindung enthüllt nicht die Vergangenheit oder sagt die Zukunft voraus. Sie wird, wie ich Ihnen schon darlegte, die bedingten, die möglichen Welten aufzeigen. Sie könnten es etwa so ausdrücken: Wenn ich dies und das getan hätte, wäre dieses oder jenes geschehen. Die Welten von konjunktivischer Beschaffenheit.«

»Aber wie zum Teufel schafft das Gerät so etwas?«

»Ganz einfach für van Manderpootz! Ich benutze polarisiertes Licht, polarisiert jedoch nicht in horizontaler oder vertikaler Ebene, sondern in Richtung der vierten Dimension – eine einfache Sache. Man nimmt Island-Spat, das einem gewaltigen Druck ausgesetzt wird, das ist alles. Und da die Welten in Richtung der vierten Dimension sehr dünn sind, reicht die Stärke einer einzigen

Lichtwelle aus, obwohl diese nur etwa ein Millionstel eines Zolls beträgt. Eine beachtliche Verbesserung gegenüber den Zeitreisen in Vergangenheit und Zukunft mit ihren unmöglichen Geschwindigkeiten und lächerlichen Entfernungen!«

»Aber sind diese Welten des ›Wenn‹ denn real?«

»Real? Was ist real? Vielleicht sind sie real in dem Sinne, wie die Zwei eine reale Zahl ist im Gegensatz zu $\sqrt{-2}$, die imaginär ist. Es sind die Welten, die es gegeben hätte, *wenn* – verstehen Sie?«

Ich nickte. »Ja, ein wenig. Man könnte also zum Beispiel sehen, was aus New York geworden wäre, wenn England in der Revolution gesiegt hätte und nicht die Kolonien.«

»So ist das Prinzip, das ist wahr, aber Sie könnten das nicht in dem Apparat sehen. Ein Teil davon ist ein Horsten-Psychomat (übrigens auch eine von mir gestohlene Idee), und Sie, der Benutzer, werden Teil der Apparatur. Ihr eigener Verstand wird gebraucht, um den Hintergrund auszustatten. Wenn es zum Beispiel George Washington möglich gewesen wäre, diesen Mechanismus nach der Unterzeichnung des Friedensvertrages zu nutzen, dann hätte er vorausgesehen, was Sie ihm eingeben. *Wir* können es jedoch nicht sehen. Sie können nicht einmal erfahren, was geschehen wäre, wenn ich dieses Ding nicht erfunden hätte, aber ich kann es. Verstehen Sie jetzt?«

»Natürlich. Sie meinen, daß das Hintergrundgeschehen in der Vergangenheitserfahrung des Benutzers begründet liegt.«

»Sie machen sich großartig«, sagte er spöttisch. »Ja, dieses Gerät wird zehn Stunden von ›Was wäre geschehen, wenn‹ aufzeigen – gerafft natürlich, wie im Film – auf die Hälfte der wirklichen Dauer einer Stunde.«

»Tatsächlich, das klingt interessant.«

»Würden Sie's gern sehen? Gibt es etwas, das Sie herausfinden möchten? Irgendeine Entscheidung, die Sie jetzt anders treffen würden?«

»Ich würde sagen, es gibt Tausende. Ich hätte gern gewußt, was passiert wäre, wenn ich meine Aktien schon 2009 verkauft hätte anstatt 2010. Ich war zwar bereits durch meine Geburt Millionär, aber ich habe die Aktien etwas zu spät abgestoßen.«

»Zu spät, wie immer«, bemerkte van Manderpootz. »Gehen wir also hinüber ins Laboratorium.«

Die Räume des Professors lagen nur ein paar Schritte vom Campus entfernt. Er führte mich in das Physikgebäude und dann in sein Forschungslabor, das dem sehr ähnlich war, das ich während meiner Seminare bei ihm besucht hatte. Die Erfindung – er nannte sie seinen »Konjunktivisor«, da das Gerät in hypothetischen Welten operierte – nahm den gesamten Mitteltisch ein. Größtenteils war das wirklich nur ein Horsten-Psychomat, aber darin funkelte das kristalline und starre Prisma aus Island-Spat, die polarisierende Kraft, die das Herz des Gerätes war.

Van Manderpootz deutete auf das Kopfteil. »Setzen Sie es auf«, sagte er, und dann saß ich da und starrte auf den Bildschirm des Psychomaten. Ich nehme an, daß der Horsten-Psychomat jedem bekannt ist. Er wirbelte vor einigen Jahren soviel Staub auf wie vor einem Jahrhundert die Alphabettafel, die bei spiritistischen Sitzungen mit Hilfe eines beweglichen Zeigers Botschaften übermittelte. Dennoch ist es nicht nur ein Spielzeug. Wie auch die Alphabettafel ist diese Apparatur manchmal eine wirkliche Gedächtnisstütze. Es wird ein Irrgarten von schemenhaften farbigen Schatten hervorgebracht, die langsam über den Bildschirm ziehen, und diese beobachtet man und vergegenwärtigt sich, an welche Situation oder an welche Umstände einen das erinnert. Man dreht einen Knopf, der die Anordnung des Lichts und der Schatten verändert, und wenn dann zufällig die Abbildung mit dem geistigen Bild übereinstimmt – *presto!* Dann läuft der bewußte Vorgang unter den Augen des Betreffenden noch einmal ab. Natürlich muß das eigene Gedächtnis die Details beisteuern. Alles, was der Bildschirm in Wirklichkeit zeigt, sind gefärbte Licht- und Schattenflecken, aber das kann erstaunlich real sein. Mir ist es schon mehrmals passiert, daß ich hätte schwören können, der Apparat zeige Bilder, die ebenso scharf und reich an Details wie die Wirklichkeit selbst waren. Solche Überraschungen bereitet einem die Einbildung mitunter.

Van Manderpootz schaltete das Licht an, und das Spiel der Schatten begann. »Nun rufen Sie sich die Umstände von – sagen wir – einem halben Jahr nach dem Börsenkrach ins Gedächtnis zurück. Drehen Sie den Knopf, bis das Bild klar wird, dann hören Sie auf. An diesem Punkt werde ich das Licht des Konjunktivisors auf den Bildschirm richten, und Sie haben nichts weiter zu tun als hinzuschauen.«

Ich tat, wie mir geheißen wurde. Flüchtige Bilder formten sich und verschwanden wieder. Die unausgegorenen Geräusche des Apparates muteten wie das Raunen ferner Stimmen an, aber ohne die Vorstellung eines dazugehörigen Bildes bedeuteten sie nichts. Mein eigenes Gesicht blitzte kurz auf und zerfiel dann wieder, und dann hatte ich es endlich. Da war mein Abbild, das in einem schlimm zugerichteten Zimmer saß. Das war alles. Ich ließ den Knopf los und gab van Manderpootz ein Zeichen. Ein Klicken folgte. Das Licht verdunkelte sich, dann hellte es sich wieder auf. Das Bild wurde klarer, und erstaunlicherweise tauchte eine weitere Gestalt auf – eine Frau. Ich erkannte sie. Es war Whimsey White, einstmals Fernsehstar und Hauptdarstellerin in »Vision Varieties of '09«. Auf dem Bild war sie zwar etwas verändert, aber ich erkannte sie wieder.

Wie sollte ich auch nicht! In all den Konjunkturjahren von 2007–2010 war ich hinter ihr her gewesen, wollte sie heiraten, indessen der alte N. J. tobte, fluchte und drohte, allen Besitz der Gesellschaft für die Rettung der Wüste Gobi zu vermachen. Ich glaube, diese Drohungen waren es, die Whimsey davon abhielten, meinen Antrag anzunehmen. Aber nachdem ich mit meinem eigenen Geld spekuliert hatte und mein Vermögen auf diesem verrückten Geldmarkt von 2008 und 2009 um ein Vielfaches auf einige Millionen anwuchs, wurde sie nachgiebiger.

Allerdings nur vorübergehend. Als der Börsenkrach im Frühjahr 2010 kam und mich wieder zurückwarf und erneut von meinem Vater und der Firma von N. J. Wells abhängig machte, fielen ihre Sympathien für mich um ein Dutzend Punkte zugunsten der Börse. Im Februar hatten wir uns verlobt, und im April sprachen wir kaum noch miteinander. Im Mai schob sie mich ab. Ich war wieder einmal zu spät gekommen.

Und jetzt war sie dort auf dem Psychomatenbildschirm, ziemlich aufgeschwemmt und nicht annähernd so hübsch wie in der Erinnerung. Sie starrte mich an mit einem feindseligen Ausdruck im Gesicht, und ich starrte zurück. Aus dem Raunen hoben sich Stimmen heraus.

»Du lausiger Versager«, keifte sie. »Du kannst mich hier draußen nicht begraben. Ich will nach New York zurück, wo wenigstens ein bißchen Leben ist. Ich habe dich und dein Golf satt.«

»Und ich habe dich und deine ganze übergeschnappte Clique satt.«

»Immerhin leben sie. Du bist ein wandelnder Leichnam. Nur weil du Glück hattest und durchs Spielen zu etwas Geld gekommen bist, glaubst du, du seist ein Zinngott.«

»Nun, ich glaube nicht, daß du Kleopatra bist! Diese Freunde von dir – sie hängen sich doch bloß an dich, weil du Partys gibst und Geld rausschmeißt – mein Geld.«

»Besser als es dafür auszugeben, eine weiße Walnuß an einem Berghang entlang zu kicken.«

»Tatsächlich? Du solltest es mal versuchen, Marie.« (Das war ihr wirklicher Name.) Es könnte ganz nützlich sein für deine Figur, obwohl ich bezweifle, daß da überhaupt noch etwas helfen kann.«

Sie schaute mich wütend an und – nun ja, es war eine

schmerzliche halbe Stunde. Ich will hier nicht alle Einzelheiten wiedergeben, aber ich war froh, als das Bild auf dem Schirm sich in nichtssagende bunte Wölkchen auflöste.

»Uff«, machte ich und sah van Manderpootz an, der in der Zwischenzeit gelesen hatte.

»Hat es Ihnen gefallen?«

»Gefallen! Sagen wir lieber, ich hatte Glück, so geschröpft worden zu sein. Von jetzt an werde ich es nicht mehr bereuen.«

»Das«, sagte der Professor würdevoll, »ist van Manderpootz' bedeutender Beitrag zum menschlichen Glück. Von allen traurigen Worten, die je gesagt oder geschrieben wurden, sind jene am traurigsten: Es hätte sein können! Das ist nun nicht länger wahr, mein Freund Dick. Van Manderpootz hat bewiesen, daß es in Wirklichkeit heißen muß: Es hätte *schlimmer* sein können.«

Es war sehr spät, als ich nach Hause kam, und infolgedessen sehr spät, als ich aufstand, und so war es auch zu spät, als ich ins Büro kam. Mein Vater regte sich unnötigerweise darüber auf, aber er übertrieb entschieden, als er sagte, ich sei noch niemals pünktlich gewesen. Er vergißt die Male, wo er mich geweckt und mitgeschleift hat. Auch war es nicht notwendig, sich so sarkastisch darüber zu äußern, daß ich die *Baikal* verpaßt hatte. Ich erinnerte ihn an das Unglück des Linienraumschiffs, und er gab herzlos zurück, daß, wäre ich an Bord gewesen, die Rakete ohnehin Verspätung gehabt hätte und dem Zusammenprall mit dem britischen Obstfrachter entgangen wäre. Ebenso überflüssig war es auch zu erwähnen, daß, als er und ich uns einige schöne Wochen beim Golfspielen in den Bergen machen wollten, selbst der Frühling sich verspätete. Damit hatte ich nichts zu schaffen.

»Dixon«, fuhr er fort, »du hast überhaupt keinen Begriff von Zeit. Überhaupt keinen.«

Die Unterhaltung mit van Manderpootz kam mir wieder in den Sinn. Ich konnte es nicht lassen zu fragen. »Und haben Sie denn einen, Sir?«

»Habe ich«, entgegnete er grimmig. »Da bin ich ganz sicher. Zeit«, so sagte er orakelhaft, »ist Geld.«

Über so einen Standpunkt kann man nicht streiten.

Aber solche Unterstellungen nagen an einem, besonders die über die *Baikal.* Ich mag ja etwas säumig sein, aber es ist kaum anzunehmen, daß meine Anwesenheit an Bord der Rakete die Katastrophe hätte abwenden können. Der Gedanke störte mich. Er machte mich verantwortlich für den Tod Hunderter Passagiere und der Mitglieder der Besatzung, die nicht gerettet werden konnten, und diese Vorstellung behagte mir gar nicht.

Natürlich, wenn sie noch weitere fünf Minuten auf mich gewartet hätten, oder wenn ich rechtzeitig dagewesen wäre und sie genau nach dem Zeitplan hätten starten können anstatt fünf Minuten später, oder wenn – *wenn!*

Wenn! Das Wort brachte mich wieder auf van Manderpootz und seinen Konjunktivisor – die Welten des »Wenn«, die geheimnisvollen, nicht realen Welten, die jedoch neben der Realität existierten, nicht in der Vergangenheit oder Zukunft, sondern zur selben Zeit und dennoch außerhalb der Zeit. Irgendwo in ihrer gespenstischen Unendlichkeit gab es eine Welt, die zustandegekommen wäre, wenn ich das Linienschiff erreicht hätte. Ich brauchte nur Haskel van Manderpootz anzurufen, einen Termin auszumachen, und dann könnte ich es herausfinden.

Dennoch war es keine leichte Entscheidung. Nehmen wir doch nur einmal an, ich fände heraus, daß ich für alles verantwortlich wäre – natürlich nicht rechtlich; es wäre kein Fall strafbarer Fahrlässigkeit oder etwas in der Art, nicht mal moralisch verantwortlich wäre ich, weil ich nicht hatte ahnen können, daß meine Anwesenheit oder Abwesenheit so schwer wog auf der Waagschale von Leben und Tod, und ich hatte auch nicht wissen können, nach welcher Seite sich die Waage neigen würde. Einfach verantwortlich eben; das war alles. Dennoch graute mir davor, es herauszufinden.

Gleichermaßen mißfiel es mir aber auch, es nicht zu erfahren. Die Unsicherheit hat auch ihre Qualen, genauso schmerzlich wie die der Gewissensnot. Es mochte weniger nervenaufreibend sein, mich verantwortlich zu wissen, als sich immer wieder diese Frage zu stellen, sinnlos Gedanken zu vergeuden und sich Vorwürfe zu machen. So griff ich nach dem Visophon, wählte die Nummer der Universität, und endlich hatte ich das breite, humorvolle und intelligente Gesicht von van Manderpootz vor mir, der durch meinen Anruf von seiner Morgenvorlesung weggeholt worden war.

Ich war keineswegs pünktlich zu meiner Verabredung am folgenden Abend, dabei hätte ich gut und gern zur rechten Zeit dort sein können, wäre nicht dieser uneinsichtige Verkehrspolizist gewesen, der darauf bestand, mich wegen Geschwindigkeitsüberschreitung aufzuschreiben. Van Manderpootz war jedenfalls beeindruckt.

»Ich hätte Sie fast verpaßt, Dixon«, brummte er. »Ich wollte gerade in den Klub rübergehen, denn ich habe Sie nicht vor einer Stunde erwartet. Sie sind nur zehn Minuten zu spät.«

Ich ignorierte diese Bemerkung. »Professor, ich möchte Ihren Konjunktivisor benutzen.

»Wie? Oh, ja. Da haben Sie Glück. Ich wollte ihn nämlich auseinandernehmen.«

»Auseinandernehmen? Warum das?«

»Er hat seinen Zweck erfüllt. Er hat einer Idee ins Leben geholfen, die viel bedeutender ist als er selbst. Ich brauche den Platz, den er einnimmt.«

»Aber um *welche* Idee handelt es sich, wenn es nicht zu anmaßend ist, danach zu fragen.«

»Es ist nicht anmaßend. Sie und auch die Welt, die so begierig darauf wartet, sollen diese Idee kennenlernen, und Sie hören sie aus dem Munde des Urhebers. Es ist nichts geringeres als die Autobiographie von van Manderpootz!« Er hielt bedeutungsvoll inne.

Ich sperrte den Mund auf. »Ihre Autobiographie?«

»Ja. Die Welt, obwohl ihr das vielleicht nicht bewußt ist, verlangt danach. Ich werde mein Leben, mein Werk in allen Einzelheiten aufzeichnen. Ich werde mich als der Mann zu erkennen geben, der dafür verantwortlich ist, daß der Pazifikkrieg im Jahre 2004 drei Jahre dauerte.«

»Sie?«

»Kein anderer. Wäre ich zu jener Zeit nicht ein loyaler niederländischer Untertan gewesen und deshalb neutral, hätten die asiatischen Streitkräfte innerhalb von drei Monaten zerschlagen werden können anstatt in drei Jahren. Das sagt mir der Konjunktivisor. Ich hätte einen Kalkulator erfinden können, der den Ausgang jeden Gefechts vorausgesagt hätte; von Manderpootz würde den Faktor, der über Sieg oder Niederlage in der Kriegführung entscheidet, beseitigt haben.« Er runzelte ernst die Stirn. »Das ist meine Idee. Eine Autobiographie von van Manderpootz. Was halten Sie davon?«

Ich sammelte meine Gedanken. »Es ist – oh, ja – es ist umwerfend«, sagte ich mit Nachdruck. »Ich werde mir auch ein Exemplar kaufen. Mehrere Exemplare. Ich werde sie meinen Freunden schicken.«

»Ich«, sagte van Manderpootz überschwenglich, »werde Ihnen in Ihr Exemplar eine eigenhändige Unterschrift geben. Das Buch wird kostenlos sein. Ich werde ein passendes Zitat hineinschreiben, vielleicht etwas wie *Magnificus sed non superbus.* ›Bedeutend, doch nicht hochmütig‹. Das würde van Manderpootz sehr treffend charakterisieren, der trotz seiner Größe schlicht geblieben ist, bescheiden und anspruchslos. Pflichten Sie mir bei?«

»Vollkommen! Eine angemessene Beschreibung Ihrer Person. Aber – könnte ich Ihren Konjunktivisor nicht noch einmal sehen, ehe er demontiert wird und einem bedeutenderen Werk Platz machen muß?«

»Ah! Sie wollen irgend etwas herausfinden!«

»Ja, Professor. Erinnern Sie sich noch an dieses *Baikal*-Unglück vor ein oder zwei Wochen? Ich hätte dieses Linienschiff nach Moskau erreichen sollen. Ich hab's verpaßt.« Ich erläuterte ihm die näheren Umstände.

»Oje!« grummelte er. »Sie wollen herauskriegen, was geschehen wäre, wenn Sie das Schiff erwischt hätten, stimmt's? Ja, da sehe ich verschiedene Möglichkeiten. Innerhalb der Welten des ›Wenn‹ liegt die Welt, die zur Realität geworden wäre, falls Sie zur rechten Zeit erschienen wären, dann jene, die davon abhing, daß das Schiff auf Ihr Eintreffen wartete, und dann die letzte, die mit Ihrer Ankunft innerhalb der fünf Minuten zusammenhing, die das Schiff wartete. An welcher sind Sie interessiert?«

»Oh, an der letzten.« Das schien die wahrscheinlichere. Schließlich wäre es zuviel erwartet, daß Dixon Wells pünktlich käme, und was die zweite Möglichkeit betraf – nun, sie hatten nicht auf mich gewartet, und das nahm irgendwie die Last der Verantwortung.

»Kommen Sie«, sagte van Manderpootz. Ich folgte ihm durch das Physikgebäude in sein vollgekramtes Laboratorium. Der Apparat stand noch immer an der gleichen Stelle, und ich nahm davor Platz und starrte auf den Bildschirm des Horsten-Psychomaten. Die Wolken zogen flimmernd vorüber und veränderten sich, während ich bemüht war, meine Erinnerungen ihren suggestiven Formen anzupassen, aus ihnen ein Bild jenes entschwundenen Morgens zusammenzufügen.

Dann hatte ich es. Ich konnte den Ausblick von der Staten-Brücke ausmachen und raste über den gigantischen Bogen dem Flughafen entgegen. Ich gab van Manderpootz mit der Hand ein Signal, das Ding klickte, und der Konjunktivisor arbeitete.

Die kahle Oberfläche des Flugfeldes tauchte auf. Das Seltsame an diesem Psychomaten ist, daß man nur durch die Augen seines eigenen Abbildes auf dem Bildschirm sehen kann. Es verleiht dem, was dieses Spielzeug hervorbringt, eine eigenartige Realität; ich vermute, eine Art Selbsthypnose ist teilweise dafür zuständig. Ich eilte auf den glänzenden Flugkörper mit silbernen Flügeln zu, der die *Baikal* war. Ein finster dreinblickender Offizier winkte mich heran, und ich spurtete die Schräge des Laufsteges hinauf und hechtete in das Schiff hinein. Die Einstiegstür fiel zu, und ich hörte ein langes »Huuuh!« der Erleichterung.

»Setzen Sie sich«, kläffte mich der Offizier an, indem er auf einen freien Platz wies. Ich ließ mich auf den Sitz fallen. Das Schiff erzitterte unter dem Schub der Abschußvorrichtung, setzte sich unsanft in Bewegung und wurde in den Luftraum geschleudert. Augenblicklich dröhnten die Triebwerke und pegelten sich dann auf einen etwas gedämpfteren Rhythmus ein. Ich beobachtete, wie Staten Island unter mir wegsackte und zurückblieb. Die gigantische Rakete hatte ihre Reise angetreten.

»Huh«, machte ich und atmete auf. »Geschafft.« Von dem Passagier zu meiner Rechten fing ich einen amüsierten Blick auf. Ich saß außen, links neben mir war niemand, so wandte ich mich den Augen zu, die mir einen kurzen Blick zugeworfen hatten.

Es war ein Mädchen. Vielleicht war sie in Wirklichkeit gar nicht so reizend wie es mir vorkam; schließlich sah ich sie nur durch den halb traumbildhaften Bildschirm des Psychomaten. Seither habe ich mir immer wieder gesagt, daß sie nicht so nett gewesen sein kann, wie es den Anschein hatte, daß das nur meiner Einbildungskraft zuzuschreiben war, welche die Details ergänzte. Ich weiß nicht; ich erinnere mich nur daran, daß ich in eigentümlich liebliche, silberblaue Augen blickte und auf samtenes braunes Haar und einen kleinen belustigten Mund und eine freche Nase. Ich hörte nicht auf sie anzustarren, bis sie errötete.

»Es tut mir leid«, sagte ich hastig. »Ich war so überrascht.«

An Bord einer transozeanischen Rakete herrscht eine

freundschaftliche Atmosphäre. Die Passagiere sind zu einer Intimität gezwungen, die sieben bis zwölf Stunden lang andauert, und es gibt nicht viel Platz, um herumzulaufen. Im allgemeinen macht man sich mit seinen Nachbarn bekannt. Förmliche Vorstellungen sind überhaupt nicht nötig, und es ist so üblich, daß man einfach mit dem plaudert, den man sich ausgesucht hat – das Ganze hat etwas von diesen ganztägigen Eisenbahnfahrten im letzten Jahrhundert, schätze ich. Man schließt Freundschaft für die Dauer der Reise, und dann, in neun von zehn Fällen, hört man nie wieder etwas von seinen Reisebekanntschaften.

Das Mädchen lächelte. »Sind Sie derjenige, der für den verzögerten Start verantwortlich ist?«

Ich gab es zu. »Ich scheine chronisch zu spät zu kommen. Selbst die Uhren gehen nach, sobald ich sie trage.«

Sie lachte. »Da können Sie ja kaum wichtige Verpflichtungen haben.«

Nun, das stimmte natürlich, obwohl es überraschend war, wie viele Klubs, Golfjungen und Chormädchen zu Zeiten hinsichtlich eines beträchtlichen Teiles ihres Einkommens von mir abhängig waren. Aber ich hielt es für besser, diese Dinge dem silberäugigen Mädchen gegenüber nicht zu erwähnen.

Wir unterhielten uns. Ihr Name, so stellte sich heraus, war Joanna Caldwell, und sie reiste nach Paris. Sie war eine Künstlerin oder hoffte zumindest, eines Tages eine zu sein, und natürlich gibt es keinen Ort auf der Welt, der so gute Möglichkeiten zur Ausbildung und Inspiration bietet wie Paris. So wollte sie dort ein Jahr studieren, und trotz ihres aufgesetzt ironisch-belustigten Mundes und ihrer lachenden Augen konnte ich erkennen, daß diese Sache von größter Bedeutung für sie war. Ich schätzte, daß sie für dieses eine Jahr in Paris hart gearbeitet hatte. Sie hatte sich drei Jahre lang als Modezeichnerin bei Frauenzeitschriften durchgeschlagen und einiges gespart, obwohl sie nicht viel älter als einundzwanzig sein konnte. Ihre Malerei bedeutete ihr eine Menge, und ich konnte es verstehen. Mir war es einmal mit Polo so gegangen.

Sie sehen also, wir waren uns von Anfang an sympathisch. Ich wußte, daß sie mich mochte, und offensichtlich brachte sie Dixon Wells nicht mit der N. J. Wells Corporation in Verbindung. Und was mich betraf – nun, nach diesem ersten Blick in ihre kühlen Silberaugen dachte ich gar nicht daran, irgendwoanders hinzusehen. Die Stunden schienen wie Minuten dahinzuschmelzen, während ich sie ansah.

Sie wissen, wie diese Dinge laufen. Auf einmal nannte ich sie Joanna und sie mich Dick, und es war so, als hätten wir dies schon ein Leben lang getan. Ich hatte bereits beschlossen, auf meiner Rückreise von Moskau in Paris Zwischenaufenthalt zu machen und hatte ihr das Versprechen abgerungen, sie besuchen zu dürfen. Ich sage Ihnen, sie war ganz anders, nicht so wie die berechnende Whimsey White und noch weniger wie die tanzenden, albern kichernden, unbeständigen jungen Mädchen, die man bei gesellschaftlichen Anlässen trifft. Sie war einfach Joanna, gelassen und lustig, dennoch mitfühlend und ernsthaft, und so schön wie eine Majolikafigurine.

Wir nahmen kaum die Stewardeß wahr, die vorbeikam, um die Bestellungen für das Mittagessen entgegenzunehmen. Schon vier Stunden vorbei? Sie kamen mir wie vierzig Minuten vor. Und wir hatten ein angenehmes Gefühl der Vertrautheit, als wir entdeckten, daß wir beide gern Hummersalat mochten und Austern verabscheuten. Noch etwas, das uns verband. Ich sagte ihr verschwörerisch, dies sei ein Omen, und sie hatte nichts dagegen, es so zu sehen.

Danach spazierten wir den engen Gang bis zu dem verglasten Observationsraum entlang. Er war fast zu überfüllt, als daß man hätte eintreten können, aber uns machte das überhaupt nichts aus, da wir so gezwungen waren, sehr eng beieinander zu sitzen. Wir blieben noch lange, nachdem wir bereits bemerkt hatten, daß die Luft stickig zu werden begann.

Gerade, als wir zu unseren Plätzen zurückgekehrt waren, ereignete sich die Katastrophe. Es gab keine Vorwarnung außer einem plötzlichen Schlingern, das, so vermute ich, daher rührte, daß der Pilot vergeblich in letzter Minute versuchte auszuweichen – nur das und dann ein knirschendes Krachen und das schreckliche Gefühl durch die Luft zu wirbeln; danach ertönten vielstimmige Schreie, die wie Kampfgeschrei klangen.

Es war in der Tat ein Kampf. Fünfhundert Menschen hievten sich vom Boden hoch, traten einander, taumelten umher, waren ohne Hoffnung und niedergeschlagen, denn das große Raketenflugzeug, dessen linker Flügel nur noch ein abgebrochener Stumpf war, trudelte hinab auf den Atlantik zu.

Die Rufe der Offiziere tönten, und ein Lautsprecher plärrte.

»Bewahren Sie Ruhe«, wiederholte er fortwährend, und dann: »Es hat eine Kollision gegeben. Wir haben ein Tragflächenschiff gerammt. Es besteht keine Gefahr . . . Es besteht keine Gefahr . . .«

Ich kämpfte mich von den Überresten der zerschmetterten Sitze hoch. Joanna war verschwunden. Gerade als ich sie zusammengekrümmt zwischen den Reihen fand, landete das Raumschiff mit einem krachenden Aufprall im Wasser. Der Sprecher krächzte: »Legen Sie die unter den Sitzen befindlichen Rettungsringe an.«

Ich zerrte einen Ring heraus und stülpte ihn fix über Joanna, dann nahm ich mir selbst einen. Die Menge stürzte jetzt nach vorn, und das Heck des Schiffes begann abzufallen. Hinter uns war Wasser, das sich nun in die Dunkelheit ergoß, da die Lichter erloschen waren. Ein Offizier schob sich vorbei, bückte sich und legte einer bewußtlosen Frau vor uns einen Rettungsring an. »Sind Sie in Ordnung?« rief er und strebte weiter, ohne auf eine Antwort zu warten.

Der Lausprecher war wahrscheinlich an eine Batterie angeschlossen worden. »Schwimmen Sie so weit wie möglich«, ordnete er plötzlich an. »Springen Sie von der vordersten Luke und entfernen Sie sich so weit wie möglich. Ein Schiff liegt hier in der Nähe. Sie werden aufgenommen. Springen Sie ...« Wieder erstarb der Lautsprecher.

Es gelang mir, Joanna aus den Trümmern herauszuwinden. Sie war blaß. Ihre Silberaugen waren geschlossen. Langsam und mühevoll zog ich sie zur vorderen Luke, und die Neigung des Bodens nahm weiter zu, bis sie der einer Skischanze gleichkam. Der Offizier lief erneut vorbei. »Werden Sie mit ihr fertig?« fragte er und hastete weiter.

Ich war fast da. Es schien so, als sei die Menge an der Luke kleiner geworden, oder drängte sie sich nur enger zusammen? Dann erhob sich plötzlich eine Woge der Angst und Verzweiflung, und das Getöse von Wasser war zu hören. Die Wände des Observationsraumes hatten nachgegeben. Ich sah den grünen Wasserschwall, und eine aufgetürmte Flutwelle sauste auf uns nieder. Ich war wieder zu spät gekommen.

Das war alles. Ich erhob meine erschreckten und furchterfüllten Augen von dem Konjunktivisor, um van Manderpootz anzusehen, der an der Tischkante saß und etwas kritzelte.

»Nun?« fragte er.

Ich schauderte. »Ungeheuerlich!« murmelte ich. »Wir – nun, ich vermute, wir wären nicht unter den Überlebenden gewesen.«

»Wir, eh? Wir?« Seine Augen blinzelten mir zu.

Ich klärte ihn nicht auf. Ich dankte ihm, wünschte ihm eine gute Nacht und ging trübsinnig nach Hause.

Selbst meinem Vater fiel auf, daß mit mir etwas nicht stimmte. An dem Tag, als ich nur fünf Minuten zu spät ins Büro kam, rief er mich zu sich, um sich besorgt nach meiner Gesundheit zu erkundigen. Ich konnte ihm natürlich nichts sagen. Wie sollte ich ihm beibringen, daß ich mich einmal zu oft verspätet und in ein Mädchen verliebt hatte – zwei Wochen nach deren Tod?

Dieser Gedanke machte mich fast wahnsinnig. Joanna! Joanna mit den silbernen Augen lag nun irgendwo auf dem Grunde des Atlantik. Ich lief wie betäubt herum, sprach auch kaum. Eines Abends brachte ich nicht einmal mehr die Kraft auf nach Hause zu gehen und saß rauchend in dem großen, zu dick gepolsterten Sessel meines Vaters in dessen privatem Büro, bis ich schließlich eindöste. Am nächsten Morgen, als der alte N. J. eintrat und sah, daß ich vor ihm da war, wurde er weiß wie Papier, wankte und keuchte: »Mein Herz!« Es waren etliche Erklärungen nötig, um ihn davon zu überzeugen, daß ich nicht zu früh im Büro war, sondern nur sehr spät nach Hause ging.

Schließlich hatte ich das Gefühl, es nicht länger ertragen zu können. Ich mußte etwas unternehmen – unbedingt. Letzten Endes fiel mir der Konjunktivisor ein. Ich könnte doch nachsehen – ja, ich könnte doch nachsehen, was sich ereignet hätte, wenn das Schiff nicht zerschellt wäre. Ich könnte diese geheimnisvolle, phantastische Romanze aufspüren, die irgendwo in den Welten des »Wenn« verborgen lag. Ich würde vielleicht den Dingen, die hätten geschehen können, eine getrübte, gewissermaßen eine Ersatzfreude abgewinnen. Ich könnte Joanna noch einmal sehen!

Es war später Nachmittag, als ich zu den Räumen von van Manderpootz hinüberlief. Er war nicht da. Ich erwischte ihn schließlich in der Eingangshalle des Physikgebäudes.

»Dick!« rief er aus. »Sind Sie krank?«

»Krank? Nein. Nicht körperlich. Professor, ich muß Ihren Konjunktivisor noch einmal benutzen. Ich muß!«

»Hä? Oh, dieses Spielzeug. Sie kommen zu spät, Dick. Ich habe ihn zerlegt. Ich habe eine bessere Verwendung für den Platz.

Ich gab ein unglückliches Seufzen von mir und war drauf und dran, die Autobiographie des großen van Manderpootz zu verfluchen. Ein Funke Mitgefühl zeigte sich in seinen Augen, und er nahm meinen Arm und zog mich in das kleine Büro, das an sein Laboratorium grenzt.

»Erzählen Sie«, forderte er mich auf.

Das tat ich. Ich schätze, ich machte die Tragödie deutlich genug, denn seine wulstigen Augenbrauen zogen sich zu einem mitleidigen Runzeln zusammen. »Nicht einmal van Manderpootz kann die Toten zurückbringen«, murmelte er. »Es tut mir leid, Dick. Denken Sie nicht mehr an diese Sache. Selbst wenn wir meinen Konjunktivisor zur Hand hätten, würde ich Ihnen nicht erlauben, ihn zu benutzen. Das wäre gerade so, als würde man das Messer in der Wunde herumdrehen.« Er schwieg einen Moment. »Suchen Sie etwas anderes, mit dem Sie Ihren Verstand beschäftigen können. Machen Sie es so wie van Manderpootz. Suchen Sie Vergessen in der Arbeit.«

»Ja«, erwiderte ich matt. »Aber wer würde meine Autobiographie lesen wollen?«

»Autobiographie? O ja, ich erinnere mich. Nein, das habe ich aufgegeben. Die Geschichte selbst wird das Leben und das Werk von van Manderpootz aufzeichnen. Jetzt bin ich mit einem weitaus bedeutenderen Projekt beschäftigt.«

»Tatsächlich?« Verdrießlich wie ich war, interessierte ich mich nicht im geringsten dafür.

»Ja. Gogli war hier, Gogli, der Bildhauer. Er soll eine Büste von mir machen. Kann ich der Welt ein besseres Vermächtnis hinterlassen als eine Büste von van Manderpootz, nach dem lebenden Abbild geschaffen? Vielleicht sollte ich sie der Stadt schenken, vielleicht auch der Universität? Ich hätte sie der Königlichen Gesellschaft gegeben, wenn sie sich ein wenig entgegenkommender gezeigt hätte, wenn sie – wenn – wenn!« Das letzte Wort schrie er.

»Was?«

»*Wenn!*« schrie van Manderpootz. »Was Sie in dem Konjunktivisor gesehen haben, war das, was sich ereignet hätte, *wenn* Sie die Maschine erreicht hätten!«

»Das weiß ich.«

»Aber in Wirklichkeit kann doch etwas ganz anderes passiert sein! Begreifen Sie nicht? Wo sind diese alten Zeitungen?«

Er wühlte einen Haufen Zeitungsblätter durch. Schließlich schwenkte er eins herum. »Hier sind die Überlebenden!«

Wie flammende Lettern sprang mir Joanna Caldwells Name ins Auge. Da stand sogar ein kleiner Abschnitt über sie, wie ich bemerkte, als meine aufgewühlten Gedanken es mir zu lesen gestatteten: »Eine ganze Reihe von Überlebenden verdanken ihr Leben der Tapferkeit des achtundzwanzigjährigen Navigators Orris Hope, der während der Panik den Verwundeten und Hilfebedürftigen Rettungsringe anlegte und viele zu der Ausstiegsluke beförderte. Er blieb bis zuletzt auf dem sinkenden Schiff und kämpfte sich dann schließlich durch die eingestürzten Wände des Observationsraumes bis zur Oberfläche hinauf. Unter denen, die ihr Leben dem jungen Offizier verdanken, sind: Patrick Owensby, New York City; Mrs. Campbell Warren, Boston; Miss Joanna Caldwell, New York City . . .«

Ich glaube, mein Freudenschrei war bis ins Verwaltungsgebäude zu hören, das einige Blocks entfernt lag. Ich scherte mich nicht darum. Wäre van Manderpootz nicht mit stachligen Barthaaren bewehrt gewesen, hätte ich ihn geküßt. Vielleicht tat ich's trotzdem; ich bin mir meiner Handlungen in dem winzigen Büro des Professors in jenen verrückten Minuten nicht sicher.

Dann beruhigte ich mich zu guter Letzt. »Ich kann sie wiedersehen!« Ich weidete mich an dem Gedanken.« Sie mußte mit den anderen Überlebenden angekommen sein, und die waren alle auf dem britischen Trampdampfer, dem *Osgood,* der hier letzte Woche auf Dock ging. Sie mußte in New York sein – und wenn sie doch schon in Paris war, dann würde ich es herausfinden und ihr folgen!«

Nun, das Ende der Geschichte ist recht sonderbar. Sie war in New York, aber sehen Sie, Dixon Wells hatte Joanna Caldwell sozusagen nur vermittels des Konjunktivisors von Professor Manderpootz gekannt, Joanna Caldwell aber hat niemals Dixon Wells kennengelernt. Wie die Sache ausgegangen wäre, *wenn* ... Aber es war nicht so. Sie hatte Orris Hope geheiratet, den jungen Offizier, der sie gerettet hat. Ich war wieder mal zu spät gekommen.

Der Kreis der Null

Gäbe es einen Berg, tausend Meilen hoch, und einmal in tausend Jahren flöge ein Vogel darüber hinweg, der mit der Spitze seines Flügels den Gipfel streifte, so würde im Verlaufe unzählbarer Äonen der Berg abgetragen sein. Dennoch wären all diese Jahrhunderte doch nur eine Sekunde im Zeitmaß der Ewigkeit . . .

Ich weiß nicht, welcher philosophische Geist den obigen Text verfaßt hat, aber diese Worte gehen mir seit meiner letzten Begegnung mit dem alten Aurore de Néant, einstmals Professor für Psychologie in Tulane, immer wieder durch den Kopf.

Als ich damals im Jahre '24 diesen Kursus in Pathologischer Psychologie bei ihm absolvierte, war wohl der einzige Grund dafür, daß ich dienstags und donnerstags etwas für elf Uhr brauchte, um mir ein rundum bequemes Programm zusammenzustellen.

Ich war der flotte Jack Anders, zweiundzwanzig Jahre alt, und das war eine hinlängliche Erklärung. Jedenfalls bin ich sicher, daß die hübsche dunkle Yvonne de Néant nichts damit zu tun hatte; sie war fast noch ein Kind, sechzehn Jahre alt.

Der alte de Néant mochte mich. Gott weiß warum, denn ich war ein ziemlich mieser Student. Vielleicht kam es daher, daß ich seines Wissens nie über seinen Namen witzelte. Aurore de Néant heißt übersetzt ›Dämmerung des Nichts‹, wissen Sie. Sie können sich vielleicht vorstellen, was Studenten solch einem Namen antun können. ›Aufsteigende Null‹ – ›Leerer Morgen‹ – das waren noch zwei der harmloseren Spitznamen.

Das war also im Jahr '24. Fünf Jahre später handelte ich mit Obligationen – in New York, und Professor de Néant war gefeuert. Ich erfuhr davon, als er mich anrief; ich hatte kaum noch eine Beziehung zu meiner Universitätszeit.

Er war ein sparsamer Typ. Er hatte sich eine ansehnliche Summe beiseite gelegt und war nach New York gezogen, und von da an sah ich auch Yvonne wieder, die inzwischen zu einer geheimnisvollen Schönheit geworden war – wie eine Tanagrafigurine. Bei mir lief's ganz gut, und ich legte einiges auf die hohe Kante für den Tag, da Yvonne und ich ...

So jedenfalls war die Lage im August 1929. Im Oktober desselben Jahres jedoch war ich blank wie 'n abgenagter Knochen; viel mehr Fleisch war bei de Néant auch nicht zu holen. Ich war jung und konnte es mir leisten zu lachen; er aber war alt und wurde verbittert. Wirklich, auch Yvonne und ich hatten nicht gerade viel zu lachen, wenn wir an unsere Zukunft dachten, trotzdem brüteten wir nicht verbiestert vor uns hin, wie der Professor es tat.

Ich erinnere mich noch an den Abend, als er die Sache mit dem Kreis der Null aufs Tapet brachte. Es war ein regnerischer, stürmischer Herbstabend, und sein Bart wogte in dem düsteren Lampenlicht wie eine graue Nebelschwade. Yvonne und ich waren in letzter Zeit meistens zu Hause geblieben; Shows kosteten Geld, und ich hatte auch das Gefühl, daß es ihr gefiel, wenn ich mit ihrem Vater redete, und außerdem zog er sich jedesmal bald in sein Zimmer zurück.

Sie saß neben ihm auf dem Chaiselongue, als er mir plötzlich einen mageren Finger entgegenstreckte und scharf sagte: »Glück hängt nur vom Geld ab!«

Ich war erschrocken. »Nun ja, es hilft zumindest«, pflichtete ich ihm bei.

Seine blaßblauen Augen funkelten. »Wir müssen uns unseres wiederholen!« krächzte er.

»Wie denn?«

»Ich weiß wie. Ja, ich weiß es!« Er lächelte schwach. »Die denken, ich bin verrückt. Sie denken auch, daß ich verrückt bin; selbst Yvonne glaubt es.«

»Vater!« sagte das Mädchen mit leiser, vorwurfsvoller Stimme.

»Aber das bin ich nicht«, redete er weiter. »Sie und Yvonne und all diese Idioten, die die Lehrstühle an den Universitäten innehaben – die ja! Aber nicht ich!«

»Ich werd's auch bald sein, wenn es in nächster Zeit nicht bergauf geht«, murmelte ich. Ich war an die Ausbrüche des alten Mannes gewöhnt.

»Für uns wird's bald bergauf gehen«, sagte er und beruhigte sich wieder. »Geld! Für Geld würden wir doch alles tun, stimmt's, Anders?«

»Alles, was ehrlich ist.«

»Ja, alles, was ehrlich ist. Die Zeit ist doch auch ehrlich, oder? Ein redlicher Betrüger, denn sie rafft alles Menschliche hinweg und macht es zu Staub.« Er sah in mein verdutztes Gesicht. »Ich werde Ihnen sagen, wie wir die Zeit betrügen können.«

»Betrügen . . .«

»Ja, hören Sie zu, Jack. Haben Sie jemals an einem fremden Ort gestanden und das Gefühl gehabt, schon einmal dort gewesen zu sein? Haben Sie nicht mal eine Reise gemacht und empfunden, daß Sie irgendwann und irgendwie genau dieselbe Sache schon einmal erlebt haben – obwohl Sie wußten, daß es nicht so war?«

»Ja, natürlich. Das ist jedem schon so ergangen. Eine Erinnerung an die Gegenwart, nennt Bergson das . . .«

»Bergson ist ein Schwachkopf! Philosophie ohne Wissenschaft. Hören Sie mir zu.« Er beugte sich vor. »Haben Sie mal was vom Gesetz des Zufalls gehört?«

Ich lachte. »Ich handle mit Aktien und Obligationen. Da *muß* ich wohl schon davon gehört haben.«

»Ah!« machte er. »Aber Sie wissen nicht genug darüber. Nehmen wir einmal an, ich habe ein Faß mit einer Million Trillionen weißen Sandkörnern darin und nur einem schwarzen Korn. Sie nehmen ein einziges Korn heraus, eins nach dem anderen, sehen es sich an und werfen es wieder in das Faß. Wie stehen dann die Chancen, daß Sie das schwarze Korn erwischen?«

»Eine Million Trillionen zu Eins, mit jedem Griff.«

»Und wenn Sie die Hälfte der Million Trillionen Körner herausnehmen?«

»Dann stehen die Chancen gleich.«

»So!« sagte er. »Mit anderen Worten, wenn Sie lange genug Körner herausgreifen, werden Sie eines Tages – selbst wenn Sie jedes Korn wieder in das Faß zurückgeben und ein anderes herausnehmen – das schwarze herausfischen – *wenn Sie es lange genug versuchen!*«

»Ja«, sagte ich.

»Nun stellen Sie sich vor, daß Sie das eine Ewigkeit machen!«

»Hä?«

»Begreifen Sie nicht, Jack? In der Ewigkeit funktioniert das Gesetz des Zufalls perfekt. In der Ewigkeit muß früher oder später jede nur mögliche Kombination von Dingen und Ereignissen eintreten. Muß eintreten, *wenn* diese bestimmte Kombination überhaupt möglich ist. Deshalb sage ich, daß in der Ewigkeit alles, was geschehen kann, auch geschehen wird.« In seinen blauen Augen blitzte ein schwaches Feuer.

Ich war etwas durcheinander. »Ich schätze, Sie haben recht«, murmelte ich.

»Recht! Natürlich habe ich recht. Die Mathematik ist unfehlbar. Na, können Sie jetzt die Schlußfolgerung erkennen?«

»Nun, daß früher oder später alles eintreffen wird.«

»Pah! Es ist wahr, daß sich die Ewigkeit in die Zukunft erstreckt; wir können uns nicht vorstellen, daß die Zeit jemals endet. Aber ehe er starb, wies Flammarion darauf hin, daß es auch in der Vergangenheit eine Ewigkeit gibt. Da in der Ewigkeit alles, was möglich ist, geschehen muß, folgt daraus, daß alles bereits *schon einmal geschehen ist!*«

Ich schluckte. »Warten Sie eine Minute! Ich verstehe nicht . . .«

»Dummheit!« zischte er. »Das heißt, um mit Einstein zu sprechen, daß nicht nur der Raum gekrümmt ist, sondern auch die Zeit, und das heißt weiter, daß nach unzähligen Äonen von Jahrtausenden sich die gleichen Dinge wiederholen, weil sie sich wiederholen müssen! Das Gesetz des Zufalls besagt, daß sie es müssen, wenn man ihnen nur genügend Zeit läßt. Die Vergangenheit und die Zukunft sind ein und dieselbe Sache, da alles, was geschehen wird, schon geschehen ist. Können Sie einer so simplen logischen Beweisführung folgen?«

»Nun – ja. Aber worauf läuft sie hinaus?«

»Auf unser Geld! Unser Geld!«

»Was?«

»Jetzt spitzen Sie die Ohren und unterbrechen Sie mich nicht. In der Vergangenheit müssen alle möglichen Kombinationen von Atomen und Sachverhalten schon einmal vorgekommen sein.« Er machte eine Pause, dann schoß wieder sein knochiger Finger auf mich zu. »Jack Anders, auch Sie sind eine mögliche Kombination von Atomen und gewissen Gegebenheiten! Möglich, weil Sie jetzt, in diesem Augenblick existieren.«

»Sie meinen . . ., daß ich schon einmal da war!?«

»Wie gescheit Sie sind!« spöttelte er. »Ja, es gab Sie schon einmal und wird Sie wieder geben.«

»Seelenwanderung!« Ich schluckte. »Das ist unwissenschaftlich.«

»Tatsächlich?« Er runzelte die Stirn und bemühte sich, seine Gedanken zu sammeln. »Der Dichter Robert Burns wurde unter einem Apfelbaum begraben. Als er Jahre später umgelegt werden und seine Ruhestätte neben den großen Männern von Westminster Abbey finden sollte, wissen Sie, was man da fand? Wissen Sie's?« schrie er.

»Tut mir leid, ich weiß es nicht.«

»Sie fanden eine Wurzel! Eine Wurzel mit einer Ausbuchtung für einen Kopf, Seitenwurzeln für Arme und

Beine und kleine Ableger für Finger und Zehen. Der Apfelbaum hatte sich Bobby Burns einverleibt. Aber wer hat die Äpfel gegessen?«

»Wer – was?«

»Genau. Wer und was? Die Substanz, die einmal Robert Burns gewesen war, befand sich nun in den Körpern schottischer Landleute, in den Raupen, die die Blätter gefressen hatten und aus denen Schmetterlinge geworden waren, und sie ist von Vögeln verzehrt worden, die im Holz des Baumes gepickt haben. Wo ist Bobby Burns? Seelenwanderung, sag ich Ihnen! Ist das etwa keine Seelenwanderung?«

»Ja – aber es ist nicht das, was Sie über mich gesagt haben. Gut, sein Körper mag leben, aber in tausend verschiedenen Formen.«

»Ah! Und wenn eines Tages, Ewigkeiten und Äonen in der Zukunft die Gesetze des Zufalls einen neuen Nebel erstehen lassen, der zu einer neuen Sonne und einer neuen Erde erkaltet, besteht dann nicht die Chance, daß jene versprengten Atome sich wieder zu einem Bobby Burns zusammenfinden?«

»Aber was für eine Chance ist das! Trillionen und aber Trillionen zu eins!«

»Aber bedenken Sie, Jack, die Ewigkeit! In einem unendlichen Zeitraum muß diese eine Möglichkeit von allen Trillionen anderen zutreffen – *muß* eintreten!«

Ich war sprachlos. Ich schaute in Yvonnes blasses und hübsches Gesicht und dann in die blitzenden alten Augen von Aurore de Néant.

»Sie haben gewonnen«, sagte ich mit einem langen Seufzer. »Aber was soll's? Wir haben noch immer 1929, und unser Geld ist in der Versenkung eines vor sich hin kränkelnden Aktienmarktes verschwunden.«

»Geld!« stöhnte er. »Verstehen Sie nicht? Diese Erinnerung, mit der wir unser Gespräch begannen, dieses Gefühl, eine Sache schon einmal getan zu haben – das ist die Erinnerung aus einer unendlich weit zurückliegenden

Vergangenheit oder, was dasselbe ist, einer unendlich fernen Zukunft. Wenn man sich nur deutlicher erinnern könnte! Aber ich sehe einen Weg!« Seine Stimme hob sich plötzlich zu einem schrillen Schrei. »Ja, ich sehe einen Weg!«

Seine wilden Augen starrten mich an. »Einen Weg, damit wir uns unsere früheren Inkarnationen ins Bewußtsein rufen können?« fragte ich. Man mußte den alten Professor bei Laune halten. »Uns an die Zukunft zu erinnern?«

»Ja! Reinkarnation!« sagte er mit ungestümer, krächzender Stimme. *»Re-in-carnatione* – das ist lateinisch und heißt ›durch die Nelke‹, aber es war keine Nelke, es war ein Apfelbaum. Die Gartennelke heißt auch *Dianthus carophyllus,* was beweist, daß die Hottentotten Nelken auf die Gräber ihrer Vorfahren pflanzten, woher der Ausdruck ›im Keim ersticken‹ stammt. Wenn Nelken auf Apfelbäumen wüchsen ...«

»Vater!« fiel ihm Yvonne scharf ins Wort. »Du bist müde.« Ihre Stimme wurde sanfter. »Komm. Du gehst jetzt ins Bett.«

»Ja«, krächzte er. »In ein Bett aus Nelken.«

Einige Abende später kam Aurore de Néant auf dasselbe Thema zurück. Er wußte noch ganz genau, wo er stehengeblieben war.

»In dieser vieltausendjährigen Vergangenheit«, begann er überraschend, »gab es einmal das Jahr 1929 und zwei Schwachköpfe mit Namen Anders und de Néant, die ihr Geld in etwas investierten, das ironischerweise Wertpapiere genannt wurde. Irgend so ein Trottel verursachte einen Kurssturz, und ihr Geld schwand dahin.« Argwöhnisch und mit etwas wunderlichem Blick schielte er zu mir hin. »Wäre es nicht herrlich, wenn Sie sich ins Gedächtnis rufen könnten, was, sagen wir, in den Monaten von Dezember 1929 bis Juni 1930 – des nächsten Jahres also – vor sich ging?« Seine Stimme bekam unvermittelt einen weinerlichen Ton. »Dann könnten Sie ihr Geld zurückgewinnen.«

Ich redete ihm gut zu. »Nun ja, *wenn* Sie sich erinnern könnten«, sagte ich schließlich.

»Sie können es«, fuhr er auf. »Sie können!«

»Wie denn?«

Seine Stimme fiel in einen zuversichtlichen, milden Ton. »Hypnose! Sie haben Pathologische Psychologie bei mir studiert, nicht wahr, Jack? Ja, ich erinnere mich genau.«

»Aber Hypnose«, versuchte ich einzuwenden. »Jeder Psychiater benutzt sie als Behandlungsmethode, aber keiner hat sich unter Hypnose jemals an eine frühere Inkarnation erinnert oder etwas Ähnliches.«

»Nein. Sie sind ja auch Dummköpfe, diese Ärzte und Psychiater. Hören Sie zu! Kennen Sie noch die drei Stadien des Hypnosezustands, wie Sie sie bei mir gelernt haben?«

»Ja, Somnambulismus, Lethargie, Katalepsie.«

»Richtig. Im ersten Stadium spricht die Versuchsperson, beantwortet Fragen. Im zweiten Stadium schläft sie tief, und im dritten, der Katalepsie, ist sie starr und steif, so daß man sie über zwei Stühle legen kann, sich draufsetzen und solcherlei Unfug.«

»Ich weiß, aber worauf wollen Sie hinaus?«

Er lächelte finster. »Im ersten Stadium erinnert sich die Versuchsperson an alles, was ihr je im Leben widerfahren ist. Das Unterbewußtsein dominiert, und das vergißt niemals etwas. Soweit korrekt?«

»So haben wir es gelernt.«

Er beugte sich angespannt vor. »Im zweiten Stadium, der Lethargie, erinnert sie sich meiner Theorie zufolge an alles, was sich in ihren *anderen Leben* zugetragen hat! Erinnert sich auch an die Zukunft.«

»Warum probiert's dann keiner?«

»Die Versuchsperson erinnert sich, während sie schläft; sobald sie erwacht, vergißt sie alles. Das ist der Haken.

Aber ich glaube, daß wir bei einer geeigneten Übungsmethode lernen können, uns zu erinnern.«

»Und Sie wollen's versuchen?«

»Nicht ich. Ich kenne mich mit Finanzen zu wenig aus. Ich würde Schwierigkeiten haben, meine Erinnerungen zu interpretieren.

»Wer soll es dann machen?«

»Sie!« Sein langer Finger schoß mir entgegen.

Ich war total entsetzt. »Ich? O nein, das kommt gar nicht in Frage.«

»Jack«, sagte er verdrießlich, »haben Sie in meinem Seminar nicht Hypnotismus studiert? Haben Sie nicht gelernt, daß Hypnose ganz harmlos ist? Sie wissen doch, daß der Gedanke, daß ein Geist den anderen beherrscht, völliger Blödsinn ist. Sie wissen, daß in Wirklichkeit die Versuchsperson sich selbst hypnotisiert und daß niemand eine Person hypnotisieren kann, die sich dagegen sträubt. Wovor haben Sie dann Angst?«

Ich – na ja, ich wußte nicht recht, was ich ihm darauf antworten sollte. »Ich habe keine Angst«, sagte ich schroff. »Die Idee gefällt mir nur nicht.«

»Sie haben doch Angst!«

»Habe ich nicht!«

»Haben Sie doch!« Er erregte sich immer mehr.

In diesem Augenblick waren Yvonnes Schritte im Flur zu hören. Seine Augen funkelten. Er warf mir einen bösen Blick zu, aus dem seine Verschlagenheit sprach.

»Ich kann Feiglinge nicht ausstehen«, flüsterte er. Seine Stimme wurde lauter. »Und Yvonne auch nicht!«

Das Mädchen trat ein und bemerkte seine Erregung. »Oh!« sagte sie mit einem Stirnrunzeln. »Warum mußt du dir diese Theorien auch so zu Herzen nehmen, Vater?«

»Theorien?« kreischte er. »Ja! Ich vertrete zum Beispiel die Ansicht, daß, wenn du läufst, sich in Wirklichkeit nur der Fußweg rückwärts bewegt, du aber stillstehst. Nein, dann würde sich der Fußweg spalten, wenn sich zwei Personen aufeinander zu bewegten – oder vielleicht ist er auch elastisch. Natürlich, er ist elastisch! Deshalb ist auch die letzte Meile immer die längste; er hat sich gedehnt!«

Yvonne schickte ihn zu Bett.

De Néant überredete mich schließlich. Ich weiß nicht, inwieweit das meiner Leichtgläubigkeit zuzuschreiben war und inwieweit Yvonnes ernsten dunklen Augen. Teilweise glaubte ich dem Professor, nachdem er einen weiteren Abend damit zugebracht hatte, mir seine Argumente vorzutragen, aber ich denke, der ausschlaggebende Punkt war seine versteckte Drohung, mir das Zusammensein mit Yvonne zu verbieten. Sie hätte ihm gehorcht, auch wenn es sie getötet hätte; aber sie stammte aus New Orleans, wissen Sie, und hatte kreolisches Blut in ihren Adern.

Ich werde nicht den mühevollen Übungsverlauf schildern. Man mußte in sich eine hypnotische Gewohnheit entwickeln. Sie ist wie jede andere Gewohnheit auch und muß behutsam gefördert werden. Im Gegensatz zu der weitverbreiteten Meinung können Schwachsinnige und Menschen mit einer niedrigen Intelligenzstufe dies niemals schaffen. Es erfordert echte Konzentration. Der Trick besteht in der Fähigkeit, seine Aufmerksamkeit in eine Richtung zu lenken – damit meine ich nicht den Hypnotiseur.

Ich meine das Subjekt. Der Hypnotiseur hat überhaupt nichts damit zu tun, außer daß er für die nötige Suggestion sorgt, indem er murmelt: »Schlafen – schlafen – schlafen – schlafen.« Und selbst das ist nicht nötig, wenn man den Kniff erst einmal raushat.

Ich verbrachte fast jeden Abend eine halbe Stunde oder länger damit, diesen Kniff zu erlernen. Es war ermüdend, und ein Dutzendmal hatte ich die Nase voll und schwor, daß ich nichts mehr mit dieser Farce zu tun haben wollte. Aber jedesmal, wenn ich mich eine halbe Stunde lang de Néants Willen gefügt hatte, war da Yvonne, und die Langeweile war verschwunden. Vermutlich als eine Art Belohnung ging der alte Mann dazu über, uns allein zu lassen, und wir nutzten unsere Zeit zu erfreulicheren Dingen als er seine, möchte ich wetten.

Ich lernte jedoch – Schritt für Schritt. Nach drei Wochen Langeweile kam eine Zeit, da ich in der Lage war, mich selbst in eine Art traumwandlerischen Zustand zu versetzen. Ich erinnere mich noch, wie der Glanz, den der billige Stein von de Néants Ring ausstrahlte, immer intensiver wurde, bis er die ganze Welt ausfüllte, und wie die routinemäßige eintönige Stimme des Professors wie Wellen des Schlafes in meinen Ohren säuselte. Ich erinnere mich an alles, was in jenen Minuten geschah, selbst an seine Frage, »Schlafen Sie?« und meine mechanische Antwort, »Ja«.

Ende November hatten wir das zweite Stadium, die Lethargie, gemeistert, und dann – ich weiß gar nicht, warum – erfaßte mich eine Art Enthusiasmus für diesen Wahnsinn. Meine Geschäfte waren an einem toten Punkt angelangt; ich hatte es satt Kunden gegenüberzustehen, denen ich Wertpapiere zum Nennwert verkauft hatte, die jetzt aber nur noch fünfzig Dollar oder weniger wert waren und ihnen zu erklären, woran das lag.

Nach einer Weile ging ich dazu über, nachmittags beim Professor vorbeizuschauen, und immer wieder arbeiteten wir dasselbe verrückte Programm ab.

Yvonne bekam nur einen Teil dieses phantastischen Plans mit. Sie war während unserer halbstündigen Übungen nie im Zimmer, und sie wußte nur so ungefähr, daß wir in irgendeinem Experiment steckten, das dazu diente, unser verlorenes Geld wiederzubeschaffen. Ich nehme nicht an, daß sie viel Vertrauen in die Sache hatte, aber was die wunderlichen Einfälle ihres Vaters anging, war sie stets nachsichtig.

Es war Anfang Dezember, als ich mir Verschiedenes ins Gedächtnis rufen konnte. Diese Dinge waren zunächst noch verschwommen, schemenhaft – Empfindungen, die sich der Fixiertheit von Worten völlig entzogen.

Ich versuchte, sie de Néant verständlich zu machen, aber es war hoffnungslos.

»Ein kreisförmiges Gefühl«, so etwa drückte ich mich aus. »Nein, nicht ganz, eher spiralenförmig – nein, das ist es auch nicht. Rundheit – nein, ich kann mich jetzt nicht mehr erinnern. Es rutscht mir weg.«

Der Professor frohlockte. »Es kommt«, flüsterte er, und sein grauer Bart wackelte dabei, und die hellen Augen funkelten. »Sie fangen an, sich zu erinnern.«

»Aber was soll an so einer Erinnerung gut sein?«

»Warten Sie nur ab! Sie wird bald deutlicher werden. Natürlich werden nicht all Ihre Erinnerungen von der Beschaffenheit sein, daß wir sie gebrauchen können. Sie werden atomisiert sein. All die Jahrtausende währende Ewigkeit des Vergangenheit-Zukunft-Kreises hindurch können Sie nicht immer nur Jack Anders, der Aktienhändler, gewesen sein. Da wird es bruchstückhafte Erinnerungen geben, die aus Zeiten herrühren, als Ihre Persönlichkeit erst teilweise existierte, als die Gesetze des Zufalls in irgend einer Periode der unbegrenzten Welten, die im Laufe der Ewigkeit erstehen und vergehen, ein Wesen zusammengefügt hatten, das nicht völlig Jack Anders war. Aber irgendwo müssen die gleichen Atome, die gleichen Bedingungen Sie erschaffen haben. Sie sind das schwarze Korn unter Trillionen weißen, und wenn man die gesamte Ewigkeit einbezieht, dann *müssen* sie vorher schon einmal herausgegriffen worden sein – viele, viele Male.«

»Glauben Sie daran«, fragte ich plötzlich, »daß irgend jemand zweimal auf ein und derselben Erde existieren kann? Reinkarnation im Sinne der Hindus?«

Er lachte verächtlich. »Das Alter der Erde liegt irgendwo zwischen eintausend und dreitausend Millionen Jahren. Was für ein Anteil an der Ewigkeit ist das?«

»Nun, gar keiner. Gleich Null.«

»Richtig. Und entsprechend ist die Chance, daß sich dieselben Atome während der Lebensdauer eines Planeten noch einmal zu derselben Person formieren. Ich habe jedoch bewiesen, daß es vor Trillionen und aber Trillionen Jahren schon einmal einen Jack Anders gegeben haben muß, und« – seine Stimme nahm wieder diesen weinerlichen Ton an – »auch einen Börsenkrach, der Jack Anders und den alten de Néant ruinierte. Das ist die Zeit, auf die Sie sich in der Lethargie besinnen müssen.«

»Katalepsie!« sagte ich. »Woran würde man sich im Zustand der Katalepsie erinnern?«

»Weiß Gott.«

»Was für ein bescheuerter Plan«, sagte ich unvermittelt. »Was für ein verrücktes Paar von Idioten wir sind!« Die Adjektive waren ein Fehlgriff.

»Bescheuert? Verrückt?« Seine Stimme kippte in ein Kreischen ab. »Der alte de Néant ist verrückt, ja? Der alte ›Dämmerung des Nichts‹ ist bescheuert! Sie meinen, daß die Zeit sich nicht in einem Kreis bewegt, stimmt's? Wissen Sie denn, was ein Kreis darstellt? Ich werde es Ihnen sagen! Ein Kreis ist das mathematische Symbol für die Null. Die Zeit ist gleich Null, die Zeit bewegt sich im Kreis. Nach meiner Theorie sind die Zeiger einer Uhr in Wirklichkeit die Nasen, da sie sich im Antlitz der Uhr befinden; und weil die Zeit ein Kreis ist, laufen sie immer rundum und rundum und rundum . . .«

Yvonne huschte leise ins Zimmer und strich ihrem Vater über die gefurchte Stirn. Sie mußte gelauscht haben.

»Hören Sie mal«, sagte ich einige Zeit später zu de Néant. »Wenn Vergangenheit und Zukunft ein und dasselbe sind, dann ist die Zukunft ebenso unveränderlich wie die Vergangenheit. Wie können wir dann erwarten, sie zu verändern, indem wir unser Geld wiederbeschaffen?«

»Verändern?« schnarrte er. »Woher wollen Sie wissen, daß wir sie verändern? Woher wollen Sie wissen, daß Jack Anders und de Néant das nicht wirklich vor langer Zeit in der zurückliegenden Ewigkeit getan haben? Ich sage Ihnen, Sie haben es getan!«

Ich gab klein bei, und das kuriose Unterfangen nahm

seinen Lauf. Meine Erinnerungen – wenn es überhaupt welche waren – kamen jetzt deutlicher. Immer wieder sah ich Bilder aus meiner unmittelbaren siebenundzwanzigjährigen Vergangenheit, obwohl mir de Néant natürlich versicherte, daß dies Visionen aus der Vergangenheit jenes anderen Ichs aus ferner Zeit seien.

Ich sah auch andere Dinge – Vorfälle, die ich nicht in meine Erfahrung einzuordnen vermochte, obwohl ich andererseits auch nicht mit Sicherheit sagen konnte, daß sie nicht dorthin gehörten. Es konnte auch sein, daß ich sie vergessen hatte, denn sie waren nicht sehr bedeutend. Sobald ich erwachte, erzählte ich alles gewissenhaft dem alten Mann, und manchmal war das nicht einfach, so, als wollte man Worte finden für einen Traum, an den man sich nur noch halb erinnerte.

Da gab es auch noch andere Erinnerungen – phantastisch und fremdartig –, die in der menschlichen Geschichte kaum eine Parallele finden. Sie waren immer sehr vage und manchmal wirklich erschreckend, und nur dadurch, daß sie unfertig und schemenhaft blieben, waren sie nicht ganz so nervenzerrüttend und furchterregend.

Einmal, erinnere ich mich, blickte ich durch einen kleinen Kristallspiegel in einen roten Nebel, durch den sich unbeschreibliche Gesichter bewegten – keine menschlichen, nicht einmal vergleichbar mit etwas, das ich je vorher gesehen hatte. Ein andermal wanderte ich, in Pelze gehüllt, durch eine kalte graue Wüste, und an meiner Seite hatte ich eine Frau, die jedoch nicht ganz wie Yvonne war.

Ich weiß noch, daß ich sie Pyroniva nannte und daß der Name »Schneefeuer« bedeutete. Und in der Luft schwebten vereinzelt seltsame kleine aufgedunsene schwammige Gebilde um uns herum, die hin und her purzelten wie Kartoffeln in einem Wassereimer. Und einmal standen wir ganz still, weil ein bedrohliches Etwas, das nur entfernt den kleinen Schwämmchen ähnlich war, hoch über unseren Köpfen entschlossen auf ein unbekanntes Ziel losbrummte.

Und ein andermal wieder schaute ich fasziniert in einen wirbelnden Quecksilbertümpel, in dem ich das Abbild zweier wilder Gestalten mit Flügeln wahrnahm, die auf einer rosenumrankten Lichtung ihre Spiele trieben – ganz und gar nicht menschlich in ihrer Gestalt, aber dennoch übernatürlich schön, lebhaft und schillernd.

Ich spürte eine eigenartige Verwandtschaft zwischen diesen beiden Geschöpfen und Yvonne und mir, aber ich hatte keinen Schimmer, was sie waren, noch aus welcher Welt, aus welcher Zeit innerhalb der Ewigkeit sie stammten, auch nicht, welcher Art das Umfeld war, in dem sich der wirbelnde Tümpel befand, der ihr Abbild wiedergab.

Der alte Aurore de Néant lauschte gespannt den verworrenen Wort-Bildern, die ich entwarf.

»Faszinierend!« murmelte er. »Bilder einer unendlich fernen Zukunft, eingefangen aus einer zehnmal ferneren Vergangenheit. Diese Dinge, die Sie beschreiben, sind nicht von dieser Welt. Das bedeutet, daß irgendwo und irgendwann die Menschen das Gefängnis des Raumes sprengen werden und andere Welten aufsuchen. Eines Tages . . .«

»Falls diese Bilder nicht ganz einfach Alpträume sind«, sagte ich.

»Es sind keine Alpträume«, gab er schroff zurück, »aber sie könnten's ruhig sein bei dem Wert, den sie für uns haben.« Ich sah, daß er sich anstrengte, ruhiger zu werden. »Unser Geld ist noch immer verschwunden. Wir müssen es versuchen, müssen weitermachen, jahrelang, jahrhundertelang, bis wir das schwarze Sandkorn erwischen, denn schwarzer Sand ist ein Zeichen für goldhaltiges Erz . . .« Er machte eine Pause. »Worüber rede ich eigentlich?« fragte er verstört.

Na ja, wir machten also weiter. Verwoben mit den wirren, kaum zu schildernden Visionen kamen andere Bilder, fast rationale. Die Sache wurde zu einem berauschenden

Spiel. Ich vernachlässigte meine Geschäfte – obwohl das ohnehin nur ein geringer Verlust war –, um mit dem alten Professor Träumen nachzujagen.

Ich verbrachte Abende, Nachmittage und schließlich auch die Vormittage im Schlummer des lethargischen Stadiums oder ich erzählte dem alten Mann, was für phantastische Dinge ich geträumt hatte oder wie er es nannte, ich frischte mein Gedächtnis auf. Die Realität nahm ich nur verschwommen wahr; ich lebte in einer exotischen Welt der Wahngebilde, und nur die dunklen traurigen Augen von Yvonne gaben mir jedesmal einen Stich, holten mich zurück in die Welt des Tageslichts und der Vernunft.

Ich habe bereits die nahezu rationalen Bilder erwähnt. Eins kommt mir in den Sinn – eine Stadt, aber was für eine Stadt! Den Himmel durchstoßend, weiß und schön, und die Menschen, die darin lebten, waren würdevoll, denn sie besaßen die Weisheit von Göttern – hellhäutige, zauberhafte Menschen, aber ernst, gedankenvoll und traurig. Dieses Fluidum von Glanz und Verruchtheit, das über allen großen Städten liegt, hat, vermute ich, in Babylon seinen Ursprung, und es wird fortbestehen, solange es Großstädte gibt.

Aber da war noch etwas, etwas, das sich nur schwer fassen läßt; ich weiß nicht genau, wie ich's nennen soll, vielleicht ist Verfall das Wort, das der Sache am nächsten kommt. Als ich so am Fuße eines gewaltigen Bauwerks stand, konnte ich das leise Surren einer Maschine vernehmen, und dennoch schien mir, daß die Stadt starb.

Es mag das Moos gewesen sein, das grün die Nordwände der Gebäude überzog; es mag das Gras gewesen sein, das hier und da durch die Risse des Marmorbürgersteigs sproß, oder es mag auch nur das gesetzte und traurige Gebaren der bleichen Einwohner gewesen sein. Da war auf alle Fälle etwas, das auf eine sich zersetzende Stadt und eine sterbende Rasse hindeutete.

Etwas Seltsames passierte, als ich versuchte, dem alten

de Néant diese spezielle Erinnerung zu beschreiben. Ich stammelte mich wie immer durch die Details; diese Visionen aus den unergründlichen Tiefen der Ewigkeit ließen sich innerhalb der festgefügten Mauern unserer Worte nur sehr schwer unterbringen. Sie neigten dazu zu zerfließen, sich der erwachenden Erinnerung zu entziehen. In dieser Beschreibung nun hatte ich den Namen der Stadt vergessen.

Sie hieß Termis oder Termolia oder . . .«, sagte ich zögernd.

»Termopolis!« flüsterte de Néant ungeduldig. »Stadt der Endzeit!«

Ich starrte ihn erstaunt an. »Genau, das ist der Name! Aber woher wußten Sie das?« Im Schlaf der Lethargie, da war ich ganz sicher, redete man nicht.

Ein merkwürdiger, hinterlistiger Blick trat kurz in seine Augen. »Ich wußte es eben. Ich wußte es.« Mehr wollte er nicht sagen.

Ich glaube, ich sah diese Stadt noch einmal. Das war, als ich über eine braune, baumlose Ebene lief, nicht so, wie jene graue Wüste, aber anscheinend eine unfruchtbare und armselige Region der Erde. Matt schaute am westlichen Horizont der Kreis einer großen kalten, rötlichen Sonne hervor; sie war immer dagewesen, fiel mir ein, und ein anderer Teil meines Gedächtnisses lieferte mir die Erkenntnis, daß die gewaltige Bremsvorrichtung, die die Gezeiten darstellten, letztlich die Erdrotation verlangsamt hatte, bis sie zum Stillstand kam und Tag und Nacht sich nicht länger um den Planeten herum jagten.

Die Luft war schneidend kalt, und meine Gefährten und ich – wir waren etwa ein halbes Dutzend – liefen vorwärts, wobei wir uns fest aneinander schmiegten, so als wollte einer dem anderen mit seinem halbnackten Körper Wärme spenden. Wir alle waren hagere Gestalten, hatten dünne Beine, einen merkwürdig tiefen Brustkorb und riesige glänzende Augen, und die Person, die mir am nächsten war, war wiederum eine Frau, die etwas von

Yvonne an sich hatte, aber nur sehr wenig. Ebensowenig war ich Jack Anders, jedenfalls nicht ganz. Aber irgendein entferntes Fragment meiner selbst hielt sich in diesem fremden Hirn noch am Leben.

Hinter einem Berg wogte ein öliges Meer. Wir krochen um den Erdhügel herum, und plötzlich wurde mir klar, daß dieser Berg irgendwann in der unbegrenzten Vergangenheit eine Stadt war. Einige gewaltige, schon zerfallene Steinblöcke lagen darauf herum, und eine einsame verfallene Wand erhob sich schauerlich kahl zu vier- oder fünffacher Menschengröße. Auf eben diese Ruine wies der Führer unserer kümmerlichen Gruppe hin, dann sprach er in schwermütigem Ton – keine englischen Worte, aber ich verstand sie.

»Die Götter«, so sagte er, »die Götter, die Steine auf Steine schichteten, sind tot und tun uns, die wir den Ort ihrer Wohnstadt betreten, kein Leid an.«

Ich wußte, was das bedeuten sollte. Es war eine Beschwörungsformel, ein Ritual, um uns vor den Geistern zu schützen, die sich zwischen den Ruinen verborgen hielten – den Ruinen einer Stadt, die, wie ich glaube, Tausende Generationen zuvor von unseren Vorfahren erbaut wurde.

Als wir an der Mauer vorübergingen, schaute ich zurück, da ich eine zuckende Bewegung wahrnahm, und dann erblickte ich etwas Scheußliches, das wie ein schwarzer Gummiabtreter aussah und um die Mauerkante herumschwenkte. Ich schob mich dichter an die Frau neben mir heran, und gemeinsam kletterten wir hinunter ans Meer, um Wasser zu bekommen – ja, Wasser, denn mit dem Stillstand des Planeten hatten auch die Regenfälle aufgehört, und alles Leben sammelte sich am Rande der unsterblichen See und stellte sich darauf ein, ihr bitteres Salzwasser zu trinken. Ich warf keinen Blick zurück zu dem Hügel, der einmal Termopolis gewesen war, die Stadt der Endzeit; ich wußte jedoch, daß irgendein vom Zufall ins Leben gerufener unvollkommener Jack Anders Zeuge eines Zeitalters geworden war – oder werden würde –, da der Tag des Niedergangs der Menschheit nicht fern war.

Es war Anfang Dezember, als ich die erste Erinnerung hatte, die erfolgversprechend schien. Es war eine ganz schlichte, aber sehr angenehme Erinnerung – einfach Yvonne und ich in einem Garten, von dem ich wußte, daß er zu einem der alten Häuser von New Orleans gehörte – eins von denen, die nach Art des europäischen Festlands um einen Hof herum gebaut waren.

Wir setzten uns auf eine Steinbank unter dem Oleander, und ich legte sehr sanft meinen Arm um sie und flüsterte: »Bist du glücklich, Yvonne?«

Sie sah mich mit ihren traurigen Augen an, lächelte und antwortete mir: »So glücklich wie nie zuvor.«

Und dann küßte ich sie.

Das war alles, aber es war wichtig. Es war sogar ungeheuer wichtig, denn es war entschieden keine Erinnerung aus meiner Vergangenheit. Sehen Sie, ich habe niemals mit Yvonne in einem süß nach Oleander duftenden Garten in der Altstadt von New Orleans gesessen, und ich hatte sie nie geküßt, bis wir uns in New York wiedertrafen.

Aurore de Néant war begeistert, als ich ihm diese Vision schilderte. »Da sehen Sie's!« sagte er hitzig. Das ist der Beweis. Sie haben sich an die Zukunft erinnert! Natürlich nicht Ihre eigene Zukunft, sondern die eines anderen, eines geisterhaften Jack Anders, der vor Trillionen und Quadrillionen Jahren gestorben ist.«

»Aber das hilft uns nicht weiter, oder?« fragte ich.

»Oh, es wird schon kommen. Warten Sie nur. Das, worauf wir aus sind, wird sich schon einstellen.«

Und so kam es auch – innerhalb einer Woche. Diese Erinnerung war seltsam deutlich und klar, mir in jedem Detail vertraut. Ich erinnere mich an den Tag. Es war der 8. Dezember 1929, und ich schlenderte den ganzen Vormittag ziellos umher auf der Suche nach einem Broterwerb. Im Banne dieser Faszination, die ich schon erwähnte, zog es mich nach dem Mittagessen zu de Néants Appartment. Yvonne ließ uns allein, wie es ihre Gewohnheit war, und wir fingen an.

Dies war, wie ich schon sagte, eine sehr scharf umrissene Erinnerung – oder ein Traum. Ich war über den Tisch im Büro der Aktiengesellschaft gebeugt, jenes Büro, das ich allzu selten aufsuchte. Einer der anderen Verkäufer – Summers war sein Name – blickte mir über die Schulter, und wir waren bei unserem üblichen Zeitvertreib und überflogen die neuesten Börsenberichte in der Abendzeitung. Die Druckbuchstaben traten so klar hervor wie die Realität selbst; ich schaute ohne Überraschung auf das Datum. Es war Dienstag, der 27. April 1930 – fast fünf Monate in der Zukunft!

Natürlich fand ich nichts dabei, während ich diese Vision hatte. Der Tag war für mich einfach die Gegenwart. Ich ging die Liste mit der Handelsbilanz des Tages durch. Zahlen – bekannte Namen: Telefon, 210 3/8; U. S. Stahl, 161; Paramount, 68 1/2.

Ich tippte mit dem Finger auf Stahl. »Die habe ich für zweiundsiebzig gekauft«, sagte ich über meine Schulter hinweg zu Summers. »Heute habe ich alles verkauft, alle Aktien, die ich besaß. Ich steige aus, ehe es zu einem zweiten Börsenkrach kommt.«

»Sie Glückspilz«, murmelte er. »Beim Tiefstand im Dezember gekauft und jetzt alles verkauft! Ich wünschte, ich hätte das Geld dazu gehabt.« Er machte eine Pause. »Was wollen Sie jetzt machen? Bleiben Sie bei der Gesellschaft?«

»Nein. Ich habe genug, um davon leben zu können. Ich werde es in Staatspapiere und Versicherungsprämien stekken und von meinen Einkünften leben. Ich habe lange genug mit Geld gespielt.«

»Sie Glückspilz!« sagte er abermals. »Ich habe die Wall Street auch satt. Bleiben Sie in New York?«

»Noch eine Weile. Nur bis ich meine Moneten vernünftig investiert habe. Den Winter werden Yvonne und ich in New Orleans verbringen. Sie hat eine schlimme Zeit durchgemacht. Ich bin froh, daß wir's jetzt geschafft haben.«

»Wer wäre das nicht?« fragte Summers, und dann sagte er noch einmal: »Sie Glückspilz!«

De Néant war ganz aus dem Häuschen, als ich ihm das erzählte. »Das ist es!« schrie er. »Wir kaufen! Morgen kaufen wir! Am 27. April verkaufen wir wieder, und dann ab nach New Orleans!«

Natürlich war ich fast genauso begeistert wie er. »Gütiger Himmel!« sagte ich. »Es ist das Risiko wert. Wir machen's!« Und dann kam mir ein bedrückender Gedanke. »Womit wollen wir's denn machen! Ich habe weniger als hundert Dollar zur Verfügung. Und Sie . . .«

Der alte Mann stöhnte. »Ich habe nichts«, sagte er trübsinnig. »Nur die Jahresrente, von der wir leben. Darauf kann man sich nichts borgen.« Wieder ein Hoffnungsschimmer. »Die Banken! Wir werden einen Kredit aufnehmen.«

Ich mußte lachen, obwohl es ein bitteres Lachen war. »Welche Bank würde uns auf so eine Geschichte hin Geld leihen? Sie würden nicht mal Rockefeller etwas leihen, um an dieser verrückten Börse zu spekulieren, wenn es keine Sicherheiten gäbe. Wir sind erledigt, das ist alles.«

Ich schaute in seine hellen, sorgenvollen Augen. »Erledigt«, wiederholte er dumpf. Dann wieder dieser wilde Glanz in seinen Augen. »*Nicht* erledigt!« rief er. »Wie können wir erledigt sein? Wir *haben's* doch gemacht! Sie haben sich dran erinnert! Wir *müssen* also einen Weg gefunden haben!«

Ich blickte ihn sprachlos an. Blitzartig durchfuhr mich ein eigentümlicher, verrückter Gedanke. Dieser andere Jack Anders – dieses Geisterwesen aus einer Quadrillionen Jahre zurückliegenden Vergangenheit – oder einer Zukunft –, auch er könnte mich beobachten, mich, den Jack Anders aus diesem Kreis der Ewigkeit. Er wird so bange wie ich alles verfolgen, um den richtigen Dreh zu entdecken. Jeder von uns beobachtet den anderen; keiner von uns kennt die Antwort. Der Blinde führt den Blinden! Ich lachte über diese Ironie.

Der alte de Néant lachte jedoch nicht. Der seltsamste Ausdruck, den ich je im Blick eines Menschen wahrgenommen habe, trat in seine Augen, als er ruhig wiederholte: »Wir müssen einen Weg gefunden haben, denn es war ja getan. Jedenfalls haben Sie und Yvonne einen Weg gefunden.«

»Wenn, dann müssen wir alle ihn gefunden haben«, sagte ich ungehalten.

»Ja, o ja! Hören Sie zu Jack. Ich bin ein alter Mann, ich bin der alte ›Dämmerung des Nichts‹, und mein Geist ist brüchig. Schütteln Sie nicht den Kopf!« fuhr er mich an. »Ich bin nicht verrückt. Man mißversteht mich einfach. Keiner von euch begreift mich. Nun, ich habe eine Theorie, die besagt, daß die Bäume, das Gras, die Menschen ganz und gar nicht größer werden; sie wachsen, indem sie die Erde von sich stoßen, und deshalb bekommen Sie auch ständig zu hören, daß die Welt mit jedem Tag kleiner wird. Aber Sie verstehen mich nicht, Yvonne versteht mich nicht . . .«

Das Mädchen mußte wieder gelauscht haben. Ohne daß ich sie bemerkt hatte, war sie ins Zimmer geschlüpft und legte nun ihrem Vater behutsam die Arme um die Schultern, wobei sie mit ängstlichen Augen zu mir herüberschaute.

Ich hatte eine weitere Vision, die auf eine Art zwar belanglos war, auf andere Weise jedoch von entscheidender Bedeutung. Es war am nächsten Abend. Ein zeitiger Dezemberschnee ließ sein stilles Weiß hinter den Fenstern herabschweben, und das schlecht geheizte Appartment der de Néants war zugig und kühl. Ich sah, wie Yvonne fröstelte, als sie mich begrüßte, und ich sah auch, daß der alte de Néant seine dünnen Arme um sie gelegt hatte, als er sie zur Tür brachte und sie das Zimmer verließ. Mit bekümmertem Blick kehrte er zurück.

»Sie ist in New Orleans geboren«, murmelte er. »Dieses scheußliche arktische Klima wird sie kaputtmachen. Wir müssen umgehend eine Lösung finden.«

Jene Vision war sehr betrüblich. Ich stand auf kaltem, feuchtem, schneebedecktem Boden; ich und Yvonne und noch jemand – an einem offenen Grab. Hinter uns erstreckten sich reihenweise Kreuze und weiße Grabsteine, aber in unserer Ecke war alles verwildert und ungepflegt. Der Priester sagte: »Und dies sind Dinge, die nur Gott versteht.«

Ich legte tröstend meinen Arm um Yvonne. Sie hob ihre dunklen traurigen Augen und flüsterte: »Es war gestern, Jack, erst gestern, daß er zu mir sagte, ›Den nächsten Winter wirst du in New Orleans verbringen, Yvonne.‹ Erst gestern.«

Ich probierte ein schwaches Lächeln, aber ich konnte nur voller Trauer in ihr unglückliches Gesicht starren und eine Träne beobachten, die ihr langsam über die rechte Wange rollte, einen Augenblick dort verweilte, bis sich ihr eine andere zugesellte, und dann unbeachtet auf den schwarzen Busen ihres Kleides tropfte.

Das war alles, aber wie sollte ich dem alten de Néant dieses Bild beschreiben? Ich versuchte auszuweichen, aber er setzte mir hartnäckig zu.

»Es gab sowieso keinen Hinweis auf eine mögliche Lösung«, sagte ich ihm. Zwecklos. Schließlich mußte ich ihm doch alles erzählen.

Eine ganze Minute lang war er sehr still. »Jack«, sagte er endlich, »wissen Sie, wann ich das mit New Orleans zu ihr sagte? Heute morgen.«

Ich wußte nicht, was ich tun sollte. Plötzlich erschien dieses ganze Konzept von der Erinnerung an die Zukunft irrsinnig und nutzlos. In all meinen Erinnerungen hatte es nicht den Funken eines wirklichen Beweises gegeben, nicht den Fingerzeig einer Prophezeiung.

So tat ich gar nichts und sah nur schweigend zu, wie der alte de Néant aus dem Zimmer ging. Und als er zwei Stunden später, während Yvonne und ich uns unterhielten, einen gewissen Brief beendete und sich selbst durch das Herz schoß, bewies das auch nichts weiter.

So folgten am nächsten Tag Yvonne und ich als die einzigen Trauernden dem alten »Dämmerung des Nichts« zu seinem Selbstmördergrab. Ich stand neben ihr und versuchte sie so gut es ging zu trösten und wachte wie aus einem dunklen Traum auf, als ich sie sagen hörte: »Erst gestern sagte er zu mir, ›Nächsten Winter wirst du in New Orleans verbringen, Yvonne.‹ Erst gestern.«

Ich beobachtete eine Träne, die langsam über ihre rechte Wange rollte, dort einen Moment glitzernd hängenblieb, und als sich ihr eine zweite zugesellte, tropfte sie auf den schwarzen Busen ihres Kleides.

Später jedoch, am Abend, kam es zu einer Offenbarung, deren Ironie nicht zu übertreffen war. Ich machte mir Vorwürfe wegen meiner Schwäche, dem alten de Néant dieses verrückte Experiment zugestanden zu haben, das in gewisser Weise zu seinem Tod geführt hatte. Es war, als könne Yvonne meine Gedanken lesen, denn sie sagte plötzlich: »Mit ihm ging's zu Ende, Jack. Er war dabei, den Verstand zu verlieren. Ich habe alle diese seltsamen Dinge gehört, die er dir zugeraunt hat.«

»Was?«

»Natürlich habe ich hinter der Tür gelauscht. Ich habe ihn nie allein gelassen. Ich hörte ihn die merkwürdigsten Dinge flüstern – Gesichter hinter einem roten Nebel, etwas über eine kalte graue Wüste, den Namen Pyroniva, das Wort Termopolis. Er hatte sich über dich gebeugt, während du mit geschlossenen Augen dasaßest, und er flüsterte und flüsterte die ganze Zeit.«

Unübertreffliche Ironie! Es war de Néants verdrehter Verstand, der mir diese Visionen suggeriert hatte! Er hatte sie mir geschildert, während ich mich im Schlaf der Lethargie befand.

Später fanden wir den Brief, den er verfaßt hatte, und wieder war ich tief bewegt. Der alte Mann hatte eine Versicherung abgeschlossen; genau eine Woche vorher hatte er sich auf eine der Policen Geld geliehen, um die Versicherungsprämie zu zahlen. Der Brief jedoch – nun, er hatte mich zum Erbberechtigten der Hälfte der Gesamtsumme gemacht! Und seine Verfügung lautete:

»Sie, Jack Anders, nehmen Ihr Geld sowie auch das von Yvonne und führen den Plan so aus, wie ich es mir gewünscht habe.«

Wahnsinn! De Néant hatte einen Weg gefunden, das Geld bereitzustellen, aber ich konnte nicht Yvonnes letzten Dollar aufs Spiel setzen für die Pläne eines gestörten Geistes.

»Was tun wir jetzt?« fragte ich sie. »Natürlich gehört all das Geld dir. Ich werde es nicht anrühren.«

»Mir?« wiederholte sie. »Aber nein! Wir machen es so, wie er es wollte. Glaubst du, ich würde seinen letzten Willen nicht respektieren?«

Also taten wir's. Ich nahm die mickrigen paar Tausend und warf sie in die kränkelnde Dezemberbörse. Sie erinnern sich doch daran, was dann geschah, wie während des Frühlings die Preise in die Höhe schnellten, als wollten sie wieder an den Stand von 1929 herankommen, obwohl in Wirklichkeit die Depression nur tief Atem holte. Ich beherrschte die Börse wie ein Zirkuskünstler die Manege; ich machte Profite und setzte sie wieder ein, um noch größere Gewinne zu machen, und am 27. April, als wir unser Geld um das Fünfzigfache vermehrt hatten, verkaufte ich alle Aktien und sah zu, wie es mit dem Börsenmarkt wieder bergab ging.

Ein bloßer Zufall? Sehr wahrscheinlich. Bei alledem war Aurore de Néants Verstand die meiste Zeit über noch klar genug gewesen. Andere Ökonomen hatten diesen Aufschwung im Frühjahr ebenfalls vorausgesagt; vielleicht hatte auch er ihn vorausgesehen. Vielleicht hatte er dieses ganze Theater nur aufgeführt, um uns in dieses Spiel hineinzulotsen, auf das wir uns anderenfalls nie eingelassen hätten. Und dann, als er sah, daß wir aus Geldmangel scheitern würden, griff er zu dem einzigen ihm bekannten Mittel, um es zu beschaffen.

Vielleicht. Das wäre eine rationale Erklärung, und dennoch läßt mich diese Vision vom zerstörten Termopolis nicht los. Ich sehe wieder die kalte graue Wüste der dahinziehenden Schwämmchen. Ich grübele oft über die unveränderlichen Gesetze des Zufalls nach und über einen geisterhaften Jack Anders irgendwo weit zurück in der Ewigkeit.

Denn möglicherweise hat er existiert, existiert jetzt oder wird einmal existieren. Wie anders sollte man sich sonst die letzte Vision erklären? Was ist mit den Worten, die Yvonne am Grabe ihres Vaters sprach? Hatte er diese Worte vorausgesehen und sie mir eingeflüstert? Möglicherweise. Aber was ist dann mit den beiden Tränen, die glitzernd auf ihrer Wange hingen, verschmolzen und herabtropften?

Was ist damit?

Die äußerste Anpassung

Doktor Daniel Scott, dessen dunkle und strahlende Augen vom Feuer der Begeisterung leuchteten, hielt inne und schaute über die Stadt hinweg, oder zumindest über jenen Teil der Stadt, der von den Bürofenstern des Dr. Herman Bach vom Grand Mercy Hospital aus einzusehen war. Einen Augenblick herrschte Schweigen; der alte Mann lächelte dem jungen Biochemiker nachsichtig zu.

»Fahren Sie fort, Dan«, sagte er. »Es kam Ihnen also in den Sinn, daß das Genesen von einer Krankheit oder einer Verletzung lediglich eine Form der Anpassung sei – und dann?«

»Dann«, ereiferte sich der andere, »begann ich nach den lebenden Organismen zu suchen, die am anpassungsfähigsten waren.

Und welche waren es? Die Insekten! Die Insekten natürlich. Schneidet man ihnen einen Flügel ab, so wächst er wieder nach. Trennt man einen Kopf ab und heftet ihn an den kopflosen Körper eines anderen Vertreters derselben Spezies, dann wächst er wieder an. Und was ist das Geheimnis ihrer erstaunlichen Anpassungsfähigkeit?

Doktor Bach zuckte die Schultern. »Was ist es?«

Scott wurde plötzlich trübsinnig. »Ich bin nicht sicher«, murmelte er. »Ist natürlich von den Drüsen abhängig. Eine Sache der Hormone.« Sein Gesicht hellte sich wieder auf. »Aber ich schweife ab. Ich sah mich also nach dem anpassungsfähigsten Insekt um. Und welches ist das?«

»Ameisen?« riet Doktor Bach. »Bienen? Termiten?«

»Pah! Sie sind am höchsten entwickelt, aber nicht die anpassungsfähigsten. Nein; es gibt ein Insekt, das dafür bekannt ist, daß es einen höheren Prozentsatz von Mutanten als alle anderen hervorbringt. Es ist das, welches Morgan für seine Experimente zur Wirkung harter Röntgenstrahlen auf die Erbmasse benutzte – die Fruchtfliege, die gewöhnliche Fruchtfliege. Erinnern Sie sich? Sie haben rötliche Augen, aber unter Einwirkung von Röntgenstrahlen produzierten sie weißäugige Nachkommen – und das war eine echte Mutation, denn die weißen Augen wurden rein weitervererbt! Angenommene Eigenschaften können eigentlich nicht weitervererbt werden, aber mit diesen geschah es. Deshalb . . .«

»Ich weiß«, unterbrach ihn Doktor Bach.

Scott hielt inne. »Ich benutzte also Fruchtfliegen«, fuhr er fort. »Ich ließ sie verwesen, impfte eine Kuh und gewann schließlich ein Serum, nachdem ich das Ganze wochenlang mit Eiweißstoffen abgeklärt hatte, im Vakuum verdampfen ließ, es veredelte mit . . . Aber Sie sind ja an den technischen Details nicht interessiert. Ich gewann also ein Serum. Ich probierte es an tuberkulösen Meerschweinchen aus, und« – er verhielt dramatisch – »sie wurden kuriert! Sie paßten sich dem Tuberkelbazillus an. Ich probierte es bei einem tollwütigen Hund. Er paßte sich an. Ich nahm eine Katze mit gebrochenem Rückgrat. Es heilte wieder zusammen. Und nun bitte ich Sie, mir die Möglichkeit zu geben, es bei einem menschlichen Wesen zu erproben.«

Doktor Bach runzelte die Stirn. »Sie sind noch nicht soweit«, brummte er. »Nach zwei Jahren können Sie noch nicht soweit sein. Testen Sie es an einem Anthropoiden. Dann probieren Sie es bei sich selbst aus. Ich kann kein Menschenleben bei einem Experiment aufs Spiel setzen, das noch im Anfangsstadium steckt.«

»Ja, aber ich habe nichts, das einer Heilung bedürfte, und was einen Anthropoiden betrifft, bringen Sie den Ausschuß dazu, daß er die Mittel bewilligt, um einen Menschenaffen zu kaufen – falls Sie das schaffen. Ich habe es bereits versucht.«

»Dann wenden Sie sich doch an die Stoneman-Stiftung.«

»Und sorge dafür, daß das Grand Mercy seinen guten Ruf einbüßt? Hören Sie, Doktor Bach, ich bitte Sie nur um eine Chance – ein Wohltätigkeitsfall, irgend so was.«

»Auch bei diesen Fällen handelt es sich um Menschen.« Der alte Mann blickte finster auf seine Hände. »Verstehen Sie doch, Dan. Ich sollte Ihnen nicht einmal das einräumen, weil es gegen jede medizinische Ethik ist, aber wenn ich einen hoffnungslosen Fall habe, ganz und gar hoffnungslos, und wenn der Patient selbst zustimmt, dann werde ich es tun. Und das ist mein letztes Wort.«

Scott seufzte. »So einen Fall versuchen Sie mal zu finden! Wenn der Patient bei Bewußtsein ist, denken Sie, daß noch Hoffnung besteht, und ist er's nicht, wie kann er dann seine Zustimmung geben? Damit hat sich die Sache erledigt!«

Aber so war es nicht. Es war kaum eine Woche vergangen, als Scott plötzlich aufblickte und zu dem Sprechgerät in der Ecke seines kleinen Labors hinüberschaute. »Doktor Scott«, schnarrte es. »Doktor Scott, Doktor Scott. In Doktor Bachs Büro.«

Er brachte seine Titrieranalyse zu Ende, notierte die Werte und lief hinaus. Der alte Mann ging nervös auf und ab, als Scott sein Arbeitszimmer betrat.

»Sie haben Ihren Fall, Dan«, murmelte er. »Es ist gegen jede Ethik, und ich soll verflucht sein, wenn ich zusehen kann, wie Sie der Patientin etwas zuleide tun. Aber jetzt beeilen Sie sich besser. Kommen Sie – Isolierstation.«

Sie liefen los. In dem winzigen würfelförmigen Raum erschrak Scott. »Ein Mädchen«, flüsterte er.

Sie war wahrscheinlich immer mausgrau und unscheinbar gewesen, aber wie sie so dalag, die Todesblässe bereits auf ihren Wangen, gab sie ein Bild wehmütiger Anmut ab. Das war vermutlich aller Charme, den sie jemals besessen hatte. Ihr dunkles, kurzgeschnittenes fettiges Haar war ungepflegt und strähnig, ihre Gesichtszüge platt und unansehnlich. Sie atmete mit einem fast unhörbaren Röcheln, und ihre Augen waren geschlossen.

»Betrachten Sie das als einen Versuch?« fragte Scott. »Sie ist so gut wie tot.«

Doktor Bach nickte. »Tuberkulose«, bestätigte er. »Letztes Stadium. Sie hat Lungenbluten – eine Sache von Stunden.«

Das Mädchen hustete. Blutspritzer erschienen auf ihren bleichen Lippen. Sie öffnete ihre trüben wasserblauen Augen.

»Ah!« sagte Doktor Bach. »Wieder bei Bewußtsein, ja? Das ist Doktor Scott. Dan, das ist ... äh« – er schielte zu der Karte am Fußende des Bettes – »Miss Kyra Zelas. Doktor Scott hat eine Injektion für Sie, Miss Zelas. Ich habe Sie ja schon gewarnt, daß die möglicherweise nicht hilft, aber ich glaube auch nicht, daß sie schaden könnte. Sind Sie einverstanden?«

Sie sprach mit schwacher gurgelnder Stimme. »Klar, ich bin sowieso erledigt. Was macht es also?«

»In Ordnung. Haben Sie die Injektion, Dan?« Bach nahm das Röhrchen mit dem wasserklaren Serum. »Irgendeine besondere Stelle? Nein? Also nehmen wir den Unterarm.«

Er stieß die Nadel in den Arm des Mädchens. Dan bemerkte, daß sie beim Einstich der Stahlspitze nicht einmal zusammenzuckte, sondern reglos und teilnahmslos dalag, während dreißig Kubikzentimeter Flüssigkeit in ihre Venen flossen. Sie hustete noch einmal, dann schloß sie die Augen.

»Kommen Sie raus hier«, bestimmte Bach schroff. Als sie den Korridor entlanggingen, sagte er: »Verflucht soll ich sein, wenn mir das gefällt. Ich komme mir vor wie ein gemeiner Lump.«

Am nächsten Tag schien er sich jedoch schon nicht mehr so elend zu fühlen. »Dieser Fall Zelas lebt noch immer«, berichtete er Scott. »Wenn ich meinen Augen trauen kann, geht's ihr sogar ein bißchen besser. Ein klein wenig. Trotzdem bezeichne ich den Fall nach wie vor als hoffnungslos.«

Am folgenden Tag saß Scott in Doktor Bachs Büro, und dieser hatte einen verwirrten Ausdruck in seinen alten grauen Augen. »Der Zelas geht's besser«, murmelte er. »Keine Frage. Aber verlieren Sie nicht gleich den Kopf, Dan. Solche Wunder hat es auch vorher schon gegeben, und ohne Serum. Sie müssen noch warten, bis wir sie längere Zeit beobachtet haben.«

Ende der Woche wurde es ganz offensichtlich, daß die Beobachtungszeit gar nicht so lang zu sein brauchte. Kyra Zelas erblühte wie eine sich schnell entfaltende tropische Pflanze. Eigenartigerweise behielt sie jedoch ihre Blässe, aber ihr kantiges Gesicht wurde fülliger und damit weicher, und ein leichter Glanz trat in ihre Augen.

»Die Schatten auf ihrer Lunge verschwinden«, flüsterte Bach. »Sie hat auch aufgehört zu husten, und es gibt keine Anzeichen mehr, die auf Krankheitserreger in ihrem Körper hindeuten. Aber die merkwürdigste Sache, Dan – und ich kann einfach nicht dahinterkommen –, ist die Art und Weise, wie sie auf Abschürfungen und Hautpunktierungen reagiert. Gestern habe ich eine Blutprobe für einen Wassermanntest genommen, und – das hört sich wirklich total verrückt an – der Einstich schloß sich fast noch, ehe ich einen Kubikzentimeter hatte! Schloß sich und war verheilt!«

Und wieder eine Woche später: »Dan, ich sehe keinen Grund mehr, Kyra noch länger hierzubehalten. Es geht ihr gut. Ich will sie irgendwo unterbringen, wo wir sie noch unter Beobachtung haben. Ihr Serum birgt ein seltsames Geheimnis. Ich hasse es übrigens, sie in dieses Leben zu entlassen, das sie hierher gebracht hat.«

»Was hat sie gemacht?«

»Genäht. Akkordarbeit in irgend so einer Knochenmühle, wenn sie überhaupt arbeiten konnte. Mausgraues, häßliches, ungebildetes Mädchen, aber sie hat etwas Anrührendes. Sie paßt sich schnell an.«

Scott warf ihm einen nachdenklichen Blick zu. »Ja«, sagte er, »sie paßt sich schnell an.«

»So ist es mir in den Sinn gekommen«, fuhr Bach fort, »daß sie doch bei mir in der Wohnung bleiben könnte. Verstehen Sie, wir hätten sie weiterhin unter Beobachtung, und sie könnte der Haushälterin behilflich sein. Ich bin an der Sache interessiert, verdammt interessiert. Ich denke, ich werde ihr diese Chance bieten.«

Scott war dabei, als Doktor Bach ihr seinen Vorschlag unterbreitete. Das Mädchen lächelte. »Gut«, sagte sie. Ihr blasses, flaches Gesicht hellte sich auf. »Danke.«

Bach gab ihr die Adresse. »Mrs. Getz wird Sie hereinlassen. Tun Sie nichts heute nachmittag. Allerdings kann es Ihnen nicht schaden, wenn Sie ein paar Stunden im Park spazierengehen.«

Scott betrachtete das Mädchen, als sie durch den Korridor auf den Fahrstuhl zuging. Sie hatte zwar zugenommen, aber war noch immer so mager, daß es an Auszehrung grenzte, und ihr abgetragenes schwarzes Kostüm schlotterte an ihr herum, als hinge es auf einem Holzgestell. Als sie entschwunden war, machte er sich wieder an seine Arbeit, und eine Viertelstunde später stieg er zu seinem Labor hinunter.

In der ersten Etage schlug ihm Lärm entgegen. Zwei Polizisten trugen den Körper eines unkenntlichen alten Mannes herein, dessen Kopf eine blutige Masse war. Ein aufgeregtes Stimmengewirr war zu vernehmen, und er sah auf den Stufen draußen eine Menschenansammlung.

»Was ist los?« rief er. »Ein Unfall?«

»Unfall!« gab der Polizist aufgebracht zurück. »Mord meinen Sie wohl. Eine Frau geht auf den alten Burschen hier zu, hebt einen großen Stein aus der Parkeinfassung auf, schlägt ihn nieder und schnappt sich seine Brieftasche. Genauso war's!«

Scott warf einen Blick aus dem Fenster. Ein Polizeiauto

rollte rückwärts auf eine Menschenmenge an der Parkseite der Straße zu. Zwei stämmige Polizisten hatten eine schmächtige Gestalt in Schwarz in ihre Mitte genommen und schoben sie vor sich her, auf den Wagen zu.

Scott schnappte nach Luft. Es war Kyra Zelas!

Eine Woche später saß Dr. Bach in seinem Wohnzimmer und starrte in den dunklen Kamin. »Wir haben nichts damit zu tun«, wiederholte er.

»Mein Gott«, fuhr Scott auf. »Nichts damit zu tun! Woher wissen wir denn, daß wir nicht dafür verantwortlich sind? Woher wissen wir, daß unsere Injektion nicht ihren Verstand durcheinandergebracht hat? Die Drüsen können das bewirken; denken Sie doch nur an mongoloide Idioten und Schwachsinnige. Und unser Präparat wirkt auf die Drüsen. Vielleicht haben wir sie um ihren Verstand gebracht!«

»Also gut«, sagte Bach. »Hören Sie zu. Wir werden morgen bei dem Prozeß dabeisein, und wenn es schlecht für sie aussieht, dann nehmen wir uns ihren Rechtsanwalt vor und lassen uns von ihm in den Zeugenstand rufen. Wir werden aussagen, daß sie nach einer langen und gefährlichen Krankheit gerade erst entlassen worden ist und daß sie noch nicht voll verantwortlich gemacht werden kann. Und das entspricht der Wahrheit.«

Am Vormittag des nächsten Tages sah man die beiden Männer gespannt auf den Bänken in dem überfüllten Gerichtssaal sitzen. Die Verhandlung wurde eröffnet, und drei Zeugen sagten zu dem Vorfall aus.

»Dieser Alte kauft Erdnüsse für die Tauben. Ja, ich verkauf' ihm jeden Tag welche – verkaufte. Diesmal hat er also kein Kleingeld, und er zieht seine Brieftasche raus, und ich seh', daß die richtig vollgestopft ist mit Scheinen. Und eine Minute später seh' ich, wie die Dame 'n Stein nimmt und ihm eins drüberhaut. Dann schnappt sie sich die Moneten . . .«

»Beschreiben Sie sie bitte.«

»Sie ist mager und schwarz angezogen; is nich grade 'ne

Schönheit. Bräunliches Haar, dunkle Augen, ich weiß nicht, ob dunkelblau oder dunkelbraun.«

»Ihr Zeuge!« sagte der Ankläger gereizt.

Eine junge und nervöse Person – ein vom Gericht ernannter Verteidiger, wie die Zeitungen zu berichten wußten – erhob sich. »Sie sagten, die Angeklagte habe braunes Haar und dunkle Augen gehabt?« fragte er mit hoher Stimme.

»Ja.«

»Würde sich die Angeklagte bitte erheben?«

Kyra Zelas hatte, als sie aufstand, Scott und Bach den Rücken zugekehrt, dennoch erstarrte Scott. Etwas an ihrer Erscheinung war auf seltsame Weise verändert. Ja, sicher, ihr abgetragenes schwarzes Kostüm saß nicht mehr so lose. Was er von ihrer Figur ausmachen konnte, das schien wirklich bemerkenswert.

»Setzen Sie Ihren Hut ab, Miss Zelas«, sagte der Verteidiger. Scott hielt den Atem an. Leuchtend wie Aluminium schillerte die Haarpracht, die sie enthüllte!

»Ich stelle fest, Euer Ehren, daß diese Angeklagte keine braunen Haare hat und, wie Sie sehen, auch keine dunklen Augen. Nun ist es denkbar, daß sie ihr Haar gefärbt haben könnte, während sie in Haft war, und aus diesem Grunde« – er schwenkte eine Schere – »übergebe ich Ihnen hiermit eine Locke, die von jedem beliebigen Chemiker, den das Gericht benennt, untersucht werden kann. Die Pigmentierung ist vollkommen natürlich. Und was ihre Augen anbelangt – behauptet mein geschätzter Kollege, daß sie ebenfalls gefärbt sind?«

Er wandte sich dem Zeugen zu, der Mund und Ohren aufsperrte. »Ist dies die Dame, die Sie beschuldigen, das Verbrechen begangen zu haben?«

Der Mann starrte. »Äh . . . Ich kann . . . es nicht sagen.«

»Ist sie's?«

»N-nein!«

Der Redner lächelte. »Das ist alles. Würden Sie in den Zeugenstand treten, Miss Zelas?«

Das Mädchen bewegte sich geschmeidig wie ein Panther. Langsam drehte sie sich um, so daß sie das Gericht anschaute. In Scotts Kopf wirbelte alles durcheinander, und er grub seine Finger in Bachs Arm. Silberaugen, Aluminiumhaare, Alabasterblässe – das Mädchen im Zeugenstand war ohne Zweifel die schönste Frau, die er je gesehen hatte!

Der Verteidiger sprach wieder. »Erzählen Sie dem Gericht mit Ihren eigenen Worten, was sich zugetragen hat, Miss Zelas.«

Gelassen schlug das Mädchen ihre schlanken Beine übereinander und begann zu reden. Ihre Stimme war tief, volltönend und aufregend; Scott mußte sich zusammenreißen, um seine Aufmerksamkeit auf den Sinn ihrer Worte zu lenken anstatt auf deren Klang.

»Ich hatte gerade das Grand Mercy Hospital verlassen, in dem ich einige Monate zugebracht hatte. Ich ging durch den Park, als plötzlich eine Frau in Schwarz auf mich zueilte, mir eine leere Brieftasche in die Hände warf und verschwand. Einen Moment später war ich von einer schreienden Menge umringt und – ja, das war schon alles.«

»Eine leere Brieftasche, sagen Sie?« fragte der Verteidiger. »Was ist mit dem Geld, das man in Ihrer eigenen Tasche gefunden hat und von dem mein werter Kollege glaubt, daß es gestohlen ist?«

»Das war meins«, versicherte das Mädchen, »etwa siebenhundert Dollar.«

Bach flüsterte: »Das ist eine Lüge. Sie hatte zwei Dollar und dreiunddreißig Cents bei sich, als wir sie aufnahmen.«

»Wollen Sie damit sagen, daß Sie glauben, es ist die gleiche Kyra Zelas, die wir bei uns im Krankenhaus hatten?« stieß Scott hervor.

»Ich weiß nicht. Ich weiß überhaupt nichts, aber wenn ich jemals Ihr verdammtes Serum anrühre – Sehen Sie! Sehen Sie, Dan!« Die letzten Worte waren nur noch ein Raunen.

»Was?«

»Ihr Haar! Wenn die Sonne drüberstreicht!«

Scott sah genauer hin. Ein umherwandernder Strahl der Nachmittagssonne sickerte durch ein hohes Fenster, und das Auf und Ab einer Sonnenblende gestattete ihm hin und wieder, die metallisch glänzenden Haare des Mädchens zu berühren. Scott sah genauer hin: Wann immer das Licht diese leuchtende Aureole streifte, wurde ihr Haar unverkennbar dunkel, ging von hellem Aluminium zu einem Goldblond über!

Irgend etwas klickte in seinem Gehirn. Irgendwo gab es dafür eine Erklärung. Wenn er sie nur finden könnte! Die Teile des Puzzles waren da, aber es war verdammt schwierig, sie zusammenzubringen. Das Mädchen im Krankenhaus und ihre Reaktion auf Einstiche; dieses Mädchen hier und ihre Reaktion auf das Licht.

»Ich muß sie sehen«, flüsterte er. »Es gibt da etwas, das ich herausfinden muß. – Hören Sie!«

Der Redner sprach in gehobenem Ton. »Und wir ersuchen Sie, den Fall niederzulegen, Euer Ehren, weil es der Anklage nicht einmal gelungen ist, die Angeklagte zu identifizieren.«

Der Hammer des Richters krachte nieder. Einen Moment lang ruhten seine Augen auf dem Mädchen mit den Silberaugen und dem unglaublichen Haar, dann verkündete er schroff: »Fall abgewiesen! Die Geschworenen sind von ihrem Eid entbunden!«

Es gab ein Durcheinander von Stimmen. Eine Unmenge von Blitzlichtern zuckte auf. Das Mädchen im Zeugenstand erhob sich in vollkommener Pose, lächelte mit hübschen, unschuldigen Lippen in die Runde und ging davon. Scott wartete, bis sie nahe an ihm vorüberschritt, und dann rief er: »Miss Zelas!«

Sie blieb stehen. Ihre seltsamen Silberaugen leuchteten auf, als sie ihn unzweifelhaft wiedererkannte. »Doktor Scott«, sagte die Stimme aus klingendem Metall. »Und Doktor Bach!«

Sie war es also. Es war das gleiche Mädchen. Dieses geheimnisvoll schöne Geschöpf exotischer Färbung war die unansehnliche kleine Schlampe von der Isolierstation! Indem er sie genau ansah, konnte Scott die Gesichtszüge beider in Übereinstimmung bringen, die wie durch ein Wunder so verändert waren.

Er kämpfte sich durch den Pulk der Fotografen, Presseleute und Sensationshascher. »Haben Sie einen Ort, wo Sie bleiben können? Doktor Bachs Angebot gilt noch.«

Sie lächelte. »Ich bin Ihnen sehr dankbar«, murmelte sie, und dann, an die Reporter gewandt. »Der Doktor ist ein alter Freund von mir.« Sie wirkte gänzlich ungezwungen, gelöst, ausgeglichen. Scott kaufte eine Zeitung und schaute sich schnell das Foto an, das gemacht worden war, als das Mädchen ihren Hut abnahm. Er schreckte zusammen: Ihr Haar sah rabenschwarz aus! Unter dem Bild stand auch ein Kommentar zu dem Effekt, daß »ihr umwerfendes Haar auf dem Foto viel dunkler aussieht als es dem Auge erscheint«.

Scott runzelte nachdenklich die Stirn. »Diesen Weg entlang«, sagte er zu dem Mädchen, dann starrte er sie wieder erstaunt an, denn in dem klaren Licht des Nachmittags war ihre Hautfarbe nicht länger alabasterweiß; sie war leicht bräunlich getönt wie die Haut von jemandem, der lange Zeit der Sonne ausgesetzt war; ihre Augen waren dunkelviolett und ihr Haar – zumindest die winzige Strähne, die nicht von ihrem Hut verdeckt wurde – war so schwarz wie die Basaltsäulen der Hölle!

Kyra hatte darauf bestanden, Halt zu machen und einen Ersatz für das abgetragene schwarze Kostüm zu kaufen, und geendet hatte es damit, daß sie eine komplette neue Ausstattung erstand. Nun saß sie zusammengekauert auf dem breiten Chaiselongue vor dem Kamin in Doktor Bachs Bibliothek, von ihrem weißen Hals bis zu den zierlichen schwarzen Pumps an ihren Füßen eingehüllt in seidiges Schwarz. Sie schien fast überirdisch in ihrer unheimlichen Schönheit, mit dem Aluminiumhaar, den Silberaugen und der marmorblassen Haut, die sich gegen das pechschwarze Gewand abhob.

Sie blickte Scott arglos an. »Aber weshalb sollte ich nicht?« fragte sie. »Das Gericht hat mir mein Geld zurückgegeben. Ich kann mir davon kaufen, was ich will.«

»Ihr Geld?« murmelte er. »Sie hatten nicht mal drei Dollar, als sie das Krankenhaus verließen.«

»Aber jetzt ist es meins.«

»Kyra«, sagte er ungehalten, »woher haben Sie das Geld?«

Ihr Gesicht war engelsgleich in seiner Unschuld. »Von dem alten Mann.«

»Sie – Sie haben ihn umgebracht!«

»Sicher, natürlich habe ich das getan.«

Ihm stockte der Atem. »Mein Gott!« keuchte er. »Begreifen Sie nicht, daß wir das anzeigen müssen?«

Sie schüttelte den Kopf und sah freundlich lächelnd von einem zum anderen. »Nein, Dan. Sie werden mich nicht anzeigen, denn es würde nichts Gutes dabei herauskommen. Ich kann nicht zweimal für das gleiche Verbrechen vor Gericht gestellt werden. Nicht in Amerika.«

»Aber warum, Kyra? Warum haben Sie . . .«

»Wollen Sie, daß ich das Leben fortsetze, durch das ich in Ihre Hände geraten bin? Ich brauchte Geld, also nahm ich es.«

»Aber es war Mord!«

»Das war der direkteste Weg!«

»Nicht wenn Sie dafür bestraft worden wären«, entgegnete er grimmig.

»Aber ich bin es nicht«, erinnerte sie ihn freundlich.

Er stöhnte. »Kyra«, sagte er und wechselte plötzlich das Thema, »wieso werden Ihre Augen, Ihre Haut und Ihre Haare dunkler, wenn sie der Sonne oder einem Blitzlicht ausgesetzt sind?«

Sie lächelte. »Tun sie das?« fragte sie. »Ich habe es nicht bemerkt.« Sie gähnte, streckte ihre Arme und ihre schlanken Beine aus. »Ich glaube, ich sollte jetzt schlafen«, teilte sie mit. Sie ließ ihre herrlichen Augen über die beiden Männer hinweggleiten, stand auf und verschwand in das Zimmer, das Doktor Bach ihr überlassen hatte – sein Zimmer.

Scott sah den älteren Mann an, sein Gesicht zuckte vor Erregung.

»Verstehen Sie?« zischte er. »Guter Gott, verstehen Sie das?«

»Und Sie, Dan?«

»Zum Teil wenigstens.«

»Und ich verstehe es auch nur zum Teil.«

»Also«, sagte Scott, »ich sehe die Sache so: Dieses Präparat, mein verwünschtes Serum – hat die Anpassungsfähigkeit des Mädchens zu einem immensen Grad gesteigert. Was ist es, das Leben von nichtlebender Materie unterscheidet? Zwei Dinge: Reizempfänglichkeit und Anpassung. Das Leben paßt sich seiner Umwelt an, und je größer die Anpassungsfähigkeit, um so stabiler ist der Organismus.

Nun zeigen ja alle menschlichen Wesen eine sehr beachtliche Anpassungsfähigkeit«, fuhr er fort. »Wenn wir uns der Sonne aussetzen, tritt die Pigmentierung unserer Haut zutage – wir bräunen. Das ist Anpassung an eine vom Sonnenlicht bestimmte Umwelt. Wenn ein Mensch seine rechte Hand verliert, dann lernt er die linke zu gebrauchen. Das ist wieder eine andere Art der Anpassung. Wird die Haut eines Menschen durchstochen, dann heilt sie und erneuert sich, und auch das ist ein weiterer Teil ein und desselben Vorgangs. Sonnige Regionen bringen dunkelhäutige und dunkelhaarige Menschen hervor, nördliche Länder hingegen blonde – und das beruht ebenfalls auf Anpassung. Was also mit Kyra Zelas passierte – durch irgendeine blöde Verwicklung, die ich nicht verstehe – ist, daß sich ihre Anpassungskräfte bis ins Extrem erweitert haben. Sie stellt sich augenblicklich auf ihre Umwelt ein; wenn die Sonne auf sie trifft, wird sie im Nu braun, und im Schatten wird sie umgehend wieder blaß. Im Sonnenschein sind ihre Haare und Augen die einer tropischen Rasse, im Schatten die einer nordischen. Und – guter Gott, jetzt verstehe ich es – als sie sich dort im Gerichtssaal, unter den Blicken der Geschworenen und des Richters, die ja alle Männer waren, einer Gefahr gegenübersah, paßte sie sich der Situation an. Sie begegnete dieser Gefahr nicht nur durch ein verändertes Aussehen, sondern durch eine so große Schönheit, daß es einfach unmöglich war, sie zu verurteilen!« Er machte eine Pause. »Aber wie nur? Wie?«

»Das kann vielleicht die Medizin erklären«, sagte Bach. »Zweifellos ist der Mensch von seinen Drüsen abhängig. Die Unterschiede zwischen den Rassen – weiß, rot, schwarz, gelb – liegen ganz offensichtlich darin begründet. Möglicherweise sind die wirksamsten Beförderer der Anpassung das menschliche Gehirn und das Nervensystem, das selbst wiederum teilweise durch eine geringe fettähnliche Masse auf dem Grund der dritten Gehirnkammer, die vor dem Kleinhirn liegt, kontrolliert wird, und von der unsere Vorfahren annahmen, daß sie der Sitz der Seele sei. Ich meine natürlich die Zirbeldrüse. Ich vermute, Ihr Serum enthält das langgesuchte Hormon *Pinealin,* und dieses hat eine Hypertrophierung von Kyras Zirbeldrüse hervorgerufen. Begreifen Sie, Dan, daß sie, wenn ihre Anpassungsfähigkeit vollkommen ist, nicht nur unbezwingbar, sondern auch unverletzlich sein wird?«

»Das stimmt!« Scott schluckte. »Sie kann nicht durch elektrischen Strom getötet werden, da sie sich umgehend einem Umfeld, das Elektrizität enthält, anpassen würde, und sie könnte auch nicht durch einen Schuß zu Tode kommen, denn sie würde sich so rasch darauf einstellen wie auf die Nadelstiche. Und Gift – aber es muß irgendwo eine Grenze geben!«

»Sicher gibt es eine«, bestätigte Bach. »Ich glaube kaum, daß sie sich dem Umstand anpassen könnte, daß eine fünfzig Tonnen schwere Lokomotive über ihren Körper hinwegrollt. Und trotzdem gibt es da noch einen wichtigen Punkt, den wir bisher nicht berücksichtigt haben. Die Anpassung selbst hat zwei Seiten.«

»Zwei Seiten?«

»Ja. Die eine ist die biologische, die andere die menschliche. Natürlich wird sich ein Biochemiker wie Sie nur mit der ersteren befassen, aber ebenso selbstverständlich muß ein Gehirnchirurg wie ich auch die zweite Seite bedenken. Biologische Adaption ist etwas, das jeglichem Leben – Planzen, Tieren und Menschen – gegeben ist, und sie verändert sich nur in bezug auf die Umwelt. Ein Chamäleon zum Beispiel zeigt annähernd die gleiche Anpassungsfähigkeit wie Kyra, und in geringerem Umfang tut es auch der arktische Fuchs – weiß im Winter, braun im Sommer; oder was das betrifft auch der Schneehase oder das Wiesel. Alles Leben stellt sich weitgehend auf seine Umgebung ein, denn wenn es das nicht tut, stirbt es. Aber das menschliche Leben tut mehr.«

»Mehr?«

»Viel mehr. Menschliche Adaption bedeutet nicht nur Übereinstimmung mit der Umwelt, sondern auch Veränderung dieser Umwelt, damit sie den menschlichen Bedürfnissen entspricht. Der erste Höhlenbewohner, der seine Höhle verließ, um eine Laubhütte zu bauen, veränderte seine Umwelt, und so taten es – in genau dem gleichen Sinne – auch Steinmetz, Edison und, wenn man so weit gehen will, auch Julius Cäsar und Napoleon. In der Tat laufen alle Erfindungen des Menschen, seine Schöpferkraft und auch die militärische Führung nur darauf hinaus, die Umwelt zu verändern, anstatt sich ihr zu beugen.«

Er hielt kurz inne, dann sprach er weiter. »Nun wissen wir, daß Kyra die biologische Anpassungsfähigkeit besitzt. Ihr Haar und ihre Augen beweisen es. Aber was ist, wenn ihr in demselben Maße auch die zweite Form dieser Adaption eigen ist? Wann das zutrifft, dann weiß allein

Gott, was dabei herauskommen wird. Wir können sie nur beobachten und sehen, welche Richtung sie einschlägt – beobachten und hoffen.«

»Aber ich verstehe nicht«, murmelte Scott, »wie das von der Drüsentätigkeit abhängen soll.«

»Alles kann davon abhängen. Bei einer Mutation – und Kyra ist genauso eine Mutation wie Ihre weißäugigen Fruchtfliegen – ist alles denkbar.« Er runzelte nachdenklich die Stirn. »Wenn ich eine philosophische Interpretation wagen dürfte, würde ich sagen, daß Kyra möglicherweise ein Stadium der menschlichen Evolution repräsentiert. Eine Mutation. Wenn man sich darauf einläßt, das zu glauben, dann sind de Vries und Weismann gerechtfertigt.«

»Die Mutationstheorie der Evolution meinen Sie?«

»Exakt. Sehen Sie, Dan, indem aus fossilen Überresten recht deutlich wird, daß eine Evolution vonstatten gegangen ist, kann man doch genauso leicht beweisen, daß sie eventuell nicht stattgefunden hat.«

»Wie denn?«

»Nun, es sprechen viele Gründe dafür, daß sie nicht langsam verlaufen ist, so wie Darwin es annahm. Nehmen Sie zum Beispiel das Auge. Er dachte, daß sich ganz allmählich, über Tausende von Generationen, bei irgendeinem Meereswesen eine lichtempfindliche Stelle auf der Haut herausbildete, und daß dies ihm gegenüber seinen blinden Artgenossen von Vorteil war. Aus diesem Grund überlebte diese Art, während andere zugrunde gingen. Aber sehen Sie, wenn dieses Auge sich so langsam entwikkelt hat, warum sollten dann die allerersten, diejenigen, die noch nicht einmal sehen konnten, bessere Chancen haben als die anderen? Nehmen Sie einen Flügel. Welchen Nutzen hat ein Flügel, ehe man damit fliegen kann? Nur weil eine hüpfende Eidechse eine winzige Hautfalte zwischen Vorderbein und Brust hatte, bedeutete das doch nicht, daß diese Eidechse dort überleben konnte, wo andere starben. Was gab den Ausschlag, daß der Flügel sich weiterentwickelte bis zu einem Punkt, wo er wirklich von Nutzen war?«

»Ja, was?«

»De Vries und Weismann sagen, daß es nichts dergleichen gab. Ihre Antwort lautet, daß die Evolution sprunghaft vorangeschritten sein muß, so daß, als das Auge auftauchte, es bereits wirksam genug war, um einen Überlebenswert zu haben; ebenso der Flügel. Diese Sprünge nannten sie Mutationen. Und in diesem Sinne, Dan, ist Kyra eine Mutation, ein Sprung vom Menschen zu – etwas anderem. Vielleicht zum Übermenschen.«

Scott schüttelte vor Verblüffung den Kopf. Er war völlig verwirrt, total verblüfft und ziemlich erschüttert. Ein paar Augenblicke später wünschte er Bach eine gute Nacht, trottete nach Hause und lag stundenlang in Gedanken versunken wach.

Am nächsten Tag erwirkte Bach für sie beide eine Beurlaubung vom Grand Mercy Hospital, und Scott zog zu ihm. Das war zum Teil einfach seinem gebannten Interesse am Fall Kyra Zelas zuzuschreiben, aber zum Teil war es auch altruistisch. Sie hatte zugegebenermaßen einen Mann ermordet; es kam Scott in den Sinn, daß sie ohne weitere Bedenken auch Doktor Bach umbringen könnte, und er wollte zur Stelle sein, um es zu verhindern.

Er hatte nicht mehr als ein paar Stunden in ihrer Gesellschaft zugebracht, als Bachs Worte über die Evolution und Mutationen eine neue Bedeutung erhielten. Es war weder Kyras chamäleonähnliche Färbung noch ihre seltsam reinen und engelsgleichen Gesichtszüge, nicht mal ihre unglaubliche Schönheit. Da war noch etwas; er konnte es nicht auf Anhieb benennen, aber fraglos war das Mädchen Kyra nicht ganz menschlich. Das Geschehnis, das ihm diesen Eindruck vermittelte, ereignete sich am späten Nachmittag. Bach war irgendwo in persönlichen Angelegenheiten unterwegs, und Scott hatte das Mädchen nach ihren eigenen Empfindungen bei dem Experiment befragt.

»Erkennen Sie denn nicht, daß Sie sich verändert haben?« forschte er. »Können Sie nicht die Andersartigkeit in sich selbst wahrnehmen?«

»Nicht ich. Es ist die Welt, die sich verändert hat.«

»Aber Ihr Haar war schwarz. Jetzt ist es hell wie Asche.«

»So? Ist es das?« fragte sie.

Er stöhnte vor Erbitterung auf. »Kyra«, sagte er, »Sie müssen etwas über sich selbst wissen.«

Sie richtete ihre wunderbaren silbrigen Augen auf ihn. »Das tue ich«, sagte sie. »Ich weiß, daß alles, was ich haben will, mir gehört, und« – ihre makellosen Lippen lächelten – »ich glaube, ich will Sie, Dan.«

Es schien ihm, daß sie sich in diesem Moment veränderte. Ihre Schönheit war nicht mehr die gleiche, war irgendwie noch viel berauschender als zuvor. Er erkannte, was das bedeutete. In ihrer Umgebung war jetzt ein Mann, den sie liebte oder von dem sie annahm, daß sie ihn liebte, und darauf stellte sie sich ein. Sie wurde – er schauderte leicht – unwiderstehlich!

Bach mußte die Situation durchschaut haben, aber er sagte nichts. Was Scott betraf, so war es für ihn die reine Qual, denn er wußte nur zu gut, daß das Mädchen, das er liebte, eine Mißbildung war, eine biologische Abart, und was noch schlimmer war als das – eine kaltblütige Mörderin und ein Wesen, nicht mehr ganz menschlich. Dennoch liefen die Dinge in den folgenden Tagen glatt und problemlos. Kyra gewöhnte sich schnell an die alltäglichen Pflichten. Sie war immer eine bereitwillige Versuchsperson für die Befragungen und Untersuchungen der beiden Männer.

Dann hatte Scott einen Einfall. Er holte eines der Meerschweinchen, dem er eine Injektion gegeben hatte, und sie stellten fest, daß dieses die gleiche Reaktion auf Schnitte zeigte wie Kyra. Sie töteten das Tier, indem sie es mit der Axt buchstäblich in zwei Hälften teilten, und Bach examinierte dessen Gehirn.

»Richtig!« sagte er schließlich. »Es liegt eine Hypertrophierung der Zirbeldrüse vor.« Er sah Scott eindringlich an. »Ich schätze, wir könnten an Kyras Zirbeldrüse herankommen und die Hypertrophierung korrigieren. Glauben Sie, daß sie dadurch wieder normal werden wird?«

Scott unterdrückte einen Angstausbruch. »Aber weshalb denn? Solange wir sie hier überwachen, kann sie nichts Böses anrichten. Warum müssen wir so mit ihrem Leben spielen?«

Bach lachte kurz auf. »Zum erstenmal in meinem Leben bin ich froh, daß ich ein alter Mann bin«, sagte er. »Sehen Sie denn nicht ein, daß wir etwas unternehmen müssen? Sie ist eine Bedrohung. Sie ist gefährlich. Der Himmel allein weiß wie gefährlich. Wir müssen es versuchen.«

Scott seufzte und willigte ein. Eine Stunde später – unter dem Vorwand eines Experiments – sah er zu, wie der alte Mann fünf Einheiten Morphium in den Arm des Mädchens injizierte, sah sie die Stirn runzeln, blinzeln – und sich darauf einstellen. Die Droge war machtlos.

Am Abend hatte Bach eine neue Idee. »Äthylchlorid!« flüsterte er. »Das Betäubungsmittel, das augenblicklich wirkt. Vielleicht kann sie sich nicht an einen Mangel an Sauerstoff anpassen. Wir versuchen es.«

Kyra schlief. Leise schlichen die beiden in ihr Zimmer, und Scott starrte in totaler Faszination auf die geheimnisvolle Schönheit ihres Antlitzes, das im fahlen Mondlicht bleicher war als je zuvor. Vorsichtig, überaus vorsichtig hielt Bach den durchtränkten Mulltupfer über ihr schlafendes Gesicht. Tropfen für Tropfen fiel die ätherische, süßlich duftende Flüssigkeit darauf. Minuten verstrichen.

»Das könnte einen Elefanten narkotisieren«, flüsterte er schließlich und drückte ihr das Mullstück direkt aufs Gesicht.

Sie erwachte. Finger wie dünne Stahlruten schlossen sich um Bachs Handgelenk und drängten seine Hand beiseite. Scott zog den Mulltupfer weg, und Kyras Hand umklammerte nun auch sein Handgelenk, und er fühlte die Kraft, die in diesem Griff lag.

»Das ist sehr dumm von Ihnen«, sagte sie ganz ruhig, aufrecht im Bett sitzend. »Es ist sinnlos – sehen Sie!«

Kyra nahm ein Papiermesser vom Tisch neben dem Bett. Sie entblößte ihren weißen Hals im Mondlicht, und dann, ganz plötzlich, stieß sie das Messer bis zum Heft in ihre Brust!

Scott würgte vor Entsetzen, doch sie zog das Messer wieder heraus. Ein einziger Spritzer Blut erschien auf ihrem Fleisch, sie wischte ihn weg und bot den Blicken der Männer ihre Haut dar – blaß, unversehrt, wunderschön.

»Gehen Sie«, sagte sie sanft, und sie verließen das Mädchen.

Am nächsten Tag kam sie nicht auf den Vorfall zurück. Scott und Bach verbrachten einen sorgenvollen Morgen im Labor, arbeiteten jedoch nicht, sondern redeten nur. Das war ein Fehler, denn als sie in die Bibliothek zurückkehrten, war Kyra fort, war, wie Mrs. Getz berichtete, einfach zur Tür hinausgewandert und verschwunden. Die hektische und überstürzte Suche in den angrenzenden Wohnvierteln brachte keinen Hinweis auf eine Spur von ihr.

Mit Eintritt der Dämmerung war sie zurück, stand ohne Hut im Eingang, und Scott, der allein dort war, konnte die rätselhafte Veränderung beobachten, die einsetzte, als sie aus dem Abendrot ins Zimmer trat und ihr mahagonifarbenes Haar zu der bekannten Aluminiumtönung ausbleichte.

»Hallo«, sagte sie lächelnd. »Ich habe ein Kind getötet.«

»Was? Mein Gott, Kyra!«

»Es war ein Unfall. Sie meinen doch wohl nicht, daß ich für einen Unfall bestraft werden sollte, nicht wahr, Dan?«

Er sah sie mit äußerstem Entsetzen an. »Wie . . .«

»Oh, ich beschloß, ein wenig spazierenzugehen. Nachdem ich ein oder zwei Häuserzeilen weiter war, kam mir in den Sinn, daß ich ganz gern fahren würde. Da stand ein Auto, das dort geparkt war; alle Schlüssel steckten, und der Fahrer unterhielt sich auf dem Bürgersteig, also schlüpfte ich hinein, startete und fuhr davon. Selbstverständlich fuhr ich ziemlich schnell, denn der Besitzer schrie, und an der zweiten Ecke erwischte ich einen kleinen Jungen.«

»Und – Sie haben nicht angehalten?«

»Natürlich nicht. Ich fuhr um die Ecke herum, dann noch um ein oder zwei weitere, und dann stellte ich das Auto ab und ging zurück. Der Junge war weg, aber die Menschenmenge stand noch immer da. Nicht einer von ihnen hat mich bemerkt.« Sie setzte ihr engelsgleiches Lächeln auf. »Wir sind nicht in Gefahr. Sie können unmöglich meine Spur verfolgen.«

Scott vergrub das Gesicht in seinen Händen, und ein tiefes Stöhnen entrang sich ihm. »Ich weiß nicht, was ich tun soll«, murmelte er. »Kyra, Sie müssen das der Polizei melden.«

»Aber es war ein Unfall«, sagte sie sanft, ihre schillernden Silberaugen mitleidsvoll auf Scott gerichtet.

»Das spielt keine Rolle. Sie müssen es tun.«

Sie legte ihre weiße Hand auf seinen Kopf. »Vielleicht morgen«, sagte sie. »Dan, ich habe etwas gelernt. Was man in dieser Welt braucht, ist Macht. Solange es auf der Welt Menschen gibt, die mehr Macht haben als ich, werde ich mit ihnen in Konflikt geraten. Sie hören nicht auf, mich mit ihren Gesetzen zu verfolgen – und warum? Ihre Gesetze gelten nicht für mich. Sie können mich nicht bestrafen.«

Er antwortete nicht.

»Deshalb«, fuhr sie mit weicher Stimme fort, »gehe ich morgen von hier fort. Ich will Macht erlangen. Ich will über dem Gesetz stehen.«

Er war so erschrocken, daß er sich endlich darauf besann zu handeln. »Kyra!« rief er. »Sie dürfen nicht wieder versuchen, von hier fortzugehen.« Er umfaßte ihre Schultern. »Versprechen Sie mir das! Schwören Sie, daß Sie ohne mich nicht weiter als bis zu dieser Tür gehen!«

»Nun, wenn Sie es wünschen«, entgegnete sie ruhig.

»Aber schwören Sie es. Schwören Sie es bei allem, was heilig ist!«

Aus dem Gesicht eines Marmorengels blickten ihn ihre Silberaugen unverwandt an. »Ich schwöre es«, hauchte sie. »Bei allem, was Sie wollen, schwöre ich es, Dan.«

Und am Morgen war sie auf und davon, hatte alles, was an Kleingeld und Banknoten in Scotts und Bachs Brieftaschen gewesen war, mitgenommen, und – wie sie später entdeckten – auch das Geld aus Mrs. Getz' Börse.

»Aber Sie hätten sie sehen sollen«, sagte Scott. »Sie schaute mir direkt in die Augen und gab mir ihr Ehrenwort, und ihr Gesicht war dabei so rein wie das der Madonna. Ich kann einfach nicht glauben, daß sie gelogen hat.«

»Die Lüge als Anpassungsmechanismus«, äußerte Bach, »verdient mehr Beachtung, als ihr bisher zuteil wurde. Wahrscheinlich stellen jene Pflanzen und Tiere, die eine schützende Angleichung an die Umgebung praktizieren, die Urform des Lügners dar – harmlose Schlangen, die die giftigen imitieren, stachellose Fliegen, die wie Bienen aussehen. Das sind wandelnde Lügen.«

»Aber sie konnte doch nicht einfach . . .«

»Sie hat aber. Was Sie mir über ihr Verlangen nach Macht erzählt haben, ist Beweis genug. Sie hat die zweite adaptive Phase erreicht – jene, in der sie ihre Umwelt sich selbst anpaßt und nicht sich der Umwelt. Wie weit wird ihr Wahn – oder ihr Genie – sie führen? Da ist nur ein geringer Unterschied zwischen beidem, Dan. Und was bleibt uns jetzt anderes zu tun als zuzusehen?«

»Zuzusehen? Wie? Wo ist sie?«

»Wenn ich nicht ganz und gar fehl gehe, wird es nicht schwer sein, ihr zuzuschauen, wenn sie erst einmal angefangen hat, ihr Vorhaben in die Tat umzusetzen. Wo immer sie auch sein mag, ich glaube, wir – und der Rest der Welt – werden es früh genug erfahren.«

Wochen vergingen ohne ein Lebenszeichen von Kyra Zelas. Scott und Bach gingen wieder ihren Pflichten im Grand Mercy Hospital nach, und unten in seinem Labor entledigte sich der Biochemiker zornerfüllt der Überreste der drei Meerschweinchen, einer Katze und eines Hundes, deren Tötung eine widerwärtige und anstrengende Arbeit gewesen war. Auch ein Röhrchen mit wasserklarem Serum wanderte in den Ofen.

Eines Tages jedoch beorderte ihn das Sprechgerät in Bachs Büro, wo er den alten Mann über eine Ausgabe des *Post Record* gebeugt fand.

»Hier, sehen Sie!« sagte er, indem er auf eine politische Klatschspalte mit der Überschrift »Wirbel in Washington« deutete.

Scott las. »Die Überraschung des Abends war der sogenannte eingefleischte Junggeselle des Kabinetts, der rechtschaffene John Callan, der niemand anderes als die prachtvolle Kyra Zelas umschmeichelte, die Dame, die Gefallen daran findet, bei Tage eine schwarze Perücke zu tragen und nachts eine weiße. Einige von uns werden sich noch an sie als diejenige erinnern, die in einem Mordprozeß freigesprochen wurde.«

Scott schaute auf. »Was? Callan? Kein Geringerer als der Finanzminister! Als sie Macht sagte, meinte sie scheinbar auch Macht.«

»Aber wird sie da haltmachen?« fragte Bach grüblerisch und mit finsterem Blick. »Ich hab so eine Ahnung, daß sie gerade erst am Anfang steht.«

»Also, wie weit kann eine Frau wirklich gehen?«

Der alte Mann blickte ihn an. »Eine Frau? Das ist Kyra Zelas, Dan. Hüten Sie sich, ihre Grenzen festzulegen. Wir werden noch von ihr hören.«

Bach hatte recht. Ihr Name begann mit wachsender Regelmäßigkeit aufzutauchen, zuerst in Gesellschaftskreisen, dann mit versteckter Bezugnahme auf geheime Intrigen und politische Einflußnahme. So etwa: »Wen meinen die Jungs von der Presse mit dem zehnten Kabinettsmitglied?« Oder später: »Weshalb nicht Minister für persönliche Beziehungen? Die Fähigkeiten dazu hat sie, also sollte man ihr auch den Titel geben.« Und noch später: »Man muß bis nach Ägypten zurückgehen, um ein Beispiel für ein Land zu finden, dessen Finanzen von einer Frau verwaltet wurden. Und Kleopatra hat die Staatskasse leergemacht.«

Scott lächelte wehmütig vor sich hin, denn er bemerkte, daß die Anwürfe mit der Zeit immer indirekter wurden, so als ob die Presse selbst anfing wachsamer zu sein. Das war ein Anzeichen für Kyras zunehmenden Einfluß, denn nirgends gibt es Leute, die solche Entwicklungen feinfühliger erspüren als die Washingtoner Journalisten. Kyras Erscheinen in öffentlichen Druckerzeugnissen beschränkte sich nach und nach auf rein gesellschaftliche Angelegenheiten, gewöhnlich in Verbindung mit John Callan, dem vierundfünfzigjährigen Finanzminister.

Ob er nun wachte oder schlief, nie konnte Scott seine Gedanken ganz von dem Mädchen lösen, denn sie hatte etwas Rätselhaftes, einerlei, ob sie nun verrückt war oder ein Genie, ob sie eine Mißbildung war oder eine Superfrau. Das einzige, was er vergaß, war das hagere Geschöpf mit dem langweiligen Gesicht und dem fettigen schwarzen Haar, das auf einer Pritsche auf der Isolierstation gelegen und Blut gespuckt hatte.

Weder für Scott noch für Doktor Bach war es eine Überraschung, als sie eines Abends in Bachs Haus kamen, um sich noch ein paar Stunden zu unterhalten und dort, gemütlich dasitzend – so als hätte sie das Haus nie verlassen –, Kyra Zelas vorfanden. Äußerlich hatte sie sich nur wenig verändert. Scott blickte wiederum fasziniert auf ihr phantastisches Haar und die großen, unschuldigen Silberaugen. Sie rauchte eine Zigarette, hauchte eine lange blaue Rauchfahne aus und lächelte ihm zu.

Er riß sich zusammen. »Nett, daß Sie uns die Ehre geben«, sagte er kühl. »Was ist der Grund dieses Besuches? Ist Ihnen das Geld ausgegangen?«

»Geld? Natürlich nicht. Wie könnte mir das Geld ausgehen?«

»Sicher, das kann Ihnen nicht passieren, nicht, solange Sie Ihre Vorräte auf die Weise erneuern, wie Sie es taten, als Sie uns verließen.«

»Ach, das meinen Sie!« sagte sie geringschätzig. Sie machte ihre Handtasche auf und brachte ein grünes Bündel Banknoten zum Vorschein. »Ich werde es Ihnen zurückgeben, Dan. Wieviel war's?«

»Zum Teufel mit dem Geld!« fuhr er auf. »Was mich verletzt hat, war die Art und Weise, wie Sie mich belogen haben. Guckt mir unschuldig wie ein Säugling in die Augen und lügt die ganze Zeit!«

»Habe ich das getan?« fragte sie. »Ich werde Sie nicht noch einmal belügen, Dan. Ich verspreche es.«

»Ich glaube Ihnen nicht«, entgegnete er verbittert. »Sagen Sie jetzt, was Sie hier wollen.«

»Ich wollte Sie sehen. Ich habe nicht vergessen, was ich zu Ihnen sagte, Dan.« Bei diesen Worten schien sie noch reizvoller zu werden, als sie es jemals war.

»Haben Sie Ihre Machtideen aufgegeben«, erkundigte sich Bach unvermittelt.

»Weshalb sollte ich Macht wollen?« gab sie arglos zurück, wobei sie ihn mit ihren herrlichen Augen anfunkelte.

»Aber Sie haben doch gesagt«, begann Scott ungeduldig, »daß Sie ...«

»Habe ich das?« Eine Andeutung von einem Lächeln lag auf ihren Lippen. »Ich werde Sie nicht anlügen, Dan«, fuhr sie fort und lachte auf. »Wenn ich Macht will, dann brauche ich sie mir nur zu nehmen – mehr Macht als Sie sich träumen lassen.«

»Durch John Callan?« fragte er mit kratziger Stimme.

»Über ihn bietet sich ein recht einfacher Weg«, sagte sie gefühllos. »Nehmen Sie zum Beispiel an, er würde eines

Tages eine Erklärung abgeben – eine höchst anmaßende Erklärung –, in der er die Rückzahlung der Kriegsschulden fordert. Die Regierung könnte es sich nicht leisten, ihm öffentlich ihre Mißbilligung auszusprechen, denn die meisten der Wähler sind der Meinung, daß eine solche Erklärung angebracht ist. Und wenn diese verletzend genug ist – und ich kann Ihnen versichern, sie würde es sein –, dann könnten Sie erleben, wie sich der Unwille Europas gen Westen richtet.

Wenn nun diese Erklärung von der Art wäre, daß keine nationale Regierung sie ignorieren könnte, ohne gleichzeitig ihre Würde in den Augen des Volkes zu verlieren, würde sie Gegenangriffe provozieren. Und es gibt drei Nationen – Sie kennen sie so gut wie ich –, die nur auf solche Divergenz der Interessen warten. Verstehen Sie das nicht?« Ihr Blick verdüsterte sich. »Wie dumm Sie beide sind!« murmelte sie, und indem sie sich streckte und gähnte, sagte sie: »Ich frage mich, was für eine Art Herrscherin ich wohl abgeben würde. Ohne Zweifel eine gute.«

Scott war aufgebracht. »Kyra, heißt das etwa, Sie würden Callan zu solch einem kolossalen Fehler drängen?«

»Ihn drängen!« wiederholte sie verächtlich. »Ich würde ihn zwingen.«

»Das würden Sie wirklich tun?«

»Das habe ich nicht gesagt«, gab sie lächelnd zurück. Sie gähnte abermals und schnippte ihre Zigarette in den dunklen Kamin. »Ich werde ein oder zwei Tage hierbleiben«, fügte sie freundlich hinzu, indem sie sich erhob. »Gute Nacht!«

Scott sah Doktor Bach an, als sie ins Zimmer des alten Mannes verschwand. »Verflucht soll sie sein!« rief er mit schriller Stimme aus; seine Lippen waren bleich. »Wenn ich glauben könnte, daß sie das alles tatsächlich so meint . . .«

»Glauben Sie es lieber«, sagte Bach.

»Herrscherin! Herrscherin worüber?«

»Über die Welt vielleicht. Dem Wahnsinn und dem Genie kann man keine Schranken setzen.«

»Wir müssen sie stoppen.«

»Wie? Wir können sie hier nicht eingesperrt halten. Erstens würde sie wahrscheinlich genug Kraft entwickeln, um die Türschlösser zu sprengen, und wenn nicht, dann brauchte sie ohnehin nichts weiter zu tun, als aus dem Fenster nach Hilfe zu rufen.«

»Wir können sie für geistesgestört erklären lassen«, schlug Scott hitzig vor. »Wir können sie irgendwo einschließen lassen, wo sie nicht ausbrechen oder nach Hilfe schreien kann.«

»Ja, das könnten wir tun, doch nur mit Zustimmung der Gesundheitsbehörde. Und wenn wir sie vor die Behörde brächten, was glauben Sie, wie dann unsere Chancen stünden?«

»Also gut«, gab Scott unwillig nach, »uns bleibt nur, ihre Schwachstelle herauszufinden. Ihre Anpassungsfähigkeit kann nicht unbegrenzt sein. Sie ist immun gegen Drogen und gegen Verletzungen, aber sie kann nicht über den fundamentalen Gesetzen der Biologie stehen. Wir müssen nur das gültige Gesetz finden.«

»Na, dann finden Sie es mal«, entgegnete Bach finster.

»Aber wir müssen etwas unternehmen. Wenigstens könnten wir die Menschen warnen . . .« Er brach ab, denn er sah ein, daß diese Idee äußerst absurd war.

»Die Menschen warnen!« äffte Bach ihn nach. »Wovor? Dann wären wir ja diejenigen, die vor die Gesundheitsbehörde treten müßten. Callan würde uns mit Würde ignorieren, und Kyra würde ihr bezauberndes, verächtliches kleines Lachen von sich geben, und das wär's dann.«

Scott zog hilflos die Schultern hoch. »Ich bleibe hier heute nacht«, sagte er. »Zumindest können wir dann morgen früh noch einmal mit ihr reden.«

»Wenn sie dann noch da ist«, bemerkte Bach ironisch.

Aber sie war es. Als sie aus dem Zimmer kam, saß Scott allein in der Bibliothek und las die Morgenzeitung. Sie setzte sich ihm still gegenüber, in einen schwarzseidenen Hausanzug gehüllt, zu dem ihre alabasterfarbene Haut und ihr unglaubliches Haar in erregendem Kontrast standen. Er beobachtete, wie Haar und Haut einen leicht goldenen Ton annahmen, als die Morgensonne das Zimmer durchflutete. Irgendwie erboste es ihn, daß sie so schön war und gleichzeitig so lebensbedrohlich in ihrem unmenschlichen Vernichtungsdrang. Er sprach zuerst. »Ich hoffe, Sie haben seit unserer letzten Begegnung keine weiteren Morde begangen.« Er sagte es boshaft.

Sie blieb ziemlich gleichgültig. »Warum sollte ich? Es war nicht erforderlich.«

»Sie wissen, Kyra«, sagte er gelassen, »daß Sie getötet werden müßten.«

»Aber nicht von Ihnen, Dan. Sie lieben mich.«

Er sagte nichts. Diese Tatsache war zu offensichtlich, als daß man sie hätte leugnen können.

»Dan«, sagte sie sanft, »wenn Sie nur meinen Mut hätten, es gäbe keine Höhe, die wir nicht gemeinsam erklimmen könnten. Keine – wenn Sie den Mut hätten, es zu versuchen. Deshalb bin ich zu Ihnen gekommen, aber . . .« Sie zuckte mit den Schultern. »Ich gehe morgen nach Washington zurück.«

Etwas später am gleichen Tag konnte Scott mit Bach allein sprechen. »Sie will morgen weg!« sagte er eindringlich. »Was immer wir tun können, es muß heute nacht geschehen.«

Der alte Mann machte eine hilflose Geste. »Was können wir machen? Fällt Ihnen ein Gesetz ein, das die Anpassungsfähigkeit abschwächt?«

»Nein, aber . . .« Er hielt plötzlich inne. »Gütiger Himmel!« schrie er. »Ich kann es. Wir haben es!«

»Was?«

»Das Gesetz! Ein grundlegendes biologisches Gesetz, hier muß Kyras empfindliche Stelle liegen!«

»Aber welches?«

»Dieses: Kein Organismus kann in seinen eigenen Abfallprodukten existieren! Der eigene Abfall ist Gift für jedes Lebewesen!«

»Aber . . .«

»Hören Sie. Kohlendioxid ist ein menschliches Abfallprodukt. Kyra kann sich nicht an eine Atmosphäre aus Kohlendioxid anpassen!«

Bach starrte ihn an. »Mein Gott!« rief er. »Doch selbst wenn Sie recht haben, wie . . .«

»Warten Sie eine Minute. Sie können ein paar Behälter Kohlendioxidgas vom Grand Mercy bekommen. Fällt Ihnen eine Möglichkeit ein, wie das Gas in ihr Zimmer gelangen kann?«

»Nun ja, das ist ein altes Haus. Es gibt da ein Loch von ihrem Raum zu dem, den ich bewohne, wo das Heizungsrohr durchläuft. Dieses Loch ist nicht gerade eng. Wir könnten einen Gummischlauch neben dem Rohr vorbeileiten.«

»Gut.«

»Aber die Fenster! Die Fenster werden geöffnet sein.«

»Machen Sie sich deswegen keine Gedanken«, meinte Scott. »Sorgen Sie dafür, daß sie mit Seife eingeschmiert sind, so daß sie sich leicht schließen lassen, das ist alles.«

»Aber selbst wenn es funktioniert, wofür soll das gut sein – Dan! Sie wollen sie doch nicht umbringen?«

Er schüttelte den Kopf. »Ich . . . könnte es nicht«, flüsterte er. »Aber wenn sie erst einmal hilflos ist, wenn wir sie besiegt haben, wenn sie . . . Sie werden sie dann operieren. Die Operation der Zirbeldrüse, die Sie neulich vorgeschlagen haben. Mag der Himmel mir verzeihen!«

Scott litt an jenem Abend Teufelsqualen. Kyra war, sofern das überhaupt ging, noch reizender als je zuvor, und zum erstenmal schien sie bemüht, charmant zu sein. Ihre Konversation war im wahrsten Sinne des Wortes brillant, und Scott war mit jeder Faser in ihren Bann gezogen, so daß der Gedanke an den heimtückischen Plan, den er verfolgte, eine marternde Pein war. Es schien fast eine

Blasphemie gegen jemanden, dessen äußere Erscheinung so makellos, so engelsgleich, so unschuldig war, Gewalt anwenden zu wollen.

Aber sie ist in gewisser Weise kein Mensch mehr, sagte er sich selbst. Sie ist kein Engel, sondern ein weiblicher Dämon, ein – wie nannte man die doch? – ein Alp!

Gegen seinen Willen bat er Kyra, als diese schließlich genüßlich gähnte und ihre zierlichen Füße auf den Boden setzte, um sich zu entfernen, noch ein paar Minuten länger zu bleiben.

»Es ist doch noch nicht spät«, sagte er, »und morgen verlassen Sie uns.«

»Ich werde zurückkehren, Dan. Das ist nicht das Ende für uns.«

»Ich hoffe es«, murmelte er unglücklich, indem er beobachtete, wie die Tür hinter ihr ins Schloß fiel. Er schaute Bach an. Der alte Mann flüsterte ihm nach einem Augenblick der Stille zu: »Es ist anzunehmen, daß sie auf der Stelle einschläft. Das ist ebenfalls eine Frage der Adaptionsfähigkeit.«

In gespanntem Schweigen beobachteten sie den schmalen Lichtstreifen unter der geschlossenen Tür. Scott sprang ungestüm auf, als nach kurzer Zeit ihr Schatten den Lichtstreifen kreuzte und dieser dann mit einem schwachen Klicken verschwand.

»Also dann«, sagte er finster. »Bringen wir's hinter uns.«

Er folgte Bach in das angrenzende Zimmer. Dort standen, kalt und metallisch, die grauen Druckgasbehälter. Er schaute zu, wie der alte Mann ein Stück Schlauch daran befestigte, es durch die Öffnung der Dampfheizung schob und anfing, den verbleibenden Zwischenraum mit feuchter Watte auszustopfen.

Scott machte sich nun an seine Aufgabe. Er tappte leise in die Bibliothek. Mit äußerster Vorsicht probierte er die Tür von Kyras Zimmer aus. Sie war unverschlossen, wie er es auch nicht anders erwartet hatte, denn das Mädchen war fest davon überzeugt, daß nichts ihr etwas anhaben konnte.

Einen ausgedehnten Augenblick lang betrachtete er ihr strahlendes Silberhaar auf dem Kissen, dann stellte er sehr behutsam eine kleine Kerze auf den Stuhl beim Fenster, so daß sie sich etwa in Höhe des Bettes befand, zündete sie mit einem Feuerzeug an, zog den Türschlüssel ab und schlich hinaus.

Er schloß die Tür von außen zu und machte sich daran, den Spalt darunter mit Watte abzudichten. Sicher, es war nicht ganz luftdicht abgeschlossen, aber das machte kaum etwas aus, überlegte er, denn die verdrängte Luft mußte entweichen können. Er kehrte in Bachs Zimmer zurück. »Geben Sie mir noch eine Minute«, flüsterte er. »Dann drehen Sie auf.«

Er ging zu einem der Fenster. Draußen befand sich ein zwei Fuß breiter Steinsims, und er kletterte hinaus. Man konnte ihn von der Straße aus sehen, würde ihn jedoch nicht ohne weiteres bemerken, denn er befand sich direkt über dem Lichtschacht zwischen Bachs Haus und dem Nachbarhaus. Er betete inständig, daß er keine Aufmerksamkeit erregen möge.

Scott kroch auf dem Sims entlang. Die zwei Fenster von Kyras Zimmer waren weit hochgeschoben, aber Bach hatte erledigt, was er ihm aufgetragen hatte. Die Fenster glitten ohne zu knarren herab, und Scott drückte sich dicht an das Glas, um in das Zimmer zu spähen.

Quer durch den Raum leuchtete die schwache und stetige Flamme der kleinen Wachskerze. Ganz nahe, keine Armlänge entfernt, wäre nicht eine Scheibe dazwischen gewesen, lag Kyra, gut sichtbar in dem Dämmerlicht. Sie lag auf dem Rücken, einen Arm über dem Kopf und nur mit einem Laken zugedeckt. Er konnte wahrnehmen, wie sie atmete – ruhig und friedlich.

Es schien ihm, als sei eine lange Zeit verstrichen. Er bildete sich ein, daß er ein leichtes Zischen von Gas aus Bachs Fenster hörte, aber er wußte, das konnte nur Einbildung sein. In dem Zimmer, das er im Auge hatte, gab es keine Anzeichen einer Veränderung; die liebliche Kyra schlief so, wie sie auch alles übrige tat – gelöst und vertrauensvoll.

Dann tat sich etwas. Die kleine Kerzenflamme, die in der reglosen Luft gleichmäßig brannte, flackerte plötzlich. Er beobachtete sie und war sich nun ganz sicher, daß ihre Farbe sich veränderte. Wieder flackerte sie, loderte kurz auf, dann verlosch sie.

Der Docht schimmerte einen Augenblick in einem roten Glanz, dann war auch das vorbei. Die Flamme war erstickt. Das bedeutete eine Konzentration von acht bis zehn Prozent Kohlendioxid in der Luftzusammensetzung des Raumes – viel zu hoch, um gewöhnliches Leben zu erhalten. Doch Kyra lebte noch. Außer der Tatsache, daß sie nun tiefer atmete, gab es nichts, das auf eine Unpäßlichkeit hindeutete. Sie hatte sich auf den sinkenden Sauerstoffgehalt eingestellt.

Aber ihre Kräfte mußten irgendwo ein Ende haben. Er blinzelte in die Dunkelheit hinein. Es stimmte – ihr Atem ging schneller. Er war sich jetzt ganz sicher. Ihre Brust hob und senkte sich in krampfartigem Keuchen, und irgendwo in seinem aufgewühlten Hirn hielt der Wissenschaftler in ihm diesen Fakt fest.

»Cheyne-Stokes-Atmung«, murmelte er. In kurzer Zeit würde sie durch die Heftigkeit des Atmens erwachen.

So geschah es. Plötzlich schlug sie die Augen auf. Sie fuhr sich mit der Hand über den Mund, dann umfaßte sie ihre Kehle. Sich augenblicklich der Gefahr bewußt, sprang sie hoch, und ihre bloßen Füße zuckten, als sie sich vom Bett abstieß. Sie mußte jedoch schon etwas benommen sein, denn sie ging zuerst zur Tür.

Er sah die Unstetigkeit ihrer Bewegungen. Sie drehte den Türknopf, zog verzweifelt daran, dann wirbelte sie herum zum Fenster. Er konnte sehen, daß sie schwankte. Sie taumelte durch die verpestete Luft, aber sie erreichte schließlich das Fenster.

Ihr Gesicht war dem seinen ganz nahe, aber er bezweifelte, daß sie ihn sah, denn ihre Augen waren weit aufgerissen und angsterfüllt, und ihr Mund und ihre Kehle rangen verzweifelt nach Atem. Sie hob ihre Hand, um die Scheibe einzuschlagen; der Schlag ging nieder, aber er war zu schwach; das Fenster erzitterte zwar, aber zerbrach nicht.

Erneut hob sie den Arm, aber der Schlag blieb aus. Einen Moment lang hielt sie sich noch aufrecht, dann verschleierten sich ihre Augen und schlossen sich; sie fiel auf die Knie, und schließlich brach sie schlaff auf dem Boden zusammen.

Scott wartete einen langen, qualvollen Augenblick, dann riß er das Fenster hoch. Der Schwall stickiger Luft bewirkte, daß sich alles in seinem Kopf drehte, während er noch auf dem schmalen Sims draußen stand, und er klammerte sich an den Fensterrahmen. Dann ging zwischen beiden Häusern eine leichte Brise hindurch, und sein Kopf wurde wieder klar.

Vorsichtig stieg er in das Zimmer. Das Gas nahm ihm den Atem, aber in der Nähe des Fensters konnte er Luft holen. Er trat dreimal gegen die Wand.

Das Zischen des Gases ebbte ab. Er nahm Kyras Körper in seine Arme, wartete, bis er hörte, wie der Schlüssel umgedreht wurde, und lief durch das Zimmer in die Bibliothek.

Bach starrte wie gebannt auf die reinen Gesichtszüge des Mädchens. »Eine besiegte Göttin«, sagte er. »Was unsere Rolle in diesem Spiel betrifft, so ist sie eher sündhaft.«

»Beeilen Sie sich!« fuhr Scott ihn an. »Sie ist bewußtlos, nicht narkotisiert. Gott weiß, wie schnell sie sich wieder erholt.«

Sie war jedoch noch nicht wieder zu sich gekommen, als Scott sie auf den Operationstisch in Bachs Büro legte und die Riemen über ihren Armen, ihrem Körper und ihren schlanken nackten Beinen festzog. Er blickte abermals auf sie herab, auf ihr bleiches Gesicht, die hellen Haare, und er spürte, wie sich sein Herz schmerzvoll zusammenzog, als er verfolgte, wie diese sich unter dem grellen Licht der Operationslampe, das so viele chemisch wirksame Strahlen enthält, verdunkelten.

»Du hattest recht«, flüsterte er dem Mädchen zu, das ihn nicht hören konnte, »hätte ich soviel Mut wie du, es gäbe nichts, was wir nicht gemeinsam erreichen könnten.«

Bach sprach ihn schroff an. »Nasal?« fragte er. »Oder soll ich trepanieren?«

»Nasal.«

»Aber ich hätte gern die Möglichkeit, mir die Zirbeldrüse genauer anzusehen. Dieser Fall ist einzigartig, und . . .«

»Nasal!« fuhr Scott auf. »Ich will nicht, daß sie Narben zurückbehält.«

Bach seufzte und fing an. Scott war trotz seiner langjährigen Krankenhauserfahrung nicht in der Lage, die Operation zu verfolgen. Er reichte dem alten Mann die Instrumente, wie sie gebraucht wurden, hielt jedoch seine Augen von dem schmerzvollen und lieblichen Gesicht abgewandt.

»So!« sagte Bach schließlich. »Es ist vollbracht.« Erst jetzt konnte er sich die Zeit nehmen, Kyras Antlitz zu betrachten.

Bach fuhr zusammen. Verschwunden war das außergewöhnliche Aluminiumhaar, ersetzt durch die dunklen und fettigen Strähnen des Mädchens aus dem Krankenhaus! Er schob ihr die Augen auf – sie waren nicht mehr silbern, sondern blaßblau. Von all ihrem Liebreiz blieb nur – ja, was? Ein winziger Hauch vielleicht, eine Ahnung von der engelsgleichen Reinheit ihres Antlitzes, von den vollendeten Formen ihrer Gesichtszüge. Aber ihre Flamme war erloschen. Sie war keine Göttin mehr, sondern ein sterbliches, ein menschliches Wesen. Aus der wunderschönen Frau war wieder das leidende Mädchen geworden.

Fast wäre ihm ein Ausruf des Entsetzens entwichen, doch Scotts Stimme ließ ihn stocken. »Wie schön sie ist!« raunte er.

Bach starrte ihn an. Er erkannte plötzlich, daß Scott sie nicht so sah, wie sie wirklich war, sondern wie sie einmal gewesen ist. In seinen Augen, die durch die Liebe getrübt waren, war sie noch immer die herrliche Kyra.

Die Proteus-Insel

Der braune Maori im Bug des Outrigger starrte unverwandt zu der Insel Austin hin, die langsam näher kam; dann drehte er sich um und heftete seine ängstlichen braunen Augen auf Carter. »Tabu!« rief er. »Tabu! *Aussitan* tabu!«

Carver betrachtete ihn ohne eine Miene zu verziehen. Er hob den Blick und schaute zu der Insel hinüber. Verdrießlich und dumpf in Gedanken versunken, kehrte der Maori an sein Ruder zurück. Der zweite Polynesier warf dem Zoologen einen flehenden Blick zu.

»Tabu«, sagte er. *»Aussitan* tabu!«

Der weiße Mann musterte ihn flüchtig, sagte jedoch nichts. Die sanften braunen Augen senkten sich, und die beiden gingen wieder an ihre Arbeit. Als Carver jedoch angestrengt zur Küste hinüberblickte, gab es zwischen den Eingeborenen einen stummen, bedeutungsvollen Blickwechsel.

Das malaiische Segelboot glitt über grüne Wellenkämme dahin, auf die schaumumsäumte Insel zu, dann begann es jedoch abzugieren, so als widerstrebte es ihm, sich der Insel zu nähern. Carver riß seinen Mund auf zu einem Schrei. *»Malloa!* Halt auf die Küste zu, du Schokoladenschweinl Halt auf die Küste zu, hörst du?«

Er schaute wieder zum Land hin. Die Insel Austin war kein von alters her geweihter Ort, aber diese Eingeborenen fürchteten sie aus irgendeinem Grunde. Es war nicht Sache eines Zoologen herauszufinden, warum das so war. Die Insel war unbewohnt und erst vor kurzem in die Seekarte eingetragen worden. Er bemerkte die Farnbäume weiter vorn, wie jene in Neuseeland, die Kauripinie und die Dammarfichte – dunkle baumbestandene Hügel, der weiße Strand wie eine bogenförmige Linie und dazwischen ein beweglicher Punkt – ein *Apteryx mantelli,* dachte Carver, ein Kiwi. Das Boot glitt behutsam auf das Ufer zu.

»Tabu«, flüsterte Malloa in einem fort. »Dort viele *bunyip!«*

»Na hoffentlich«, brummte der weiße Mann. »Es würde mir gar nicht gefallen, zu Jameson und den anderen auf Macquarie zurückzukehren, ohne zumindest einen kleinen *bunyip* oder irgendeinen Geist aus dem Zauberland mitzubringen.« Er grinste. *»Bunyip Carveris.* Nicht schlecht, was? Würde sich gut machen in illustrierten Naturlehrbüchern.«

An dem nahenden Strand ergriff der Kiwi eilig die Flucht zum Wald hin – wenn es überhaupt ein Kiwi war. Er sah irgendwie merkwürdig aus, und Carver verfolgte ihn mit dem Blick. Natürlich, es mußte ein *Apteryx* sein; diese zur Neuseelandgruppe gehörenden Inseln besaßen eine zu spärliche Fauna, als daß es etwas anderes hätte sein können. Eine Hunderasse, eine Sorte Ratten und zwei Spezies von Fledermäusen – damit war alles, was es auf Neuseeland an Säugetieren gab, erfaßt.

Es gab natürlich noch die Katzen, die man ausgesetzt hatte, Schweine und Hasen, die wild lebten auf den nördlichen und mittleren Inseln, aber nicht hier. Nicht auf den Aucklands, nicht auf Macquarie, und am allerwenigsten auf Austin, das weit ab in der einsamen See zwischen Macquarie und den trostlosen Balleny-Inseln lag, weit unten am Rande der Antarktis. Nein, der davonschwirrende Punkt *mußte* ein Kiwi gewesen sein.

Das Boot lief auf Grund. Kolu, der im Bug saß, sprang wie ein brauner Blitz an Land und zog es durch die sanft plätschernden Wellen. Carver erhob sich und stieg heraus, doch auf Malloas Gejammer hin blieb er abrupt stehen.

»Da!« rief Malloa und schluckte. »Die Bäume, *wahi!* Die *bunyip*-Bäume!«

Carver folgte der Richtung, in die Malloas Zeigefinger wies. Die Bäume – was war damit? Dort hinter dem Küstenstreifen standen sie, so wie sie auch auf den Aucklands und auf Macquarie den Strand umsäumten. Dann lief ihm ein Schauer über den Rücken. Er war kein Botaniker; das war Halburtons Gebiet, der war jedoch mit Jameson und der *Fortune* auf der Insel Macquarie zurückgeblieben. Er, Carver, war Zoologe, wußte nur ganz allgemein etwas über die Veränderungen der Flora. Dennoch schauderte er.

Die Bäume waren in der Tat irgendwie eigenartig. Aus der Ferne ähnelten sie den gigantischen Farngewächsen und steil aufragenden Kauripinien, auf die man hier gefaßt war. Jetzt jedoch, von nahem, hatten sie ein anderes Aussehen – nicht auffällig anders, das nicht, aber nichtsdestotrotz irgendwie befremdlich. Die Kauripinien sahen nicht recht nach Kauri aus, und auch die Baumfarne waren nicht die gleichen Cryptogamia, die auf den Aucklands und auf Macquarie wuchsen. Sicher, jene Inseln lagen viele Meilen weiter nördlich, und gewisse territoriale Eigenheiten sind zu erwarten gewesen. Dennoch ...

»Mutanten«, murmelte er, und sein Gesicht verfinsterte sich. »Scheint Darwins Isolationstheorie zu erhärten. Ich werde wohl Halburton ein paar Proben davon mitnehmen.«

»Wahi« sagte Kolu nervös, »fahren wir jetzt zurück?«

»Jetzt?« fuhr Carver ihn an. »Wir sind gerade erst angekommen! Denkst du, wir haben den ganzen Weg von Macquarie hierher gemacht, um einen einzigen Blick auf die Insel zu werfen? Wir bleiben ein oder zwei Tage hier, damit ich mir ansehen kann, was für Tiere es auf diesem Fleckchen Land gibt. Was ist überhaupt los?«

»Die Bäume, *wahi«*, jammerte Malloa. *»Bunyip!* – wandelnde Bäume!«

»Pah! Wandelnd und plaudernd, was?« Er hob einen Stein von der mit Kieseln übersäten Küste auf und schleuderte ihn dorthin, wo das zusammengeballte düstere

Grün ihnen am nächsten war. »Wollen wir doch mal hören, wie sie fluchen.«

Der Stein brach durch Blattwerk und Kletterpflanzen, und der sachte Aufprall erstarb in reglosem Schweigen. Allerdings nicht völlig reglos; einen kurzen Augenblick flatterte dort etwas Winziges, Dunkles auf und erhob sich dann als eine sich schwarz gegen den Himmel abzeichnende Silhouette. Es war klein wie ein Spatz, aber fledermausartig, mit membranähnlichen Flügeln. Carver starrte es erstaunt an, denn es zog einen zwölf Zoll langen Schwanz hinter sich her, dünn wie ein Bleistift, aber ganz sicher war das ein Anhängsel, das eine normale Fledermaus nicht besaß.

Kurze Zeit flatterte dieses Wesen unbeholfen im Sonnenlicht, peitschte dabei mit seinem seltsamen Schwanz, und dann tauchte es wieder in das Dunkel des Waldes ein, von wo es durch Carvers Wurfgeschoß aufgeschreckt worden war. Nur ein Echo seines wilden, gellenden Schreis blieb zurück, etwas, das wie »Wi-e-er« klang.

»Teufel noch mal, was war das?« sagte Carver. »Es gibt zwei Arten von Chiroptera in Neuseeland und auf den benachbarten Inseln, aber das war keine davon. Keine Fledermaus hat so einen Schwanz!«

Kolu und Malloa stimmten nun vereint ihr Klagegeschrei an. Die Kreatur war zu klein gewesen, um regelrechte Panik auszulösen, aber wie sie so gegen den Himmel aufgeblitzt war, das hatte den unheilvollen Anschein von Abnormität. Es war eine Mißbildung, eine Abweichung von der Natur, und der Verstand der Polynesier war nicht von der Art, daß sie etwas seltsam Unbekanntem ohne Furcht begegnen konnten. Was das hier betraf, so überlegte Carver, war auch der Verstand der Weißen nicht dazu angetan. Mit einem Schulterzucken verscheuchte er das eigenartige Gefühl von Furcht und Besorgnis. Es wäre die blanke Idiotie, wenn er es zulassen würde, daß Kolus und Malloas Ängste einen Zoologen beeinflußten, der seine Sinne absolut beisammen hatte.

»Haltet die Klappe«, herrschte er sie an. »Wir müssen diesen Burschen oder einen von seinen Vettern fangen. Ich will ein Exemplar von seinem Stamm. Rhimolophidae, darauf wette ich eine Silbermünze, aber dennoch eine vollkommen neue Art. Heute nacht werden wir uns einen mit dem Netz holen.«

Die beiden braunen Inselbewohner erhoben ihre Stimmen in äußerstem Entsetzen. Carver gebot ihren Protesten und Vorhaltungen und bruchstückhaften Beschreibungen der Schrecken der *bunyips,* der wandelnden und plaudernden Bäume und der mit Feldermausflügeln versehenen Geister des Bösen abrupt Einhalt.

»Kommt schon«, sagte er schroff. »Ladet das Zeug aus. Ich werde mich am Strand nach frischem Wasser umsehen. Laut Mawson gibt es auf der nördlichen Seite der Insel Wasser.«

Mallao und Kolu murrten, als er sich abwandte. Vor ihm erstreckte sich die Küste weiß in der späten Nachmittagssonne; zu seiner Linken brauste der blaue Pazifik, und zu seiner Rechten schlummerte der eigenartige düstere Wald; neugierig beäugte er die Pflanzenformen, die nicht sehr mannigfaltig waren, wunderte sich jedoch, daß es kaum einen Baum oder einen Strauch gab, den er als eine der Arten identifizieren konnte, die auf Macquarie, den Aucklands oder dem fernen Neuseeland vorkamen. Aber schließlich war er ja auch kein Botaniker.

Ohnehin brachten entlegene Inseln häufig eigene Arten in Flora und Fauna hervor. Das war Bestandteil von Darwins ursprünglicher Evolutionstheorie, der Faktor der Isolation. Man sehe sich nur Mauritius und seine Dronte an und die Galapagostauben, oder, was das betrifft, den Kiwi von Neuseeland oder den riesigen, außergewöhnlichen Moa. Und dennoch fand man keine Insel, auf der es ausschließlich einzigartige Formen des Pflanzenlebens gab. Vom Wind herbeigewehte Samen von auf dem Ozean dahintreibenden Pflanzenteilen sorgten für einen Austausch der Vegetation zwischen den Inseln; Vögel transportierten Samen, der sich an ihre Federn geheftet hatte, und selbst die gelegentlichen menschlichen Besucher trugen zu diesem Austausch bei.

Außerdem hätte ein so sorgfältiger Beobachter wie Mawson 1911 sicher über die Besonderheiten der Insel Austin berichtet. Das hatte er jedoch nicht getan, ebenso hatten die Walfänger, die, wenn sie zur Antarktis unterwegs waren, in Abständen hier anlegten und halt machten, Kunde davon gebracht. Es stimmt, Walfänger hatte es in letzter Zeit nur sehr wenige gegeben; es konnte zehn Jahre und länger her sein, daß einer auf Austin vor Anker gegangen war. Andererseits, welche Veränderung kann schon in zehn oder fünfzehn Jahren vor sich gegangen sein?

Carver stieß plötzlich auf einen Bach, in den Wasser von einem Granitvorsprung am Rande des Dschungels lief. Er bückte sich, befeuchtete seinen Finger und kostete. Es war brackig, aber es ließ sich trinken. Er konnte kaum erwarten, auf Austin noch einen größeren Fluß zu finden, denn die Wasserscheide auf einer Insel von nur sieben mal drei Meilen war zu schmal. Seine Augen folgten dem Lauf des Rinnsals bis hinauf zum Geflecht des Farnwaldes, und eine blitzartige Bewegung nahm seinen Blick gefangen. Einen Moment lang schaute er völlig fassungslos drein, wohl wissend, daß er unmöglich sehen konnte, was er sah!

Die Kreatur hatte augenscheinlich getrunken, denn Carver erblickte sie zunächst in kniender Stellung. Das war eine zusätzliche Überraschung – dieser Umstand, daß sie kniete –, denn kein Tier nimmt jemals solch eine Haltung ein, und dieses Geschöpf, was immer es auch sein mochte, war kein Mensch.

Wilde gelbe Augen starrten ihn an, das Lebewesen erhob sich und stellte sich aufrecht hin. Es war ein Zweibeiner, eine winzige Kreatur von einem Menschen, der stehend nicht mehr als zwanzig Zoll maß. Kleine klauenartige Finger umklammerten herunterhängende Kletterpflanzen. Carver warf einen entsetzten Blick auf diesen Körper, der mit Fetzen von zerzaustem grauem Fell bedeckt war, auf den beweglichen Schwanz, auf die nadelspitzen Zähne in dem kleinen roten Mund. Aber vor allem betrachtete er die feindseligen gelben Augen und das Gesicht, das nichts Menschliches hatte, aber dennoch gräßliche Spuren von einem menschlichen Wesen trug, das verwildert war – eine atemberaubende Miniatursynthese menschenähnlicher und katzengleicher Körpermerkmale.

Carver hatte viel Zeit in den unerforschten Landstrichen des Planeten zugebracht. Seine Reaktion kam fast einem Reflex gleich, unabhängig von seinem Denken oder seinem Willen. Sein Gewehr fuhr herum und blitzte auf, als würde es sich von selbst bewegen. Dieser Automatismus war eine nützliche Eigenschaft in den wilderen Gegenden der Erde; mehr als einmal hatte er sein Leben dadurch gerettet, daß er als erster schoß, wenn er von etwas überrascht wurde, und erst hinterher nachdachte. Aber Reaktionsschnelligkeit war keine Gewähr für Treffsicherheit.

Sein Geschoß zerriß ein Blatt genau neben der Wange der Kreatur. Der Gnom brummte und sprang, nachdem es ihn noch einmal mit seinen gelben wilden Augen angeblitzt hatte, kopfüber in das Geflecht des Blattwerks und verschwand.

Carver pfiff durch die Zähne. »Was in Gottes Namen war das?« sprach er vor sich hin. Aber es blieb ihm wenig Zeit, darüber nachzusinnen. Lange Schatten und eine orangene Färbung des Nachmittagslichts waren ihm Warnung, daß die Dunkelheit – plötzlich einbrechende, übergangslose Dunkelheit – nahe war. Er kehrte um und ging am Strand zurück zum Outrigger.

Eine flache Korallenbank verdeckte das Boot und die beiden Maori, und die Kammlinie legte sich wie eine Barriere quer über das Antlitz der schwindenden Sonne. Carver blinzelte gegen das Licht und lief schleppenden

Schrittes und gedankenverloren weiter – erstarrte jedoch unvermittelt zur Reglosigkeit, als von dem Boot her ein Schreckensschrei ertönte.

Er rannte los. Es waren nicht mehr als hundert Yards bis zu dem Korallenriff, aber die Sonne sank in diesen Breitengraden so schnell, daß die Finsternis ihn förmlich auf den Gipfel jagte. Schatten huschten am Strand entlang, indessen er auf den höchsten Punkt zusprang und angstvoll zu der Stelle hinblickte, wo das Boot auf den Strand gezogen worden war.

Irgend etwas war dort. Eine Kiste – Teil der Vorräte, die sie in dem Boot hatten. Aber das Boot selbst war weg!

Dann sah er es, bereits ein halbes Dutzend Kabellängen weit draußen in der Bucht. Malloa saß zusammengekauert im Heck, Kolu war zum Teil durch das Segel verdeckt, und das Boot fuhr schnell und sicher in die Dunkelheit hinein, in nördliche Richtung.

Sein erster Gedanke war, zu rufen, und das tat er auch. Dann erkannte er, daß sie außer Hörweite waren, und nach reiflicher Überlegung feuerte er dreimal seinen Revolver ab. Zweimal schoß er in die Luft, aber da Malloa nicht mal einen Blick zurück warf, zielte er mit dem dritten Geschoß auf die fliehenden Polynesier. Ob er getroffen hatte oder nicht, konnte er nicht feststellen, das Boot glitt nur um so schneller in die dunkle Ferne.

In heftigem Zorn blickte er den beiden Abtrünnigen nach, bis auch das weiße Segel entschwunden war, dann fluchte er vor sich hin, setzte sich verdrießlich auf die einzige Kiste, die sie abgeladen hatten und fragte sich, was sie wohl in solche Furcht versetzt haben mochte. Aber das sollte er nie herausfinden.

Völlige Dunkelheit breitete sich aus. Am Himmel erschienen die seltsamen Sternenkonstellationen, wie sie für die südliche Hemisphäre typisch sind; es leuchtete das strahlende Kreuz des Südens, und die geheimnisvollen Magellanwolken wurden sichtbar. Aber Carver hatte keinen Sinn für diese Schönheiten. Er war bereits seit langem mit dem Anblick des südlichen Himmels vertraut.

Er grübelte über seine Situation nach. Sie war eher ärgerlich als hoffnungslos, denn er war ja bewaffnet, und selbst wenn er es nicht gewesen wäre, gab es keine gefährlichen Tiere auf diesen kleinen Inseln südlich von den Aucklands, und wenn man den Menschen einmal ausnahm, sogar auf ganz Neuseeland nicht. Aber auf den Aucklands, auf Macquarie oder hier auf der entlegenen Austin-Insel lebten ja nicht einmal Menschen.

Malloa und Kolu hatten sich zweifellos furchtbar erschreckt, aber es brauchte nicht viel, um die abergläubischen Ängste der Polynesier wachzurufen. Eine merkwürdige Fledermausart reichte schon aus oder auch nur ein Kiwi, der im Schatten der Büsche vorbeihuschte, oder auch nur ihre eigenen Phantasiegebilde, hervorgerufen durch irgendwelche wüsten Geschichten, nach denen die einsame Insel Austin mit einem Tabu belegt war.

Und was seine Rettung anging, die stand für ihn fest. Malloa und Kolu würden ihren Mut wiederfinden und zurückkehren, um ihn zu holen. Sollte das nicht geschehen, so könnten sie immer noch nach Macquarie zur *Fortune*-Expedition segeln. Selbst wenn sie das taten, was er normalerweise von ihnen erwartete – zu den Aucklands lossteuern und von dort aus zu den Chathams, ihrem Zuhause –, so würde sich doch Jameson nach drei oder vier Tagen Sorgen machen, und es würde eine Suchaktion beginnen.

Es bestand keine Gefahr, sagte er sich selbst – nichts, worüber er sich Sorgen machen müßte. Das Beste, was er tun konnte, war, einfach an die Arbeit zu gehen. Glücklicherweise war die Kiste, auf der er saß, diejenige, die auch sein Cyanidgefäß für Insektenexemplare enthielt, Netze, Fallen und Schlingen. Er konnte mit seiner Arbeit fortfahren, wie er es geplant hatte, außer daß er einen Teil seiner Zeit opfern mußte, um zu jagen und Essen zuzubereiten.

Carver zündete seine Pfeife an und begann, aus dem Treibholz einen Stapel für ein Feuer zu errichten und bereitete alles für die Nacht vor. Er machte sich Luft, indem er die zwei Maori mit einigen ausgesuchten Beinamen belegte, als er plötzlich feststellte, daß sein bequemer Schlafsack auch verschwunden war. Das Feuer würde ihn jedoch gegen die Kühle der Nacht schützen. Er paffte seine Pfeife nachdenklich zu Ende, legte sich nahe bei seinem Feuerchen nieder und machte sich bereit zum Schlafen.

Als sieben Stunden und fünfzehn Minuten später die Sonne den östlichen Horizont durchschnitt, war er soweit zuzugeben, daß die Nacht alles andere als erfreulich gewesen war. Er war unempfindlich den winzigen, hartnäkkigen Sandflöhen gegenüber, und seine Haut war lange abgehärtet gegen die blutdürstigen Nachtinsekten der Inseln. Dennoch war sein Versuch zu schlafen entschieden ein Fiasko gewesen.

Weshalb? Ganz sicher war es keine Nervosität, die mit der seltsamen Umgebung und der Einsamkeit zusammenhing. Dazu hatte Alan Carver schon zu viele Nächte an verlassenen Orten in wilder Natur zugebracht. Dennoch hatten ihn Geräusche fortwährend in einen halbwachen Dämmerzustand versetzt, und wenigstens ein Dutzend Mal war er schweißnaß vor innerer Unruhe zu vollem Bewußtsein erwacht.

Er wußte, weshalb. Es lag an den Nachtgeräuschen. Nicht an ihrer Lautstärke oder ihrer Bedrohlichkeit, sondern an ihrer *Mannigfaltigkeit.* Er wußte, was die Dunkelheit an Lauten hervorbringen konnte; er kannte jeden Vogelruf und das Fledermausquieken aller auf diesen Inseln einheimischen Arten. Aber die Geräusche hier auf der Insel Austin sträubten sich gegen eine Einordnung in die ihm bekannten Kategorien. Die Laute hier waren merkwürdig, unklassifizierbar und vielfältiger als normalerweise. Und dennoch nahm er selbst im wildesten Schrei noch einen Ton von Vertrautheit wahr.

Carver zuckte die Schultern. In dem klaren Tageslicht

erschienen ihm seine Erinnerungen an die Nacht als alberne und widernatürliche Einbildungen, unentschuldbar bei jemandem, der so sehr an einsame Orte gewöhnt war wie er. Er erhob sich zu voller Größe, streckte sich und blickte auf den ineinander verwobenen, wirren Pflanzenwuchs unter den Farnbäumen.

Er war hungrig, und irgendwo dort drin gab es ein Frühstück für ihn, entweder eine Frucht oder einen Vogel. Diese beiden Möglichkeiten stellten schon die ganze Auswahl dar, denn im Moment war er nicht hungrig genug, eine der anderen Arten in Betracht zu ziehen – Ratte, Fledermaus oder Hund. Damit hatte sich das Angebot dieser Insel erschöpft.

War es wirklich so? Er schauderte, als eine plötzliche Erinnerung ihm durch den Kopf schoß. Was war mit diesem wilden, gelbäugigen Zwerg, der ihn am Bach angeknurrt hatte? Den hatte er in der Aufregung über die Flucht von Kolu und Malloa ganz vergessen. Das war sicher keine Ratte, keine Fledermaus oder ein Hund. Was war es dann?

Noch immer schaudernd, tastete er nach seinem Gewehr und versicherte sich mit einem Blick, daß es schußbereit war. Die zwei Maori mochte die Furcht vor einer eingebildeten Bedrohung davongetrieben haben, aber diese Kreatur beim Bach war etwas, das er nicht dem Aberglauben zuschreiben konnte. Er hatte es mit eigenen Augen gesehen. Sein Unbehagen wurde noch größer, als er sich die Fledermaus ins Gedächtnis rief, die er noch vor dem Zwerg gesichtet hatte. Auch das war keine einheimische Art.

Er schritt mit langen Schritten auf den Farnwald zu. Angenommen, die Austin-Insel beherbergte wirklich einige Mutanten, Mißgestalten und einzigartige Spezies, was dann? Um so besser, es rechtfertigte die *Fortune*-Expedition. Es könnte zum Ruhm eines Alan Carver beitragen, wenn er der erste wäre, der über diese eigenartige Insel-Tierwelt berichtete. Trotzdem, komisch war es schon, daß weder Mawson noch die Walfänger etwas davon gesagt hatten. Am Saum des Waldes blieb er unvermittelt stehen. Plötzlich ging ihm auf, woran es lag, daß dieser so einen sonderbaren Anblick bot. Er verstand, was Malloa gemeint hatte, als er zu den Bäumen hinzeigte. Ungläubig schaute er von Baum zu Baum. Es stimmte. Es gab keine verwandten Arten. Es gab keine zwei Bäume, die gleich waren. Nicht mal zwei! Jeder hatte nur für ihn charakteristische Blätter, Rinde, Stamm. *Nicht mal zwei Bäume waren gleich!*

Aber das war unmöglich. Botaniker oder nicht, er wußte, daß das nicht sein konnte. Es war um so weniger möglich auf so einem weit entfernten Eiland, wo es mit Notwendigkeit zu Inzucht kommen mußte. Die lebenden Arten mochten sich von jenen auf anderen Inseln unterscheiden, aber nicht voneinander – zumindest nicht in solch unglaublicher Vielzahl. Die Anzahl der Arten mußte allein durch die Intensität der Konkurrenz auf einer Insel begrenzt sein. *Mußte* sein!

Carver trat ein halbes Dutzend Schritte zurück und ließ den Blick über die Mauer des Waldes schweifen. Es stimmte tatsächlich. Da waren zahllose Farnsorten, es gab Pinien, es gab Laubbäume – aber es gab in dem hundert Yards breiten Streifen, den er überblicken konnte, keine zwei Bäume, die gleich waren. Nicht mal zwei, die ausreichend Ähnlichkeit aufwiesen, um zur gleichen Art gezählt zu werden, nicht mal zur gleichen Gattung.

Er stand starr in verständnisloser Bestürzung. Was bedeutete das? Worin lag der Ursprung dieser widernatürlichen Vielzahl von Arten und Gattungen? Wie konnte eine dieser zahllosen Arten sich reproduzieren, wenn es nicht irgendwo andere der gleichen Art gab, um sie zu befruchten? Es stimmt natürlich, daß Blüten am selben Baum sich wechselseitig befruchten können, aber wo waren dann die Nachkommen? Es ist ein grundlegendes Gesetz der Natur, daß aus Eicheln Eichen werden und aus Kaurizapfen Kauripinien.

In völliger Verwirrung ging er den Strand hinunter und wich vor den Ausläufern der Wellen zurück, in die er fast hineingelaufen wäre. Die feste Mauer des Waldes stand unbeweglich, außer dort, wo der Seewind die Blätter kräuselte. Nirgends – nirgends gab es einen einzigen Baum, der einem ähnelte, den er zuvor gesehen hatte.

Da gab es zusammengesetzte Blätter, fingerförmige, handförmige, herzförmige, spitz zulaufende, doppeltgefiederte und schwertförmige. Es gab Exemplare aller Arten, die er benennen konnte, und selbst ein Zoologe kann eine ganze Anzahl Pflanzen bestimmen, wenn er mit einem Botaniker wie Halburton zusammengearbeitet hat. Aber es gab keine Pflanzenexemplare, die aussahen als seien sie, wie entfernt auch immer, mit irgendwelchen von den anderen verwandt. Es hatte den Anschein, daß sich auf der Insel Austin die Grenzen zwischen den einzelnen Gattungen aufgelöst hatten und nur die übergeordneten Einteilungen noch existierten.

Carver hatte nahezu eine Meile am Strand zurückgelegt, als nagender Hunger ihm sein ursprüngliches Vorhaben wieder ins Gedächtnis rief. Er mußte sich Nahrung beschaffen, egal ob tierische oder pflanzliche. Er fühlte sich erleichtert, als er Strandvögel erspähte, die in heiserem Geschrei miteinander stritten; sie zumindest waren normale Vertreter der Gattung Larus. Aber sie würden bestenfalls eine zähe und ölige Kost abgeben, und so wanderte sein Blick wieder zu dem geheimnisvollen Wald hinüber.

Er sah jetzt einen Weg oder einen Pfad oder vielleicht war es auch nur eine zufällige Ausdünnung der Vegetation entlang eines Streifens Untergrundgestein, der in das grüne Schattenreich führte, zu dem bewaldeten Hügel am westlichen Zipfel der Insel hin ansteigend. Damit bot sich die erste bequeme Möglichkeit, in dieses Gebiet einzudringen, und einen Moment später huschte er schon die finstere Schneise entlang und hielt scharf Ausschau nach Früchten oder einem Vogel.

Früchte sah er in Mengen; viele Bäume trugen runde oder eiförmige verschiedener Größe, die Schwierigkeit für Carver war nur, daß er keine einzige als eßbar erkannte. Er wollte nicht zufällig in eine giftige Sorte beißen, und der Himmel allein wußte, welche tödlich wirkenden Alkaloide diese sonderbare Insel hervorbringen konnte.

Vögel flatterten in den Zweigen, aber im Augenblick sah er keinen, der groß genug wäre, um eine Kugel zu rechtfertigen. Außerdem hatte ein weiterer mysteriöser Umstand seine Aufmerksamkeit gefangengenommen; je weiter er sich vom Meer entfernte, desto bizarrer wurden die unzähligen Formen der Bäume dieses Waldes. Am Strand war er wenigstens noch in der Lage gewesen, ein einzelnes Gewächs der jeweiligen Art zuzuordnen, wenn schon nicht der Familie, aber hier begannen selbst jene Unterschiede zu verschwinden. Er wußte, woran das lag. »Die Pflanzenarten der Küste sind mit vereinzelten Arten von anderen Inseln gekreuzt«, murmelte er vor sich hin. »Aber hier, im Inneren, sind sie verwildert. Die ganze Insel ist verwildert.«

Die Bewegung von etwas Dunklem, das sich gegen den blättergesprenkelten Himmel abhob, erregte seine Aufmerksamkeit. Ein Vogel? Wenn es einer war, so war er wesentlich größer als die unbedeutenden sperlingsartigen Singvögel, die über ihm herumschwirrten. Er hob vorsichtig seinen Revolver und schoß.

Der unheimliche Wald hallte von dem Knall wider. Ein Körper so groß wie der einer Ente stürzte mit einem langen eigenartigen Schrei herab, fiel auf das Gras des Waldbodens und verstummte. Carver eilte vorwärts und starrte voller Betroffenheit auf sein Opfer.

Es war kein Vogel. Es war irgendein Kletterer, bewehrt mit bösartigen scharfen Klauen und nadelspitzen weißen Zähnen in einem dreieckigen kleinen roten Mund. Es ähnelte am ehesten einem kleinen Hund – falls man sich einen auf Bäume kletternden Hund vorstellen konnte –

und einen Augenblick lang erstarrte Carver bei dem Gedanken, daß er versehentlich jemandes Promenadenmischung erschossen hatte.

Aber die Kreatur war kein Hund. Selbst wenn Carver außer acht ließ, daß sie sich in den Baumwipfeln aufgehalten hatte, konnte er das feststellen. Die einziehbaren Krallen, fünf an den Vorder- und vier an den Hinterbeinen, waren Beweis genug, aber ganz eindeutig waren diese Nadelzähne. Das war ein Katzentier aus der Familie der Felidae. Eine weitere Bestätigung waren die gelben Schlitzaugen, die ihn, sterbend noch, haßerfüllt anstarrten, und deren Glut dann im Tod erlosch. Das war kein Hund, das war ein katzenartiges Geschöpf!

In seinem Geist blitzte die Erinnerung an jenes gespenstische Wesen am Ufer des Wasserlaufes auf. Auch das hatte den wilden Anblick einer Katzennatur geboten. Was bedeutete das? Katzen, die wie Affen aussahen, Katzen, die Hunden ähnlich waren!

Der Hunger war ihm vergangen. Er hob den pelzigen Körper auf und machte sich auf den Weg zum Strand. Der Zoologe in ihm hatte den Menschen verdrängt. Dieses baumelnde Etwas, in dem sich nun das Protoplasma zersetzte, war für ihn nicht länger Nahrung, sondern ein seltenes wissenschaftliches Exemplar. Er mußte zurück zum Strand und tun, was er konnte, um es zu erhalten. Es würde ohne Zweifel nach ihm benannt werden – *Felis Carveri.*

Ein Geräusch ließ ihn augenblicklich stehenbleiben. Er spähte vorsichtig durch die Zweige. Er wurde verfolgt. Irgendein Wesen lauerte dort hinten im Schatten des Waldes. Undeutlich konnte er es erkennen, schemenhaft, als dunklen Schatten einer sich vorwärtsbewegendenen Schar, die sich auf den vom Wind gekräuselten Blättern abzeichnete.

Zum ersten Mal flößten ihm die rätselhaften Vorgänge das Gefühl von Bedrohung ein. Die Schatten jagten hinter ihm her und, wie um auszuschließen, daß er das alles seiner Phantasie zuschrieb, erschallte in der Finsternis zu seiner Linken ein tiefer Schrei, wie unterdrücktes Aufheulen, und wurde von der rechten Seite her beantwortet.

Er wagte nicht loszurennen, denn er wußte, daß der Anschein von Furcht oft genug einen Angriff zur Folge hatte – von wilden Tieren ebenso wie von primitiven menschlichen Lebewesen. Er bewegte sich so schnell er konnte, ohne den Eindruck zu erwecken, daß er vor einer Gefahr flüchtete, und endlich sah er die Küste. Dort, im freien Gelände, würde er seine Verfolger wenigstens zu Gesicht bekommen, falls sie ihn wirklich angreifen wollten.

Aber das taten sie nicht. Er ließ die Mauer der Vegetation hinter sich, aber niemand folgte ihm. Dennoch war er sich auf dem ganzen Weg zurück zu seiner Kiste und den Resten seines Feuers bewußt, daß im Schutz der Blätter wilde Gestalten lauerten.

Die Situation begann unangenehm zu werden. Er konnte nicht endlos lange am Strand bleiben und auf einen Angriff warten. Früher oder später mußte er schlafen, und dann ... Besser wäre es, den Angriff gleich zu provozieren und zu sehen, mit welchen Bestien er es zu tun hatte und zu versuchen, sie davonzujagen oder zu vernichten. Schließlich hatte er viel Munition.

Er hob sein Gewehr, zielte auf die huschenden Gestalten und schoß. Es ertönte ein Heulen, das unzweifelhaft von einem wilden Tier herrührte; ehe der Schrei zitternd verstummte, antworteten andere darauf. Dann wurden die Büsche zur Seite gedrückt von Gestalten, die sich so einen Durchlaß verschafften, und Carver sah nun, was für Wesen sich dort versteckt gehalten hatten.

Eine Schar von etwa einem Dutzend Gestalten sprang aus dem Unterholz in den Sand. Für die Dauer eines Atemzuges verhielten sie reglos, und Carver sah sich im Banne eines Alptraums, denn jeder andere Ausdruck wäre unangemessen.

Die einzelnen Vertreter dieser Meute sahen irgendwie

nach Hunden aus, ähnelten aber auf gar keinen Fall den einheimischen Jagdhunden Neuseelands und auch nicht den australischen Dingos. Eigentlich ähnelten sie auch keinen anderen Hunden, mit denen er je zu tun gehabt hatte, außer vielleicht in ihrer wolfsgleichen Art anzugreifen, ihrem dumpfen Gekläff, ihrem geifernden Maul und der Anordnung ihrer Zähne – soweit man diese erkennen konnte.

Aber die Tatsache, die ihm jetzt zu Bewußtsein kam, war erneut eine erstaunliche Wiederholung aller anderen Beobachtungen, die er auf Austin gemacht hatte – diese Kreaturen waren einander nicht ähnlich. Wirklich, schlagartig wurde es Carver klar, daß er bis jetzt auf dieser verrückten Insel keine zwei lebenden Geschöpfe oder auch Pflanzen gesehen hatte, die zu verwandten Arten zu gehören schienen.

Die unbeschreibliche Schar rückte Meter für Meter vor. Er konnte die tollsten Extreme wahrnehmen – Kreaturen mit langen Hinterbeinen und kurzen Vorderbeinen; ein Geschöpf mit nackter, von Dornen zerkratzter Haut und einem Gesicht wie die halbmenschliche Visage eines Werwolfes; ein kleines Tier von der Größe einer Ratte, das schrille, kläffende Laute von sich gab, und eine riesige Gestalt mit einem faßförmigen Brustkorb, deren Körper für eine aufrechte Haltung gemacht zu sein schien und die auf den Hinterfüßen hockte, während die Vorderpfoten von Zeit zu Zeit nur kurz auf dem Boden aufsetzten, etwa so, wie man es von einem Orang-Utan kennt. Speziell dieses Wesen war ein entsetzliches, mit gelben Zähnen ausgestattetes Monster, und Carver wählte es als Zielscheibe für seine erste Kugel.

Die Bestie kippte ohne einen Laut von sich zu geben um; das Geschoß hatte ihren Schädel zerschmettert. Als das Echo des Knalls zwischen den Hügeln der östlichen und westlichen Ausleger der Insel pendelte, antwortete die Meute darauf mit einem unheilvollen vielstimmigen Gebell, Heulen, Knurren und Kreischen. Für einen

Augenblick nur wichen sie vom toten Körper ihres Gefährten zurück, dann rückten sie bedrohlich vorwärts.

Abermals feuerte Carver einen Schuß ab. Eine rotäugige, hüpfende Kreatur schrie auf und brach zusammen. Die Reihe der Angreifer, nunmehr durch zwei tote Körper getrennt, machte Halt. Ihre Laute waren kaum mehr als dumpfes Knurren, und sie musterten ihn mit roten und gelben Augen.

Er schreckte zusammen, als plötzlich ein ganz anderer Laut ertönte, ein Schrei, dessen Ursprung er nicht bestimmen konnte, obwohl er von einer Stelle zu kommen schien, wo die bewaldete Anhöhe direkt in eine kleine Klippe überging. Es war so, als würde irgendein Beobachter diese seltsame Meute antreiben, denn sie faßte wieder Mut, weiter vorzudringen. Und im gleichen Moment traf ein mit Wucht geschleuderter Stein Carver schmerzhaft an der Schulter. Er taumelte und blickte dann forschend zu den Büschen hinüber. Ein Wurfgeschoß wies auf Menschen hin. Diese verrückte Insel beherbergte noch etwas anderes als diese anomalen, aus der Art geschlagenen wilden Tiere.

Ein zweiter Schrei ertönte, und ein weiterer Stein surrte an seinem Ohr vorbei. Aber dieses Mal hatte er eine blitzartige Bewegung auf dem oberen Ende der Klippe wahrgenommen, und unverzüglich feuerte er eine Kugel in die Richtung ab.

Jemand schrie. Eine menschliche Gestalt wankte unter dem schützenden Blätterschirm hervor und fiel kopfüber in die Büsche am Fuße der Anhöhe, etwa zehn Fuß tief. Das Rudel der Mißgestalten brach in ein Geheul aus, so als hätte sich all ihr Mut angesichts dieses Machtbeweises verflüchtigt. Sie hasteten wie Schatten in den Wald davon.

Aber etwas an dieser Gestalt, die von der Klippe gestürzt war, mutete seltsam an. Ein Schauer lief Carver über den Rücken, während er noch einen Augenblick wartete, um sicher zu gehen, daß die Meute tatsächlich geflohen war und daß auch keine andere Gefahr in dem Buschwerk lauerte. Dann erst stürmte er los zu der Stelle, wo sein Gegner herabgestürzt war.

Zweifellos war es ein menschliches Wesen – oder doch nicht? Hier auf dieser verqueren Insel, wo es Spezies jeder beliebigen Form gab, zögerte er, solch eine Feststellung zu treffen. Er beugte sich über seinen Feind, der mit dem Gesicht zum Boden lag, und drehte den Körper herum. Voller Entsetzen heftete er seinen Blick darauf.

Es war ein Mädchen. Ihr Gesicht, reglos wie das Antlitz des Buddhas von Nikko, war jung und lieblich wie eine venezianische Bronzefigurine; zarte Gesichtszüge, denen selbst in der Bewußtlosigkeit eine gewisse Wildheit anhaftete. Ihre Augen verrieten, obwohl sie geschlossen waren, eine leichte, dryadengleiche Schrägstellung.

Das Mädchen war eine Weiße, obwohl ihre Haut sonnengebräunt, fast goldfarben war. Trotzdem war sich Carver, was ihre Hautfarbe anging, sicher, denn an den Rändern ihres einzigen Kleidungsstückes – eines ungegerbten leopardenähnlichen Fellstücks, das bereits steif wurde und Risse aufwies – war ihre Haut heller.

Hatte er sie getötet? Beunruhigt suchte er nach der Wunde und fand sie schließlich – eine schwach blutende Schramme über ihrem rechten Knie. Sein Schuß hatte sie nur aus dem Gleichgewicht gebracht, es war der Sturz von der Klippe, der das Unheil angerichtet hatte, dessen sichtbarer Beweis eine rötliche Quetschung an der rechten Schläfe war. Sie lebte jedoch. Er hob sie hastig auf seine Arme und trug sie über den Strand, weg von den Büschen, wo ihre buntgescheckte Meute zweifellos noch immer lauerte. Er schüttelte seine fast leere Feldflasche, dann hob er ihren Kopf an, um Wasser in ihren Mund laufen zu lassen. Plötzlich zuckten ihre Augen und öffneten sich, und einen Moment starrte sie Carver fassungslos an, dessen Gesicht von ihrem keine zwölf Zoll entfernt war. Dann weiteten sich ihre Augen, weniger vor Entsetzen als vor Erstaunen und Verwirrung; sie versuchte heftig, sich seinen Armen zu entwinden, setzte zweimal an aufzustehen und fiel zweimal wieder hin, da ihre Beine ihr den Dienst versagten. Schließlich lag sie leidend und still da, ihr überraschter Blick ruhte auf seinem Gesicht.

Auch Carter war beim Anblick ihrer Augen ein Schreck durch die Glieder gefahren. So etwas hatte er nicht erwartet, trotz der Andeutung einer leicht orientalischen Form, denn sie leuchteten ihm in einer lohfarbenen Schattierung entgegen. Sie waren bernsteinfarben und so wild wie die Augen der Anbeter des Pan. Sie beobachtete den Zoologen mit der gespannten Aufmerksamkeit eines gefangenen Vogels, jedoch nicht mit dessen Ängstlichkeit, denn er bemerkte, wie ihre Hand suchend nach dem spitzen Stock oder dem Holzmesser tastete, das in dem um ihre Hüfte gebundenen Gurt steckte.

Er bot ihr die Feldflasche an, und sie fuhr vor seiner ausgestreckten Hand zurück. Er schüttelte das Wasserbehältnis, und beim Klang der glucksenden Flüssigkeit griff sie behutsam nach der Flasche, schüttete einen Tropfen auf ihre Hand, und zu Carvers Überraschung roch sie daran, wobei sich ihre zarten Nasenflügel so sehr weiteten wie ihre kleine, nach oben stehende Nase es zuließ. Dann trank sie aus ihrer gewölbten Handfläche, goß wieder einen Tropfen nach und trank auch diesen. Anscheinend kam es ihr nicht in den Sinn, aus der Flasche zu trinken.

Ihr Verstand klarte auf. Sie sah die zwei bewegungslosen Körper der getöteten Kreaturen und ließ ein sorgenvolles, tiefes Gemurmel hören. Als sie Anstalten machte aufzustehen, schmerzte die Wunde an ihrem Knie, und sie richtete ihre seltsamen Augen, in die erneut ein Ausdruck von Furcht trat, auf Carver. Sie deutete auf den roten Streifen der Verletzung.

»*C'm on?*«* sagte sie in einem fragenden Ton.

Carver erkannte, daß der Klang der Worte dem Englischen nur zufällig glich.

»Wohin?« fragte er.

* engl. come on = »los!«, »komm schon« – Anm. d. Übers.

Sie schüttelte verstört den Kopf. »Bu-u-um!« sagte sie. »S-s-st!«

Er verstand sie. Sie versuchte, das Geräusch des Schusses und das Surren der Kugel zu imitieren. Er schlug leicht gegen den Revolver. »Zauberei!« sagte er warnend. »Böser Zauber. Lieber braves Mädchen sein, verstehst du?« Es war offensichtlich, daß sie ihn nicht verstand. *»Thumbi?«* versuchte er es nochmals. »Du Maori?«

Kein Resultat, außer einem langen Blick aus den schrägstehenden goldenen Augen.

»Nun gut«, murmelte er. *»Sprechen Sie Deutsch?* Oder Kanaresisch? Oder – was sonst zum Teufel! Das ist alles, was ich weiß – *Latinum intelligisne?«*

»Kamo?« sagte sie matt, die Augen auf seine Waffe gerichtet. Sie rieb sich die Schramme an ihrem Bein und den blauen Fleck an der Schläfe, beides schrieb sie augenscheinlich der Waffe zu.

»Also gut«, willigte Carver grimmig ein. Er überlegte, daß es nicht schaden könnte, das Mädchen mit seiner Macht zu beeindrucken. »Ich werde mitgehen. Und jetzt schau dir das an!«

Er legte sein Gewehr auf das erste Ziel an, das ihm vor Augen kam – ein abgestorbener Ast, der aus einem angeschwemmten Holzstück am Ende des Korallenriffs herausragte. Der Ast war so dick wie sein Arm, mußte allerdings tüchtig morsch gewesen sein, denn anstatt ein Stück Rinde abzufetzen, wie er erwartet hatte, zerschmetterte das schwere Geschoß den gesamten Ast.

»O-o-oh!« Das Mädchen rang nach Atem und schlug sich die Hände auf die Ohren. Ihre Lider flatterten, als sie ihn von der Seite anblickte; dann versuchte sie ungestüm, auf die Füße zu kommen. Sie war in blanker Panik.

»Nein, das machst du nicht!« fuhr er sie an. Er faßte sie am Arm. »Du bleibst hier!«

Einen Moment war er erstaunt über ihre geschmeidige Kraft. Ihr freier Arm fuhr, den hölzernen Dolch in der Hand, hoch, und er packte ihr Handgelenk. Ihre Muskeln waren wie Stahldrähte. Wie rasend wand sie sich in seinem Griff. Dann, mit überraschender Willfährigkeit, stand sie ganz still in seiner Umklammerung, so als dächte sie, was hat es für einen Sinn, gegen einen Gott zu kämpfen?

Er ließ sie frei. »Hinsetzen!« brummte er.

Sie gehorchte, doch eher seiner Geste als seiner Stimme. Sie setzte sich vor ihm in den Sand und sah zu ihm auf mit einer Spur von Furcht, aber eher noch mit Wachsamkeit in ihren honigfarbenen Augen.

»Wo sind deine Leute?« fragte er scharf, wobei er zuerst auf sie zeigte und dann mit dem Arm eine alles einschließende Geste zum Wald hin machte.

Sie starrte ihn an ohne zu begreifen, und er versuchte es mit anderen Zeichen und Gesten. »Dein Zuhause?« Mit verschiedenen Gebärden ahmte er den Vorgang des Schlafens nach.

Das Ergebnis war das gleiche, nichts als ein kummervoller Blick.

»Was zum Teufel ist los!« schimpfte er. »Du hast doch einen Namen, oder? Einen Namen? Sieh her!« Er schlug sich an die Brust. »Alan. Kapiert? Alan. Alan.«

Das verstand sie sofort. »Alan«, wiederholte sie beflissen.

Doch sein Versuch, sie dazu zu bringen, ihren eigenen Namen zu nennen, schlug fehl. Das einzige Resultat seiner Bemühungen war, daß die Verstörung, die aus ihrem Gesicht sprach, noch zunahm. So kam er schließlich auf seine Bemühungen zurück, sie zu veranlassen, auf irgendeine Weise den Ort zu bezeichnen, wo sie ihr Heim hatte und wo ihre Leute lebten, und dabei variierte er seine Gesten auf jede nur erdenkliche Weise. Letzlich schien sie zu begreifen. Unschlüssig erhob sie sich und gab dann einen eigenartigen, tiefen, klagenden Ruf von sich. Er wurde unverzüglich vom Gebüsch her beantwortet, und Carver erstarrte, als er die buntgemischte Meute abartiger Kreaturen auftauchen sah. Sie mußten sie aus einem Versteck beobachtet haben. Langsam näherten sie sich in großen Kreisen.

Carver riß blitzartig seinen Revolver heraus. Daraufhin stieß das Mädchen einen Klagelaut aus, stürzte vor ihn hin und breitete die Arme aus, so als wolle sie die Meute vor der bedrohlichen Waffe schützen. Sie schaute ihn angsterfüllt, aber dennoch herausfordernd an. Es war, als klage sie den Mann dafür an, daß er ihr aufgetragen hatte, ihre Gefährten zusammenzurufen, nur um sie dann mit dem Tode zu bedrohen.

»O. K.«, sagte er letzten Endes. »Was sind schon ein paar rare Spezies auf einer Insel, wo es nur so davon wimmelt? Schick sie weg.«

Sie gehorchte seiner befehlenden Geste. Die Meute stahl sich still davon, und auch das Mädchen zog sich zaudernd zurück, so als wolle sie ihnen folgen, blieb aber sofort auf Carvers Befehl hin stehen. Ihr Verhalten war merkwürdig, teilweise empfand sie Furcht, in der Hauptsache, so schien es, war sie jedoch ruhig und gefaßt, irgendwie fasziniert, als könne sie das Verhalten des Zoologen nicht ganz erfassen.

Das war ein Gefühl, das er bis zu einem bestimmten Maß mit ihr teilte, denn es lag zweifellos etwas Geheimnisvolles in dieser Begegnung mit einem weißen Mädchen auf dieser verrückten Austin-Insel. Es erweckte den Eindruck, als gäbe es auf diesem winzigen Eiland von allen in der Welt existierenden Spezies nur jeweils ein Exemplar, und sie war die Repräsentantin der Menschheit. Aber noch immer schaute er finster und verblüfft in ihre wilden, bernsteinfarbenen Augen.

War dieses Mädchen etwa auch eine Mutation, eine Variante einer Art, die nicht zur menschlichen Gattung gehörte, die jedoch rein zufällig ihre Gestalt angenommen hatte? Wie zum Beispiel die hundeähnliche Katze, deren Körper noch immer dort im Sand lag, wo er sie hingeschleudert hatte. War sie vielleicht der einzige Vertreter menschlicher Gestalt auf dieser Insel, Eva vor Adam im

Garten Eden? Es hatte bereits vor Adam eine Frau dort gegeben, überlegte er.

»Wir werden dich Lilith nennen«, sagte er nachdenklich. Der Name paßte zu ihren wilden, wohlgeformten Gesichtszügen und ihren Augen. Lilith, das geheimnisvolle Wesen, das Adam im Paradies fand, noch bevor Eva erschaffen wurde. »Lilith«, wiederholte er. »Alan – Lilith. Verstehst du?«

Sie ahmte die Laute und seine Gesten nach. Ohne Frage akzeptierte sie den Namen, den er ihr gab, und daß sie diese Laute als ihren Namen begriffen hatte, wurde deutlich an ihrer Reaktion. Als er ein paar Minuten später ihren Namen aussprach, richtete sich ihr Blick sofort auf ihn und verharrte in einer stummen Frage.

Carver lachte und nahm seine verwirrten Gedanken wieder auf. Nachdenklich holte er seine Pfeife hervor, stopfte sie, dann strich er ein Streichholz an und entzündete den Tabak. Er wurde erschreckt durch einen Schrei des Mädchens, und als er aufschaute, sah er ihre ausgestreckte Hand. Im ersten Augenblick verstand er nicht, was sie wollte, und dann umschlossen ihre Finger das glühende Hölzchen! Sie hatte versucht, die Flamme zu erhaschen, so wie man nach einem flatternden Stoffetzen greift. Vor Schmerz und Furcht schrie sie auf. Sofort erschien die Meute am Rande des Waldes und stimmte ihr Zorngeheul an, und abermals fuhr Carver herum, um ihnen entgegenzutreten. Doch wieder gebot Lilith, die sich inzwischen von ihrer Überraschung erholt hatte, der Meute mit ihrer Stimme Einhalt und brachte es fertig, daß sie zurückschlich. Das Mädchen leckte an ihren schmerzenden Fingern und sah Carver mit großen Augen an. Ungläubig stellte der fest, daß sie nicht wußte, was es mit dem Feuer auf sich hatte.

In der Kiste mit seiner Ausrüstung befand sich eine Flasche mit Alkohol; er holte sie heraus, nahm Lilith's Hand und band ein feuchtes Taschentuch um die beiden verletzten Finger, obwohl er nur zu gut wußte, daß Alkohol ein schlechtes Heilmittel für Verbrennungen ist. Er gab das Desinfektionsmittel auch auf die Schramme an ihrem Knie; sie stöhnte leicht auf bei dem Schmerz, doch als das Brennen nachließ, lächelte sie, während ihre seltsamen Bernsteinaugen wie gebannt den Qualmwölkchen aus seiner Pfeife folgten, und ihre Nasenflügel von dem beißenden Tabakgeruch bebten.

»Was fange ich jetzt bloß mit dir an?« fragte Carver, wobei er nachdenklich an seiner Pfeife sog.

Lilith hatte offensichtlich keine Vorstellung. Sie blickte ihn einfach erwartungsvoll an.

»Wenigstens müßtest du ja wissen, was man auf dieser übergeschnappten Insel essen kann«, sagte er. »Du ißt doch auch, oder?« Er ahmte den Eßvorgang nach.

Das Mädchen verstand. Sie erhob sich, ging zu der Stelle, wo der Körper der hundeähnlichen Katze lag, und schien einen Augenblick lang deren Geruch durch die Nase einzuziehen. Dann entfernte sie das Holzmesser von ihrem Gürtel, stellte einen nackten Fuß auf den Körper, hieb darauf ein und zerrte einen Streifen Fleisch heraus. Sie breitete den blutigen Fleischklumpen vor ihm aus und war offensichtlich überrascht, als er ihr mit einer Geste seinen Widerwillen kundtat.

Einen Augenblick später zog sie es wieder weg, schaute ihn an und grub ihre schmalen weißen Zähne hinein. Carver bemerkte mit Interesse, wie elegant sie dieses schwierige Unterfangen meisterte, so daß ihre weichen Lippen nicht durch einen einzigen Tropfen Blut befleckt wurden.

Sein eigener Hunger war jedoch noch immer ungestillt. Er grübelte darüber nach, wie er sich Lilith verständlich machen konnte, und schließlich fand er einen Weg. »Lilith«, sagte er scharf. Augenblicklich richtete sie ihre Augen auf ihn. Er zeigte auf das Fleisch, das sie in den Händen hielt, dann winkte er zu der geheimnisvollen Baumreihe hinüber. »Frucht«, sagte er. »Fleisch vom Baum. Verstehst du?« Er führte ihr die Bewegungen vor, die man beim Essen machte.

Wieder verstand das Mädchen. Es war sonderbar, wie schnell sie bestimmte Dinge erfassen konnte, während andere, gleichermaßen einfach, nicht in ihren Kopf gingen. Sonderbar – wie alles auf Austin sonderbar war. War Lilith überhaupt ein menschliches Wesen? Er folgte ihr bis zur Baumlinie und warf verstohlen einen Seitenblick auf ihre wilden Augen und ihr Antlitz, das wunderschön war, aber ungebändigt, dryadengleich.

Sie erklomm den im Verfall begriffenen Damm und schien wie ein Zauberwesen in den Schatten zu entschwinden. Für einen Moment durchfuhr ihn der Schreck, als er dem Mädchen verzweifelt hinterherkletterte; sie konnte ihm hier so leicht entwischen, als sei sie selbst ein Schatten. Sicher; er hatte kein Recht, sie ihrer Freiheit zu berauben, außer dem schwer aufrechtzuerhaltenden Anspruch, den er sich durch ihren Angriff erworben hatte. Aber er wollte sie nicht verlieren – noch nicht. Oder vielleicht überhaupt nicht.

»Lilith!« rief er, als er oben angelangt war.

Sie tauchte so dicht neben ihm auf, daß sie fast seinen Ellbogen berührte. Über ihnen befanden sich die verschlungenen Ausleger eines seltsamen Weinstocks, eine Art rankende Konifere, und sie trug weiß-grünliche Früchte von der Größe und der Form eines Hühnereis. Lilith pflückte eine, brach sie mit flinken Fingern in zwei Hälften und führte die eine Hälfte an ihre Nase. Sie schnupperte vorsichtig und geziert daran, und dann schleuderte sie die Frucht weg.

»Pah bo!« rief sie und rümpfte angewidert die Nase.

Sie fand eine andere Fruchtsorte, die ebenfalls wenig vertrauenerweckend wirkte, und aus fünf fingerähnlichen Auswüchsen zusammengesetzt war, so daß das Ganze aussah wie eine riesige mißgebildete Hand. Deren Geruch prüfte sie ebenso sorgfältig wie zuvor, dann lächelte sie ihn an.

»Bo!« sagte sie gedehnt.

Carver zögerte. Immerhin war es nicht viel mehr als

eine Stunde her, daß das Mädchen versucht hatte ihn zu töten. War es nicht durchaus möglich, daß sie jetzt die gleiche Absicht verfolgte, indem sie ihm eine giftige Frucht anbot?

Sie schüttelte das unerfreulich anzuschauende, knollige Ding. *»Bo!«* wiederholte sie, und dann – so als habe sie die Gründe für sein Zaudern begriffen – brach sie einen von diesen Fingern ab und schob ihn in ihren Mund. Sie lächelte ihm zu.

»Gut gemacht, Lilith.« Er lächelte, als er nahm, was von der Frucht übrig war. Für die Zunge war es viel angenehmer als fürs Auge. Das Fruchtfleisch hatte eine herbe Süße, die ihm bekannt vorkam, doch er konnte den Geschmack nicht genau definieren. Durch Lilith's Beispiel ermuntert, aß er nun soviel, bis sein Hunger gestillt war.

Die Begegnung mit Lilith und ihrer wilden Meute hatte die Gedanken an seine Aufgabe verdrängt. Während er zurück zum Strand schlenderte, verfinsterte sich sein Gesichtsausdruck, als ihm einfiel, daß er schließlich als Zoologe hier war. Doch wo sollte er beginnen? Er war hier, um seltene Exemplare zu sammeln und diese zu klassifizieren, aber was sollte er auf einer lausigen Insel anfangen, wo *jede* Kreatur von einer unbekannten Art war. Es gab keine Möglichkeit, diese zu klassifizieren, weil es keine Klassen gab.

Ehe er sich an eine Aufgabe machte, deren Sinnlosigkeit so auf der Hand lag, lenkte er seine Gedanken lieber in eine andere Richtung. Irgendwo auf Austin lag das Geheimnis dieses heillosen Durcheinanders, und es schien klüger, nach einer Erklärung dafür zu suchen als die Zeit mit dem nie endenden Versuch des Klassifizierens zu vergeuden. Er würde diese Insel ergründen. Irgendein fremdartiges Vulkangas vielleicht, überlegte er, oder eine radioaktive Ablagerung – analog den Morganschen Experimenten mit Röntgenstrahlen auf Zellplasma. Oder – oder etwas in der Art. Es mußte *irgendeine* Antwort geben.

»Komm, Lilith«, wies er sie an und machte sich in Richtung Westen auf den Weg, wo der Hügel höher schien als sein Gegenüber auf den östlichen Ausläufern der Insel.

Das Mädchen folgte mit dem gewohnten Gehorsam, wobei sie mit ihren honigfarbenen Augen Carver fixierte, in einer eigenartigen Mischung aus Angst, Staunen und – vielleicht – allmählich aufbrechender Bewunderung.

Der Zoologe war nicht so sehr damit beschäftigt, Kuriositäten zusammenzutragen, als daß er nicht ab und zu einen Blick auf ihr wildes schönes Gesicht werfen konnte, und einmal ertappte er sich dabei, wie er versuchte, sie sich in einer zivilisierten Umgebung vorzustellen – ihr mahagonifarbenes Haar unter einen von diesen modernen kleinen Hüten gesteckt, ihr geschmeidiger Körper in feinere Gewebe gehüllt als diese ausgetrocknete und rissige Tierhaut, die sie trug, ihre Füße in feinstem Leder, und ihre Knöchel in Chiffon. Er blickte mürrisch drein und verscheuchte das Bild, das er sich ausgemalt hatte – aber er versuchte nicht, sich darüber klar zu werden, ob er es tat, weil seine Vorstellung zu ungewöhnlich war oder weil sie ihn zu sehr bezauberte.

Er stieg den Hang hinauf. Austin hatte viel Baumbewuchs, so wie auch die Aucklands, aber man konnte dennoch gut vorankommen, denn man ging durch einen Wald, nicht durch einen Dschungel. Ein kurioser Wald, das stimmte, aber mit vergleichsweise wenig Unterholz und Gestrüpp.

Ein Schatten huschte vorüber, dann ein zweiter. Aber der erste war nur eine Königstaube, die ihren herrlichen Federkranz aufgerichtet hatte, und der zweite ein Papagei. Die Vögel auf Austin waren die gewöhnlichen gefiederten Lebewesen, wie sie überall im Gebiet der südlichen Meere zu finden waren. Wie kam das? Weil sie beweglich waren, von Insel zu Insel flogen oder vom Sturm dorthin getrieben wurden?

Es war bereits Nachmittag, als Carver den Gipfel erreichte, wo sich ein schwarzes Basaltgebilde erhob, das wie der Hochstand eines Försters anmutete. Er kletterte an einer der glattgeschürften Seiten hinauf und stand dann zusammen mit Lilith oben und überblickte das Tal der Insel bis hin zu dem Berg an der östlichen Spitze, dessen Gipfel fast die Höhe dessen erreichte, auf dem sie sich befanden. Zwischen diesen beiden Erhebungen breitete sich der verwilderte Wald aus, in dessen Tiefen sich blaugrüne Schatten im Lufthauch bewegten, so wie sich die Oberfläche eines Sees unter einer Windbö kräuselte. Ein sich hoch aufschwingender Vogel zog dort unten seine Kreise, und fern, ziemlich in der Mitte des Tals, funkelte Wasser. Das, so wußte er, mußte der Bach sein, dem er bereits einen Besuch abgestattet hatte. Aber nirgends, absolut nirgends gab es ein Anzeichen für eine Siedlung von Menschen, die die Anwesenheit von Lilith erklärt hätte – kein Rauch, keine Lichtung, nichts.

Das Mädchen berührte schüchtern Carvers Arm und deutete zu dem gegenüberliegenden Berg.

»Pah bo!« sagte sie mit bebender Stimme. Es mußte ihr ziemlich klar sein, daß er sie nicht verstanden hatte, denn sie holte in ihrer Erklärung weiter aus. »R-r-r-!« knurrte sie und verzog dabei die Lippen zu einer Grimasse. *»Pah bo, lay shot*.«* Wieder deutete sie nach Osten.

Versuchte sie ihm zu sagen, daß in dieser Gegend schreckliche wilde Tiere hausten? Carver konnte ihre Zeichensprache nicht anders deuten, und die Worte, die sie benutzt hatte, waren die gleichen, mit denen sie die giftige Frucht bezeichnet hatte.

Seine Augen wurden schmal, als er angestrengt zu der östlichen Anhöhe hinüberschaute. Plötzlich fuhr er zusammen. Da war etwas, nicht auf dem gegenüberliegenden Berg, sondern unten im Tal in der Nähe des Wasserlaufs, etwa auf der Mitte des Weges zwischen beiden Erhebungen.

Über seiner Schulter hing das Fernglas, das er dazu benutzte, Vögel zu bestimmen. Er hob das Glas an seine Augen. Was er sah, jedoch nicht deutlich genug,

* engl. etwa »niedergeschossen« – Anm. d. Übers.

um sicher zu sein, war ein Erdhügel oder ein Bau, unförmig und mit Weinranken überzogen. Es könnten die Wände einer verfallenen Hütte sein, die kein Dach mehr besaß.

Die Sonne schob sich westwärts. Zu spät, um die Sache noch bei Tageslicht zu erkunden, aber am nächsten Tag würde es möglich sein. Er prägte sich die Stelle genau ein, und dann kletterte er hinab.

Als die Dunkelheit nahte, begann Lilith einen seltsamen Widerwillen dagegen zu zeigen, in östliche Richtung zu gehen. Sie blieb zurück, zog Carver einige Male sachte am Arm, und zweimal sagte sie: »Nein, nein!«, und Carver fragte sich, ob dieses Wort zu ihrem Wortschatz gehörte oder ob sie es sich von ihm angenommen hatte.

Er war wieder hungrig, trotz der Früchte, die Lilith ihm hin und wieder gepflückt hatte. Am Strand schoß er einen riesigen Cygnus Atratus, einen schwarzen australischen Schwan, und trug ihn, wobei er den Kopf des Vogels auf dem Boden schleifen ließ. Lilith, durch den Schuß eingeschüchtert, folgte ihm ohne Widerrede.

Er ging am Strand entlang bis zu seiner Kiste. Dieses Fleckchen war nicht etwa der angenehmste Ort, den man sich wünschen konnte, aber falls Kolu und Malloa zurückkehrten oder eine Rettungsexpedition der *Fortune* hierher führte, würden sie zuerst dieses Gebiet absuchen.

Er sammelte Treibholz, und gerade als die Dunkelheit sich niedersenkte, entfachte er ein Feuer.

Er lächelte über Lilith's panischen Schrecken und ihr tiefes »O-o-oh!«, aus dem Entsetzen sprach, als die Flamme des Streichholzes übersprang und hochschlug. Zweifellos erinnerte sie sich an ihre verbrannten Finger, und sie ging vorsichtig um die Flamme herum, um sich dann hinter ihn zu kauern, während er den großen Vogel rupfte und säuberte.

Sie begriff nicht, welche Bewandnis es hatte, als er das Federvieh mit einem Bratspieß durchbohrte und es über dem Feuer briet, aber es belustigte ihn, wie ihre schmalen

Nasenflügel bei dem gemischten Geruch nach verbranntem Holz und garendem Fleisch zuckten.

Als alles fertig war, schnitt er ihr ein Stück ab, saftig und fett wie das einer gebratenen Gans, und wieder lächelte er über ihre Verwirrung. Sie führte es zum Mund, aber sehr vorsichtig, gleichermaßen verwundert darüber, daß die Speise heiß war und einen ganz anderen Geschmack hatte. Es stand außer Frage, daß sie es lieber roh und blutig gehabt hätte. Als sie mit dem Essen fertig war, wusch sie an einem Gezeitentümpel mit nassem Sand das Fett von ihren Fingern.

Carver rätselte wieder darüber nach, was er mit ihr tun sollte. Er wollte sie nicht verlieren, doch er konnte nicht die ganze Nacht wachbleiben, um sie zu beaufsichtigen. Da waren noch die Stricke, mit denen sein Vorratskasten verschnürt gewesen war. Er könnte sie an den Handgelenken und Knöcheln binden, aber irgendwie behagte ihm diese Idee gar nicht. Das Mädchen war so naiv, so vertrauensselig, zu furchtsam und voller Bewunderung für ihn. Und außerdem, ob sie nun eine Wilde war oder nicht, so war sie doch ein weißes Mädchen, über das er keine rechtmäßige Macht besaß.

Schließlich zuckte er die Schultern und lächelte über das verlöschende Feuer hinweg Lilith zu, die etwas von ihrer Furcht vor den hüpfenden Flammen verloren hatte. »Es liegt ganz bei dir«, sagte er freundlich. »Ich würde dich schon gern hier haben, aber ich werde nicht darauf bestehen.«

Als Antwort blitzte ein Leuchten in ihren Augen, aber sie sagte nichts. Carver machte es sich im Sand bequem; der war kühl genug, um die Geschäftigkeit der lästigen Sandflöhe nahezu zum Erliegen zu bringen, und nach einer Weile schlief er.

Sein Schlaf wurde jedoch immer wieder unterbrochen. Die wilden, vielstimmigen Geräusche ließen ihn nicht zur Ruhe kommen, und als er erwachte, sah er Lilith, die unverwandt in die glühende Asche des verlöschenden Feuers starrte. Kurze Zeit später wachte er abermals auf; das Feuer war mittlerweile aus. Lilith war aufgestanden. Still beobachtete er, wie sie sich dem Wald zuwandte. Sein Herz stockte. Sie wollte ihn verlassen.

Lilith blieb jedoch stehen. Sie beugte sich über etwas Dunkles – den Körper einer der Kreaturen, die er erschossen hatte. Die große Bestie war's. Er sah, wie sie sich mühte, das Tier hochzuheben, und als sich dessen Gewicht für sie als zu groß erwies, zerrte sie es mühevoll bis zur Korallenbank und rollte es ins Meer.

Langsam ging sie zurück. Sie hob den kleineren Körper auf ihre Arme und wiederholte die Prozedur, dann stand sie viele Minuten reglos an dem schwarzen Wasser. Als sie noch einmal zurückging und einen Moment lang in den aufsteigenden Mond schaute, sah er, daß in ihren Augen Tränen glitzerten. Er erkannte, daß er Zeuge eines Begräbnisses geworden war.

Schweigend beobachtete er sie. Sie ließ sich in den Sand fallen, nahe des schwarzen Schmutzflecks, den die Asche hinterlassen hatte. Sie schien jedoch keinen Schlaf zu brauchen. Sie schaute so starr und sorgenvoll nach Osten hin, daß Carver von einer Vorahnung ergriffen wurde. Er wollte sich gerade hinsetzen, als Lilith aufsprang und auf die Bäume losstürzte, als habe sie nach langem Überlegen plötzlich einen Entschluß gefaßt.

Erschreckt spähte er zu den Schatten hinüber, und von dorther zog der gleiche sonderbare Ruf zu ihm herüber, den er zuvor schon gehört hatte. Er strengte sein Gehör an und war sich sicher, ein schwaches Bellen zwischen den Bäumen wahrzunehmen. Sie hatte ihre Meute um sich versammelt. Carver zog seinen Revolver aus dem Halfter.

Lilith tauchte wieder auf. Hinter ihr kauerten wilde Kreaturen, die sich gegen den düsteren Baumwuchs als schwarze Schatten abhoben. Carver umklammerte den Revolver noch fester.

Es erfolgte jedoch kein Angriff. Das Mädchen gab mit

tiefer Stimme irgendeinen Befehl, die geduckten Schatten verschwanden, und sie kehrte allein zu ihrem Platz am Strand zurück.

Der Zoologe konnte ihr Gesicht erkennen, silbrigbleich im Mondlicht; er lag jedoch ganz still und gab vor zu schlafen, und nach einer Weile schien Lilith es ihm gleichtun zu wollen. Der sorgenvolle Blick war aus ihrem Antlitz verschwunden; sie wirkte jetzt ruhiger, zuversichtlicher. Plötzlich wurde Carver klar, weshalb. Sie hatte ihre Meute angewiesen, sie vor jeglicher Gefahr, die von Osten her drohte, zu beschützen.

Das Morgengrauen weckte ihn. Lilith schlief noch, wie ein Kind im Sand zusammengerollt, und eine Weile stand er da und schaute auf sie herab. Sie war sehr schön, und jetzt, da ihre Augen geschlossen waren, schien sie viel weniger geheimnisvoll zu sein – keine Inselnymphe oder Dryade, sondern einfach ein hübsches, unzivilisiertes, wildes Mädchen. Jetzt kannte er – oder ahnte zumindest – die schwer verständliche Wahrheit über die Austin-Insel. Wenn die Wahrheit so aussah, wie er befürchtete, dann konnte er sich ebensogut in eine Sphinx, eine Nixe oder in einen weiblichen Zentaur verlieben wie in das Mädchen.

Er riß sich zusammen. »Lilith!« rief er schroff.

Sie erwachte erschreckt. Einen Augenblick lang lag blankes Entsetzen in ihren Augen, als sie ihn anschaute; dann erinnerte sie sich, holte tief Luft und lächelte zitternd. Ihr Lächeln machte es ihm sehr schwer, daran zu denken, was er in ihr vermutete, denn sie sah wunderschön und mitleiderregend menschlich aus, wenn man von ihren wilden Augen einmal absah, und selbst, was er in diesen zu erkennen glaubte, mochte nichts weiter sein als bloße Einbildung.

Sie folgte ihm zu den Bäumen. Da war kein Anzeichen von ihren Leibwächtern, obwohl Carver sie in der Nähe wähnte. Sein Frühstück bestand wiederum aus Früchten, die Lilith für ihn ausgesucht hatte, unfehlbar aus dieser schier unendlichen Vielfalt ausgewählt mit Hilfe ihres sensiblen Geruchsorgans. Carver stellte interessiert seine Betrachtungen darüber an, daß der Geruch die einzige Möglichkeit zu sein schien, die Arten dieser Wahnsinnsinsel zu bestimmen.

Geruch ist von der Natur her eine chemische Erscheinung. Chemische Unterschiede bedeuten Unterschiede in der Drüsenfunktion, und Drüsenunterschiede waren letztendlich wohl die Ursache für Rassenunterschiede. Es ist sehr naheliegend, daß die Unterschiede zwischen einer Katze und, sagen wir einem Hund, auf Drüsenveränderungen zurückzuführen sind. Er blickte finster bei diesem Gedanken und starrte Lilith mit zusammengekniffenen Augen an; sie schien nicht mehr, aber auch nicht weniger zu sein als eine ungewöhnliche, hübsche kleine Wilde – bis auf ihre Augen.

Er ging auf den östlichen Teil der Insel zu und hatte vor, dem Bach bis zu der Stelle zu folgen, wo die verfallene Hütte stand, wenn es überhaupt eine war. Wieder bemerkte er die Ängstlichkeit des Mädchens, als sie sich dem Fluß näherten, der dieses Stück des Tales in zwei Hälften teilte. Falls ihre Furcht nicht purer Aberglauben war, so war er sicher, daß dort eine Gefahr lauerte. Er überprüfte nochmals sein Gewehr und zog weiter.

Am Ufer des Baches fing Lilith an, sich seltsam aufzuführen. Sie packte seinen Arm, zog ihn zurück und wiederholte entsetzt immer wieder ihr »Nein, nein, nein!«

Als er sie ungehalten und fragend anblickte, konnte sie nur die Worte hersagen, die sie auch am Tag zuvor gebraucht hatte. *»Lay shot«,* sagte sie angsterfüllt. *»Lay shot!«*

Er winkte ab, wandte sich um und folgte dem Wasserlauf in den Wald hinein.

Lilith konnte sich nicht überwinden, ihm zu folgen. Einen Moment blieb er stehen, schaute zurück, wie sie in schlanker Schönheit dort stand, dann schritt er weiter voran. Besser, sie blieb, wo sie war. Besser, er sah sie niemals wieder, denn sie war zu schön, um sie in nächster Nähe zu haben. Der Himmel wußte, daß sie einem menschlichen Wesen verteufelt ähnlich war.

Aber Lilith rebellierte. Als sie sicher war, daß er es sich in den Kopf gesetzt hatte weiterzugehen, stieß sie einen angstvollen Schrei aus. »Alan!« rief sie. »A-lan!«

Er drehte sich um, erstaunt darüber, daß sie sich an seinen Namen erinnerte, und sah, daß sie auf ihn zueilte. Sie war bleich, fürchtete sich entsetzlich, aber sie brachte es nicht fertig, ihn allein zu lassen.

Noch immer gab es keine Anzeichen dafür, daß dieses Gebiet der Insel gefährlicher war als der Rest. Hier existierte dasselbe verrückte Durcheinander der Vegetationsarten, es gab die gleichen unklassifizierbaren Blätter, Früchte und Blumen. Nur – aber vielleicht bildete er sich das auch ein –, es gab weniger Vögel.

Da war ein Umstand, der sie hinderte, zügig voranzukommen. Zuweilen schien das östliche Ufer des Flüßchens offener zu sein als die Seite, die sie benutzten, aber Lilith weigerte sich beharrlich, zuzulassen, daß er den Fluß durchquerte. Wenn er es versuchte, klammerte sie sich so verzweifelt und heftig an seine Arme, daß er schließlich davon abließ und sich einen Weg durch das Unterholz auf seiner Uferseite bahnte. Es war, als ob der Wasserlauf eine Trennlinie darstellte, oder – ihn schauderte – eine Grenze.

Am Nachmittag hatten sie einen Punkt erreicht, von dem Carver wußte, daß er ganz in der Nähe der Stelle lag, die er suchte. Er spähte durch das Dickicht und weiter vorn, so zugewachsen, daß es vollkommen mit der Mauer des Waldes abschloß, sah er es.

Es war eine Hütte, oder die Überreste davon. Die Seitenwände standen noch, aber das Dach, sicher aus Stroh, war bereits vor langer Zeit verfallen. Was Carver jedoch zuerst auffiel, war, daß es sich um keine Eingeborenenhütte handelte. Das wurde durch die Anlage des Baus, die Fensteröffnungen und den Türeingang offenbar. Es war die Behausung eines weißen Mannes gewesen, vermutlich hatte sie drei Räume gehabt.

Die Hütte stand am östlichen Ufer, aber der Bach hatte sich inzwischen zu einem schmalen Rinnsal verengt. Er sprang darüber hinweg, ungeachtet Lilith's Angstschrei. Aber als er einen Blick auf ihr Gesicht warf, hielt er inne. Ihr Antlitz war von Furcht geprägt, und ihre Lippen waren zu einer straffen schmalen Linie zusammengepreßt und verrieten grimmige Entschlossenheit. Sie sah aus wie ein Martyr aus alten Zeiten, der ausgezogen war, um den Löwen entgegenzutreten, als sie besonnen zu ihm hinüberging. Es war fast, als wolle sie sagen: Wenn dir der Tod bestimmt ist, so will ich mit dir sterben.

Es gab jedoch nichts zwischen diesen zerbröckelnden Mauern, das ihre Furcht hätte erregen können. Es gab keine Tiere dort, außer einem winzigen rattenähnlichen Wesen, das durch die großen Holzkloben schlüpfte, als sie näher kamen. Carver schaute sich die von Gras und Farn überwucherten Innenräume der Hütte an, heruntergestürzte Bruchstücke, die Reste der vermoderten Möbel. Es war Jahre her, daß an diesem Ort Menschen gewohnt hatten, mindestens ein Jahrzehnt.

Sein Fuß stieß gegen etwas Hartes. Er blickte hinunter und sah einen menschlichen Schädel und einen menschlichen Oberschenkelknochen. Dann noch andere Knochen, aber keiner befand sich in seiner natürlichen Stellung. Ihr früherer Besitzer mußte dort gestorben sein, wo die zusammengefallene Pritsche stand, und war dann wohl von jemandem hergezerrt worden – wer immer sich daran gütlich getan hatte. Carver sah Lilith von der Seite an, aber sie starrte nur erschreckt nach Osten. Sie hatte die Knochen nicht bemerkt, oder wenn sie sie bemerkt hatte, so bedeuteten sie ihr nichts. Carver scharrte vorsichtig dazwischen herum, um einen Hinweis auf die Identität dieser menschlichen Überreste zu erhalten, aber da war nichts außer einer verrosteten Gürtelschnalle. Das war natürlich wenig; es handelte sich also um einen Mann, höchstwahrscheinlich einen weißen Mann. Viele Reste der Hütte steckten zolltief in Lehmablagerungen. Er stieß mit dem Fuß gegen zersplitterte Teile von etwas, das wohl einmal ein Speiseschrank gewesen war, und wieder trat sein Fuß auf etwas Hartes, Rundes – diesmal kein Schädel, sondern ein gewöhnlicher Krug. Carver hob ihn auf. Der Krug war verschlossen, und irgend etwas war darin. Der Deckel saß fest. Carver warf das Gefäß gegen einen Holzbalken. Was er aus den Scherben herausfischte, war ein Notizheft mit vergilbten Rändern, brüchig von der Zeit. Er fluchte verhalten, als ein Dutzend Blätter in seinen Händen zerfielen; die Seiten, die übrigblieben, waren haltbarer. Er setzte sich auf einen Holzklotz und prüfte die ausgeblichene Tinte.

Da stand ein Datum und ein Name. Der Name war Ambrose Callan, und das Datum war der 25. Oktober 1921. Er runzelte die Stirn. 1921, da war er selbst – mal überlegen, vor fünfzehn Jahren – da ging er noch zur Schule. Dennoch kam der Name Ambrose Callan ihm irgendwie bekannt vor.

Er las noch ein paar von den verblaßten handschriftlichen Zeilen, dann blickte er nachdenklich in den Himmel. Das war also dieser Mann. Er erinnerte sich an die Callan-Expedition, denn schon als Junge hatte er sich für ferne Gegenden, Erkundungen und Abenteuer interessiert; welcher Junge tat das nicht? Professor Ambrose Callan; ihm fiel ein, daß Morgan einige seiner Arbeiten über künstlich produzierte Arten – die synthetische Evolution – auf Callans Beobachtungen gegründet hatte.

Morgan hatte es jedoch nur geschafft, ein paar neue Arten von Fruchtfliegen hervorzubringen, indem er die Keimzellen harten Röntgenstrahlen aussetzte. Nichts, was dem hier gleichkam, diesem Irrenhaus, Austin-Insel genannt. Er warf einen verstohlenen Blick auf die angespannte und ängstliche Lilith, und ein Schauer überlief ihn – so wunderschön, so menschlich sah sie aus. Er richtete seine Augen wieder auf die arg in Mitleidenschaft gezogenen Seiten, denn hier war er endlich der Lösung des Rätsels nahe.

Durch Liliths plötzlichen Entsetzensschrei wurde er aus seinen Gedanken gerissen. *»Lay schot!«* schrie sie. *»Alan, lay shot!«*

Er folgte ihrer Geste, sah jedoch nichts. Ihre Augen waren zweifellos schärfer als seine, und dennoch – da! Zwischen den langen Schatten, die die Nachmittagssonne im Wald warf, regte sich etwas. Einen Moment lang sah er es deutlich – ein bösartiges gnomenhaftes Geschöpf, so wie dieses katzenäugige Schreckenswesen, das er am Fluß hatte trinken sehen. Nein, es war dasselbe, es *mußte* dasselbe sein, da auf Austin keine Kreatur der anderen glich, niemals genauso aussehen konnte, es sei denn, es handelte sich um einen verrückten Zufall.

Die Kreatur verschwand, ehe er seine Waffe ziehen konnte, doch im Schatten lagen noch andere Gestalten auf der Lauer, andere Augen, in denen Intelligenz blitzte, die nichts Menschliches hatte. Er schoß, und ein seltsamer Schrei hallte zu ihm herüber. Es schien, als hätten sich die Gestalten für eine Weile zurückgezogen. Aber sie kamen wieder, und ohne überrascht zu sein, erblickte er eine alptraumhafte Horde von Kreaturen.

Er stopfte das Notizheft in seine Tasche und faßte Lilith am Handgelenk, denn sie stand wie versteinert. Rückwärts trat er aus dem Eingang der Hütte und sprang dann über den schmalen Bach. Das Mädchen war wie benommen, fast hypnotisiert von den Blicken der Bestien, die ihnen folgten. Ihre Augen waren vor Furcht geweitet, und blindlings stolperte sie hinter ihm her. Er feuerte einen weiteren Schuß auf die Schatten ab.

Das schien Lilith aufzurütteln. *»Lay shot!«* wimmerte sie, doch dann fand sie ihre Selbstbeherrschung wieder. Sie stieß ihren eigenartigen Ruf aus, und irgendwo wurde er beantwortet, dann, weiter weg, noch einmal.

Ihre Meute sammelte sich zu ihrer Verteidigung, und Carver hatte Sorge, was seine eigene Position anging.

Könnte es nicht sein, daß er zwischen zwei Feinden in die Falle geriet?

Niemals würde er ihren Rückzug den kleinen Fluß entlang vergessen. Nur ein Fieberwahn könnte Bilder solch wilder Kämpfe hervorbringen, deren Zeuge er geworden war; Schreie, deren Klang nicht irdisch war, die Todesgriffe der Ungeheuer, die nicht real zu sein schienen, Geschöpfe, die mit der wahnsinnigen Besessenheit von Monstern und Ausgestoßenen kämpften. Er und Lilith wären sofort getötet worden, wenn nicht ihre Meute eingegriffen hätte. Sie schlichen aus den Schatten und gaben bestialische Laute von sich; vorsichtig umkreisten sie Carver, zeigten jedoch keinerlei Wachsamkeit gegenüber den anderen Gestalten.

Er sah oder ahnte zumindest etwas, das ihm vorher entgangen war. Trotz ihrer Körperformen, wie immer auch ihre äußere Erscheinung war, – die Kreaturen aus Lilith's Meute waren hundeähnlich. Nicht dem Aussehen nach, es lag tiefer. Ihre Art, ihr Charakter waren so, das war es.

Und ihre Feinde, obwohl es Kreaturen wie aus schrecklichen Träumen waren, hatten etwas Katzenähnliches. Nicht vom Ansehen, jedenfalls nicht mehr als die anderen, aber ihrem Charakter und ihrem Verhalten nach zu urteilen. Ihre Art zu kämpfen zum Beispiel – beinahe schweigend, mit tödlichen Klauen und nadelspitzen Zähnen bewehrt; sie umkreisten ihre Opfer nicht, wie Hundenaturen dies tun, sondern sprangen mit ausgestreckten Krallen auf sie los. Ihr *Katzenwesen* wurde jedoch durch ihre äußere Erscheinung zum Teil zurückgenommen. Sie zeigten verschiedene Formen, – von der halbmenschlichen Gestalt des kleinen Teufels am Bach bis hin zu Kreaturen mit Köpfen, massig und geschmeidig wie bei Panthern. Und sie kämpften mit einer Grausamkeit und Intelligenz, die anormal waren.

Carvers Waffe war eine große Hilfe. Er schoß, wann immer er ein klar erkennbares Ziel vor sich hatte, was jedoch nicht allzu oft vorkam. Seine gelegentlichen Treffer schienen seinen Gegnern dennoch Respekt einzuflößen.

Lilith, unbewaffnet bis auf Steine und ihr Holzmesser, drängte sich dicht an ihn, als sie zur Küste hin zurückwichen. Sie kamen wahnsinnig langsam voran, und Carver registrierte besorgt, daß die Schatten sich nach Osten hin streckten, so als wollten sie die Nacht willkommen heißen, die sich aus jener Hälfte der Welt heranschob. Nacht bedeutete – Vernichtung.

Wenn es ihnen gelänge, den Strand zu erreichen und wenn Lilith's Meute die anderen hinhalten könnte, bis Carver ein Feuer gemacht hätte, würden sie überleben. Aber Liliths Verbündete wurden nach und nach überwältigt und waren ihren Gegnern zahlenmäßig hoffnungslos unterlegen.

Carver taumelte rückwärts in das orangefarbene Sonnenlicht hinein – der Strand! Der Sonnenball berührte bereits das Korallenriff, und der Eintritt der Dunkelheit war nur noch eine Sache von wenigen Minuten – bangen Minuten.

Aus dem Gebüsch kamen die Überlebenden von Liliths Meute gekrochen, ein halbes Dutzend, blutend, keuchend und erschöpft. Für den Moment waren sie sicher vor ihren Angreifern, denn die Feinde zogen es vor, sich zwischen den Schatten versteckt zu halten. Carver wich noch weiter zurück und empfand das drohende Verhängnis in dem kurzen Augenblick der Dämmerung, der in diesen Breitengraden den Tag von der Nacht schied. Und dann kam plötzlich die Dunkelheit – gerade als er Lilith an den Rand der Korallenbank zog.

Er erkannte, daß ihnen ein Angriff bevorstand. Unheimliche Schatten lösten sich aus der Finsternis der Bäume. Weiter vorn heulte eine von Lilith's Kreaturen. Im Sand, einen Moment lang klar abgehoben gegen die Weißkoralle der Küste, tauchte die Gestalt dieses kleinen Teufels mit der halbmenschlichen Körperhaltung auf, und ein bösartiges, bissiges Knurren war zu vernehmen. Es war gerade so, als habe dieses Wesen einen Satz nach vorn gemacht, wie ein Anführer, der seine Truppen zum Angriff ermuntern will.

Carver wählte sich dieses Tier als Ziel aus. Seine Waffe blitzte auf, aus dem Knurren wurde ein Todesschrei, und dann erfolgte der Angriff.

Liliths Meute duckte sich. Carver wußte, daß dies das Ende war. Er feuerte drauflos. Die zuckenden Schatten schoben sich weiter vor. Das Magazin war leer. Es blieb keine Zeit, neu zu laden, also drehte er das Gewehr um und faßte es wie einen Knüppel. Er spürte, wie Lilith sich neben ihm spannte.

Dann stockte der Angriff. Gleichzeitig, wie auf Kommando, blieben die Schatten reglos stehen, nur das tiefe Knurren der sterbenden Kreatur im Sand war noch zu hören. Als sie sich wieder in Bewegung setzten, schlugen sie die entgegengesetzte Richtung ein – auf die Bäume zu!

Carver schluckte. Er erblickte einen schwachen Lichtschimmer auf der Mauer des Waldes, und er fuhr herum. Tatsächlich! Unten am Strand, wo er seine Vorratskiste abgestellt hatte, brannte ein Feuer, und in dem flackernden Licht standen Menschen, die durch die Dunkelheit zu ihnen hinüberspähten. Die unbekannte Gefahr des Feuers hatte die Angreifer vergrault.

Carver hielt angestrengt Ausschau. Im Meer, dunkel abgehoben gegen den schwachen Lichtschein von Westen her, konnte er die ihm bekannten Umrisse ausmachen. Die *Fortune!* Die Männer dort waren seine Mitstreiter; sie hatten die Schüsse gehört und ein Feuer angezündet, das Carver den Weg weisen sollte.

»Lilith!« brachte er erstickt hervor. »Sieh doch! Komm!«

Aber das Mädchen blieb stehen. Die Kreaturen, die von ihren Freunden übriggeblieben waren, schlichen sich zum schützenden Korallenriff, weg von dem Feuer. Es war jedoch nicht das Feuer, das Lilith ängstigte, sondern die düsteren Figuren, die dort standen, und Alan Carver sah sich plötzlich vor eine schwierige Entscheidung in seinem Leben gestellt.

Er könnte sie hier zurücklassen. Er wußte, sie würde ihm nicht folgen, wußte es, als er ihren wehmütigen Blick sah. Zweifellos wäre es das Beste so, denn er konnte sie schließlich nicht heiraten; keiner konnte sie jemals heiraten, und sie war zu schön, um sie unter Männer zu bringen, die sich in sie verlieben könnten – so wie Carver. Plötzlich fuhr ihm ein Gedanke durch den Kopf, der ihm einen Schauer über den Rücken jagte. Kinder! Was für Kinder würde Lilith gebären? Kein Mann konnte wagen, es darauf ankommen zu lassen, denn es bestand die Möglichkeit, daß auch auf Lilith der Fluch der Austin-Insel lastete.

Er wandte sich traurig ab – ein Schritt, zwei Schritte, auf das Feuer zu. Dann drehte er sich um.

»Komm, Lilith«, sagte er ruhig und fügte bedauernd hinzu: »Andere Leute haben auch geheiratet, gelebt und sind gestorben, ohne Kinder zu bekommen. Ich denke, dann können wir's auch!«

Die *Fortune* glitt über die grüne See hinweg und hielt nördlich auf Neuseeland zu. Carver lächelte, als er es sich in einem Liegestuhl bequem machte. Halburton blickte noch immer mit einigem Bedauern auf die blaue Linie, die Austin war.

»Kopf hoch, Vance«, sagte Carver lächelnd. »Du könntest diese Flora nicht klassifizieren, nicht in hundert Jahren, und wenn du's könntest, was hätte es für einen Sinn? Es gibt ohnehin nur eins von jedem.«

»Ich würde zwei Zehen und einen Finger dafür geben, es zu versuchen«, sagte Halburton. »Du hattest fast drei Tage dort und hättest noch mehr haben können, wenn du Malloa nicht verwundet hättest. Sie wären ganz bestimmt nach Hause gerudert, zu den Chathams, wenn der Schuß nicht seinen Arm erwischt hätte. Das ist der einzige Grund, weshalb sie Macquarie ansteuerten.«

»Mein Glück, daß sie's taten. Euer Feuer hat diese Wildkatzen davongejagt.«

»Katzen, sagst du? Würdest du mir das alles vielleicht noch mal auseinandersetzen, Alan? Das ist so verrückt, daß ich's noch nicht ganz kapiert habe.«

»Aber klar! Paß nur schön auf, was der Lehrer sagt, und dann wirst du's schon begreifen.« Er griente. »Ehrlich gesagt, zuerst hatte ich selbst nicht den Schimmer einer Erklärung für das alles. Die ganze Insel schien aus den Fugen geraten zu sein. Keine zwei Lebewesen, die sich glichen! Nur ein Exemplar von jeder Gattung, und noch dazu sämtlich unbekannte Arten! Ich hatte nicht den geringsten Anhaltspunkt – bis ich Lilith traf. Ich bemerkte, daß sie alles nach dem Geruch unterschied. Sie konnte eßbare Früchte und giftige durch den Geruch auseinanderhalten, und sie identifizierte selbst die erste Katzenkreatur, die ich schoß, nach dem Geruch. Sie aß davon, weil es ein Feind war, aber sie rührte nichts von diesem Hundevieh aus ihrer Horde an, das ich ebenfalls geschossen hatte.«

»Na und?« fragte Halburton stirnrunzelnd.

»Nun, der Geruch ist chemischer Natur. Er ist viel wesentlicher als die äußere Gestalt, denn die chemischen Funktionen eines Organismus sind drüsenabhängig. Da kam mir die Vermutung, daß die grundsätzliche Beschaffenheit alles Lebens auf der Austin-Insel von der gleichen Art war wie anderswo auch. Nicht das *Wesen* hatte sich geändert, nur die Erscheinung. Verstehst du?«

»Kein bißchen.«

»Das wird schon. Du weißt natürlich, was Chromosomen sind. Sie sind die Träger der Erbmasse, oder besser, um es mit Weismann zu sagen, sie tragen die Gene in sich, die die Determinanten enthalten, welche die Erbmasse ausmachen. Ein Mensch hat achtundvierzig Chromosomen, vierundzwanzig von jedem Elternteil.«

»Hat eine Tomate auch«, sagte Halburton.

»Ja, aber die achtundvierzig Chromosomen einer Tomate haben eine andere Erbmasse, anderenfalls könnte man eine Tomate mit einem menschlichen Wesen kreuzen. Aber um auf unseren Gegenstand zurückzukommen, alle Unterschiede der Individuen rühren daher, wie der Zufall diese achtundvierzig Chromosomen mit ihren Determinanten anordnet. Das setzt den möglichen Variationen eine ziemlich feste Grenze.

Die Augenfarbe zum Beispiel ist in einem der Gene im dritten Chromosomenpaar festgelegt. Angenommen, dieses Gen enthält zweimal soviel Determinanten für braune Augen wie für blaue, stehen die Chancen zwei zu eins, daß das Kind – egal, ob der Mann oder die Frau dieses spezielle Chromosom besitzt – braune Augen haben wird –, *wenn* der Partner keine ausgeprägte Tendenz nach einer Seite hin zeigt. Klar?«

»Das weiß ich alles. Komm endlich zu Ambrose Callan und seinem Notizheft.«

»Schon dabei. Jetzt denk mal daran, daß diese Determinanten *alle* vererbbaren Merkmale tragen, und dazu gehören Größe, Gestalt, Intelligenz, Charakter, Hautfarbe – alles. Für Menschen – oder Pflanzen und Tiere – gibt es eine Vielzahl von Möglichkeiten, wie diese achtundvierzig Chromosomen mit ihren Genen und Determinanten kombiniert werden können. Aber diese Zahl ist nicht unendlich. Es gibt Grenzen, Grenzen, was die Größe betrifft oder die Hautfarbe oder die Intelligenz. Niemand hat zum Beispiel jemals eine menschliche Rasse mit himmelblauen Haaren gesehen.«

»Das würde auch keiner wollen«, brummte Halburton.

»Und das kommt daher«, fuhr Carver fort, »daß es keine Determinanten für blaues Haar in den menschlichen Chromosomen gibt. Aber – und das ist Callans Theorie – nehmen wir einmal an, man könnte die Anzahl der Chromosomen in einer Eizelle erhöhen. Was dann? Wenn Menschen oder meinetwegen auch Tomaten anstatt achtundvierzig Chromosomen vierhundertachtzig hätten, wäre die mögliche Variationsbreite zehnmal größer als sie es jetzt ist.

In der Größe zum Beispiel könnte die Differenz, die derzeitig zweieinhalb Fuß beträgt, bei fünfundzwanzig Fuß liegen! Und was die äußere Erscheinung anbelangt, so könnte der Mensch nahezu allem ähneln! Das heißt, nahezu allem innerhalb der Grenzen der Säugetiergattungen. Und die Intelligenz ...« Er verlor sich in Gedanken.

»Aber wie gedachte Callan das Kunststück zu vollbringen, zusätzliche Chromosomen anzuordnen?« schaltete sich Halburton ein. »Chromosomen kann man nur unter dem Mikroskop erkennen, Gene sind selbst bei optimaler Vergrößerung kaum sichtbar, und eine Determinante hat noch nie jemand gesehen.«

»Ich weiß auch nicht, wie«, sagte Carver ernst. »Ein Teil seiner Notizen ist zu Staub zerfallen, und wahrscheinlich ist die Erläuterung seiner Methode mit diesen Seiten verlorengegangen. Morgan benutzt harte Strahlen, aber seine Objekte und auch seine Resultate sind ganz anderer Art. Er ändert nicht die Anzahl der Chromosomen.« Nach einigem Zögern fügte er hinzu: »Ich glaube, Callan arbeitete mit einer Kombination aus Strahlen und Injektionen. Alles, was ich weiß, ist, daß er vier oder fünf Jahre auf Austin blieb. Er hatte nur seine Frau auf die Insel mitgebracht. Dieser Abschnitt in seinen Notizen ist eindeutig. Er begann damit, die Vegetation im Umkreis seiner Hütte zu behandeln und auch einige Hunde und Katzen, die er auf der Insel ausgesetzt hatte. Dann stellte er fest, daß sich die Sache wie eine Seuche verbreitete.«

»Verbreitete?« wiederholte Halburton.

»Ja, ganz recht. Jeder Baum, den er in dieser Weise behandelte, streute Pollen mit einem Vielfachen an Chromosomen in den Wind aus, und was die Katzen betrifft ... Jedenfalls befruchtete dieser abartige Pollen den normalen Samen, und das Resultat war eine neue Mißbildung, eine Pflanze mit der normalen Anzahl von Chromosomen von dem einen Elternteil und zehnmal soviel von dem anderen. Es gab unzählige Abweichungen. Du weißt, wie schnell Kauripinien und Baumfarne wachsen, und bei jenen war das mögliche Wachstumstempo zehnmal größer.

Die Mißbildungen überwucherten die Insel und erstickten die normalen Gewächse. Und Callans Strahlen und vielleicht auch die Injektionen beeinträchtigten auch die einheimischen Lebensformen – die Ratten, die Fledermäuse. Sie begannen, Mutanten hervorzubringen. Callan kam 1918 auf die Insel, und zu dem Zeitpunkt, als ihm seine eigene Tragödie bewußt wurde, war Austin ein Eiland der Mutationen, wo kein Abkomme seinen Erzeugern ähnelte, und wenn, dann war es bloßer Zufall.«

»Seine eigene Tragödie? Was meinst du damit?«

»Callan war Biologe, kein Strahlenexperte. Ich kann nicht genau sagen, was sich zugetragen hat. Wenn man über längere Zeit Röntgenstrahlen ausgesetzt ist, werden Verbrennungen, Geschwüre und andere Widrigkeiten hervorgerufen. Mag sein, Callan hatte keine ausreichenden Vorkehrungen getroffen, um seine Erfindung abzuschirmen oder vielleicht benutzte er auch Strahlen, die eine besonders starke Reizwirkung hatten. Wie dem auch sei, seine Frau erkrankte – an einem krebsartigen Geschwür.

Er hatte ein Funkgerät; es war 1921, und er forderte seine Schaluppe von den Chathams an. Sie sank am Korallenriff, und Callan, dessen Verzweiflung wuchs, brachte es irgendwie fertig, daß sein Funkgerät nicht mehr funktionierte. Er war kein Elektriker, weißt du.

Das war eine schwere Zeit nach dem Ende des Krieges. Da das Schiff gesunken war, wußte niemand genau, was aus ihm geworden war, und nach einer Weile war er vergessen. Als seine Frau starb, begrub er sie, aber als er starb, gab es niemanden, der ihn bestatten konnte. Die Nachfahren seiner Katzen nahmen sich seiner an, und das war's.«

»Ja? Und was ist mit Lilith?«

»Ja«, sagte Carver sinnend. »Was ist mit ihr? Als ich nach und nach das Geheimnis der Austin-Insel ahnte, machte mir diese Frage auch Kopfzerbrechen. War Lilith wirklich menschlich? War auch sie vom Gift der Abartigkeit infiziert, so daß ihre Kinder ebenso sehr verändert sein würden wie die Nachkommenschaft der Katzen? Sie sprach kein Wort irgendeiner Sprache, die ich kannte – so glaubte ich jedenfalls – und ich wußte wirklich nicht, wo ich sie einordnen sollte. Aber Callans Tagebuch und Notizen gaben mir Aufschluß.«

»Wie?«

»Sie ist die Tochter des Kapitäns von Callans Schaluppe, und er konnte sie retten, als das Schiff am Korallenriff zerschellte. Damals war sie fünf Jahre alt, was heißt, daß sie jetzt fast zwanzig ist. Was die Sprache betrifft, nun, vielleicht hätte ich die wenigen unsicheren Worte erkennen sollen, an die sie sich noch erinnerte. *Kamo* zum Beispiel wie *comment* – das bedeutet ›wie?‹ Und *pah bo* war einfach *pas bon,* nicht gut. Das ist, was sie über die giftige Frucht sagte. Und *Lay shot* war *les chats,* denn irgendwie erinnerte sie sich daran oder ahnte sie, daß die Kreaturen vom östlichen Teil der Insel Katzen waren.

Fünfzehn Jahre lang scharten sich die Hundekreaturen um sie, die trotz ihrer Körpergestalt der Natur nach doch immer noch Hunde waren und ihrer Herrin treu ergeben. Zwischen diesen beiden Gruppen herrschte ewig Kriegszustand.«

»Bist du sicher, daß Lilith das Gift nicht in sich trägt?«

»Ihr Name ist Lucienne«, sagte Carver grüblerisch, »ich denke jedoch, Lilith gefällt mir besser.« Er lächelte zu der schlanken Gestalt hinüber, die mit einer von Jamesons Hosen bekleidet war und einem Hemd von Carver. Sie stand im Heck des Schiffes und schaute nach Austin zurück. »Ja, ich bin sicher. Als sie auf die Insel verschlagen wurde, hatte Callan bereits die Erfindung zerstört, die seine Frau umgebracht hatte und dabei war, auch ihn zu töten. Er vernichtete seine gesamte Ausrüstung in dem Bewußtsein, daß mit fortschreitender Zeit die Mißbildungen, die er geschaffen hatte, dem Untergang geweiht waren.«

»Dem Untergang geweiht?«

»Ja. Die natürlichen Züchtungen, durch die Evolution gefestigt, sind stärker. Sie tauchen bereits an den Rändern der Insel wieder auf, und eines Tages wird Austin nicht mehr Eigentümlichkeiten aufweisen als jede andere abgelegene Insel auch. Die Natur setzt sich durch.«

Der Parasitenplanet

Ham Hammond hatte Glück, daß es Winter war, als die Schlammschwemme kam. Winter auf der Venus entspricht ganz und gar nicht der Vorstellung, die man im allgemeinen auf der Erde von dieser Jahreszeit hat, ausgenommen vielleicht Siedler in den heißeren Regionen des Amazonasbeckens oder des Kongo.

Sie wären eventuell in der Lage, sich ein vages Bild vom Winter auf der Venus zu machen, indem sie sich ihre heißesten Sommertage vor Augen führen und dann die Hitze, die Unannehmlichkeiten und das unerfreuliche Getier, das den Dschungel bevölkert, mit zehn oder zwölf multiplizieren.

Auf der Venus, wie mittlerweile bekannt ist, wechseln sich die Jahreszeiten in den entgegengesetzten Hemisphären ab, ebenso wie auf der Erde, jedoch mit einem bedeutenden Unterschied. Hier ist, wenn Nordamerika und Europa im Sommer in der Hitze brüten, in Australien und Cape Colony und Argentinien Winter. Es sind da die nördliche und südliche Hemisphäre, in denen die Jahreszeiten sich abwechseln. Aber auf der Venus, und das ist seltsam, sind es die östliche und westliche Hemisphäre, denn die Jahreszeiten auf der Venus hängen nicht von der Neigung der Ekliptik ab, sondern von der Libration. Die Venus dreht sich nicht, sondern hat der Sonne immer die gleiche Seite zugewandt, so wie auch der Mond der Erde immer das gleiche Gesicht zuwendet. Die eine Seite hat immer Tageslicht, und auf der anderen ist für immer Nacht, und nur entlang der Zwielichtzone, einem fünfhundert Meilen breiten Streifen, ist die Besiedlung durch

Menschen möglich, ein schmaler Gebietsstreifen, der sich um den Planeten zieht.

Zur sonnenbeschienenen Seite hin geht diese Zone in die glühende Hitze einer Wüste über, in der nur einige wenige Venuskreaturen leben, und an dem Rand zur Nachtseite hin endet die Zone abrupt in einer ungeheuren Eisbarriere, hervorgerufen durch die Kondensation der Winde in den höheren Luftschichten, die endlos die aufsteigende Luft der heißen Hemisphäre mit sich fortreißen, sie abkühlen, sinken lassen und von der kalten Hemisphäre her wieder zurückkehren. Durch die Abkühlung der warmen Luft gibt es immer Regen, und am Rande der Dunkelheit gefriert dieser Regen und bildet riesige Eiswälle. Was dahinter liegt, welche phantastischen Lebensformen in der sternenlosen Dunkelheit dieser gefrorenen Oberfläche existieren mögen oder ob diese Region so leblos ist wie der luftleere Mond – das sind Geheimnisse.

Aber die langsame Libration – ein schwerfälliges Wanken des Planeten von einer Seite zur anderen – hat die Entstehung von Jahreszeiten zur Folge. In den Gebieten der Zwielichtzone – erst in der einen Hemisphäre und dann in der anderen – scheint die hinter den Wolken versteckte Sonne fünfzehn Tage lang beständig zu steigen und dann innerhalb desselben Zeitraums zu sinken. Sie steigt niemals sehr hoch, und nur nahe der Eisgrenze berührt sie fast den Horizont, die Libration beträgt nämlich nur sieben Grad, aber das reicht aus, um spürbare fünfzehntägige Jahreszeiten hervorzubringen.

Aber was für Jahreszeiten! Im Winter fällt die Temperatur manchmal auf die feuchte, aber sonst erträgliche Neunzig, aber zwei Wochen später ist nahe des brennend heißen Randes der Zone bei Hundertvierzig ein kühler Tag. Und immer Winter und Sommer, die dazwischenliegenden Regenschauer tröpfeln trübe herab und werden vom Boden wie von einem Schwamm aufgesogen und als zäher, widerlicher, ungesunder Dampf wieder ausgestoßen.

Und das, die ungeheure Menge an Feuchtigkeit auf der

Venus, war für die ersten menschlichen Besucher die größte Überraschung. Die Wolken hatte man natürlich gesehen, aber das Spektroskop leugnete das Vorhandensein von Wasser, und das war nur natürlich, denn es analysierte ja Licht, das von den oberen Wolkenschichten reflektiert wurde, fünfzig Meilen über der Oberfläche des Planeten.

Dieser Überfluß an Wasser hat eigenartige Folgen. Es gibt keine Seen oder Meere auf der Venus, wenn wir die Wahrscheinlichkeit von weiten, stillen, ewig gefrorenen Ozeanen auf der sonnenlosen Seite einmal außer acht lassen. Auf der heißen Hemisphäre geht die Verdunstung sehr rasch vor sich, und die Flüsse, die aus den Eisbergen herausfließen, werden immer schmaler und verschwinden schließlich ganz; sie trocknen aus.

Eine weitere Folge ist die merkwürdig unbeständige Natur des Landes der Zwielichtzone. Gewaltige unterirdische Flüsse durchziehen es, manche kochend heiß, andere wiederum kalt wie das Eis, dem sie entspringen. Diese sind die Ursache für die Schlammeruptionen, die die menschliche Besiedlung der Hotlands zu einem Glücksspiel machen; ein vollkommen solides und allem Anschein nach sicheres Stück Erdoberfläche kann sich unerwartet in einen brodelnden Schlammpfuhl verwandeln, in dem die Gebäude und ihre Bewohner versinken und auf immer verschwinden.

Es gibt keine Möglichkeit, diese Katastrophen vorauszusagen; nur auf den wenigen Bodenerhebungen steht ein Bauwerk sicher, und deshalb sammeln sich alle dauerhaften Niederlassungen der Menschen an den Bergen.

Ham Hammond war ein Händler. Er war eine jener abenteuerlichen Gestalten, die regelmäßig an den Grenzen der bewohnbaren Regionen auftauchen. Die meisten von ihnen kann man zwei Kategorien zuordnen; sie sind entweder verwegene Teufelskerle, die die Gefahr suchen, oder es sind Ausgestoßene, Kriminelle oder dergleichen, die Einsamkeit oder Vergessen suchen.

Ham Hammond gehörte zu keiner dieser beiden Kategorien. Er war nicht auf ein zurückgezogenes Leben aus, sondern ihn lockte der schöne, handfeste Zauber des Wohlstandes. Er erwarb von den Ureinwohnern die Sporenhülsen der Venuspflanze *Xixtchil,* aus denen die Chemiker auf der Erde Trihydoxyl-Tertiarylin oder Tripel-T-B-A gewinnen, das so erfolgreich bei der Verjüngungsbehandlung eingesetzt wird.

Ham war jung und wunderte sich manchmal darüber, weshalb reiche alte Männer – und Frauen – solche immensen Summen dafür zahlten, daß ihnen ein paar Jahre länger die Lebenskraft erhalten blieb, besonders da die Behandlung nicht die absolute Lebensdauer ausdehnte, sondern nur eine Art zeitweilige und synthetische Jugend bewirkte.

Graues Haar wurde wieder dunkel, Falten glätteten sich, kahle Köpfe überzogen sich mit einer fülligen Haarpracht, und nach wenigen Jahren war die verjüngte Person tot, so wie es auch ohne die Verjüngung geschehen wäre. Aber solange Triple-T-B-A einen Preis hatte, der dem der gleichen Menge Radium entsprach, war Ham gewillt, das Abenteuer auf sich zu nehmen und es zu beschaffen.

Er hatte nie wirklich mit einer Schlammeruption gerechnet. Natürlich war das eine allgegenwärtige Gefahr, aber als er aus dem Fenster seiner Behausung träge über die sich krümmende und dampfende Venusebene hinstarrte und plötzlich rundum brodelnde Tümpel hervorbrechen sah, überkam ihn Bestürzung.

Einen Augenblick lang konnte er sich nicht rühren, doch dann handelte er rasch. Er zog sich seinen Schutzanzug über, schnallte sich seine Schlammschuhe an die Füße, band sich den wertvollen Sack mit den Sporenhülsen über die Schulter, packte noch etwas Verpflegung ein und stürzte hinaus ins Freie.

Der Boden war noch halbfest, aber er konnte sehen, wie die schwarze Erde rund um die Metallwände seiner Behausung sich ausbuchtete, die Hütte neigte sich geringfügig zur Seite, und dann versank sie langsam und entschwand seinem Blick; der Schlamm machte ein schmatzendes und gurgelndes Geräusch, als er sich sacht über der Stelle schloß.

Ham riß sich zusammen. Man durfte nicht mitten in einer Schlammeruption stillstehen, auch wenn die bogenförmigen Schlammschuhe eine gewisse Hilfe waren. Wenn das zähflüssige Zeug erst einmal über den Rand lief, war das unglückliche Opfer in der Falle. Er könnte den Fuß nicht mehr anheben, die Saugkraft wäre zu stark, und dann würde er – zuerst langsam, dann immer schneller – der Hütte folgen.

Ham lief also los über den brodelnden Sumpf hinweg, und er schob sich mit einer eigenartigen gleitenden Bewegung vorwärts, die er durch viel Übung erlernt hatte: nie die Schlammschuhe anheben, sondern sie vorsichtig gleiten lassen, damit kein Schlamm über den geschwungenen Rand treten konnte.

Es war eine ermüdende Bewegung, aber absolut unerläßlich. Er glitt dahin wie auf Skiern, die ihn westwärts trugen, denn in dieser Richtung lag die dunkle Seite, und wenn er schon laufen mußte, um in Sicherheit zu gelangen, so konnte er das ebensogut im Dunkeln tun. Das Morastgebiet war ungewöhnlich groß; er legte mindestens eine Meile zurück, ehe er eine leichte Erhebung erreichte und die Schlammschuhe auf festem oder annähernd festem Boden tappten.

Er war in Schweiß gebadet, und in seinem Schutzanzug war es heiß wie in einem Kesselraum, aber daran gewöhnt man sich auf der Venus. Er hätte gern die Hälfte seines Vorrats an Xixtchil-Hülsen für die Möglichkeit gegeben, die zum Anzug gehörende Schutzmaske zu öffen, tief einzuatmen, auch wenn es nur die dampfende feuchte Venusluft war, aber das war unmöglich, jedenfalls wenn man die Absicht hatte weiterzuleben.

Ein Atemzug von der ungefilterten Luft in der Nähe

der Warmgrenze der Zwielichtzone brächte einen schnellen, aber sehr schmerzhaften Tod; Ham hätte unzählige Millionen Keime dieser bösartigen Venus-Schimmelpilze eingesogen, und sie würden sich als eine widerliche pelzartige Schicht in seine Nasenlöcher, seinen Mund, seine Lungen und möglicherweise auch seine Ohren und Augen legen.

Es war nicht einmal nötig, sie einzuatmen. Einmal war er auf den Körper eines Händlers gestoßen, bei dem die Schimmelpilze aus dem Fleisch austraten. Dem armen Kerl war der Schutzanzug eingerissen, und das hatte schon gereicht.

Diese Situation machte das Essen und Trinken im Freien auf der Venus zu einem Problem; man mußte warten, bis der Regen die Sporen ausgefällt hatte, dann war man für etwa eine Stunde sicher. Selbst dann mußte das Wasser immer frisch abgekocht sein, und die Nahrung durfte erst kurz vorher aus ihrem Behältnis genommen werden. Anderenfalls – und das war Ham schon mehr als einmal passiert – war vorauszusehen, daß das Essen augenblicklich zu einer schimmligen Masse werden würde, und diese pelzige Schimmelschicht bildete sich so schnell, wie der Minutenzeiger auf der Uhr sich bewegt. Ein ekelerregender Anblick! Ein scheußlicher Planet!

Diese letzte Erinnerung war in Ham dadurch wachgerufen worden, daß er mit ansehen mußte, wie der Morast seine Hütte verschlungen hatte. Die grobe Vegetation war mitgerissen worden, aber schon tauchten wieder die gierigen und gefräßigen Lebewesen auf, schlängelten sich am Schlammgras hinauf und wanden sich um die knolligen Schädlingsbekämpfungsmittel, die man »wandernde Kugeln« nannte. Und rundum glitschten eine Million winziger schleimiger Kreaturen über den Morast, beutegierig fraßen sie einander, wurden in Stücke gerissen, und aus jedem Teilchen bildete sich wieder eine vollkommene Kreatur.

Tausend verschiedene Arten, aber in einer Hinsicht waren sie alle gleich: Jede war die pure Gefräßigkeit. Wie auch die meisten anderen Venuswesen hatten sie eine Vielzahl von Beinen und Mündern; es ist so, daß einige von ihnen kaum mehr als ein Klümpchen Haut sind, die in Dutzende von hungrigen Mäulern gespalten ist, die auf hundert spinnenartigen Beinen herumkrabbeln.

Alles Leben auf der Venus ist mehr oder weniger parasitär. Selbst die Pflanzen, die ihre Nahrung aus dem Boden und der Luft beziehen, haben die Fähigkeit, tierische Nahrung aufzunehmen, zu verdauen und – nicht selten – auch zu fangen. Die Konkurrenz auf diesem feuchten Streifen Land zwischen dem Feuer und dem Eis ist so grausam, daß jemand, der das nie miterlebt hat, es sich auch kaum vorstellen kann. Das Tierreich bekämpft unablässig sich selbst, aber auch die Pflanzenwelt. Diese übertrumpft den Gegner sogar in der Erzeugung von abscheulichen räuberischen Schreckensgebilden, bei denen man zögern würde, sie Pflanzen zu nennen. Eine grausige Welt!

In den paar Augenblicken, die Ham innegehalten hatte, um zurückzuschauen, hatten klebrige Schlingpflanzen seine Beine umschlungen; der Schutzanzug war undurchdringlich, sicher, aber er mußte die Gewächse mit seinem Messer zerschneiden, und die schwarzen ekelerregenden Säfte, die sich daraus ergossen, beschmierten seinen Anzug und wurden augenblicklich zu der pelzigen Schicht, als die die Schimmelbakterien sich fortpflanzten. Ham überlief ein Schauer.

»Die Hölle ist das hier!« brummte er, als er sich bückte, um die Schlammschuhe abzuschnallen und sie sich über den Rücken zu hängen.

Mühsam schleppte er sich durch die sich windende Vegetation vorwärts, automatisch wich er den Angriffen der Jack-Ketch-Bäume aus, die ihre Schlingen hoffnungsvoll nach seinen Armen und seinem Kopf auswarfen.

Hin und wieder kam er an einem vorbei, an dem eine gefangene Kreatur baumelte, doch gewöhnlich war diese unkenntlich, weil sie mit einer pelzigen Hülle überzogen war, während der Baum selbst sich gelassen Opfer und Schimmel gleichermaßen einverleibte.

»Abscheulich!« murmelte Ham und stieß mit dem Fuß einen verschlungenen Haufen irgendeines unbekannten Ungeziefers vom Weg.

Er dachte nach; der Standort seiner Hütte war relativ nah an der heißen Zone der Zwielichtregion gewesen. Bis zur Schattenlinie war die Kleinigkeit von über zweihundertfünfzig Meilen zurückzulegen, obwohl sich die Lichtverhältnisse durch die Libration des Planeten änderten. Aber man durfte der Linie nicht allzu nahe kommen, wegen der fürchterlichen, unglaublichen Stürme, die dort tobten, wo die heißen oberen Luftströme auf die eisigen Windstöße der Nachtseite prallten und so die Eisbarriere entstand.

Wenn man sich also einhundertfünfzig Meilen westwärts hielte, würde das ausreichen, Abkühlung zu bringen, dann wäre ein Gebiet mit einem für die Schimmelpilze zu gemäßigten Klima erreicht, wo man vergleichsweise unbeschwert laufen könnte. Und nicht mehr als fünfzig Meilen nördlich lag dann die amerikanische Niederlassung Erotia, die nach dem unerfreulichen mythischen Sohn der Venus, Cupid, benannt war.

Dazwischen erstreckten sich natürlich noch die Hügelketten der Mountains of Eternity, aber nicht jene gewaltigen zwanzig Meilen hohen Erhebungen, deren Gipfel mitunter von den Teleskopen auf der Erde eingefangen werden, und die für immer die Britische Venus von den Amerikanischen Besitzungen trennen, aber dennoch Berge von respektabler Höhe, selbst an der Stelle, wo er sie überqueren wollte. Jetzt war er auf der britischen Seite, aber es war so, daß sich niemand darum scherte. Die Händler kamen und gingen wie es ihnen paßte.

Na gut, das bedeutete also eine Strecke von zweihundert Meilen. Es gab keinen Grund, weshalb er das nicht schaffen sollte; er war mit einer automatischen und einer

Flammenpistole bewaffnet, und Wasser war kein Problem, wenn er es nur gründlich genug kochte. Wenn einen die Umstände dazu zwangen, konnte man sich sogar von den Produkten der Venus ernähren – aber das erforderte großen Hunger, ausgiebiges Kochen und einen eisernen Magen.

Es sei nicht so sehr eine Frage des Geschmacks als des Aussehens, so hatte man ihm gesagt. Er verzog das Gesicht. Zweifellos würde er gezwungen sein, das selbst herauszufinden, denn mit seiner Büchsennahrung würde er nicht auskommen auf dieser Reise. Kein Grund zur Sorge, redete sich Ham immer wieder ein. Schließlich gab es vieles, worüber er froh sein konnte; die Xixtchil-Hülsen in seinem Gepäck stellten einen solchen Reichtum dar, wie ihm zehn Jahre Plackerei auf der Erde eingebracht hätten.

Keine Gefahr? Es waren Menschen auf der Venus verschwunden, Dutzende. Die Schimmelpilze hatten sie für sich beansprucht oder ein schreckliches überirdisches Monster oder vielleicht auch eines der vielen unbekannten Schreckensgebilde pflanzlicher oder tierischer Art.

Ham trottete dahin, hielt sich jedoch immer an die lichteren Stellen zwischen den Jack-Ketch-Bäumen, denn nur außerhalb der Reichweite ihrer raubgierigen Schlingen war man vor diesen pflanzlichen Allesfressern sicher. Auf anderem Wege wäre ein Fortkommen unmöglich gewesen, denn der Venusdschungel stellte so ein Gewirr sich windender Arten dar, daß man nur vorankommen konnte, indem man sich Schritt für Schritt und unter unsäglichen Mühen seinen Weg schlug. Selbst dann bestand noch die Gefahr, daß weiß der Himmel welche mit Giftzähnen bewaffneten, boshaften Kreaturen seinen Schutzanzug durchbohren könnten, was den Tod bedeutete.

Selbst die häßlichen Jack-Ketch-Bäume waren dagegen noch eine angenehme Gesellschaft, überlegte er, als er ihre tastenden Fangarme beiseiteschlug.

Sechs Stunden, nachdem Ham seine unfreiwillige Reise

angetreten hatte, regnete es. Er nutzte die Gelegenheit, fand eine Stelle, wo eine Schlammeruption die grobere Vegetation beseitigt hatte, und machte Rast. Zuerst schöpfte er etwas schaumiges Wasser, filterte es durch ein Sieb, das sich zu diesem Zweck in seiner Ausrüstung befand, und dann schickte er sich an, das Wasser zu sterilisieren.

Feuer zu machen war schwierig, da trockenes Brennmaterial in den Hotlands der Venus wirklich sehr rar ist, aber Ham warf eine Thermotablette in die Flüssigkeit, und die Chemikalien brachten das Wasser augenblicklich zum Sieden, während sie selbst als Gase entwichen. Wenn das Wasser davon einen leichten Ammoniakgeschmack bekam – nun, das war das geringste Übel, dachte er, als er das Wasser bedeckte und es zur Seite stellte, damit es abkühlte.

Er öffnete eine Büchse mit Bohnen, behielt sie eine Weile im Auge, um zu sehen, ob keine vereinzelten Schimmelbakterien in der Luft zurückgeblieben waren und das Essen infizieren konnten, dann öffnete er das Visier seiner Maske und schluckte hastig. Danach trank er das lauwarme Wasser und schüttelte, was davon übriggeblieben war, in den Wasserbeutel, der sich innen in seinem Schutzanzug befand, und von dort aus konnte er es durch ein Röhrchen, das zu seinem Mund führte, heraussaugen, ohne sich den tödlichen Schimmelbakterien auszusetzen.

Zehn Minuten, nachdem er sein Mahl beendet hatte und sich nach dem unmöglichen Luxus einer Zigarette sehnte, huschte der pelzige Überzug über die Speisereste in der Büchse hinweg.

Eine Stunde später, erschöpft und in Schweiß gebadet, fand Ham einen Freundlichen Baum, so war er von seinem Entdecker Burlingame benannt worden, denn es ist einer der wenigen Organismen auf der Venus, die träge genug waren, um einem zu gestatten, sich in ihren Zweigen auszuruhen. Ham kletterte also hinauf, fand die bequemste Lage, die ihm möglich war, und schlief so gut er konnte.

Seine Armbanduhr sagte ihm, daß fünf Stunden vergangen waren, als er wieder erwachte, und die Ranken und kleinen Saugnäpfe des Freundlichen Baumes hingen überall an seinem Schutzanzug fest. Er löste sie vorsichtig, kletterte hinunter und stapfte westwärts.

Es war nach dem zweiten Regenguß, als er auf das »Schleimmonster« stieß, wie es auf der britischen und amerikanischen Venus genannt wird. Im französischen Streifen ist es *pot à colle,* der Kleisterpott; und im holländischen Streifen – nun, die Holländer sind nicht zimperlich, und sie nennen das entsetzliche Ding bei dem Namen, den es ihrer Meinung nach verdient.

Das Schleimmonster ist wirklich eine widerliche Kreatur. Es ist ein Haufen weißen, teigähnlichen Protoplasmas, das in der Größe variiert von einer einzigen Zelle bis zu einem etwa zwanzig Tonnen schweren breiigen Unrat. Es hat keine bestimmte Form; in Wirklichkeit ist es nur eine Anhäufung von de-Proust-Zellen, und es macht den Eindruck eines körperlosen, kriechenden, hungrigen Krebses.

Es besitzt kein organisches System und keine Intelligenz und außer dem Hunger auch kein weiteres Interesse. Es bewegt sich immer in die Richtung, wo es mit Nahrung in Berührung kommt, und wenn es zwei eßbare Substanzen zugleich berührt, dann teilt es sich, wobei der größere Teil unweigerlich über die größere Beute herfällt.

Geschosse können ihm nichts anhaben; nur der fürchterliche Strahl der Flammenpistole tötet es, aber auch nur dann, wenn der Strahl jede einzelne Zelle vernichtet. Es schiebt sich über die Venusoberfläche und reißt alles an sich, läßt nur kahlen schwarzen Boden hinter sich zurück, auf dem die allgegenwärtigen Schimmelpilze sofort zur Stelle sind – eine schädliche, alptraumhafte Kreatur.

Ham sprang zur Seite, als das Schleimmonster plötzlich

zu seiner Rechten aus dem Dschungel hervorbrach. Den Schutzanzug könnte es natürlich nicht verschlingen, aber in dieser schleimigen Masse gefangen zu sein, bedeutete einen schnellen Erstickungstod. Angewidert stierte er dieses Untier an und war ernstlich versucht, es mit seiner Flammenpistole wegzublasen, als es im Lauftempo vorüberglitt. Er hätte auch wirklich geschossen, aber der erfahrene Venus-Besucher ist sparsam im Gebrauch der Flammenpistole.

Sie muß mit einem Diamanten bestückt werden, einem billigen schwarzen nur, aber immerhin ein Umstand, den es zu bedenken gilt. Wenn man feuert, legt der Kristall seine gesamte Energie in den einen gewaltigen Strahl, der herauskracht wie ein Blitzschlag, eine Weite von hundert Yards erreicht und alles auslöscht, was sich in seiner Schußlinie befindet.

Das Ding rollte dahin, wobei es schmatzende und glucksende Geräusche von sich gab. Hinter ihm wurde eine Art Schneise sichtbar, auf der alles aus dem Weg geräumt war: Schlingpflanzen, Schlangenwurzeln, Jack-Ketch-Bäume, alles – bis zu der feuchten Erde selbst – war hinweggeschwemmt worden, und auf der Schleimspur des Monsters waren schon wieder die Schimmelpilze aus der Erde geschossen.

Diese Schneise führte annähernd in die Richtung, die Ham einschlagen wollte. Er ergriff die Gelegenheit, die sich ihm bot, und marschierte munter drauflos, aber dennoch hielt er ein wachsames Auge auf die verhängnisvollen Dschungelmauern gerichtet. In etwa zehn Stunden würde sich dieser offene Weg erneut mit allerlei widerlichem Leben gefüllt haben, aber im Moment bot er die Möglichkeit, viel schneller voranzukommen, als wenn man sich auf Schleichpfaden von einer Lichtung zur nächsten begab. Er war dem Weg etwa fünf Meilen gefolgt, auf dem unangenehmerweise schon wieder aller mögliche Unrat hervorzusprießen begann, als er auf einen Eingeborenen traf, der auf seinen vier kurzen Beinen dahingaloppierte, während seine zangenähnlichen Klauen ihm den Weg ebneten.

Ham blieb stehen und wollte ein Schwätzchen machen. *»Murra«,* sagte er.

Die Sprache der Eingeborenen in den äquatorialen Regionen der Hotlands ist sehr seltsam. Sie kommt mit etwa zweihundert Wörtern aus, aber wenn ein Händler jene zweihundert Wörter erlernt hatte, war seine Kenntnis dieser Eingeborenensprache wenig größer als die eines Mannes, der überhaupt nichts davon weiß.

Die Wörter bezeichnen allgemeine Begriffe, und jedes Wort hat bis zu hundert verschiedene Bedeutungen. *Murra* zum Beispiel ist ein Begrüßungswort; es bedeutet soviel wie »Hallo« oder »Guten Morgen«. Es kann aber auch eine Bedrohung ausdrücken – »Sei auf der Hut!« Darüber hinaus heißt es noch »Laß uns Freunde sein«, und seltsamerweise auch »Fechten wir's aus«.

Es hat außerdem noch verschiedene substantivische Bedeutungen; es heißt Frieden, es heißt Krieg, es heißt Mut und wiederum auch Furcht. Eine sehr schwer zu deutende Sprache; es ist noch nicht lange her, daß Untersuchungen zur Flexion den Philologen einen gewissen Aufschluß über ihre Eigenart gaben. Das Englische, in dem sich viele Wörter von der Aussprache her sehr ähnlich sind, mag in den Ohren der Venusbewohner auch recht seltsam klingen, die ja nicht darin geübt sind, Vokale zu unterscheiden.

Hinzu kommt, daß die Menschen nicht die Mimik der breiten, platten, dreiäugigen Gesichter der Venusianer deuten können, aber für die Eingeborenen selbst bergen sie ein immenses Gefüge an Informationen.

Dieser, der Ham jetzt entgegenkam, begriff den vorgegebenen Sinn. *»Murra«,* entgegnete er und hielt einen Moment inne. *»Usk?«* Das hieß unter anderem »Wer bist du?« oder »Woher kommst du?« oder »Wo willst du hin?«

Ham wählte die letzte dieser drei Bedeutungen. Er wies in die düstere westliche Richtung. Dann beschrieb er mit der Hand einen Bogen, um die Berge anzudeuten. »Erotia«, sagte er. Das hatte wenigstens nur eine Bedeutung.

Der Eingeborene grübelte schweigend darüber nach. Dann gab er etwas wie ein Grunzen von sich und rückte aus freien Stücken mit einigen Informationen heraus. Er machte mit seiner Klaue eine heftige Geste in Richtung der nach Westen führenden Schneise. *»Curky«,* sagte er, und dann *»Murra«.* Letzteres war als Abschiedsgruß gemeint.

Curky war – neben etwa zwanzig weiteren Bedeutungen – ein Wort für Händler. Dieses Wort wiederum benutzte man hier gewöhnlich für Menschen schlechthin, und Ham fühlte eine freudige Erregung bei der Aussicht auf menschliche Gesellschaft. Es war sechs Monate her, daß er das letztemal eine menschliche Stimme vernommen hatte, abgesehen von der in seinem kleinen Radio, das nun mit seiner Hütte versunken war. Und tatsächlich, nachdem er fünf Meilen der Spur dieses Schleimmonsters gefolgt war, gelangte er in ein Gebiet, wo es vor kurzem eine Schlammeruption gegeben hatte. Die Vegetation war nur hüfthoch, und auf der anderen Seite der etwa eine Quadratmeile weiten Lichtung gewahrte er einen Bau, eine Händlerhütte, allerdings viel großzügiger angelegt als sein Eisenkasten; diese Behausung hier hatte drei Räume, ein ungekannter Luxus in den Hotlands, wo jedes Gramm Material mühevoll und unter großem Aufwand mit einer Rakete von einer der Ansiedlungen herbeigeschafft werden mußte. Das war kostspielig und verbot sich fast von selbst. Händler zu sein war ein wagehalsiges Unternehmen, und Ham wußte, daß er sich glücklich schätzen konnte, so viel Gewinn dabei gemacht zu haben.

Mit gleitenden Schritten schob er sich über den immer noch schwammigen Boden. Die Fenster waren gegen das ewig währende Tageslicht abgeschirmt, und die Tür – die Tür war verschlossen. Das war eine Verletzung der Grenzbestimmungen. Man ließ die Türen immer unverschlossen; es konnte für einen verirrten Händler die Rettung bedeuten, und nicht einmal der größte Schurke würde aus einer Hütte, die zu seiner Sicherheit offengelassen wurde, etwas stehlen.

Auch die Eingeborenen würden das nicht tun; es gibt kein Geschöpf, das ehrlicher wäre als ein Venusianer, der niemals lügt oder stiehlt, obwohl er – nach vorheriger Warnung – einen Händler um der Güter willen, die er bei sich hat, töten würde.

Ham stand verdutzt da. Schließlich stampfte er vor der Tür ein Stück Boden fest, setzte sich, lehnte sich gegen die Tür und machte sich daran, die zahllosen abscheulichen kleinen Biester wegzuschnipsen, die über seinen Schutzanzug ausgeschwärmt waren. Er wartete.

Es war keine halbe Stunde vergangen, als er den Händler über das kahle Stück Erde kommen sah; ein kleiner, schmächtiger Kerl. Die Schutzmaske verdunkelte sein Gesicht, aber Ham konnte dennoch die großen überschatteten Augen erkennen. Er stand auf.

»Hallo!« sagte er heiter. »Dachte, ich schau mal kurz rein. Mein Name ist Hamilton Hammond – was ich für'n Spitznamen hab', können Sie sicher erraten!«

Der Neuankömmling blieb stehen, und dann sprach er mit einer eigenartig sanften und heiseren Stimme und einem eindeutig auszumachenden englischen Akzent.

»Wenn ich raten soll, dann würde ich auf ›Gekochtes Schwein‹ tippen.« Es klang kalt und unfreundlich. »Ich denke, Sie machen mal Platz da und lassen mich rein. Guten Tag!«

Ham fühlte Zorn und Erstaunen. »Zum Teufel!« fuhr er ihn an. »Sie sind die Gastfreundschaft in Person, was?«

»Nein. Ganz und gar nicht.« Der andere blieb in der Tür stehen. »Sie sind Amerikaner. Was haben Sie auf britischem Boden verloren? Haben Sie einen Paß?«

»Seit wann braucht man denn in den Hotlands einen Paß?«

»Sie machen doch hier Geschäfte, oder?« fragte der Mann scharf. »Mit anderen Worten gesagt, Sie wildern.

Sie haben hier keinerlei Rechte. Machen Sie, daß Sie weiterkommen.«

Ham spürte, wie seine Gesichtsmuskeln hinter der Maske, die er trug, erstarrten. »Rechte oder nicht«, entgegnete er, »ich habe einen Anspruch darauf, daß in meinem Fall die Grenzgesetze berücksichtigt werden. Ich will nur mal Luft schnappen, will die Möglichkeit haben, mir das Gesicht abzuwischen und etwas zu essen. Wenn Sie diese Tür öffnen, werde ich nach Ihnen eintreten.«

Eine Automatik kam blitzartig zum Vorschein. »Nur zu, doch dann werden Sie Futter für die Schimmelpilze abgeben.«

Ham besaß wie alle Händler auf der Venus die nötige Kühnheit, wußte sich zu helfen und war das, was man in den Staaten »hartgesotten« nennt. Er wich nicht zurück, sagte aber offenbar nachgiebig: »In Ordnung; aber hören Sie, lassen Sie mich nur etwas essen.«

»Warten Sie, bis es regnet«, entgegnete der andere kalt und halb abgewandt, um die Tür aufzuschließen.

Als er wegblickte, trat Ham nach dem Revolver, der gegen die Wand flog und in das Unkraut fiel. Sein Gegner faßte nach der Flammenpistole, die an seiner Hüfte baumelte, aber Ham packte dessen Handgelenk und hielt es fest umklammert.

Während Ham einen kurzen Moment überrascht war, wie hager sich das Handgelenk durch den Schutzanzug hindurch anfühlte, setzte der andere schon zum Kampf an.

»Passen Sie auf!« sagte er. »Ich brauche einen Platz, wo ich essen kann, und ich werde ihn kriegen. Schließen Sie die Tür auf!«

Ham hielt inzwischen beide Handgelenke dieses Burschen umfaßt, der ihm sonderbar zierlich schien. Nach einer Weile nickte er, und Ham ließ die eine Hand los. Die Tür wurde geöffnet, und er betrat nach dem Besitzer dessen Behausung. Auch innen unerhörter Luxus. Solide Stühle, ein derber Tisch, sogar Bücher gab es, zweifellos mittels Lycopodium sorgfältig gegen die gefräßigen Schimmelpilze geschützt, die mitunter trotz Schutzfilter und Automatikspray in die Hotlandhütten gelangten. Mit Hilfe dieses Automatiksprays wurden nun alle Sporen vernichtet, die eventuell durch das Öffnen der Tür Zugang gefunden hatten.

Ham setzte sich, behielt jedoch den anderen im Auge, dem er gestattet hatte, seine Flammenwaffe im Pistolenhalfter zu lassen. Er vertraute darauf, daß er dieser schwächlichen Gestalt zuvorkommen könnte, und wer würde es schon riskieren, in einem geschlossenen Raum eine Flammenpistole abzufeuern? Sie könnte ohne weiteres eine Wand durchschlagen.

So ging er daran, seine Maske zu öffnen, Proviant aus seinem Gepäck hervorzuholen, sein schweißüberströmtes Gesicht abzuwischen, während sein Gastgeber – oder sein Gegner – schweigend zusah. Ham betrachtete eine Weile das Büchsenfleisch, und als kein Schimmel darauf erschien, aß er.

»Zum Teufel«, fragte er heiser, »warum öffnen Sie nicht Ihr Visier?« Als der andere schwieg, fuhr er fort: »Angst, ich könnte Ihr Gesicht sehen, was? Also wirklich, das interessiert mich überhaupt nicht, ich bin kein Polyp.«

Keine Antwort.

Er machte noch einen Versuch. »Sagen Sie mir Ihren Namen?«

Die kalte Stimme tönte: »Burlingame, Pat Burlingame.«

Ham lachte. »Pat Burlingame ist tot, mein Freund. Ich habe ihn gekannt.« Keine Antwort. »Und wenn Sie schon nicht Ihren Namen sagen wollen, dann ziehen Sie wenigstens nicht das Andenken eines tapferen Mannes und großen Forschers in den Dreck.«

»Danke.« Die Stimme klang bitter. »Er war mein Vater.«

»Noch eine Lüge. Er hatte gar keinen Sohn. Er hatte nur eine . . .« Ham hielt unvermittelt inne; ein Gefühl der Bestürzung überkam ihn. »Öffnen Sie Ihr Visier!« brüllte er.

Undeutlich sah er durch den Schutzhelm die Lippen seines Gegenübers, die sich zu einem sarkastischen Lächeln verzogen.

»Nun gut, wieso auch nicht?« sagte die sanfte Stimme, und die Maske fiel.

Ham schluckte. Hinter dem Visier kamen die wohlgestalteten Züge eines Mädchens zum Vorschein – kalte graue Augen in einem Gesicht, das, ungeachtet der Schweißperlen auf Wangen und Stirn, sehr hübsch war.

Der Mann schluckte abermals. Schließlich war er ein Gentleman – trotz seines Gewerbes als einer der grimmigen, abenteuerlichen Händler auf der Venus. Er hatte eine Universitätsausbildung – als Ingenieur –, und nur die Verlockung schnellen Reichtums hatte ihn zu den Hotlands geführt.

»Es – es tut mir leid«, stammelte er.

»Ihr tapferen amerikanischen Wilderer!« gab sie spöttisch zurück. »Seid ihr alle so heldenhaft, daß ihr Frauen überwältigt?«

»Aber – woher sollte ich denn das wissen? Was tun Sie an einem solchen Ort?«

»Ich sehe zwar keine Veranlassung, Ihre Fragen zu beantworten, aber gut« – sie wies auf den hinteren Raum –, »ich klassizifiere die Flora und Fauna hier in den Hotlands. Ich bin Patricia Burlingame, Biologin.«

Er erhaschte einen Blick auf die in Gefäßen verschlossenen Exemplare im Labor nebenan. »Aber eine Frau allein in den Hotlands! Das ist unverantwortlich!«

»Ich war nicht darauf gefaßt, irgendeinem amerikanischen Wilderer zu begegnen«, erwiderte sie.

Er errötete. »Sie brauchen sich meinetwegen nicht zu beunruhigen. Ich gehe wieder.« Er legte die Hand an sein Visier.

Im nächsten Moment zog Patricia eine Automatik aus dem Tischschubfach. »Natürlich gehen Sie, Mr. Hamilton Hammond«, sagte sie frostig. »Aber Ihre Xixtchils lassen Sie mir hier. Sie sind Eigentum der Krone; Sie haben sie von britischem Territorium gestohlen, und ich beschlagnahme sie.«

Er starrte sie an. »Verstehen Sie doch«, brach es plötzlich aus ihm hervor, »ich habe alles für diese Xixtchils aufs Spiel gesetzt. Wenn ich sie verliere, bin ich ruiniert – erledigt. Ich gebe sie nicht her.«

»Das werden Sie doch tun.«

Er nahm seine Maske ab und setzte sich. »Miss Burlingame«, sagte er, »ich glaube nicht, saß Sie die Nerven dazu haben, mich zu erschießen, aber genau das werden Sie tun müssen, wenn Sie sie haben wollen. Anderenfalls werde ich hier sitzenbleiben, bis Sie vor Erschöpfung umfallen.«

Ihre grauen Augen bohrten sich still in seine blauen. Die Waffe war auf sein Herz gerichtet, aber sie drückte nicht ab. Sie waren an einem toten Punkt angelangt.

Schließlich sagte das Mädchen: »Sie haben gewonnen.« Sie schob ihre Waffe in das leere Pistolenhalfter. »Raus mit Ihnen!«

»Mit Freuden!« sagte er bissig.

Er erhob sich und brachte sein Visier in die richtige Stellung, als er plötzlich einen entsetzten Schrei von dem Mädchen vernahm. Er fuhr herum, da er einen Trick dahinter vermutete, aber sie stierte mit weit aufgerissenen, furchtsamen Augen aus dem Fenster.

Ham sah das Geschlängel der Vegetation und dann eine riesige weißliche Masse. Ein Schleimmonster – ein riesenhaftes Gebilde, das sich stetig auf ihre Behausung zubewegte. Er hörte ein schwaches Schnalzen beim Aufprall, und dann war das Fenster von dem kleistrigen Unrat verschmiert, während das Ungetüm – nicht groß genug, das Gebäude mit einemmal zu verschlingen, sich in zwei Haufen teilte, die um die Hütte herumschwappten und auf der anderen Seite wieder zum Vorschein kamen.

Abermals ein Schrei von Patricia. »Ihre Maske, Sie Dummkopf! Schließen Sie sie!«

»Maske? Wieso?« Dennoch gehorchte er automatisch.

»Wieso? Deshalb! Die Säuren, die es aus seinem Verdauungstrakt absondert! Sehen Sie doch!«

Sie zeigte auf die Wände. Tatsächlich, Tausende stecknadelkopfgroße Löcher, durch die Licht drang, erschienen. Die Verdauungssäuren des Ungeheuers waren so ätzend, daß sie jederlei Nahrung, auf die es der Zufall stieß, in Angriff nehmen konnten, und so hatten sie auch das Metall zersetzt. Es war porös geworden. Die Hütte war zerstört. Er rang nach Luft, als er sah, wie sich die Überreste seines Mahls von einem Moment zum anderen mit Schimmel überzogen und ein rotgrüner Pelz aus dem Holz der Stühle und des Tisches hervorschoß.

Die zwei sahen einander an.

»Ja«, sagte Ham, »jetzt haben Sie auch kein Zuhause mehr. Meins ist bei einer Schlammeruption versackt.«

»Das kann ich mir vorstellen!« bemerkte Patricia hämisch. »Ihr Yankees wißt doch gar nicht, wie ihr's anstellen sollt, tragfähigen Boden zu finden, nehme ich an. Hier liegt das Grundgestein nur sechs Fuß tief, und *meine* Bleibe steht auf einer Pfahlkonstruktion.«

»Sie sind ein kaltblütiges Wesen. Auch Ihre Behausung hätte versinken können. Was wollen Sie jetzt tun?«

»Darum brauchen Sie sich nicht zu kümmern. Ich bin sehr gut in der Lage, für mich selbst zu sorgen.«

»Wie?«

»Das geht Sie eigentlich nichts an, aber jeden Monat einmal kommt eine Rakete vorbei.«

»Dann müssen Sie ja Millionärin sein«, bemerkte er.

»Die Königliche Gesellschaft finanziert diese Expedition«, antwortete sie nüchtern. »Die Rakete kommt . . .«

»Kommt wann?«

»Nun ja, sie war gerade erst vor zwei Tagen da. Das hatte ich ganz vergessen.«

»Ich verstehe. Und jetzt wollen Sie einen Monat hier rumsitzen und auf die nächste warten. Ist es so?«

Patricia blickte ihn trotzig an.

»Was meinen Sie«, begann er nachdenklich, »was in

einem Monat aus Ihnen geworden ist? Es sind noch zehn Tage bis zum Sommer, und sehen Sie sich Ihre Unterkunft an.« Er wies mit einer Geste zu den Wänden hinüber, auf denen sich braune rostige Flecke gebildet hatten, und im gleichen Moment brach ein Stück Metall von der Größe einer Untertasse mit einem Krachen aus der Wand heraus. »In zwei Tagen wird das Ding zusammengestürzt und eine Ruine sein. Was wollen Sie fünfzehn Sommertage über tun? Wie wollen Sie sie ohne eine schützende Behausung überstehen, wenn die Temperaturen auf hundertfünfzig klettern oder sogar hundertsechzig? Ich kann es Ihnen sagen – Sie werden sterben.«

Sie erwiderte nichts.

»Sie werden ein pelziger Schimmelhaufen sein, noch ehe die Rakete zurückkommt«, sagte Ham. »Und dann wird nur ein sauberes Häufchen Knochen übriggeblieben sein, das bei der ersten besten Schlammeruption verschwindet.«

»Seien Sie still!« fuhr sie ihn an.

»Stillsein hilft da nicht. Ich sage Ihnen jetzt, was Sie tun können. Sie können Ihre Sachen nehmen und Ihre Schlammschuhe und mit mir zusammen weiterziehen. Wir können das Cool Country noch vor Einbruch des Sommers erreichen – wenn Sie auch so forsch laufen wie Sie reden.«

»Mit einem Yankee-Wilderer mitgehen? Ich denke, das werde ich nicht tun.«

»Und dann«, fuhr Ham unbeirrt fort, »können wir bequem nach Erotia rüber, einer schönen amerikanischen Stadt.«

Patricia langte nach ihrem Notgepäck, hängte es sich über die Schulter. Sie rettete ein dickes Bündel mit Notizen, die mit Anilintinte auf eine Art Folie geschrieben waren, klopfte einige Schimmelpilze ab und schob die Notizen in ihren Gepäcksack. Sie hob ein Paar kleine Schlammschuhe auf und wandte sich entschlossen zur Tür.

»Sie kommen also doch mit?« fragte er grinsend.

»Ich gehe in die schöne britische Stadt Venoble«, entgegnete sie frostig. »Allein.«

»Venoble!« Ihm blieb die Luft weg. »Das sind zweihundert Meilen Richtung Süden! Und dann müssen Sie noch über die Greater Eternities!«

Patricia ging schweigend durch die Tür hinaus und schlug die westliche Richtung zum Cool Country ein. Ham zögerte einen Augenblick, dann folgte er ihr. Er konnte es nicht zulassen, daß das Mädchen diese Reise allein unternahm; da sie seine Anwesenheit ignorierte, stapfte er grimmig und zornig hinter ihr in ein paar Schritten Abstand her.

Drei Stunden oder mehr schleppten sie sich mühsam in dem endlosen Tageslicht dahin, wichen den Angriffen der Jack-Ketch-Bäume aus, hielten sich jedoch weitgehend an die noch immer ziemlich freie Spur des ersten Schleimmonsters.

Ham war erstaunt über die behende und geschmeidige Anmut des Mädchens, die den Weg mit der unfehlbaren Geschicklichkeit einer Eingeborenen zurücklegte. Dann kam ihm eine Erinnerung. In gewisser Weise war sie auch eine Eingeborene. Ihm fiel nämlich ein, daß Patrick Burlingames Tochter das erste Menschenkind war, das auf der Venus geboren wurde, in der Kolonie Venoble, die ihr Vater gegründet hatte.

Ham erinnerte sich an die Zeitungsartikel, als sie – acht Jahre alt – zur Erde geschickt wurde, um dort eine Ausbildung zu erhalten. Damals war er dreizehn gewesen. Jetzt war er siebenundzwanzig, was bedeutete, daß Patricia zweiundzwanzig Jahre alt sein mußte.

Kein Wort fiel zwischen ihnen, bis das Mädchen sich gereizt umwandte. »Gehen Sie weg!« schrie sie ihn an.

Ham blieb stehen. »Ich belästige Sie doch nicht.«

»Aber ich brauche keinen Leibwächter. Ich kenne mich besser in den Hotlands aus als Sie!«

Das konnte er nicht bestreiten. Er blieb ruhig, aber

einen Augenblick später brach es aus ihr heraus: »Ich hasse Sie, Yankee! Gott, wie ich Sie hasse!« Sie drehte sich um und ging weiter.

Eine Stunde später gerieten sie in eine Schlammeruption. Ohne Vorwarnung sprudelte rund um ihre Füße wäßriger Unrat hervor, und die Vegetation erbebte beängstigend. Hastig streiften sie sich ihre Schlammschuhe über, während um sie herum die größeren Pflanzen mit einem dumpfen Gurgeln versanken. Abermals mußte Ham die Gewandtheit des Mädchens bewundern. Patricia huschte über die brüchige Oberfläche mit einer Geschwindigkeit, bei der er nicht mithalten konnte, und er schlurfte in weiter Entfernung hinter ihr her.

Plötzlich sah er, daß sie stehenblieb. Das war gefährlich bei einer Schlammeruption; es konnte sich nur um eine Notsituation handeln. Er eilte vorwärts, und als er bis auf hundert Fuß heran war, erkannte er den Grund. Eine Bindung an ihrem rechten Schuh war gerissen, und sie stand hilflos da, versuchte auf dem linken Fuß die Balance zu halten, während der andere Schlammschuh langsam versank. Selbst bei dem linken Schuh schob sich bereits schwarzer Schlamm über den Rand.

Als er herankam, blickte sie ihn an. Er schob sich an ihre Seite, und als sie sah, was er vorhatte, sprach sie ihn an: »Das können Sie nicht machen.«

Er beugte sich vorsichtig vor, umfaßte mit einem Arm ihre Knie, mit dem anderen ihre Schultern. Ihr Schlammschuh war bereits vom Morast eingeschlossen, aber er zog mit aller Anstrengung, wobei die Ränder seiner eigenen Schuhe der Morastoberfläche gefährlich nahe kamen. Mit einem starken, schnalzenden Ruck kam sie frei und lag ganz reglos in seinen Armen, um ihn nicht aus dem Gleichgewicht zu bringen, als er wieder zu einer vorsichtigen Bewegung über die trügerische Oberfläche hinweg ansetzte. Sie war nicht sehr schwer, aber es war ein halsbrecherisches Unterfangen, und der Schlamm schwappte und sprudelte am äußersten Rand seiner Schuhkähne. Die

Gravitation auf der Venus ist zwar etwas geringer als die der Erde, aber nach spätestens einer Woche hat man sich daran gewöhnt, und der Gewichtsvorteil von zwanzig Prozent scheint verschwunden zu sein.

Nach weiteren hundert Yards hatten sie festen Boden unter den Füßen. Er setzte sie ab und schnallte die Schlammschuhe los.

»Danke«, sagte sie kühl. »Das war mutig.«

»Willkommen«, entgegnete er trocken. »Ich schätze, damit hat sich Ihre Absicht, allein zu gehen, endgültig erledigt. Ohne zwei Schlammschuhe wird die nächste Eruption für Sie die letzte sein. Gehen wir jetzt zusammen weiter?«

Ihre Stimme war eisig. »Ich kann mir einen Ersatzschuh aus Baumrinde machen«, sagte sie. »Dann warte ich einfach ein oder zwei Tage, bis der Schlamm getrocknet ist, und grabe meinen verlorengegangenen Schuh wieder aus.«

Er lachte und deutete über die Schlammfelder hin. »Wo wollen Sie da graben?« konterte er. »Sie werden bis zum Sommer damit zu tun haben, wenn Sie es versuchen.«

Sie gab nach. »Sie haben wieder gewonnen, Yankee. Aber nur bis zum Cool Country, dann gehen Sie nach Norden und ich nach Süden.«

Sie zogen weiter. Patricia war ebenso unermüdlich wie Ham, dabei jedoch weitaus erfahrener, was das Wissen über die Hotlands betraf. Sie sprachen nur wenig miteinander, und er hörte nicht auf, über das Geschick zu staunen, mit dem sie die schnellste Route herausfand. Sie schien auch Attacken der Jack-Ketch-Bäume vorauszuahnen, ohne hinzusehen. Als sie Rast machten, da ein Regenguß ihnen die Möglichkeit zu einer eiligen Mahlzeit bot, hatte er wahrhaft Grund, ihr dankbar zu sein.

»Wollen wir ein wenig schlafen?« schlug er vor, und sie nickte.

»Da ist ein Freundlicher Baum.«

Er ging darauf zu, das Mädchen ihm nach.

Plötzlich packte sie ihn am Arm. »Es ist ein Pharisäer!« schrie sie und stieß ihn zurück.

Keinen Moment zu früh! Die Äste des trügerischen Freundlichen Baumes waren herabgeschnellt wie ein Peitschenhieb, der Hams Gesicht nur um einige Zoll verfehlte. Es war ganz und gar kein Freundlicher Baum, sondern ein Imitator, der seine Opfer durch seine scheinbare Harmlosigkeit bis in Reichweite lockte und dann mit messerscharfen Dornen auf sie niederstieß.

Ham schnappte nach Luft. »Was ist das? So einen habe ich nie zuvor gesehen.«

»Ein Pharisäer! Er sieht ganz so aus wie ein Freundlicher Baum.«

Sie nahm ihre Automatik und feuerte ein Geschoß ab in den schwarzen pulsierenden Stamm. Ein dunkler Strom ergoß sich daraus, und die allgegenwärtigen Schimmelbakterien tauchten blitzartig um das Loch herum auf. Der Baum war der Zersetzung anheimgegeben.

»Danke«, sagte Ham verlegen. »Ich denke, Sie haben mir das Leben gerettet.«

»Dann sind wir also jetzt quitt.« Sie sah ihn fest an. »Verstehen Sie? Wir schulden uns nichts mehr.«

Später fanden sie dann einen echten Freundlichen Baum und schliefen. Nachdem sie erwachten, wanderten sie wieder weiter, schliefen wieder, und so ging es drei nächtelose Tage lang. In ihrem Umkreis gab es zwar keine Schlammeruption mehr, aber alle anderen Schrecken der Hotlands offenbarten sich ihnen. Schleimmonster kreuzten ihren Weg, Schlangenwurzeln zischten und stießen auf sie ein, die Jack-Ketch-Bäume warfen ihre unheilvollen Schlingen nach ihnen aus, und eine Million kleiner Krabbelviecher wand sich unter ihren Füßen oder fiel auf ihre Anzüge nieder.

Einmal stießen sie auf einen Einbeiner, diese seltsame känguruhähnliche Kreatur, die, auf einem einzigen kräftigen Bein springend, durch den Dschungel bricht und ihren zehn Fuß langen Schnabel vorstreckt, um ihr Opfer damit aufzuspießen.

Als Hams erster Schuß fehlging, streckte das Mädchen dieses Ungeheuer mitten im Sprung nieder und überließ es den gierigen Fängen der Jack-Ketch-Bäume und den gnadenlosen Schimmelpilzen.

Ein andermal verfingen sich Patricias Füße in einer Jack-Ketch-Schlinge, die aus unbekanntem Grund auf dem Boden lag. Als sie hineintrat, riß der Baum die Schlinge plötzlich hoch, und Patricia baumelte kopfüber ein Dutzend Fuß hoch in der Luft, hing hoffnungslos dort oben fest, bis es Ham gelang, die Schlinge zu zerschneiden und sie zu befreien. Es besteht kein Zweifel, daß es etliche Situationen gab, in denen jeder von ihnen – wäre er allein gewesen – ums Leben gekommen wäre; gemeinsam jedoch schlugen sie sich durch.

Dennoch tat keiner der beiden etwas, um das kühle, unfreundliche Verhältnis zueinander, das ihnen schon zur Gewohnheit geworden war, zu entspannen. Ham sprach das Mädchen nur an, wenn es unbedingt notwendig war, und sie nannte ihn bei den wenigen Gelegenheiten, bei denen sie miteinander sprachen, nie anders als Yankee-Wilderer. Trotzdem ertappte sich der Mann ab und zu dabei, wie er an ihr erregend liebliches Gesicht dachte, ihr braunes Haar und ihre offenen grauen Augen, die er in den kurzen Augenblicken, wenn der Regen es ungefährlich machte, die Visiere zu öffnen, erblickt hatte.

Eines Tages kam von Westen her tüchtiger Wind auf, der einen Hauch Kühle mit sich brachte, die sie wie die Luft des Himmels empfanden. Es war die untere Luftströmung, der Wind, der von der frostigen Hälfte des Planeten her wehte, von dem Gebiet hinter der Eisgrenze. Als Ham probeweise den Belag von einer sich schlängelnden Unkrautpflanze herunterschabte, traten die Schimmelbakterien wesentlich langsamer hervor und in ermutigender Spärlichkeit. Sie näherten sich dem Cool Country.

Erleichterten Herzens fanden sie einen Freundlichen

Baum; noch ein Tagesmarsch, und sie würden im Hochland sein, wo man ohne Schutzanzug gehen konnte und auch vor den Schimmelbakterien sicher war, da diese bei einer Temperatur, die weit unter achtzig lag, nicht gedeihen konnten.

Ham erwachte als erster. Eine Weile blickte er still auf das Mädchen, und er mußte darüber lächeln, daß die Zweige des Baumes sie wie mit liebevollen Armen umschlungen hatten. Natürlich waren sie nichts weiter als hungrig, aber dennoch sah es wie eine zärtliche Geste aus. Sein Lächeln bekam einen traurigen Zug, als er daran dachte, daß das Cool Country die Trennung von ihr bedeutete, es sei denn, es würde ihm gelingen, sie von ihrem unsinnigen Vorhaben, die Greater Eternities zu durchqueren, abzubringen. Er seufzte und langte nach seinem Gepäck, das er zwischen sie beide an einen Ast gehängt hatte, als ihn plötzlich Zorn und Bestürzung erfaßten.

Seine Xixtchilhülsen! Der Beutel war aufgeschlitzt; sie waren verschwunden.

Patricia erwachte, erschreckt von seinem Geschrei. Dann nahm er hinter ihrem Visier ein ironisches und spöttisches Lächeln wahr.

»Meine Xixtchilhülsen!« brüllte er. »Wo sind sie?«

Sie zeigte nach unten. Dort hatte sich zwischen den kleineren Gewächsen ein winziges Häufchen Schimmelpilze angesammelt.

»Da«, sagte sie kalt. »Dort unten, Wilderer.«

»Sie . . .« Er kochte vor Wut.

»Ja, ich habe den Beutel aufgeschnitten, als Sie schliefen. Sie werden kein Diebesgut von britischem Territorium herüberschmuggeln.«

Ham war aschfahl und sprachlos. »Verdammte Furie!« schrie er schließlich. »Das ist alles, was ich besaß!«

»Aber gestohlen«, erinnerte sie ihn freundlich und wippte dabei mit ihren zierlichen Füßen.

Vor Wut begann er zu zittern. Er stierte sie mit durchbohrendem Blick an; das Licht fiel auf den durchscheinenden Schutzanzug und zeichnete schemenhaft ihren Körper und ihre schlanken, wohlgeformten Beine ab. »Ich sollte Sie umbringen!« stieß er gepreßt hervor. Seine Hand zuckte, und das Mädchen lachte verhalten. Mit einem verzweifelten Stöhnen schnallte er sich sein Gepäck über die Schultern und sprang auf den Boden hinunter.

»Ich hoffe – ich hoffe, Sie kommen in den Bergen um«, sagte er grimmig und stapfte los in Richtung Westen.

Er war hundert Yards entfernt, als er ihre Stimme hörte.

»Yankee! Warten Sie einen Moment!«

Er blieb nicht stehen und schaute sich auch nicht um, sondern schritt weiter.

Eine halbe Stunde später, als er vom Gipfel eines Berges zurückblickte, bemerkte Ham, daß sie ihm folgte. Er wandte sich ab und eilte weiter. Der Weg ging nun bergauf, und seine Kraft machte wett, was ihre Schnelligkeit und Geschicklichkeit vermochten. Als er sie das nächste Mal erspähte, war sie ein sich langsam fortbewegender Punkt in weiter Ferne. Er stellte sich vor, daß sie sich mit einer aufreibenden Verbissenheit fortbewegte. Er runzelte die Stirn, als er sich nach ihr umblickte; es war ihm eingefalllen, daß sie einer Schlammeruption völlig hilflos gegenüber stünde, da ihr die lebenswichtigen Schlammschuhe fehlten.

Dann erkannte er, daß sie bereits aus der Region der Schlammeruptionen heraus waren, hier, am Fuße der Berge der Ewigkeit. Und überhaupt, was kümmerte es ihn?

Eine Zeitlang lief Ham parallel zu einem Fluß, zweifellos ein namenloser Seitenarm des Phlegethon. Bisher hatte keine Notwendigkeit bestanden, Wasserläufe zu durchqueren, da auf der Venus alle Ströme von der Eisgrenze durch die Zwielichtzone hin zur heißen Seite flossen und somit in ihrer Richtung übereinstimmten.

Jetzt aber, wo er die Hochebene erreicht hatte und gen Norden ging, würden Flüsse seinen Weg kreuzen. Er mußte sie auf irgendwelchen Holzbrocken überqueren oder, wenn sich die Gelegenheit dazu bot und der Strom nicht zu breit war, indem er Zweige der Freundlichen Bäume zu Hilfe nahm. Auch nur einen Fuß ins Wasser zu setzen, bedeutete den Tod; bösartige, mit Giftzähnen bewehrte Ungeheuer trieben in den Flüssen ihr Unwesen.

Als er sich einmal durch ein Jack-Ketch-Gebiet hindurchkämpfte, verschwand plötzlich vor seinen Augen ein Baum- und Dschungelgewächs in der Masse eines gigantischen Schleimmonsters. Er war eingeschlossen zwischen dem Monster und einem undurchdringlichen Vegetationsgeflecht; so tat er das einzige, was ihm zu tun blieb. Er zog seine Flammenpistole und feuerte einen fürchterlichen Strahl in das Schreckensgebilde vor sich, einen Strahl, der Tonnen teigartigen Unrats zu Asche zerfallen ließ, so daß nur wenige Rückstände übrig blieben, die über die Reste krochen und sie sich einverleibten.

Der Strahl hatte aber auch den Lauf der Waffe zerschmettert. Er seufzte, als er sich daran machte, einen neuen einzusetzen. Kein wahrer Hotlander schob das lange hinaus – denn das Geschoß hatte fünfzehn gute amerikanische Dollar gekostet, zehn für den billigen Diamanten, der explodiert war und fünf für den Lauf. Das fiele überhaupt nicht ins Gewicht, wenn er noch seine Xixtchils gehabt hätte, aber so, wie die Dinge jetzt standen, war die Pistole ein wertvoller Gegenstand. Er seufzte abermals, als er feststellte, daß ihm nur noch ein Lauf geblieben war.

Ham erreichte schließlich das Hochland. Die grausamen und räuberischen Gewächse der Hotlands wurden hier seltener; nach und nach traf er auf echte Pflanzen, die nicht die Fähigkeit hatten, sich zu bewegen.

Er befand sich in einer Art hoch gelegenem Tal. Zu seiner Rechten lagen die grauen Gipfel der Lesser Eternities, hinter denen Erotia lag, und zu seiner Linken zogen sich wie ein glitzernder Schutzwall die weiten Hänge der Greater Range hin, deren Spitzen sich fünfzehn Meilen höher in den Wolken verloren.

Er betrachtete die Öffnung des zerklüfteten Madman's Pass, die zwei gewaltige Gipfel voneinander trennte. Der Paß selbst war fünfundzwanzigtausend Fuß hoch, aber die Felsen überragten ihn noch um fünftausend Fuß. Einen Mann gab es, der diesen schroffen Felsspalt zu Fuß durchmessen hatte – Patrick Burlingame –, und das war der Weg, dem auch seine Tochter folgen wollte.

Weit vorn lag, sichtbar als ein Schattenvorhang, die Nachtgrenze der Zwielichtzone, und Ham konnte die aufeinanderfolgenden Blitze sehen, die in der Region der endlosen Stürme unablässig aufleuchteten. Hier kreuzte die Eisgrenze die Bergketten der Mountains of Eternity, und der kalte untere Luftstrom, der durch die mächtige Bergkette nach oben geschleudert wurde, prallte auf die wärmeren höheren Luftströmungen, in einem Kampf, der einem fortgesetzten Sturm gleichkam, einem Sturm, wie es ihn nur auf der Venus gibt. Irgendwo dort hinten hatte auch der Phlegethon seine Quelle.

Ham überblickte das berückend schöne Panorama. Morgen oder besser, wenn er eine Rast gemacht hatte, würde er sich gen Norden wenden. Patricia würde die südliche Richtung einschlagen und, daran bestand kein Zweifel, irgendwo auf dem Madman's Pass zugrunde gehen. Einen Moment lang war er seltsam schmerzlich berührt, doch dann verhärtete sich sein Gesicht in Bitterkeit.

Sollte sie doch sterben, wenn sie närrisch genug war, sich allein auf den Paß zu wagen, nur weil sie zu stolz war, eine amerikanische Rakete zu benutzen. Sie verdiente es nicht anders. Ihn kümmerte es nicht. Das redete er sich noch immer ein, als er sich schon zum Schlafen bereitmachte – nicht in einem Freundlichen Baum, sondern in einem der weitaus angenehmeren Exemplare der echten Vegetation, und mit dem Luxus eines geöffneten Schutzhelms.

Als er seinen Namen hörte, erwachte er. Er schaute über das Hochland hinweg und sah Patricia, wie sie gerade die Wasserscheide durchschritt, und einen Augenblick wunderte er sich darüber, wie es ihr gelungen war, seiner Spur zu folgen, was in einem Land, in dem die emsige Vegetation sich sofort über den Pfad, den man getreten hatte, zurückschlängelte, ein schwieriges Unterfangen war.

Dann erinnerte er sich an die Entladung seiner Flammenpistole; der Lichtblitz und der Schall wurden über Meilen weitergetragen, und sie mußte es gehört oder gesehen haben.

Ham bemerkte, daß sie ängstlich umherblickte. »Ham!« rief sie wieder – nicht Yankee oder Wilderer, sondern »Ham!«

Eigensinnig schwieg er; erneut rief sie ihn. Jetzt konnte er ihr gebräuntes feingeschnittenes Gesicht ausmachen; sie hatte ihre Schutzmaske abgenommen. Noch einmal rief sie. Mit einem verzagten leichten Schulterzucken wandte sie sich auf dem Bergkamm nach Süden, und er beobachtete, wie sie finster dahinschritt. Als sie im Wald außer Sicht geriet, stieg er hinab und wandte sich langsam nach Norden.

Sehr langsam. Seine Schritte gingen schleppend; es war, als müsse er gegen unsichtbare elastische Fesseln ankämpfen. Immer noch sah er ihr verängstigtes Gesicht vor sich und hörte in Gedanken ihre verzweifelte Stimme. Sie lief in den Tod, das stand für ihn fest, und das wollte er – trotz allem, was sie ihm angetan hatte – doch nicht. Sie war zu lebensfroh, so zuversichtlich, zu jung und vor allem zu schön, um zu sterben.

Es stimmte, sie war arrogant, bösartig, egoistisch, sie war unfreundlich und kalt wie Kristall, aber sie hatte graue Augen und herrliches braunes Haar, und sie war mutig. Schließlich, mit einem erbitterten Stöhnen, blieb er stehen, drehte sich um und eilte nahezu hektisch in Richtung Süden.

Das Mädchen hier zu verfolgen, war einfach für jemanden, der für die Hotlands ausgebildet worden war. Die Vegetation konnte sich hier im Cool Country nur sehr langsam wieder regenerieren, und ab und zu erspähte er auch ihre Fußabdrücke oder abgebrochene Zweige, die ihren Weg markierten. Er fand die Stelle, an der sie mit Hilfe von Ästen den Fluß überquert, und er sah, wo sie eine Pause eingelegt und gegessen hatte. Allerdings erkannte er auch, daß ihr Vorsprung immer größer wurde; an Geschicklichkeit und Tempo übertraf sie ihn, und die Spur war nicht mehr so frisch. Er machte schließlich halt und legte eine Pause ein. Die Hochebene stieg gemächlich hinauf zu den weiten Mountains of Eternity, und auf ansteigendem Gelände, das wußte er, konnte er sie einholen. So schlief er eine Weile in aller Behaglichkeit, denn er war ganz ohne Schutzanzug, nur in kurzen Hosen und dem Hemd, die man unter dem Anzug trug. Hier war er sicher; der Wind, der in Richtung Hotlands blies, trieb die Schimmelsporen ab, und die durch Tiere hereingetragenen Bakterien wurden bei dem kalten Luftzug schnell abgetötet. Die echten Pflanzen des Cool Country hingegen würden ihn nicht angreifen.

Er schlief fünf Stunden. Der nächste »Tag« seiner Wanderung führte ihn wieder in eine andere Zone. Die Natur im Vorgebirge war sehr dürftig, verglichen mit der Hochebene; die Vegetation war nicht länger ein Dschungel, sondern ein Wald – wenngleich kein irdischer Wald – mit baumähnlichen Gewächsen, deren Stämme sich fünfhundert Fuß hoch erstreckten und sich dann nicht zu Laubwerk entfalteten, sondern zu blumengleichen Fortsätzen. Nur ein gelegentlicher Jack-Ketch-Baum erinnerte ihn noch an die Hotlands.

Etwas weiter bergauf verschwand der Wald. Große Felsauswüchse tauchten auf und steile rote Klippen, auf denen es überhaupt keinen Pflanzenwuchs gab.

Hin und wieder begegneten ihm Schwärme der einzigen Flugwesen, die es auf dem Planeten gab, der grauen mottenähnlichen Staubmäntel, groß wie Falken, aber so zerbrechlich, daß ein Stoß sie zerschmetterte. Sie schwirrten herum, gingen jedoch von Zeit zu Zeit nieder, um kleines Gewürm zu packen, und gaben eigenartige glokkenähnliche Laute von sich. Und scheinbar fast über ihm, obwohl die Entfernung in Wirklichkeit dreißig Meilen betrug, ragten undeutlich die Mountains of Eternity auf, deren Spitzen sich in den Wolken verloren, die ungefähr fünfzehn Meilen über ihm wirbelten.

Hier wurde es wieder schwierig, der Spur zu folgen, da Patricia oftmals über bloßes Gestein kletterte. Aber nach und nach wurden die Markierungen wieder deutlicher. Abermals kam ihm zugute, daß er der Kräftigere war. Und dann sah er sie, am Fuße eines gewaltigen steilen Abhangs, der durch einen schmalen, baumbestandenen Cañon zerteilt wurde.

Sie schaute erst zu dem mächtigen Abhang auf, dann blickte sie in die Bergspalte und fragte sich offensichtlich, ob sich hier eine Möglichkeit bot, zur Grenze hinaufzusteigen, oder ob es notwendig war, das Hindernis zu umgehen. Wie er hatte auch sie ihren Schutzanzug abgelegt und trug die übliche Hemd-Shorts-Kombination des Cool Country, das, nach irdischen Maßstäben betrachtet, überhaupt nicht kalt ist. Sie sieht wie eine liebliche Waldnymphe von den altertümlichen Hängen des Pelion aus, dachte er.

Er beeilte sich, als er sah, daß sie in den Cañon hinabstieg. »Pat!« rief er; es war das erstemal, daß er ihren wirklichen Namen ausgesprochen hatte. Nach hundert Fuß in der Schlucht hatte er sie eingeholt.

»Sie sind es!« keuchte sie. Sie sah erschöpft aus; stundenlang war sie vorwärts geeilt, aber ihre Augen blitzten lebhaft auf. »Ich dachte, Sie hätten . . . Ich habe versucht, Sie ausfindig zu machen.«

Hams Gesicht zeigte keine Spur von Entgegenkommen. »Hören Sie zu, Pat Burlingame«, sagte er frostig. »Sie verdienen keine Nachsicht, aber ich kann es nicht mit ansehen, daß Sie in den Tod laufen. Sie sind stur, aber Sie sind eine Frau. Ich bringe Sie nach Erotia.«

Die Lebhaftigkeit verschwand aus ihren Augen. »Wirklich, Wilderer? Mein Vater ist hier durchgegangen, also kann ich es auch.«

»Ihr Vater hat die Tour im Hochsommer gemacht, stimmt's? Und heute haben wir Sommersonnenwende. Sie können den Madman's Pass nicht in weniger als fünf Tagen bezwingen, einhundertzwanzig Stunden, und dann wird es bald Winter sein, und dieser Längengrad verläuft dicht bei der Sturmlinie. Sie sind eine Närrin.«

Sie wurde rot. »Der Pass ist hoch genug, um sich in den oberen Luftströmungen zu bewegen. Da wird es warm von den Blitzen.« Er hielt kurz inne. Das schwache Grollen des Donners rollte durch den Cañon. »Hören Sie sich das an. In fünf Tagen wird es genau über uns sein.« Er wies auf die kahlen Hänge. »Nicht einmal Venusleben kann dort Fuß fassen – oder sind Sie der Meinung, Sie haben genug Messing bei sich, um als Blitzableiter zu wirken? Vielleicht haben Sie recht.«

Zorn flammte in ihr auf. »Lieber der Blitz als Sie!« gab Patricia spitz zurück, und dann wurde sie plötzlich milder. »Ich habe versucht, Sie zurückzurufen«, sagte sie.

»Um mich auszulachen«, antwortete er bitter.

»Nein. Um Ihnen zu sagen, daß es mir leid tut, und daß ich . . .«

»Ich brauche Ihre Entschuldigung nicht.«

»Aber ich wollte Ihnen sagen, daß . . .«

»Bemühen Sie sich nicht«, sagte er schroff. »Sie wiederholen sich. Das Unrecht ist nun einmal geschehen.« Mit gerunzelter Stirn blickte er kalt auf sie herab.

Patricia sagte kleinlaut: »Aber ich . . .«

Sie wurde durch ein lautes Krachen und Glucksen unterbrochen, und sie schrie auf, als ein gigantisches Schleimmonster hervorbrach, ein Koloß, der den Cañon von einer Wand zur anderen in sechs Fuß Höhe ausfüllte, und auf sie zuwogte. Im Cool Country waren diese

Schreckensgebilde zwar seltener, dafür aber auch größer, denn durch den Überfluß an Nahrung in den Hotlands waren sie gezwungen, sich zu teilen. Dieser jedoch war ein Gigant, ein Riesentier; Tonnen über Tonnen ekelerregende, übelriechende Fäulnis schob sich den engen Weg entlang. Sie waren abgeschnitten.

Ham zog seine Flammenpistole, aber das Mädchen griff nach seinem Arm. »Nein, nein!« schrie sie. »Es ist zu nahe! Das Zeug wird bis hierher spritzen!«

Patricia hatte recht. War man nicht durch den Anzug geschützt, bedeutete die Berührung mit nur einem Teilchen dieses Mißgebildes den Tod, und der Strahl der Flammenpistole würde bewirken, daß die Fetzen in einem Schauer auf sie herabrieselten. Er faßte sie am Handgelenk, und sie flüchteten den Cañon hinauf, darauf bedacht, einen ausreichenden Abstand zu schaffen, um einen Schuß riskieren zu können. Und etwa zwölf Fuß hinter ihnen erhob sich wallend das Schleimungeheuer, das blindlings in die ihm einzig mögliche Richtung vorwärtskroch – die Richtung, wo es Nahrung gab.

Sie gewannen einen Vorsprung. Dann machte der Cañon, der in einem rechten Winkel südwestlich verlaufen war, eine jähe Wendung in Richtung Süden. Die ewig ostwärts gerichtete Sonne war verdeckt; sie befanden sich in einer Erdspalte fortwährenden Schattens, und der Boden war blankes, lebloses Gestein. Als das Schleimungeheuer diesen Punkt erreichte, machte es Halt; da es ihm an jeglichem System und an Entscheidungsvermögen mangelte, konnte es sich nicht weiterbewegen, wenn nicht irgendwelche Nahrung ihm die Richtung wies. Es war ein solches Monstrum, wie es nur im Klima der Venus gedeihen konnte, wo es von allem möglichen Getier wimmelte. Es erhielt sich nur durch ununterbrochenes Fressen am Leben.

Die zwei warteten eine Weile im Schatten.

»Was jetzt?« flüsterte Ham.

Ein genau gezielter Schuß auf das massige Ding war

wegen des Winkels nicht möglich; das Geschoß würde nur den Teil zerstören, den es erreichte.

Patricia sprang hoch und faßte nach einem sich aus der Felswand windenden Strauch, der sich an einer Stelle befand, wo ein schwacher Lichtstrahl ihn erreichen konnte. Sie schleuderte den Strauch der pulsierenden Masse entgegen; das Schleimtier stieß einen oder zwei Fuß weiter vor.

»Locken Sie es an«, schlug sie ihm vor.

Sie probierten es. Es war unmöglich; die Vegetation war zu dürftig.

»Was wird jetzt mit dem Ding passieren?« fragte Ham.

»Ich habe mal eins gesehen, das an der Wüstengrenze der Hotlands aufgelaufen war. Es zuckte eine Weile, und dann griffen sich die einzelnen Zellen gegenseitig an. Es hat sich selbst verschlungen.« Sie schauderte. »Es war grauenvoll!«

»Wie lange hat das gedauert?«

»Nun, etwa vierzig oder fünfzig Stunden.«

»*So* lange werde ich nicht warten«, brummte Ham. Er kramte in seinem Gepäck und zog seinen Schutzanzug hervor.

»Was haben Sie vor?«

»Das hier anziehen und versuchen, diesen Haufen aus der Nähe wegzufeuern.« Er fingerte an seiner Flammenpistole herum. »Das ist mein letzter Lauf«, sagte er bekümmert, doch dann ergänzte er zuversichtlich: »Aber wir haben ja noch Ihre.«

»Letztesmal, als ich die Pistole benutzte, das ist zehn oder zwölf Stunden her, ist die Kammer zersplittert. Aber ich habe noch einige Läufe.«

»Na, fein«, sagte Ham.

Er kroch vorsichtig an die entsetzliche, puckernde Wand aus weißer Schleimmasse heran. Er streckte seinen Arm aus, so weit es ging, um den größten Teil des Winkels abzudecken, betätigte den Abzug, und das Gedröhn des auflodernden Feuers des Geschosses hallte durch den

Cañon und wurde als Echo von den Wänden zurückgeworfen.

Teile des Ungeheuers flogen um ihn herum, der verbleibende Haufen, um etliche Tonnen verglühten Unrats erleichtert, war nur noch drei Fuß dick.

»Der Lauf ist nicht zersplittert!« rief er triumphierend. Das sparte ihm viel Zeit, die er ansonsten gebraucht hätte, um die Waffe wieder schußbereit zu machen.

Fünf Minuten später krachte die Pistole erneut los. Als es geschafft war, daß sich die schleimige Masse nicht länger emporschob, war diese nur noch anderthalb Fuß tief, aber der Lauf der Flammenpistole war in kleinste Teilchen zerborsten.

»Wir müssen einen von Ihnen nehmen«, sagte er, doch Bestürzung lag in seinem Blick, als er ihn sich ansah. Die Läufe ihrer Enfield-Waffe waren viel zu schmal für einen amerikanischen Pistolenschaft!

Er stöhnte auf. »So was Idiotisches!« platzte es aus ihm heraus.

»Idiotisch!« Sie wurde rot vor Zorn. »Nur weil ihr Yankees Minenwerfer für eure Läufe benutzt?«

»Ich habe mich selbst gemeint. Ich hätte es mir denken können.« Er zuckte mit den Schultern. »Jetzt haben wir die Wahl, hier darauf zu warten, daß sich das Schleimungeheuer selbst auffrißt, oder zu versuchen, einen anderen Weg aus dieser Falle zu finden. Ich habe allerdings so eine Ahnung, daß dieser Cañon irgendwo in einer Sackgasse endet.«

Patricia gab zu, daß das durchaus möglich war. Die schmale Schlucht war das Produkt einer gewaltigen Bodenerhebung vor Urzeiten, und diese hatte die Berge in zwei Hälften gespalten. Da die Schlucht nicht das Ergebnis einer Wassererosion war, schien es sehr wahrscheinlich, daß die Kluft unvermittelt in einen unüberwindlichen Abgrund mündete, aber ebensogut war es möglich, daß es eine Stelle gab, wo man diese blanken Felswände bezwingen konnte.

»Wir haben jetzt sowieso genug Zeit«, stellte Patricia fest. »Also können wir's genausogut versuchen. Außerdem . . .« Sie rümpfte angewidert ihre Nase bei dem Gestank des Schleimtieres.

Noch immer in seinem Schutzanzug, folgte Ham ihr durch das schattige Halbdunkel. Der Weg wurde immer schmaler, wandte sich dann wieder nach Westen, aber jetzt waren die Felswände ringsum so hoch und steil, daß die Sonne, die nun leicht südöstlich stand, kein Licht in die Schlucht hineinwerfen konnte. Es war ein Ort der Schatten, ebenso wie das Gebiet der Sturmlinie, die die Zwielichtzone von der dunklen Hemisphäre trennte; kein wirkliches Licht, nicht wahrhaft Tag, sondern ein düsterer Zwischenstatus.

Wie Patricia so vor ihm ging, sahen ihre bronzefarbenen Glieder blaß anstatt sonnengebräunt aus, und wenn sie sprach, pendelte ihre Stimme durch das Echo zwischen den beiden einander gegenüberliegenden Felswänden eigenartig. Ein unheimlicher Ort, dieser Felsspalt, ein finsterer, unerfreulicher Ort.

»Das gefällt mir gar nicht«, sagte Ham. »Der Weg führt mehr und mehr in das Dunkel. Ist Ihnen klar, daß niemand weiß, was in den finsteren Gegenden der Mountains of Eternity vor sich geht?«

Patricia lachte, und ihr Lachen klang gespenstisch. »Welche Gefahr sollte es dort geben? Und überhaupt, wir haben doch immer noch unsere Automatiks.«

»Hier führt kein Weg nach oben«, murmelte Ham. »Lassen Sie uns umkehren.«

Patricia sah ihn an. »Angst, Yankee?« Ihre Stimme senkte sich. »Die Einheimischen sagen, daß diese Berge von Geistern heimgesucht werden«, fuhr sie spöttisch fort. »Mein Vater hat mir erzählt, daß er sehr merkwürdige Dinge auf dem Madman's Pass gesehen hat. Wissen Sie, daß, falls es auf der Nachtseite wirklich Leben gibt, dies der einzige Ort ist, wo es in die Zwielichtzone übergreift? Hier, in den Mountains of Eternity?«

Sie machte sich über ihn lustig. Wieder lachte sie. Und plötzlich setzte sich ihr Lachen fort in einem gräßlichen Mißklang, der aus den Felswänden über ihnen in einem entsetzlichen Klanggewirr hervortönte.

Sie wurde bleich; jetzt war es Patricia, die sich fürchtete. Sie starrten beklommen zu den hohen Felswänden hinauf, wo seltsame Schatten flatterten und sich verzerrt überlagerten.

»Was ... was war das?« flüsterte sie. »Ham! Haben Sie das gesehen?«

Ham hatte es gesehen. Eine rasende formlose Gestalt hatte sich über den schmalen Streifen Himmel geworfen und sprang hoch über ihnen von Felsen zu Felsen. Und wieder erschallte dieses Heulen, das wie Gelächter klang, indessen schattige Umrisse sich flatternd über die steilen Wände bewegten.

»Gehen wir zurück«, brachte sie keuchend hervor. »Schnell!«

Als sie sich umwandte, fiel ein kleiner schwarzer Gegenstand vor ihnen auf den Boden und zerbrach mit einem dumpfen *Plup.* Ham starrte hinauf. Eine Hülse, ein Sporensack, der von einer unbekannten Art stammte. Eine träge dunkle Wolke zog darüber hinweg, und plötzlich rangen sie beide erbittert nach Luft. Ham fühlte, daß sich in seinem Kopf alles wie bei einem Schwindelanfall drehte, und Patricia torkelte gegen ihn.

»Das ist ... narkotisierend!« sagte sie, um Atem ringend. Die staubähnlichen Sporen wirbelten in dunklen Strudeln herum, und das Atmen wurde zu einer Qual. Sie wurden gleichzeitig narkotisiert und erstickt.

Ham hatte eine plötzliche Eingebung. »Maske!« sagte er atemlos und zog seine Schutzmaske über den Kopf. Der Filter, der die Schimmelbakterien der Hotlands abgehalten hatte, säuberte die Luft auch von diesen Sporen; sein Kopf wurde wieder klarer. Der Schutzanzug des Mädchens war jedoch irgendwo in ihrem Gepäcksack; sie kramte danach herum. Dann brach sie zusammen.

»Mein Gepäck«, raunte sie. »Nehmen Sie es mit ... Ihre ... Ihre ...« Sie bekam einen Hustenanfall.

Er zog sie unter einen flachen Felsvorsprung und riß ihren Schutzanzug aus dem Gepäcksack. »Ziehen Sie ihn an!« sagte er schroff.

Eine Reihe von Hülsen platzte auf.

Oben auf der Felswand huschte eine Gestalt entlang. Ham verfolgte ihren Weg, dann zielte er und feuerte seine Automatik ab. Ein schriller, heiserer Schrei ertönte, der von einem Chor dissonanten Geheuls beantwortet wurde, und etwas, das ungefähr so groß war wie ein Mensch, stürzte herunter und schlug keine zehn Fuß von ihm entfernt auf.

Dieses Ding war grauenvoll. Ham starrte bestürzt auf die Kreatur, die einem Ureinwohner der Venus nicht unähnlich war, dreiäugig, mit zwei Händen, vier Füßen; aber die Hände, obwohl sie zwei Finger hatten wie die der Hotland-Bewohner, waren nicht zangenähnlich – es waren weiße Klauen.

Und das Gesicht erst! Nicht das breite, ausdruckslose Gesicht der anderen Bewohner, sondern eine schiefe, böse, finstere Visage mit Augen, von denen jedes doppelt so groß war wie die der Urbewohner. Die Kreatur war nicht tot. Aus ihrem Blick sprach unverhüllter Haß, und sie hob einen Stein, den sie nach Ham schleuderte. Dann starb sie.

Ham hatte natürlich keine Ahnung, was das war. In Wirklichkeit handelte es sich um ein *triops noctivivans,* einem »dreiäugigen Bewohner der Finsternis«, das seltsame, mitunter intelligente Wesen, die bis dahin einzige bekannte Kreatur dieses grimmigen Winkels, die man noch gelegentlich in den sonnenverlassenen Teilen der Mountains of Eternity findet. Es ist vielleicht sogar die bösartigste Kreatur aller bekannten Planeten, die sich an blutigem Gemetzel ergötzt.

Beim Knall des Schusses war der Schauer der Sporenhülsen versiegt, und ein vielstimmiges heulendes Gelachter folgte darauf. Ham nutzte die Ruhepause, um dem Mädchen die Schutzmaske über das Gesicht zu ziehen; als sie den Anzug zur Hälfte trug, wurde sie ohnmächtig.

Dann ertönte ein scharfes Krachen, und ein Stein prallte von der Wand zurück und traf seinen Arm. Weitere Steine prasselten auf ihn mit einem Pfeifton und schnell wie Geschosse nieder.

Schwarze Figuren, die in großen Sprüngen herumjagten, hoben sich gegen den Himmel ab, und ihr böses Gelächter war voller Hohn. Er schoß auf eine dieser Gestalten; wieder ein krächzender Schmerzensschrei, aber die Kreatur fiel nicht herab.

Ham wurde von Steinen bombardiert. Es waren kleine, von der Größe eines Kieselsteins, aber sie wurden mit solcher Wucht geschleudert, daß sie durch die Schlucht surrten und ihm das Fleisch durch den Schutzanzug hindurch aufrissen. Er drehte Patricia um, so daß sie mit dem Gesicht nach unten lag; sie stöhnte auf, als ein Geschoß ihren Rücken traf. Er schirmte sie mit seinem Körper ab.

Ihre Situation war unerträglich. Er mußte einen Rückzug riskieren, selbst wenn das schleimige Ungeheuer den Weg aus der Schlucht versperrte. Vielleicht, so dachte er, könnte er, mit dem Schutzanzug bewehrt, durch die Kreatur hindurchwaten. Er wußte, daß das eine Wahnsinnsidee war, die klebrige Masse würde sich um ihn herumwälzen, ihn einschließen und ersticken – aber er mußte es wagen. Er trug das Mädchen auf seinen Armen hastig den Cañon hinunter.

Heultöne, spitze Schreie und ein vielstimmiges Hohngelächter hallten um ihn herum wider. Überall trafen ihn Steine. Einer streifte seinen Kopf und bewirkte, daß er stolpernd und taumelnd gegen die Felswand prallte. Doch er rannte verbissen weiter. Er wußte jetzt, was ihn vorantrieb. Er mußte Patricia Burlingame retten.

Ham erreichte die Wegkrümmung. Weit oben auf der westlichen Felswand lag ein Schein wolkenverhangenen Sonnenlichts, und seine geisterhaften Verfolger machten einen Satz zu der dunklen Seite. Sie konnten Tageslicht nicht ertragen, und das war ihm von Nutzen. Indem er ganz dicht an der östlichen Wand entlangkroch, war er teilweise geschützt.

Vor ihm lag die Schlucht, die von dem Schleimtier blokkiert war. Als er näher herankam, verspürte er Brechreiz. Drei der Geisterwesen hatten sich gegen die weiße Masse zusammengetan und verschlangen – wirklich, verschlangen! – die Fäulnishaufen. Sie fuhren aufheulend herum, als er näherkam. Er erschoß zwei von ihnen, und als der dritte lossprang, um die Felswand zu erreichen, brachte er auch diesen zu Fall; die Kreatur sank mit einem dumpfen, schmatzenden Geräusch in die schleimige Masse.

Erneut befiel ihn Übelkeit; das Schleimtier wandte sich von der Mißgestalt ab und ließ das Ding in einer Vertiefung liegen, die dem Hohlraum eines gigantischen Pfannkuchens gleichkam. Nicht einmal die Schleimungeheuer fraßen diese Kreaturen.*

Der Sprung des Geisterwesens hatte jedoch Hams Aufmerksamkeit auf einen zwölf Zoll breiten Felsvorsprung gelenkt. Es war möglich, daß er diesen zerklüfteten Pfad beschritt und auf diese Weise das Schleimtier umging. Es war zwar nahezu aussichtslos angesichts des Steinhagels, aber er hatte keine Wahl.

Er verlagerte das Gewicht des Mädchens, um seinen Arm freizubekommen. Dann schob er ein zweites Magazin in seine Automatik und feuerte blindlings in die über ihm hin und her huschenden Schatten. Einen Moment lang flaute der Kieselsteinhagel ab, und qualvoll mühte sich Ham, sich selbst und Patricia auf den Felsvorsprung zu zerren.

Wieder schlugen um ihn herum Steine auf. Schritt für Schritt tastete er sich auf dem Pfad voran, balancierte ge-

* Anmerkung: Zu diesem Zeitpunkt war es noch nicht bekannt, daß das Leben der Nachtseite der Venus zwar das der Tagesseite verschlingen und verdauen kann, der umgekehrte Fall jedoch nicht möglich ist. Keine auf der Tagesseite lebende Kreatur kann das Leben der Dunkelheit in sich aufnehmen, da es verschiedene Stoffwechselalkohole enthält, die giftig sind.

nau über dem zum Untergang bestimmten Schleimtier. Tod über ihm und Tod unter ihm! Und nach und nach brachte er die Biegung hinter sich; über ihm glänzten zu beiden Seiten die Felswände im Sonnenlicht, und dann waren sie in Sicherheit.

Zumindest *er* war in Sicherheit. Das Mädchen konnte bereits tot sein, dachte er bestürzt, als er über die Schleimspur des weißen Ungeheuers rutschte. Auf dem Hang, der im Tageslicht lag, riß er ihr die Maske vom Gesicht und blickte in ein weißes, marmorkaltes Antlitz.

Tot war sie nicht, es war nur eine wie von Drogen verursachte Starre. Eine Stunde später war sie wieder bei Bewußtsein, wenn auch noch sehr schwach und äußerst verängstigt.

Dennoch galt ihre erste Frage ihrem Gepäck.

»Es ist hier«, sagte Ham. »Was ist denn an dem Gepäck zu wertvoll? Ihre Aufzeichnungen?«

»Meine Aufzeichnungen? Oh, nein!« Ein flüchtiges Rot überzog ihr Gesicht. »Es ist – ich habe versucht, es Ihnen zu sagen – es sind Ihre Xixtchilhülsen.«

»Was?«

»Ja. Ich ... Natürlich habe ich sie nicht den Fäulnisbakterien vorgeworfen. Sie gehören rechtmäßig Ihnen, Ham. Viele britische Händler kommen in die amerikanischen Hotlands. Ich habe den Beutel nur aufgeschlitzt und die Xixtchils hier in meinem Gepäck versteckt. Die Schimmelpilze auf dem Boden – das waren nur ein paar Zweige, die ich runtergeworfen hatte, damit es echt aussah.«

»Aber – aber warum?«

Das Rot wurde dunkler. »Ich wollte Sie bestrafen«, flüsterte Patricia, »weil Sie so kalt und unnahbar waren.«

»Ich?« Ham war verblüfft. »Sie waren das!«

»Ja, vielleicht anfangs. Sie haben sich gewaltsam Zutritt zu meinem Haus verschafft. Aber nachdem Sie mich über den blubbernden Schlamm bei der Eruption getragen hatten, Ham, da war es anders.«

Ham schluckte. Er zog sie in seine Arme. »Ich will nicht darüber streiten, wessen Schuld es war«, sagte er. »Aber eins werden wir jetzt gleich für immer klarstellen. Wir gehen nach Erotia, und dort werden wir uns in einer guten amerikanischen Kirche trauen lassen – falls sie inzwischen eine gebaut haben – oder von einem guten amerikanischen Richter, falls sie die Kirche noch nicht gebaut haben. Kein Wort mehr über den Madman's Pass und darüber, die Mountains of Eternity zu überqueren. Ist das klar?«

Sie blickte zu den weiten, unscharf aufragenden Felsspitzen und schauderte. »Vollkommen klar!« entgegnete sie kleinlaut.

Die Lotosesser

»Huii!« pfiff »Ham« Hammond durch die Zähne, als er durch das rechte vordere Bullauge nach draußen schaute. »Der ideale Ort für Flitterwochen!«

»Da hättest du allerdings keine Biologin heiraten dürfen«, bemerkte Mrs. Hammond über seine Schulter hinweg, und er konnte ihre grauen Augen in der Scheibe sehen. »Auch nicht die Tochter eines Forschers«, fügte sie hinzu. Denn Pat Hammond war bis zu ihrer Heirat vor knapp vier Wochen Patricia Burlingame gewesen, Tochter des berühmten Engländers, der bei der Erforschung der Zwielichtzone der Venus für Britannien so viele Erfolge errungen hatte wie Crowly für die Vereinigten Staaten.

»Ich habe ja auch keine Biologin geheiratet«, stellte Ham richtig. »Ich habe ein Mädchen geheiratet, das sich zufällig für Biologie interessiert, mehr nicht. Das ist einer ihrer wenigen Nachteile.«

Er drosselte den Antrieb der Stütztriebwerke, und die Rakete setzte sanft auf einem Flammenkissen auf, das sich von der schwarzen Landschaft rundum abhob. Langsam und vorsichtig ließ er den schwerfälligen Mechanismus niedersinken, bis es einen kaum merklichen Ruck gab, dann schaltete er den Antrieb aus, der Boden unter ihnen neigte sich sacht, und nach dem Stillstand des dröhnenden Triebwerks legte sich ein seltsam anmutendes Schweigen über sie.

»Wir sind da«, verkündete er.

»Das sind wir«, bestätigte Patricia. »Aber wo genau sind wir?«

»Dieser Ort hier befindet sich exakt fünfundsiebzig

Meilen östlich der Eisbarriere gegenüber von Venoble im britischen Cool Country. Nach Norden hin setzen sich wahrscheinlich die Mountains of Eternity fort, und was südlich liegt, mag der Himmel wissen. Letztere Bezeichnung trifft genau auf den Osten zu.«

»Und ist eine kunstgerechte Umschreibung für ›nirgends‹«, sagte Pat.

»Schalten wir also die Scheinwerfer aus und sehen es uns an.«

Das taten sie auch, und in der Dunkelheit wirkten die Bullaugen wie schwach leuchtende Kreise.

»Ich schlage vor, daß sich die Gemeinschaftsexpedition zur Kuppel begibt, von wo man eine bessere Aussicht hat. Wir sind hier, um zu forschen. Also forschen wir jetzt mal ein bißchen.«

»Dieser Teil der Gemeinschaft ist einverstanden«, sagte Ham lächelnd.

Er amüsierte sich in der Dunkelheit über die Leichtfertigkeit, mit der Pat an eine so ernsthafte Aufgabe heranging. Da war sie also, die Gemeinschaftsexpedition der Königlichen Gesellschaft und des Smithonian-Instituts für die Untersuchung der Bedingungen auf der dunklen Seite der Venus – um den offiziellen Titel einmal zu nennen.

Ham, der den amerikanischen Anteil an dem Projekt trug, war in Wirklichkeit nur Mitglied der Expedition, weil Patricia sich auf niemand anderen eingelassen hatte; sie war jedoch diejenige, an die die bärtigen Herren der Gesellschaft und des Instituts ihre Fragen richteten, der sie ihre Bedingungen erläuterten und der sie Anweisungen gaben.

Das war jedoch nur fair, denn Pat war schließlich die führende Autorität auf dem Gebiet der Hotland-Flora und -Fauna, und noch dazu das erste Menschenkind, das auf der Venus geboren wurde, während Ham ein Ingenieur war, den der Traum vom schnellen Reichtum mit Hilfe des Xixtchilhandels in die Hotlands gelockt hatte.

Dort hatte er auch Patricia Burlingame getroffen und sie letztlich auch – nach einer abenteuerlichen Wanderung zum Vorgebirge der Mountains of Eternity – für sich gewinnen können. Sie waren in Erotia getraut worden, einer amerikanischen Niederlassung, und dann hatte man ihnen das Angebot dieser Expedition zur dunklen Seite der Venus gemacht.

Ham war dagegen gewesen. Er wollte schöne irdische Flitterwochen in New York oder London verleben, aber dabei gab es einige Schwierigkeiten. Zuerst war da ein astronomisches Problem. Die Venus war über den erdnahen Punkt hinweg, und es würde acht Monate dauern, ehe sie bei ihrer Pendelbewegung um die Sonne wieder an einen Punkt käme, von wo aus eine Rakete die Erde erreichen konnte.

Acht Monate in diesem primitiven, direkt an der Grenze errichteten Erotia oder in dem gleichermaßen primitiven Venoble, falls sie die britische Niederlassung wählten, bis auf die Jagd keinerlei Abwechslung, kein Rundfunk, keine Spiele, auch nur wenige Bücher. Und wenn sie schon jagen mußten, argumentierte Patricia, warum sollte man das nicht mit einem Nervenkitzel und der Gefahr des Unbekannten verbinden?

Niemand wußte, welcherart Leben, wenn es überhaupt welches gab, auf der dunklen Seite des Planeten zu finden war; nur sehr wenige hatten sie bisher gesehen, und auch sie nur von Raketen aus, die über weite Bergzüge und unendliche gefrorene Ozeane hinwegrasten. Jetzt gab es eine Chance, das Rätsel zu ergründen, es auszukundschaften, ohne daß sie die Kosten zu tragen hatten.

Man mußte schon Multimillionär sein, wenn man privat eine Rakete bauen und ausrüsten wollte, aber die Königliche Gesellschaft und das Smithonian-Institut, die aus Regierungsgeldern finanziert wurden, waren über solche Betrachtungen erhaben. Vielleicht würde es gefährlich werden, oder es würden atemberaubend schreckliche Dinge geschehen, aber sie konnten wenigstens allein sein.

Der letzte Punkt hatte Ham schließlich überzeugt. Sie hatten zwei Wochen damit zugebracht, Nahrungsmittelvorräte anzulegen und die Rakete mit allem Nötigen auszustatten, waren hoch über die Eisgrenze, die die Zwielichtzone abschloß, hinweggeschwebt, waren durch die Sturmlinie gebrochen, wo die kalten Unterwinde der sonnenlosen Seite auf die heißen oberen Luftströmungen treffen, die vom Wüstengebiet des Planeten her wehen.

Die Venus dreht sich nicht, und so wechseln auch Tag und Nacht einander nicht ab. Eine Seite ist für immer sonnenüberflutet, und die andere ewig dunkel, und nur die gemächliche Schwankung des Planeten verleiht der Zwielichtzone den Anschein von wechselnden Jahreszeiten. Und diese Zwielichtzone, der einzig bewohnbare Teil des Planeten, erstreckt sich durch die Hotlands auf der einen Seite bis zur Wüste, die einen Einschnitt bildet, und auf der anderen Seite endet sie abrupt mit der Eisbarriere, wo die oberen Winde ihre Feuchtigkeit dem eisigen Atem der unteren Winde überlassen.

Nun waren sie also da, zusammengepfercht in der winzigen Glaskuppel über der Navigationsschalttafel, wo sie auf der obersten Sprosse der Leiter eng beieinander standen, in der Kuppel selbst war nur Platz für ihre Köpfe. Ham legte seinen Arm um das Mädchen, während sie beide auf das Bild starrten, das sich ihnen draußen bot.

Weit entfernt, Richtung Westen, war die immerwährende Dämmerung, oder vielleicht der Sonnenuntergang zu beobachten, und das Licht glitzerte auf der Eisbarriere. Wie gewaltige Säulen stemmten sich die Mountains of Eternity der Helligkeit entgegen, und ihre Felsspitzen verloren sich in den niedrig hängenden, fünfundzwanzig Meilen darübergelegenen Wolken. Etwas weiter südlich erhoben sich die Wälle der Lesser Eternities, die die amerikanische Venus begrenzten, und zwischen diesen beiden Bergketten war das unausgesetzte Blitzen über der Sturmlinie auszumachen. Sie jedoch waren umgeben von einer Kulisse düsterer und unbändiger Pracht, die durch die Brechung des Sonnenlichts schwach beleuchtet wurde. Überall war Eis – Eisberge, Eisspitzen, Ebenen, riesige Eisbrocken und steile Hänge, alles schimmerte in einem blassen Grün in diesem spärlichen Licht, das von jenseits der Eisbarriere kam. Eine Welt, in der sich nichts regte, erstarrt und – vom Heulen der Winde draußen einmal abgesehen – ungestört, da die Eisbarriere sie vom Cool Country abschirmte.

»Es ist wunderbar!« flüsterte Pat.

»Ja«, meinte auch Ham, »aber kalt, tot, bedrohlich. Pat, glaubst du, daß es hier Leben gibt?«

»Das sollte man annehmen. Wenn es auf Titan und Iapectus Leben gibt, sollte es hier auch existieren können. Wie kalt ist es überhaupt?« Sie schaute auf das Thermometer außerhalb der Kuppel, dessen Skala und Ziffern von selbst leuchteten. Nur dreißig unter Null, Fahrenheit. Auf der Erde gibt es bei dieser Temperatur Leben.«

»Ja, gibt es, aber dieses Leben kann sich nicht bei einer Temperatur unter dem Gefrierpunkt entwickeln. Leben braucht Wasser, um gedeihen zu können.«

Sie lachte. »Du sprichst mit einer Biologin, Ham. Nein, dieses Leben könnte nicht hier bei dreißig Grad unter Null *entstanden* sein, aber nehmen wir einmal an, es hat seinen Ursprung in der Zwielichtzone und ist dann hierher gelangt? Oder es kann auch durch die Konkurrenz in den wärmeren Regionen hierher verdrängt worden sein. Du kennst die Bedingungen in den Hotlands, die Schimmelpilze, die Schleimungeheuer, die Jack-Ketch-Bäume und die Millionen kleiner Parasiten, die einander auffressen.«

Er dachte darüber nach. »Was für eine Art Leben würdest du erwarten?«

Pat lächelte. »Willst du eine Prophezeiung? Also gut. Zuerst einmal tippe ich auf irgendeine Vegetation, als Grundlage sozusagen, denn tierisches Leben kann nicht bestehen, indem es fortwährend nur sich selbst verschlingt und ansonsten keine zusätzliche Nahrung erhält.

Das ist wie in der Geschichte von dem Mann mit der Katzenfarm, der Ratten züchtete, um die Katzen damit zu füttern, und wenn er dann den Katzen das Fell abzog, verfütterte er die Kadaver an die Ratten, und die Ratten dann wieder an die Katzen. Das hört sich zwar gut an, aber es klappt nicht.«

»Also müßte es hier Vegetation geben – und was noch?«

»Was noch? Das weiß der Himmel. Vermutlich ist das Leben auf der dunklen Seite – falls es überhaupt existiert – aus den schwächeren Arten des Lebens der Zwielichtzone hervorgegangen, aber was daraus geworden ist, kann ich mir nicht vorstellen. Natürlich gibt es die *Triops noctivivans,* die ich in den Mountains of Eternity entdeckt habe ...«

»Du hast sie entdeckt?« Ham grinste. »Du warst überhaupt nicht bei Bewußtsein und kalt wie Eis, als ich dich aus dem Schlupfwinkel dieser Dämonen hinaustrug. Du hast nicht mal einen gesehen!«

»Ich habe den Toten untersucht, den die Jäger nach Venoble mitgebracht haben«, entgegnete sie gelassen. »Und vergiß nicht, daß die Gesellschaft ihn nach mir benennen wollte – *Triops Patriciae.«* Unweigerlich überlief sie ein Schauer bei der Erinnerung an diese satanischen Kreaturen, die sie beide fast vernichtet hätten. »Ich zog jedoch den anderen Namen vor – *Triops noctivivans,* der dreiäugige Bewohner der Dunkelheit.«

»Romantischer Name für so ein teuflisches Ungeheuer.«

»Ja, aber worauf ich eigentlich hinauswollte, ist, daß diese *Triops,* oder *Triopses* – was ist eigentlich der Plural von *Triops?«*

»Trioptes«, brummte er. »Lateinischer Wortstamm.«

»Nun, es ist wahrscheinlich, daß unter den Kreaturen, die man hier auf der Nachtseite finden kann, sich auch diese Trioptes befinden, und daß diese bösartigen Geschöpfe, die uns in dem schattigen Cañon in den Mountains of Eternity angegriffen haben, ein Vorposten sind; durch die Dunkelheit und die sonnenlosen Wege in den Bergen schleichen sie sich in die Zwielichtzone. Licht können sie nicht ertragen, das hast du selbst gesehen.«

»Ja, und?«

»Folgendes: Ihre Gestalt und ihr Organismus – sechs Glieder, drei Augen und dergleichen – deuten darauf hin, daß die Trioptes den gewöhnlichen Ureinwohnern der Hotlands verwandt sind. Daraus schließe ich, daß sie erst seit kurzem auf der dunklen Seite leben; sie haben sich nicht hier entwickelt, sondern sind erst sehr spät hierher verschlagen worden – geologisch gesehen. Geologisch ist sicherlich nicht das richtige Wort, weil *geos* Erde bedeutet. *Venusiologisch* gesehen sollte man wohl sagen.«

»Sollte man nicht sagen. Du ersetzt einen lateinischen Wortstamm durch einen griechischen. Was du meinst, müßte heißen: aphroditologisch gesehen.«

Sie lächelte wieder. »Was ich meine und gleich hätte sagen sollen, um jeden Disput zu vermeiden, ist, paläontologisch gesehen. Das ist besseres Englisch. Jedenfalls glaube ich, daß es die Trioptes erst zwanzig- bis fünfzigtausend Erdenjahre gibt, vielleicht auch noch weniger, denn was wissen wir schon über die Geschwindigkeit, mit der sich die Evolution auf der Venus vollzieht? Womöglich geht das hier viel schneller als auf der Erde. Vielleicht kann sich ein Triops schon in fünftausend Jahren an das Nachtleben gewöhnen.«

»Ich habe Collegestudenten gesehen, die sich innerhalb eines Semesters an das Nachtleben angepaßt haben!« Ham lachte.

Sie ging darüber hinweg. »Und deshalb behaupte ich«, fuhr sie fort, »daß es hier bereits Leben gegeben haben muß, ehe die Triops auftauchten, denn sie müssen Nahrung gefunden haben, anderenfalls hätten sie nicht existieren können. Da meine Untersuchung ergeben hat, daß sie zum Teil Fleischfresser sind, muß es hier nicht nur schlechthin Leben geben, sondern tierisches Leben.

Soweit läßt sich die Sache rein verstandesmäßig verfolgen.«

»Du kannst dir also nicht vorstellen, welche Art tierischen Stoffwechsels das sein könnte. Intelligentes möglicherweise?«

»Ich weiß nicht. Es kann sein. Wenn ihr Yankees auch die Intelligenz noch so sehr vergöttert, ist sie doch biologisch gesehen nicht von Belang. Sie hat nicht mal einen großen Überlebenswert.«

»Was? Wie kannst du so etwas sagen, Pat? Was, wenn nicht die Intelligenz, hat dem Menschen die Herrschaft über die Erde verliehen – und auch über die Venus, was das betrifft?«

»Aber hat der Mensch wirklich die Herrschaft über die Erde? Paß auf, Ham, das mit der Intelligenz meine ich etwa so: Ein Gorilla hat ein weitaus besseres Gehirn als eine Taube, nicht wahr? Und dennoch, wer von beiden ist lebenstüchtiger – der Gorilla, dessen Vorkommen selten ist und auf ein schmales Gebiet in Afrika beschränkt bleibt, oder die Taube, die überall zwischen Arktis und Antarktis vorkommt? Und was den Menschen angeht ... Wenn du mikroskopische Augen hättest und jedes Lebewesen auf der Erde wahrnehmen könntest, würdest du zu dem Schluß kommen, daß die Menschen eine sehr rare Spezies sind und daß der Planet in Wirklichkeit ein Planet der Fadenwürmer ist, denn die Fadenwürmer sind zahlenmäßig allen anderen Lebensformen zusammengenommen überlegen.«

»Aber das bedeutet nicht Herrschaft, Pat.«

»Das habe ich auch nicht gesagt. Ich habe nur gesagt, daß Intelligenz keinen großen Überlebenswert hat. Wenn sie ihn hätte, wie können dann die Insekten, die ja keine Intelligenz besitzen, nur einen Instinkt, der menschlichen Rasse solch einen Kampf liefern? Die Menschen haben ein vorteilhafteres Gehirn als Kornkäfer, Baumwollkapselkäfer, Fruchtfliegen, japanische Käfer, Großer Schwammspinner und all die anderen Plagegeister, und doch begegnen sie unserer Intelligenz mit einer einzigen Waffe: ihrer enormen Fruchtbarkeit. Begreifst du, daß jedesmal, wenn ein Kind geboren wird, – es sei denn, ein Todesfall wiegt es wieder auf – dieses Kind nur auf eine Weise ernährt werden kann? Und diese Weise ist, daß man einer Masse Insekten, die das Eigengewicht des Kindes ausmacht, die Nahrung entreißt.«

»Das klingt alles ganz vernünftig, aber was hat es mit Intelligenz auf der dunklen Seite der Venus zu tun?«

»Ich weiß auch nicht«, entgegnete sie, wobei ihre Stimme einen gereizten Unterton annahm. »Ich meine bloß . . . Sieh es doch mal so, Ham. Eine Eidechse ist intelligenter als ein Fisch, aber nicht intelligent genug, um einen Vorteil daraus zu ziehen. Was für einen Grund gibt es, daß die Eidechsen und ihre Nachkommen ihre Intelligenz weiterentwickelten? Weshalb, es sei denn, daß alles Leben dazu neigt, mit der Zeit intelligent zu werden? Und wenn das stimmt, dann ist Vernunft auch hier möglich – wenn auch eine seltsame, befremdliche und unbegreifliche.«

Sie lehnte sich in der Dunkelheit fröstelnd gegen ihn. »Kümmere dich nicht darum«, sagte sie in plötzlich verändertem Ton. »Es sind wahrscheinlich nur Hirngespinste. Die Welt da draußen ist so merkwürdig, so wenig irdisch . . . Ich bin müde, Ham. Das war ein langer Tag heute.«

Er folgte ihr hinunter in den Rumpf der Rakete. Als die Lichter, die über die eigenwillige Landschaft hinter den Bullaugen hinweggestrichen waren, erloschen, sah er nur noch Pat, die sehr hübsch anzusehen war in dem knappen Gewand des Cool Country.

»Machen wir am Morgen weiter«, beschloß er die Diskussion. »Wir haben Proviant für drei Wochen.«

Mit »Morgen« war natürlich nur der Zeitpunkt gemeint, nicht, daß es Tageslicht gab. Als sie wieder aufstanden, herrschte die gleiche Dunkelheit, die schon immer die sonnenlose Seite der Venus überschattet hatte, der gleiche ewige Sonnenuntergang war zu beobachten, grün am Horizont der Eisbarriere. Pat jedoch war in guter Stimmung und machte sich eifrig an die Vorbereitungen für ihren ersten Ausflug ins Freie. Sie holte die Parkas aus zolldicker Wolle, mit einer Gummischicht überzogen, und Ham untersuchte sorgfältig die Schutzhelme, an denen starke Lampen angebracht waren.

Diese dienten natürlich in erster Linie dazu, um eine gute Sicht zu ermöglichen, aber sie erfüllten noch einen anderen Zweck. Es war bekannt, daß die unaussprechlich grausamen Trioptes kein Licht ertragen konnten, und so konnte man sich mit Hilfe der vier Lichtquellen am Helm wie in einem Schutzkreis fortbewegen. Aber das hielt sie beide nicht davon ab, ihrer Ausrüstung zwei stumpfblaue Automatiks und zwei Flammenpistolen hinzuzufügen. Pat hatte an ihrem Gürtel einen Beutel befestigt, in den sie Exemplare aller Arten von Flora, die ihr begegneten, sammeln wollte – und auch Exemplare der Fauna, wenn sie sich als klein und harmlos genug erwiesen.

Sie lächelten sich durch die Masken hindurch an.

»Siehst richtig fett aus damit«, stellte Ham hämisch fest und erfreute sich an ihrem ärgerlichen Naserümpfen.

Sie drehte sich um, stieß die Luke auf und trat ins Freie.

Das war ganz etwas anderes, als durch ein Bullauge zu schauen. Da hatte die Landschaft etwas Unwirkliches, die Reglosigkeit und Ruhe eines Gemäldes, aber nun standen sie mittendrin, und der kalte Atem und die klagende Stimme des Windes bezeugten eindeutig genug, daß diese Welt real war. Einen Augenblick lang verharrten sie in dem Lichtkreis, der durch die Bullaugen der Rakete nach draußen drang, und blickten, von Ehrfurcht ergriffen, auf den Horizont, wo die unglaublichen Gipfel der Greater Eternities schwarz gegen den trügerischen Sonnenuntergang emporragten.

Soweit die Sicht reichte in diesem sonnenlosen, mondlosen, sternenlosen Gebiet, umgab sie eine verwüstete Ebene, aus der Spitzen, Minarette, Spiralen und Berge aus Eis und Stein in unbeschreiblichen Formen erwuchsen, geschaffen von der unendlichen Kunstfertigkeit des Windes.

Ham legte einen Arm, der durch den Parka gepolstert war, um Pat und war überrascht zu spüren, daß sie zitterte. »Kalt?« fragte er und schaute dabei auf das Thermometer an seinem Handgelenk. »Nur sechsunddreißig unter Null.«

»Mir ist nicht kalt«, entgegnete Patricia. »Es ist diese Landschaft, das ist alles.« Sie löste sich aus seiner Umarmung. »Ich frage mich nur, wodurch diese Gegend hier so warm ist. Man sollte meinen, daß ohne Sonnenlicht . . .«

»Da denkst du falsch«, unterbrach Ham sie. »Jeder Ingenieur weiß, daß Gase sich unter bestimmten Umständen ausbreiten. Die oberen Luftströmungen ziehen mit einer Geschwindigkeit von fünf bis sechs Meilen über unsere Köpfe hinweg, und selbstverständlich bringen sie viel Hitze von der Wüste hinter der Zwielichtzone mit. Die warme Luft verteilt sich in der kalten, und da die warmen Winde abkühlen, sinkt diese Luft nach unten. Die Konturen dieser Landschaft sind im wesentlichen darauf zurückzuführen.«

Er machte eine kurze Pause, ehe er nachdenklich weitersprach. »Wirklich, ich wäre nicht überrascht, wenn wir nahe den Eternities auf Gebiete stoßen würden, wo die Oberwinde direkt die Hänge gestreift und an einigen Stellen für ein recht erträgliches Klima gesorgt haben.«

Er folgte Pat, die am Rande des von der Rakete ausgehenden Lichtkreises um einige Gesteinsbrocken herum tappte.

»Ha!« rief sie aus. »Da ist es, Ham! Da haben wir ein Exemplar pflanzlichen Lebens auf der dunklen Venusseite.«

Sie beugte sich über eine graue knollige Masse. »Flechtenartig oder pilzartig; keine Blätter, das ist klar, denn

Blätter sind nur bei Sonnenlicht von Nutzen. Aus dem gleichen Grund auch kein Chlorophyll. Eine sehr primitive, sehr gewöhnliche Pflanze, in mancherlei Hinsicht jedoch wieder gar nicht so unkompliziert. Sieh mal, Ham, ein hoch entwickeltes Zirkulationssystem!«

Er beugte sich weiter vor, und in dem matten gelben Licht der Bullaugen sah er das feine Geflecht der Venen, auf das sie ihn hinwies.

»Das könnte auf eine Art Herz hindeuten«, redete sie weiter, »und ich frage mich ...« Abrupt drückte sie ihr Thermometer gegen die fleischige Masse, beließ es dort einen Augenblick lang, und dann las sie es ab. »Ja! Schau, wie die Nadel gewandert ist, Ham! Sie ist warm, eine warmblütige Pflanze! Und wenn man's recht bedenkt, ist das nur natürlich, denn keine andere Pflanzenart könnte in einem Gebiet existieren, in der die Temperatur ständig unter dem Gefrierpunkt liegt. Leben ist nur in Wasser möglich.«

Sie zerrte heftig an dem Ding, und mit einem dumpfen Geräusch löste es sich aus dem Boden, und eine dunkle Flüssigkeit tropfte aus der aufgerissenen Pflanze.

»Widerliches Ding!« rief Ham. »›Und riß die blutenden Alraunen heraus‹, was? Nur, daß man von ihnen erwartete, daß sie schrien, wenn man sie entwurzelte.«

Die zuckende breiige Masse gab einen schwingenden, klagenden Ton von sich, und Ham warf Pat einen erschreckten Blick zu.

»Huuh!« machte er. »Wirklich ekelhaft.«

»Ekelhaft? Weshalb, es ist ein herrlicher Organismus! Er ist vollkommen an seine Umwelt angepaßt.«

»Na ja, ich bin jedenfalls froh, daß ich Ingenieur bin«, brummte Ham, der Pat dabei beobachtete, wie sie die Luke der Rakete öffnete und das Ding ihnen auf eine Gummiunterlage legte. »Komm, sehen wir uns weiter um.«

Pat schloß die Luke und ging ihm nach. Sie entfernten sich von der Rakete. Augenblicklich umfing sie die Nacht wie ein schwarzer Dunst, und nur weil Pat zu den erleuchteten Bullaugen zurückschaute, konnte sie sich davon überzeugen, daß sie sich in einer realen Welt befand.

»Vielleicht sollten wir unsere Helmleuchten einschalten?« fragte Ham. »Tun wir's lieber, sonst riskieren wir noch einen Sturz.«

Ehe einer der beiden sich fortbewegen konnte, schlug ihnen durch das Heulen des Unterwindes ein Geräusch entgegen, ein wildes, grausiges, nicht irdisches Kreischen, wie Höllengelächter; pfeifende Töne, freudloses Gekicher.

»Es ist Triops«, keuchte sie. Plural und Grammatik waren vergessen.

Sie hatte Angst; gewöhnlich war sie ebenso unerschrokken wie Ham und mitunter noch leichtsinniger und verwegener als er, aber diese unheimlichen Schreie riefen die Erinnerung an jene qualvollen Augenblicke zurück, als sie in den Mountains of Eternity in einem Cañon in der Falle saßen. Sie hatte entsetzliche Angst und fingerte hektisch, aber erfolglos an Lichtschalter und Revolver herum.

Gerade als ein halbes Dutzend Steine wie Geschosse um sie herumschwirrten und einer davon schmerzvoll Hams Arm traf, schaltete er die Lampen an. Vier Strahlen prallten in einem langgezogenen Kreuz auf die glitzernden Gipfel, und das ungezügelte Gelächter steigerte sich zu einem Crescendo des Schmerzes. Er erhaschte noch schnell einen Blick auf die Schattengestalten, die von Felsspitzen und Hügelketten her zu ihnen herabstürzten, dann aber geisterhaft in die Dunkelheit davonhuschten. Danach war es still.

»O-o-oh!« stöhnte Pat. »Ich war so erschrocken, Ham.« Sie schmiegte sich an ihn, dann redete sie mit etwas kräftigerer Stimme weiter: »Aber das ist der Beweis. Der *Triops noctivivans* ist in Wirklichkeit eine Kreatur der Nachtseite der Venus, und jene in den Bergen sind Vorposten oder versprengte Teile der Gemeinschaft, die sich in die sonnenlosen Abgründe verirrt haben.«

Weit entfernt erklang das heulende Lachen. »Ich frage mich«, überlegte Ham, »ob dieser Lärm, den sie machen, den Charakter irgendeiner Sprache hat.«

»Das ist sehr wahrscheinlich. Schließlich sind die Ureinwohner der Hotlands intelligente Geschöpfe, und diese Kreaturen hier sind eine ihnen verwandte Art. Außerdem werfen sie mit Steinen, und sie wissen, welche Bewandnis es mit den betäubend wirkenden Hülsen hat, mit denen sie uns im Cañon eindeckten – die übrigens die Früchte einer Nachtseitenpflanze sein müssen. Die Trioptes sind zweifellos intelligent, wenn auch auf eine grausige, barbarische Weise, aber diese Ungeheuer sind so unnahbar, daß ich bezweifle, ob Menschen jemals viel über ihren Verstand und ihre Sprache erfahren werden.«

Ham stimmte ihr nachdrücklich zu, um so mehr, als ein hinterrücks geworfener Stein glitzernde Teilchen von einer Eisspitze ein Dutzend Schritte entfernt absplitterte. Er drehte seinen Kopf, so daß die Strahlen seiner Helmlampen die Ebene absuchten; schrilles Gelächter hallte aus der Dunkelheit herüber.

»Dem Himmel sei Dank, daß die Lampen sie davon abhalten, in unsere Reichweite zu kommen«, brummte er. »Das sind doch nette kleine Untertanen seiner Majestät*, nicht wahr? Gott schütze den König, wenn er noch mehr von der Sorte hat!«

Pat war jedoch bereits wieder damit beschäftigt, nach Pflanzen zu suchen. Sie hatte ihre Lampen eingeschaltet und kletterte behende zwischen die phantastischen Gesteinskolosse dieser bizarren Ebene. Ham folgte ihr und beobachtete, wie sie die blutende und wimmernde Vegetation herausriß. Sie fand ein Dutzend verschiedene Arten und ein sich schlängelndes zigarrenförmiges Gebilde,

* Sie befanden sich auf britischem Territorium, auf dem Längengrad von Venoble. Der Internationale Kongreß von Lisle hatte im Jahre 2020 Rechtsansprüche fixiert, indem er jeder Nation, die Besitzungen auf der Venus hatte, ein keilförmiges Gebiet zusprach, das sich von der Zwielichtzone bis zu einem Punkt auf dem Planeten erstreckte, der direkt dem Sonnenstand Mitte Herbst gegenüberlag.

von dem sie nicht sagen konnte, ob es nun eine Pflanze, ein Tier oder keins von beiden war. Schließlich war ihr Beutel bis obenhin voll, und sie gingen über die Ebene zurück zu der Rakete, deren Bullaugen von ferne wie eine Reihe starrer Augen leuchteten.

Aber etwas Schreckliches lauerte auf sie, als sie die Luke öffneten, um in die Rakete zu steigen. Beide fuhren zurück, als ihnen warme, dumpfe, modrige Luft entgegenschlug, die man nicht atmen konnte und die zudem den Gestank von Verwesung trug.

»Was . . .« Ham keuchte, doch dann mußte er lachen. »Deine Alraune! Sieh dir das an!«

Die Pflanze, die sie in der Rakete abgelegt hatte, war ein einziger Fäulnishaufen. In der Wärme war die Pflanze rasch vollständig zersetzt worden und bildete nur noch ein halbflüssiges Häufchen auf der Gummimatte. Sie zog es bis zum Eingang und schleuderte es dann mitsamt der Matte weit weg.

Dann kletterten sie ins Innere der Rakete, wo es noch immer stank, und Ham setzte einen Ventilator in Betrieb. Die Luft, die hereinströmte, war natürlich kalt, aber steril und schmutzfrei, denn sie war mit dem Unterwind fünftausend Meilen weit über gefrorene Ozeane und Berge hinweggefegt. Er schloß die Luke, schaltete ein Heizgerät ein, nahm seinen Helm ab und schaute Pat an.

»Das ist also dein ›herrlicher Organismus‹!« versetzte er.

»Das war er. Es war ein herrlicher Organismus, Ham. Das Ding trifft keine Schuld, denn wir haben es einer Temperatur ausgesetzt, für die es nicht gedacht ist.« Sie seufzte und warf ihren Beutel mit den Pflanzenproben auf den Tisch. »Ich schätze, die muß ich sofort präparieren; sie halten sich nicht.«

Ham machte sich daran, eine Mahlzeit zuzubereiten, und er tat dies mit der Geschicklichkeit eines echten Hotlanders. Er schielte zu Pat hinüber, die sich über ihre Exemplare gebeugt hatte und ihnen Bichloridlösung injizierte.

»Glaubst du«, fragte er, »daß die Trioptes die höchste Lebensform auf der dunklen Seite verkörpern?«

»Ohne Zweifel«, entgegnete Patricia. »Wenn eine höhere Form existierte, hätte sie diese bösartigen Teufel schon lange ausgerottet.«

Aber sie hatte sich gehörig geirrt.

Innerhalb von vier Tagen hatten sich die Möglichkeiten in dem Gebiet rund um die Rakete für sie erschöpft. Patricia hatte eine beträchtliche Anzahl vielgestalteter Exemplare angehäuft, und Ham hatte eine endlose Serie von Beobachtungen zur Temperatur, magnetischen Abweichungen, zu Richtung und Stärke des Unterwindes angestellt.

So verlegten sie ihren Standort; die Rakete erhob sich und flog nach Süden, in die Region, wo vermutlich die weiten und geheimnisvollen Mountains of Eternity sich über die Eisgrenze türmten, in die dämmrige Welt der Nachtseite hinein. Sie flogen langsam, drosselten die Reaktionsmotoren auf bloße fünfzig Meilen pro Stunde, denn sie flogen durch die Dunkelheit und mußten sich auf den Strahl des nach vorn gerichteten Scheinwerfers verlassen, der sie vor drohend auftauchenden Klippen warnen sollte.

Zweimal landeten sie, und jedesmal reichten ein oder zwei Tage aus, um festzustellen, daß das Gebiet dem ihres ersten Standortes sehr ähnlich war. Die gleichen venendurchzogenen und knolligen Pflanzen, der gleiche endlose Unterwind, das gleiche Gelächter aus den blutrünstigen Kehlen der Trioptes.

Beim dritten Mal jedoch war es anders. Die Rakete kam auf einem wilden und ungeschützten Plateau im Vorgebirge der Greater Eternities zum Stillstand. In weiter Ferne im Westen leuchtete noch immer der halbe Horizont grün von dem vorgetäuschten Sonnenuntergang, aber der gesamte südliche Gebietsstreifen war schwarz, dem Blick entzogen durch die unermeßlichen Höhenzüge der Bergkette, die fünfundzwanzig Meilen über ihnen in das schwarze Himmelsgewölbe emporragten. Die Berge waren natürlich in dieser Zone ewig währender Nacht unsichtbar, und dennoch spürten die beiden in der Rakete die große Nähe dieser unglaublich hohen Gipfel.

Die machtvolle Gegenwart der Mountains of Eternity machte sich für sie jedoch auch noch auf andere Weise bemerkbar. Die Region, in der sie sich befanden, war warm – nicht wenn man die Maßstäbe der Zwielichtzone anlegte, aber doch viel wärmer als die Ebene unten. Die Thermometer zeigten auf der einen Seite der Rakete Null Grad an, auf der anderen fünf Grad über Null. Die riesigen Gipfel, die sich bis in die Schicht der oberen Luftströmungen erhoben, erzeugten dort Wirbel und Streuströmungen, die warme Luft herabschickten und den kalten Hauch des Unterwindes milderten.

Ham starrte finster über das Plateau hinweg, das im Licht der Scheinwerfer sichtbar war. »Das gefällt mir nicht«, brummte er. »Ich habe diese Berge nie gemocht, jedenfalls nicht mehr, nachdem du im Cool Country den lächerlichen Versuch unternommen hast, sie zu bezwingen.«

»Lächerlich?« wiederholte Pat. »Wer hat diesen Bergen ihren Namen gegeben? Wer hat sie überquert? Wer hat sie entdeckt? Mein Vater war es!«

»Und du glaubst, du hättest sie geerbt«, gab er zurück, »brauchtest nur zu pfeifen, und schon würden sie sich dir zu Füßen legen, sich leblos stellen, und der Madman's Pass würde sich in einen Parkweg verwandeln. Das Resultat wäre gewesen, daß von dir nur ein Häufchen sauber abgenagter Knochen in dem Cañon übriggeblieben wäre, wenn ich dich nicht dort herausgetragen hätte.«

»Ach, du bist einfach ein ängstlicher Yankee«, erwiderte sie schnippisch. »Ich gehe raus und sehe mich etwas um.« Sie zog ihren Parka über, ging bis zur Tür, und dort blieb sie stehen. »Kommst du nicht mit?« fragte sie zögernd.

Er erhob sich. »Klar! Ich habe nur darauf gewartet, daß

du mich fragst.« Er schlüpfte in die Kleidungsstücke, die für den Aufenthalt im Freien gedacht waren, und folgte ihr.

Etwas war hier anders. Äußerlich betrachtet, bot das Plateau die gleiche düstere Wildnis aus Eis und Gestein, wie sie sie unten in der Ebene vorgefunden hatten. Da gab es vom Wind abgeschliffene Felsspitzen in den irrwitzigsten Formen, und die ungebändigte Landschaft, die in den Strahlen ihrer Helmleuchten glitzerte, kam dem bizarren Gelände gleich, auf das sie bei ihrem ersten Ausstieg gestoßen waren.

Die Kälte war hier jedoch weniger schneidend, seltsamerweise wurde es auf diesem kuriosen Planeten mit zunehmender Höhe wärmer anstatt kälter, denn die Höhe brachte einen der Region der Oberwinde näher, und hier in den Mountains of Eternity heulte der Unterwind nicht so beständig, denn er wurde durch die gewaltigen Gipfel in einzelne Böen zersplittert.

Die Vegetation war üppiger. Überall fand man die durchäderten knolligen Gebilde, und Ham mußte vorsichtig gehen, um nicht noch einmal auf so ein Gewächs zu treten und seinen klagevollen Schmerzensruf hören zu müssen. Pat hatte nicht solche Skrupel, denn sie beharrte darauf, daß es sich bei dem Wimmerton lediglich um einen Tripismus handelte, daß die Exemplare, die sie herausriß und zerlegte, nicht mehr Schmerz spürten als ein Apfel, der gegessen wurde; und außerdem, so meinte sie, sei es Sache des Biologen, sich auch als Biologe zu betätigen.

Irgendwo weit weg zwischen den Felsgipfeln schrillte das höhnische Gelächter der Trioptes, und mehr als einmal glaubte Ham die Gestalten dieser Dämonen der Dunkelheit in den umherhuschenden Schatten an der äußersten Grenze der von ihrem Helm ausgehenden Lichtkegel zu erkennen. Wenn sie wirklich da waren, so hielt sie das Licht in sicherer Distanz, denn es surrten keine Steine an ihnen vorbei.

Es war ein eigenartiges Gefühl, so im Zentrum eines wandelnden Lichtkreises dahinzuschreiten; ihm war ständig so, als lauerten unmittelbar unter der Grenze des Sichtbaren Gott wer weiß was für unheimliche und unglaubliche Kreaturen, obwohl sein Verstand ihm sagte, daß solche Monster nicht unbemerkt bleiben könnten.

Vor ihnen glitten ihre Lichtstrahlen über einen schimmernden Eiswall, eine Böschung oder ein Abhang, der sich nach rechts oder links über ihren Weg hin ausstreckte. Plötzlich zeigte Pat darauf. »Sieh doch!« rief sie und versuchte, ihre Lampe ruhig zu halten. »Dellen im Eis – eher so was wie Erdhöhlen. Siehst du?«

Er sah – kleine schwarze Öffnungen, etwa so groß wie ein Schachtdeckel, eine ganze Reihe davon am Fuße des Eiswalls. Etwas Schwarzes jagte lachend den glatten Abhang hinauf und war verschwunden – ein Triops. War das der Unterschlupf dieser Ungeheuer? Er sah genauer hin.

»Da ist irgend etwas!« flüsterte er Pat zu. »Guck doch! Vor der Hälfte dieser Öffnungen liegt etwas! Oder sind das nur Steine, um den Eingang zu versperren?«

Vorsichtig, die Revolver in der Hand, gingen sie näher. Es regte sich nichts mehr, aber in der zunehmenden Intensität des Lichtscheins sahen die Gegenstände vor den Öffnungen immer weniger nach Gesteinsbrocken aus, und schließlich konnten sie die Äderung und die knollige Form eines eigentümlichen Lebewesens ausmachen.

Zumindest repräsentierte die Kreatur eine neue Art. Ham konnte jetzt eine Reihe augenähnlicher Flecken unterscheiden und eine Vielzahl von Beinen darunter. Die Dinger sahen aus wie umgestülpte Flickenkörbe, was die Größe und die Form betraf, waren von einem Adergeflecht durchzogen, schlaff und gesichtslos, abgesehen von einem Kreis von Augenflecken. Und jetzt konnte er sogar die halbdurchsichtigen Augenlider sehen, die sich schlossen – offensichtlich, um die Augen vor dem schmerzhaften Lichtschein abzuschirmen.

Sie waren knapp ein Dutzend Fuß von den Kreaturen

entfernt. Nachdem Pat einen Moment unschlüssig dagestanden hatte, trat sie direkt vor das bewegungslose rätselhafte Wesen hin.

»Hier haben wir einen Neuen, Ham«, sagte sie. »Hallo, alter Freund!«

Einen Augenblick später standen beide starr, in äußerster Bestürzung und überwältigtem Staunen. Wie es schien durch eine Art Membran am oberen Ende der Kreatur ausgelöst, ertönte eine knackende Stimme in hoher Tonlage.

»Hallo, Kumpel!« sagte diese Stimme.

Entsetztes Schweigen. Ham hielt seinen Revolver schußbereit, hätte er jedoch davon Gebrauch machen müssen, er wäre nicht in der Lage gewesen, ihn zu benutzen, ja er dachte nicht einmal mehr daran. Er war wie gelähmt.

Pat jedoch hatte ihre Sprache wiedergefunden. »Das – das ist nicht real«, sagte sie matt. »Es ist ein Tropismus. Das Ding gibt die Töne, die es empfängt, als Echo wieder. Ist es nicht so, Ham? Stimmt es nicht?«

»Ich – ich – ja, natürlich.« Ham starrte gebannt auf die von Lidern bedeckten Augen. »Es muß so sein. Hör zu!« Er beugte sich vor und schrie, direkt an die Kreatur gewandt: »Hallo!«

Sie antwortete. »Es ist kein Tropismus«, tönte es abgehackt in schrillem, aber perfektem Englisch.

»Das war kein Echo!« keuchte Pat. Sie wich zurück. »Ich habe Angst«, wimmerte sie und zog Ham am Arm fort. »Komm weg hier, schnell!«

»Ich bin auch bloß ein ängstlicher Yankee«, knurrte er, »aber ich werde diesen lebenden Phonographen ins Kreuzverhör nehmen und herausfinden, was oder wer das Ding in Gang setzte.«

»Nein! Nein, Ham! Ich fürchte mich schrecklich!«

»Es sieht nicht gefährlich aus«, stellt er fest.

»Es ist nicht gefährlich«, bemerkte das Ding auf dem Eis.

Ham schluckte, und Pat gab ein angsterfülltes Stöhnen von sich.

»Wer bist du?« stammelte Ham. Es kam keine Antwort. Die lidbedeckten Augen fixierten ihn unablässig.

»Was bist du?« versuchte er es noch einmal.

Abermals keine Antwort.

»Wie kommt es, daß du Englisch sprichst?« forschte er.

Die klickende Stimme tönte: »Ich kenne nicht Englisch.«

»Aber – äh – wie kommt es, daß du Englisch sprichst?«

»Du sprichst Englisch«, stellte das rätselhafte Wesen klar, und das war logisch genug.

»Ich meine nicht weshalb. Ich meine wie?«

Pat hatte ihren Schreck und ihr Staunen überwunden, und ihr flinker Verstand hatte eine Erklärung bereit. »Ham«, flüsterte sie angespannt, »es gebraucht die Worte, die wir auch benutzen. Es lernt die Bedeutung von uns!«

»Ich lernen die Bedeutung von dir«, bestätigte das Ding ungrammatisch.

Ham dämmerte etwas. »Gott!« Er schnappte nach Luft. »Dann sind wir diejenigen, die ihm einen Wortschatz eingeben können.«

»Du sprichst, ich spreche«, schlug die Kreatur vor.

»Tatsache! Siehst du, Pat? Wir können einfach irgendwas sagen.« Er stockte. »Wart mal ... Als im Verlauf der menschlichen Geschichte ...«

»Halt den Mund!« fuhr Pat ihn an. »Yankee! Du befindest dich auf dem Territorium der Krone. ›Sein oder Nichtsein; das ist hier die Frage, allein ...‹«

Ham schwieg. Als sich ihr Gedächtnis erschöpft hatte, übernahm er die Sache: »Einst lebten einmal drei Bären ...«

Und so ging es fort. Plötzlich kam ihm die ganze Situation unwahrscheinlich lächerlich vor. Da war Pat, wie sie dem humorlosen Ungeheuer der Nachtseite der Venus beflissen die Geschichte von Little Red Riding Hood erzählte! Das Mädchen warf ihm einen verständnislosen Blick zu, als er in unbändiges Lachen ausbrach.

»Erzähl ihm die von dem Reisenden und der Farmerstochter!« brachte er prustend hervor. »Sieh mal zu, ob du ihm ein Lächeln entlocken kannst!«

Sie fiel in sein Lachen ein. »Aber es ist doch wirklich eine ernst zu nehmende Angelegenheit«, sagte sie. »Stell dir das doch mal vor, Ham! Intelligentes Leben auf der dunklen Seite! Bist du intelligent?« fragte sie plötzlich das Ding auf dem Eis.

»Ich bin intelligent«, versicherte es ihr. »Ich bin auf intelligente Weise intelligent.«

»Auf alle Fälle bist du ein großartiger Linguist«, sagte das Mädchen. »Hast du jemals gehört, daß einer in einer halben Stunde Englisch gelernt hat, Ham? Stell dir das mal vor!« Augenscheinlich war ihre Furcht vor der Kreatur gewichen.

»Also los, probieren wir's mal aus«, schlug Ham vor. »Wie ist dein Name, Freund?«

Keine Antwort.

»Ist doch ganz klar«, unterbrach Pat die Stille, »er kann uns seinen Namen nicht eher nennen, bis wir ihm einen englischen gegeben haben, und das können wir nicht, weil . . . Oh, nennen wir ihn doch Oscar. Das wird gehen.«

»Ist gut für ihn, Oscar, was bist du überhaupt?«

»Menschlich, ich bin ein Mensch.«

»Was? Ich will verdammt sein, wenn du das bist!«

»Das sind die Worte, die ihr mir beigebracht habt. Für mich bin ich ein Mensch für dich.«

»Wart mal einen Moment. ›Für mich bin ich‹ – Ich verstehe, Pat. Er meint, die einzigen Worte, die wir für das haben, wofür er sich hält, sind Worte wie Mensch und menschlich. Nun, was sind dann deine Leute?«

»Leute.«

»Ich meine deine Rasse. Zu welcher Rasse gehörst du?«

»Menschlich.«

»Uh!« stöhnte Ham. »Versuch du's, Pat.«

»Oscar«, begann das Mädchen, »du sagst, du bist menschlich. Bist du ein Säugetier?«

»Für mich Mensch ist Säugetier für dich.«

»Oh, gütiger Himmel!« Sie versuchte es noch einmal. »Oscar, wie pflanzt sich deine Rasse fort?«

»Ich habe nicht die Worte.«

»Bist du geboren worden?«

Das sonderbare Gesicht beziehungsweise der gesichtslose Körper veränderte sich kaum merklich. Schwere Lider klappten über die halbdurchsichtigen, die die vielen Augen abschirmten; es war fast so, als lege sich das Ding vor Konzentration in Falten.

»Wir sind nicht geboren«, sagte es.

»Dann also – Samen, Sporen, Parthenogenese? Oder Spaltung?

»Sporen«, rief das geheimnisvolle Wesen mit gellender Stimme, »und Spaltung.«

»Aber . . .«

Pat hielt verdutzt inne. In das momentane Schweigen brach das hämische Heulen eines Triops weit weg zu ihrer Linken, und beide wandten sich unwillkürlich um, blickten in die bewußte Richtung und prallten entsetzt zurück. Am äußersten Rand des Strahls war einer der lachenden Dämonen aufgetaucht und schleppte etwas weg, das ohne Zweifel eines der Lebewesen aus den Erdhöhlen war. Und um den Schrecken noch größer zu machen, blieben die restlichen Wesen völlig gleichgültig vor ihren Löchern hocken.

»Oscar!« schrie Pat. »Sie haben einen von euch erwischt!«

Sie hörte plötzlich auf zu reden, als sie Hams Revolver krachen hörte, aber der Schuß war danebengegangen.

»Oh, diese Teufel!« sagte sie mit erstickter Stimme. »Sie haben einen mitgenommen!« Die vor ihnen sitzende Kreatur äußerte sich nicht dazu. »Oscar!« schrie Pat. »Kümmert dich denn das gar nicht? Sie haben einen von euch umgebracht! Begreifst du nicht?«

»Ja.«

»Aber berührt es dich denn überhaupt nicht?« In Pat hatte sich die Überzeugung herausgebildet, daß diese Kreaturen irgendeiner Art menschlichen Mitgefühls fähig sein müssen. Sie konnten reden, waren also mehr als nur wilde Tiere. »Macht es dir wirklich nichts aus?«

»Nein.«

»Wie steht ihr zu diesen Teufeln! Warum laßt ihr es zu, daß sie euch töten?«

»Sie essen uns«, sagte Oscar seelenruhig.

»Oh!« Pat blieb vor Entsetzen die Luft weg. »Aber – aber warum tut ihr . . .«

Sie brach ab; das Wesen zog sich langsam und systematisch in sein Erdloch zurück.

»Warte!« rief sie. »Hierher kommen sie nicht! Unsere Lampen . . .«

Aus dem Loch heraus hallte die klickende Stimme: »Es ist kalt. Ich gehe wegen der Kälte.«

Dann herrschte Schweigen.

Es war mittlerweile kälter geworden. Der böige Unterwind heulte jetzt beständiger, und als Patricia die Reihe entlangblickte, sah sie, daß jedes dieser Höhlenwesen wie Oscar in sein Erdloch schlüpfte. Sie warf Ham einen hilflosen Blick zu.

»Hab ich – hab ich das nur geträumt?« flüsterte sie.

»Dann haben wir's beide geträumt, Pat.« Er nahm ihren Arm und zog sie mit sich zur Rakete zurück, deren runde Bullaugen einladend durch die Düsternis leuchteten.

Doch als sie erst einmal in der warmen Kabine der Rakete waren, ihre plumpe Montur abgelegt hatten, zog Pat ihre Beine unter sich, zündete sich eine Zigarette an und stellte eine etwas rationalere Betrachtung dieser rätselhaften Geschehnisse an.

»Es gibt etwas, das uns bei dieser ganzen Geschichte unklar bleibt, Ham. Ist dir irgend etwas Merkwürdiges an Oscars Verstand aufgefallen?«

»Er funktioniert teuflisch schnell.«

»Ja, er ist ziemlich intelligent. Eine Intelligenz, die sich auf einer menschlichen Ebene bewegt oder sogar« – sie zögerte – »darüber. Dennoch ist es kein menschlicher Verstand. Er ist anders – fremdartig, irgendwie seltsam. Ich kann nicht richtig ausdrücken, wie mir zumute war, aber hast du bemerkt, daß Oscar nie eine Frage stellte? Nicht eine!«

»Ja, das stimmt. Wirklich eigenartig!«

»Ja, verdammt eigenartig. Jedes intelligente menschliche Wesen, das auf eine andere denkende Lebensform trifft, würde eine Menge Fragen stellen. Wir jedenfalls haben es so gemacht.« Sie blies nachdenklich eine Rauchfahne aus. »Und das ist nicht alles. Diese Gleichgültigkeit, die er zeigte, als die Trioptes einen von seinen Artgenossen angriffen – war das etwa menschlich oder typisch für Erdenbewohner? Ich habe schon gesehen, wie eine Spinne sich aus einem Schwarm Fliegen eine wegschnappte, ohne daß es die restlichen kümmerte, aber kann so etwas bei intelligenten Wesen geschehen? Kann es nicht; nicht einmal bei so unentwickelten Hirnen wie man sie bei Hirschen findet oder einem Flug Spatzen. Töte einen, und du wirst alle anderen erschrecken.«

»Das ist wahr, Pat. Das sind schon verdammt eigenartige Burschen, diese Mitbewohner von Oscar. Seltsame Tiere.«

»Tiere? Du willst mir doch nicht weismachen, daß du's nicht gemerkt hast?«

»Was gemerkt?«

»Oscar ist kein Tier. Er ist eine Pflanze – eine warmblütige, bewegliche Pflanze! Die ganze Zeit über, während wir mit ihm sprachen, wühlte er unter sich herum – mit seiner Wurzel. Und diese Dinger, die wie Beine aussahen, das waren Sporenhülsen. Er ist nicht auf ihnen gelaufen; er zog sich an seiner Wurzel vorwärts. Aber was noch viel wichtiger ist ...«

»Noch wichtiger?«

»Was noch wichtiger ist, Ham, diese Sporenhülsen waren von der gleichen Art wie jene, die die Trioptes im Cañon der Mountains of Eternity nach uns geworfen haben, die Dinger, die uns zu ersticken drohten und uns so benebelten ...«

»Die, die dich zusammenklappen und erstarren ließen, meinst du.«

»Jedenfalls hatte ich genug Geistesgegenwart, um sie zu erkennen!« gab sie zurück, errötete jedoch dabei. »Da haben wir schon einen Teil des Rätsels gelöst, Ham. Oscars Hirn ist pflanzlicher Natur.« Sie hielt inne und sog an ihrer Zigarette, während er seine Pfeife stopfte.

»Glaubst du, daß die Anwesenheit von Oscar und seiner Truppe eine Gefahr für die menschliche Besiedlung der Venus darstellt?« fragte sie plötzlich. »Ich weiß, sie sind Lebewesen der Nachtseite, aber was ist, wenn man hier unterirdische Funde macht? Was ist, wenn sich das hier als ein Gebiet erweist, das man zu kommerziellen Zwecken nutzen kann? Menschen können nicht unbegrenzt lange ohne Sonnenlicht leben, ich weiß, aber es könnte sich erforderlich machen, zeitweilige Kolonien zu errichten und was dann?«

»Nun, was dann?« fragte Ham seinerseits.

»Ja, was ist dann? Ist auf einem Planeten Raum für zwei intelligente Rassen? Würde es nicht früher oder später Interessenkonflikte geben?«

»Na und wenn schon?« brummte er. »Diese Dinger sind primitiv, Pat. Sie leben in Höhlen, ohne Kultur, ohne Waffen. Sie sind keine Gefahr für die Menschen.«

»Aber sie sind unwahrscheinlich intelligent. Woher willst du wissen, daß jene, die wir gesehen haben, nicht mehr als ein unkultivierter Stamm sind und daß es irgendwo in der Weite der dunklen Venusseite nicht doch eine Pflanzenzivilisation gibt? Du weißt, die Bildung ist nicht das Vorrecht der Menschheit. Man braucht sich nur die gewaltige zerfallene Kultur auf dem Mars anzusehen oder die kläglichen Überreste auf dem Titan. Dem Menschen ist einfach die sonderbarste Art der Zivilisation zugefallen, zumindest bis jetzt.«

»Das ist alles richtig, Pat«, pflichtete er ihr bei. »Aber wenn Oscars Sippe nicht kämpferischer ist als sie es gegenüber dem mörderischen Triops war, dann stellt sie keine große Bedrohung dar.«

Sie schauderte. »Ich kann das alles überhaupt nicht begreifen. Ich frage mich, ob . . .« Sie stockte, und ihr Gesicht verfinsterte sich.

»Ob was?«

»Ich – weiß nicht. Ich hatte eine Idee, eine ziemlich schreckliche Idee.« Sie sah plötzlich auf. »Ham, morgen werde ich herausfinden, wie geistig begabt Oscar wirklich ist – wenn ich es schaffe.«

Dennoch gab es etliche Schwierigkeiten. Als Patricia und Ham sich dem Eiswall näherten, sich mühsam über das Terrain fortbewegten, fragten sie sich in völliger Ratlosigkeit, welches in der Reihe von Erdhöhlen das Loch war, vor dem sie sich mit Oscar unterhalten hatten. Im glitzernden Widerschein ihrer Lampen sah jede Öffnung aus wie die andere, und die Kreaturen, die in den Eingängen saßen, starrten sie mit lidüberzogenen ausdruckslosen Augen an.

»Wir werden es einfach ausprobieren müssen«, sagte Pat in ihrer Verwirrung. »He, du da, bist du Oscar?«

Die klickende Stimme tönte: »Ja.«

»Das glaube ich nicht«, wandte Ham ein. »Er war weiter rechts. He! Bist du Oscar?«

Eine andere Stimme tickte: »Ja.«

»Ihr könnt nicht beide Oscar sein.«

Der, den Pat ausgewählt hatte, antwortete: »Wir alle sind Oscar.«

»Oh, mach dir nichts draus«, beeilte sich Pat zu sagen, Hams Protesten damit zuvorkommend. Anscheinend ist es so, daß, was einer weiß, alle wissen, also spielt es keine Rolle, welchen wir nehmen. Oscar, du hast gestern gesagt, du seist intelligent. Bist du intelligenter als ich?«

»Ja. Viel intelligenter.«

»Ha!« Ham kicherte. »Merk dir das, Pat!«

Sie rümpfte verächtlich die Nase. »Er ist dir meilenweit voraus, Yankee! Oscar, lügst du manchmal?«

Undurchlässige Lider klappten über die transparenten. »Lügen«, wiederholte die schrille Stimme. »Lügen. Nein. Das ist nicht nötig.«

»Nun, dann wirst du vielleicht ...« Sie stockte plötzlich, als sie einen dumpfen Knall vernahm. »Was ist das? Oh! Ham, sieh mal, eine von seinen Sporenhülsen ist geplatzt!« Sie zog sich zurück.

Ein scharfer beißender Geruch hüllte sie ein, der Erinnerungen wachrief an jene gefahrvolle Stunde in dem Cañon, aber diesmal war der Geruch nicht streng genug, um Ham Atembeschwerden zu verursachen oder das Mädchen in Bewußtlosigkeit taumeln zu lassen. Scharf, ätzend, aber dennoch nicht gänzlich unangenehm.

»Wozu geschieht das, Oscar?«

»Es ist, damit wir uns ...« Die Stimme stockte.

»Vermehren?« half Pat ihm weiter.

»Ja, vermehren. Der Wind trägt unsere Sporen zueinander. Wir leben da, wo der Wind nicht stetig ist.«

»Aber gestern hast du gesagt, Spaltung sei eure Fortpflanzungsmethode.«

»Ja. Die Sporen treiben gegen unsern Körper und es findet eine ...« Wieder erstarb die Stimme.

»Befruchtung statt?« ergänzte das Mädchen.

»Nein.«

»Ah, ich weiß! Eine Reizung?«

»Ja.«

»Die verursacht ein tumorartiges Gewächs?«

»Ja. Wenn dieses Gewächs voll entwickelt ist, teilen wir uns.«

»Hu«, schnaubte Ham. »Ein Tumor!«

»Halt den Mund«, fuhr ihn das Mädchen an. »Mehr ist ein Baby nun mal nicht – einfach ein Tumor.«

»Einfach ein ... na ja, da bin ich froh, daß ich kein Biologe bin! Oder eine Frau!«

»Das geht mir auch so«, sagte Pat spröde. »Oscar, wieviel weißt du?«

»Alles.«

»Weißt du, woher meine Leute kommen?«

»Hinter dem Licht.«

»Ja, und weißt du, wo wir davor waren?«

»Nein.«

»Wir kommen von einem anderen Planeten«, sagte Pat eindringlich. Auf Oscars Schweigen hin fuhr sie fort: Weißt du, was ein Planet ist?«

»Ja.«

»Aber wußtest du es schon, ehe ich das Wort erwähnte?«

»Ja. Lange vorher.«

»Aber woher? Weißt du, was ein Triebwerk ist? Weißt du, was Waffen sind? Weißt du, wie man sie herstellt?«

»Ja.«

»Warum tut ihr's dann nicht?«

»Es besteht keine Notwendigkeit.«

»Keine Notwendigkeit!« fuhr es aus ihr heraus. »Mit Licht, selbst mit Feuer könntet ihr die Trioptes-Triopten, ich meine, könntet ihr sie euch vom Hals halten. Ihr könntet verhindern, daß sie euch auffressen!«

»Es besteht keine Notwendigkeit.«

Sie wandte sich hilflos zu Ham um.

»Das Ding lügt«, meinte er.

»Das glaube ich nicht«, murmelte sie. »Es ist etwas anderes – etwas, das wir nicht verstehen. Oscar, woher weißt du all diese Dinge?«

»Intelligenz.«

Beim nächsten Erdloch zersprang eine weitere Sporenhülse mit dumpfem Knall.

»Aber wie? Erzähl mir, wie ihr die Fakten herausfindet.«

»Aus jedem Stückchen Wirklichkeit«, schnarrte die Kreatur auf dem Eis, »kann die Intelligenz ein Bild erschaffen vom gesamten . . .« Schweigen.

»Universum?«

»Ja, vom Universum. Ich nehme mir einen Fakt, und aus diesem ziehe ich weitere Schlußfolgerungen. Ich schaffe mir ein Bild vom Ganzen. Dann nehme ich mir einen anderen Fakt, und davon ausgehend denke ich weiter. Ich weiß, daß das Bild wahr ist.«

Beide Zuhörer starrten die Kreatur ehrfürchtig an. »Meine Güte!« Ham schluckte. »Wenn das stimmt, können wir mit Oscars Hilfe alles Mögliche herauskriegen. Oscar, kannst du uns Geheimnisse sagen, die wir noch nicht kennen?«

»Nein.«

»Warum nicht?«

»Ihr müßt erst die Worte haben und sie mir dann geben. Ich kann euch nichts sagen, wofür ihr keine Worte habt.«

»Es stimmt«, flüsterte Pat. »Oscar, ich habe aber die Worte Zeit und Raum und Energie und Material und Gesetz und Ursache. Nenne mir das elementare Gesetz des Universums!«

»Es ist das Gesetz vom . . .« Schweigen.

»Von der Erhaltung der Energie oder der Materie? Der Gravitation?«

»Nein.«

»Von – von Gott?«

»Nein.«

»Vom – Leben?«

»Nein. Leben ist nicht von Bedeutung.«

»Wovon dann? Mir fällt kein anderes Wort ein.«

»Es besteht die Möglichkeit«, sagte Ham angespannt, »daß es zufällig kein Wort dafür gibt!«

»Ja«, klickte Oscar. »Es ist das Gesetz vom Zufall. Jene anderen Wörter sind nur verschiedene Seiten des Gesetzes vom Zufall.«

»Du lieber Himmel!« sagte Pat und atmete geräuschvoll aus. »Oscar, weißt du, was ich mit Sternen, Sonnen, Sternbildern, Planeten, Nebelflecken und Atomen, Protonen und Elektronen meine?«

»Ja.«

»Aber – woher weißt du das? Hast du jemals die Sterne über diesen endlosen Wolken gesehen? Oder die Sonne dort hinter der Eisgrenze?«

»Nein. Die Vernunft reicht aus, denn es gibt nur einen möglichen Weg, wie das Universum existieren kann. Nur was möglich ist, ist auch wirklich. Was nicht wirklich ist, ist auch nicht möglich.«

»Das – das hat irgendeine Bedeutung«, murmelte Pat. »Ich sehe nur nicht genau, welche. Aber Oscar, weshalb benutzt ihr euer Wissen nicht, um euch vor euren Feinden zu schützen?«

»Es besteht keine Notwendigkeit. Es besteht keine Notwendigkeit, etwas zu tun. In hundert Jahren werden wir . . .« Schweigen.

»Sicher sein?«

»Ja – nein.«

Ein schrecklicher Gedanke schoß ihr durch den Kopf. »Meinst du – ausgestorben sein?«

»Ja.«

»Aber Oscar! *Wollt* ihr denn nicht leben? Will dein Volk nicht überleben?«

»Wollen!« rief Oscar mit schriller Stimme. »Wollen – wollen – wollen. Das Wort bedeutet nichts.«

»Es bedeutet Wunsch, Bedürfnis!«

»Wunsch bedeutet nichts. Bedürfnis! Nein. Mein Volk hat nicht das Bedürfnis zu überleben.«

»Oh«, brachte Pat matt hervor. »Weshalb pflanzt ihr euch dann fort?«

Wie zur Antwort schüttete eine platzende Sporenhülse ihren ätzenden staubigen Inhalt über sie aus. »Weil wir es tun müssen«, sagte Oscar mit knackender Stimme. »Wenn die Sporen uns treffen, müssen wir.«

»Ich verstehe«, flüsterte Pat gedehnt. »Ham, ich glaube, jetzt haben wir's. Ich glaube, daß ich es begriffen habe. Gehen wir zum Schiff zurück.«

Ohne Abschiedsgruß drehte sie sich um, und er folgte

ihr, in Gedanken versunken. Eigenartige Teilnahmslosigkeit lastete auf ihm.

Auf dem Rückweg stieß ihnen ein geringfügiges Unglück zu. Ein Stein, der von einem umherstreifenden Triops geschleudert worden war, der sich hinter dem Wall verborgen hielt, hatte die linke Lampe an Pats Helm zersplittert. Es schien sie kaum zu stören. Sie blickte nur kurz zur Seite und trottete weiter. Aber die ganze Zeit wurden sie von Geheul und Hohngelächter begleitet, das aus der Finsternis links von ihnen herübertönte, die nun nur noch von Hams Lampe etwas erhellt wurde.

In der Rakete warf Pat erschöpft ihren Speziesbeutel auf den Tisch und setzte sich, ohne den schweren Außenanzug abzulegen. Auch Ham behielt ihn an. Trotz der drückenden Hitze ließ er sich träge in seine Schlafkoje fallen.

»Ich bin müde«, sagte das Mädchen, »aber nicht so müde, um nicht zu bemerken, was es mit diesen rätselhaften Vorgängen da draußen auf sich hat.«

»Dann laß mal hören.«

»Ham, was ist der wichtigste Unterschied zwischen pflanzlichem und tierischem Leben?« fragte sie.

»Nun, Pflanzen beziehen ihre Nährstoffe direkt aus dem Boden und der Luft. Tiere brauchen Pflanzen oder andere Tiere als Nahrung.«

»Das stimmt nicht ganz, Ham. Einige Pflanzen sind Parasiten und nutzen andere Lebensformen aus. Denk an die Hotlands oder sogar an einige Pflanzen auf der Erde – die Schmarotzerpilze, die Kannenpflanze, die *Dionaea,* die Fliegen fangen.«

»Na gut, aber ein Unterschied ist, daß Tiere sich fortbewegen, Pflanzen aber nicht.«

»Auch das ist nicht wahr. Sieh dir doch die Mikroben an; sie sind Pflanzen, und doch schwärmen sie auf der Suche nach Nahrung aus.«

»Was ist dann also der Unterschied?«

»Das ist manchmal schwer zu sagen«, murmelte sie,

»aber ich denke, ich hab's jetzt verstanden. Es ist folgendes: Tiere gehorchen ihren Bedürfnissen, Pflanzen der Notwendigkeit. Begreifst du?«

»Nicht die Bohne, verdammt noch mal.«

»Dann hör zu. Eine Pflanze – selbst eine, die sich fortbewegt – reagiert auf die beschriebene Weise, weil sie es *muß,* weil sie so beschaffen ist. Ein Tier verhält sich in bestimmter Weise, weil es das so *will* oder weil es so geschaffen ist, daß es etwas will.

»Und was ist da der Unterschied?«

»Es gibt einen. Ein Tier hat einen Willen, die Pflanze nicht. Verstehst du jetzt? Oscar hat die sagenhafte Intelligenz eines Gottes, aber er hat nicht mal den Willen eines Wurms. Er zeigt Reaktionen, hat aber keine Wünsche. Wenn der Wind warm ist, kommt er heraus und nimmt Nahrung auf; wenn es kalt ist, kriecht er zurück in sein Erdloch, eingehüllt in seine Körperwärme, aber das ist kein Wille, sondern nur ein Reagieren auf etwas. Er hat keine Bedürfnisse!«

Ham, aus seiner Teilnahmslosigkeit gerissen, starrte sie an. »Ich will verflucht sein, wenn das nicht wahr ist!« rief er. »Deshalb stellen sie auch niemals Fragen. Dazu bedarf es eines Wunsches oder des Willens, eine Frage zu stellen. Und deshalb haben sie auch keine Zivilisation und werden nie eine haben!«

»Das ist ein Grund dafür, aber es gibt noch andere«, sagte Pat. »Denk doch mal daran: Oscar ist geschlechtslos, und obwohl ihr Nordstaatler euch mächtig was auf euch einbildet, muß man doch zugestehen, daß der Geschlechtstrieb ein wesentlicher Faktor bei der Errichtung einer Zivilisation ist. Er ist die Grundlage, damit eine Familie entsteht, und unter Oscars Leuten hier gibt es so etwas wie Eltern und Kind nicht. Er teilt sich; jede der beiden Hälften ist dann ein ausgewachsenes Wesen, wahrscheinlich mit allen Kenntnissen und dem Gedächtnis des Originals.

Es besteht keine Notwendigkeit für Liebe, es ist auch

kein Platz dafür, und aus diesem Grund ist es nicht erforderlich, um einen Partner oder eine Familie zu kämpfen, und es gibt keinen Grund, sich das Leben leichter zu machen als es bereits ist oder die Intelligenz zur Entwicklung von Kunst und Wissenschaft oder irgend etwas anderem zu nutzen.« Sie hielt inne. »Hast du jemals etwas vom Malthusianismus gehört, Ham?«

»Nicht, daß ich wüßte.«

»Nun, das Gesetz von Malthus besagt, daß mit wachsender Bevölkerungszahl die Nahrungsmittelvorräte schwinden. Produziert man mehr Nahrungsmittel, vergrößert sich proportional dazu die Bevölkerung. Unter diesem Gesetz hat sich die Menschheit entwickelt. Etwa ein Jahrhundert lang war es außer Kraft gesetzt, aber unsere Rasse schaffte es, menschlich unter diesem Gesetz zu leben.«

»Außer Kraft gesetzt! Das hört sich etwa so an, als wolle man das Gesetz der Schwerkraft aufheben oder das Gesetz der reziproken Quadratzahlen.«

»Nein, nein, nein«, sagte sie. »Es wurde durch die Entwicklung der Technik im neunzehnten und zwanzigsten Jahrhundert außer Kraft gesetzt, mit deren Hilfe man in der Nahrungsmittelproduktion weit vorgeprellt war. Dieser Vorsprung ist durch die Bevölkerungszahl noch nicht wieder wettgemacht. Aber irgendwann wird es soweit sein, und dann wird das Malthussche Gesetz wieder herrschen.«

»Und was hat das mit Oscar zu tun?«

»Er hat nie unter diesem Gesetz leben müssen. Andere Faktoren hielten die Anzahl seiner Artgenossen *unter* der durch die Nahrungszufuhr gesetzten Grenze, und so war den Vertretern seiner Art nicht der Zwang auferlegt, um Nahrung zu kämpfen. Er ist so vollkommen an seine Umgebung angepaßt, daß er nicht mehr benötigt. Für ihn würde Zivilisation Verschwendung und Überfluß bedeuten.«

»Und was ist dann mit den Trioptes?«

»Ja, die Trioptes. Siehst du, Ham, wie ich schon vor ein paar Tagen gesagt habe, sind die Trioptes erst vor kurzem zugewandert, sind Neuankömmlinge von der Zwielichtzone. Als diese Teufel hier eintrafen, war Oscars Volk bereits entwickelt, und sie konnten sich nicht verändern, um sich auf die neuen Bedingungen einzustellen oder zumindest konnten sie's nicht schnell genug. So sind sie zum Untergang verurteilt. Wie Oscar sagt, werden sie bald ausgestorben sein und das schert sie überhaupt nicht.« Ein Schauer durchfuhr sie. »Alles, was sie tun, alles, was sie tun können, ist, vor ihrem Erdloch zu sitzen und zu denken. Wahrscheinlich kommen ihnen göttliche Gedanken, aber sie können nicht mal den Willen einer Maus aufbieten. Das ist typisch für eine pflanzliche Intelligenz. So hat sie zu sein.«

»Ich – ich glaube, du hast recht«, murmelte Ham. »Irgendwie ist es schrecklich, nicht?«

»Ja.« Trotz ihrer dicken Anzüge fröstelten sie. »Ja, es ist schrecklich. Solch ein unermeßlicher, bedeutender Verstand, aber keine Möglichkeit, diesen wirksam werden zu lassen. Es ist wie bei einem gewaltigen Benzinmotor, bei dem die Antriebswelle gebrochen ist, und es spielt keine Rolle, wie gut er läuft, denn er kann die Räder nicht in Bewegung setzen. Ham, weißt du, wie ich sie nennen werde? Die *Lotophagi Veneris* – die Lotosesser! Geben sich damit zufrieden, herumzusitzen und ihr Leben zu verträumen, während geringere Geister – wir und die Trioptes – um ihren Planeten kämpfen.«

»Das ist ein guter Name, Pat.« Als er sich erhob, fragte er überrascht: »Deine Proben – willst du sie nicht präparieren?«

»Erst morgen.« Sie warf sich völlig angekleidet in ihre Schlafkoje.

»Sie werden aber verderben! Und deine Lampe am Helm – ich sollte sie wieder in Ordnung bringen.«

»Morgen«, wiederholte sie träge, und seine eigene Mattigkeit hielt ihn von weiteren Einwänden ab.

Als ihn Stunden später der ekelerregende Gestank der Verwesung weckte, schlief Pat, noch immer in den dicken Anzug gehüllt. Er schleuderte den Beutel mit den Spezies zur Luke hinaus, und dann streifte er den Anzug von ihrem Körper. Sie regte sich kaum, als er sie wieder sanft niederlegte.

Pat vermißte ihren Speziesbeutel ganz und gar nicht, und am nächsten Tag – wenn man bei dieser immer währenden Nacht überhaupt von Tag sprechen kann – stapften sie über das öde Plateau. Patricias Helmlampe war noch immer nicht repariert. Wieder folgte ihnen zu ihrer Linken das wildhämische Gelächter der Nachtbewohner; grauenerregend schwebte es auf dem Unterwind zu ihnen herab, und zweimal splitterten weitgeschleuderte Steine glitzerndes Eis von den nächstgelegenen Spitzen. Sie zogen lustlos und schweigend weiter, es war, als läge ein Zauber über ihnen, aber ihr Verstand schien merkwürdig klar zu sein.

Pat sprach den ersten Lotosesser an, auf den sie trafen. »Da sind wir wieder, Oscar«, sagte sie, wobei ihre gewohnte Leichtigkeit wieder schwach auflebte. »Wie hast du die Nacht verbracht?«

»Ich habe nachgedacht«, klickte das Ding.

»Worüber hast du nachgedacht?«

»Ich habe nachgedacht über ...« Die Stimme verstummte.

Eine Sporenhülse platzte, und der beißende Geruch war in ihrer Nase.

»Über uns?«

»Nein.«

»Über die Welt?«

»Nein.«

»Über ... Ach, was hat das für einen Sinn?« brach sie ihre Befragung überdrüssig ab. »Wir könnten ewig so weitermachen und würden vielleicht dennoch nicht auf die richtige Frage kommen.«

»Wenn es überhaupt eine richtige Frage gibt«, fügte Ham hinzu. »Woher willst du wissen, ob es Wörter gibt, die passen? Und woher willst du dann erst wissen, ob unser Verstand in der Lage ist, solcher Art Ideen zu fassen? Es muß da Gedanken geben, die über unser Begriffsvermögen hinausgehen.«

Ein Stückchen weiter weg, links von ihnen, zersprang mit einem matten Plup eine weitere Sporenhülse. Ham sah, daß der Staub wie ein Schatten über die Strahlen der Lampe hinwegtrieb, der Unterwind ihn einfing, und er sah auch, wie Pat einen tiefen Zug dieser ätzenden Luft einsog, als diese um sie herumwirbelte. Seltsam, wie angenehm dieser Geruch ihr jetzt erschien, zumal es doch die gleiche Substanz war, die sie in höherer Konzentration fast das Leben gekostet hatte. Ham war leicht verwirrt, als ihm dieser Gedanke kam, aber er sah keinen Grund zur Besorgnis.

Ihm wurde plötzlich bewußt, daß sie beide in absolutem Schweigen vor dem Lotosesser standen. Sie waren doch gekommen, um Fragen zu stellen, oder?

»Oscar«, sagte er, »was hat das Leben für eine Bedeutung?«

»Keine Bedeutung. Es hat keine Bedeutung.«

»Warum dann aber dafür kämpfen?«

»Wir kämpfen nicht darum. Leben ist unwichtig.«

»Und wenn es euch nicht mehr gibt, dann fährt die Welt fort zu bestehen, so als sei nichts geschehen. Ist es das?«

»Wenn es uns nicht mehr gibt, wird das niemandem etwas ausmachen – außer den Trioptes, die uns fressen.«

»Die euch fressen«, wiederholte Ham die Worte.

Da war etwas an diesem Gedanken, das den Schleier der Gleichgültigkeit, der sich über seinen Willen gelegt hatte, durchdrang. Er schaute Pat an, die untätig und schweigend neben ihm stand, und im Schein ihrer Helmlampe konnte er ihre klaren grauen Augen hinter der

Schutzbrille sehen, die starr geradeaus blickten, so als sei sie geistesabwesend oder tief in Gedanken. Und hinter dem Wall ertönten plötzlich die Schreie und das wilde Gelächter der Bewohner der Dunkelheit.

»Pat«, sagte er.

Er bekam keine Antwort.

»Pat!« wiederholte er und hob träge seine Hand und legte sie auf ihren Arm. »Wir müssen zurück.« Rechts neben ihm platzte erneut eine Sporenhülse. »Wir müssen zurück«, sagte er nochmals.

Ein überraschender Steinhagel schoß über den Wall hinweg. Ein Stein traf seinen Helm, und seine vordere Lampe zerbarst mit einem Knall. Ein anderer traf seinen Arm und löste einen stechenden Schmerz aus, obwohl die Verletzung scheinbar unbedeutend war.

»Wir müssen zurückgehen«, wiederholte er hartnäckig.

Endlich sprach Pat, jedoch ohne sich zu rühren. »Welchen Sinn hat es?« fragte sie stumpfsinnig.

Er runzelte ungehalten die Stirn über ihre Worte. Welchen Sinn hat was – in die Zwielichtzone zurückzukehren? Das Bild von Erotia erstand vor seinem geistigen Auge und dann die Vision ihrer Hochzeitsreise zur Erde, die sie geplant hatten, und im Anschluß daran tauchte eine ganze Reihe von irdischen Bildern auf – New York, ein mit einem Baumgürtel eingefaßter Campus, die sonnige Farm seiner Jungenzeit. Aber all diese Orte schienen unendlich weit entfernt und unreal.

Ein heftiger Schlag, der ihn an der Schulter verletzte, brachte ihn wieder zur Besinnung, und er sah, daß ein Stein von Pat's Helm abprallte. Jetzt leuchteten nur noch zwei ihrer Lampen, die hintere und die rechte, und undeutlich nahm er wahr, daß an seinem eigenen Helm auch nur die hintere und die linke Lampe funktionierten. Schattengestalten, die unartikulierte Laute von sich gaben, jagten auf dem Kamm des Eiswalls dahin, der nun, da ihre Lampen zerschlagen waren, im Dunkeln blieb. Steine pfiffen und prasselten von links.

Mit äußerster Anstrengung packte er ihren Arm. »Wir müssen zurück!« sagte er mit schwacher Stimme.

»Warum? Warum müssen wir?«

»Weil wir getötet werden, wenn wir länger hierbleiben.«

»Ja, das weiß ich, aber . . .«

Er wollte ihr nicht länger zuhören und zog sie heftig mit sich fort. Sie fuhr herum und stolperte ihm nach, während er schwerfällig auf die Rakete zusteuerte.

Gellende Schreie hoben an, als ihre hinteren Lampen über den Wall hinwegstreiften, und während er das Mädchen hinter sich her schleifte und sie nur unendlich langsam vorankamen, ertönten die Schreie auch rechts und links von ihnen.

Er wußte, was das bedeutete. Diese Teufel kreisten sie ein, um nach vorn zu gelangen, wohin die zerstörten Frontlampen kein schützendes Licht aussenden konnten.

Pat folgte ihm teilnahmslos, unternahm von sich aus nicht die geringste Anstrengung. Es war nur der Druck seiner Hand, der sie vorwärts zwang, und für ihn wurde es allmählich zu einer unerträglichen Qual, sich selbst fortzubewegen. Und dort, direkt vor ihnen, waren die Bestien, die ihnen nach dem Leben trachteten.

Ham drehte seinen Kopf, so daß seine rechte Lampe das Terrain mit Licht überflutete. Unter schrillem Geschrei suchten die Ungeheuer Schutz im Schatten der Gesteinsspitzen und Hügelketten, während Ham, der mit zur Seite gewandtem Kopf lief, immer wieder fehl trat und taumelte.

Pat wollte sich nicht erheben, als er sie hochriß, aber sie leistete auch keinen Widerstand, als er sie dann einfach auf seine Arme hob.

Ein Gedanke regte sich undeutlich in ihm. Er rückte sie so zurecht, daß ihre rechte Lampe ihren Strahl nach vorn richtete, und so torkelte er schließlich bis zu dem Lichtkreis der Rakete, öffnete die Einstiegstür und ließ das Mädchen auf den Boden fallen.

Das letzte Bild, das er vor sich sah, zeigte die lachenden Trioptes, die durch die Dunkelheit zu der Hügelkette hin sprangen und flatterten, wo Oscar und seine Artgenossen in stiller Ergebenheit ihr Schicksal erwarteten.

Die Rakete schoß dröhnend in einer Höhe von zweihunderttausend Fuß dahin, denn zahllose Beobachtungen und Fotos aus dem Weltall hatten gezeigt, daß nicht einmal die höchsten Gipfel der Mountains of Eternity so riesig sind, daß sie einen vierzig Meilen weiten Schatten über die Oberfläche des Planeten werfen. Unter ihnen glitzerten die Wolken – weiß, die vor ihnen lagen und schwarz jene, die sie hinter sich gelassen hatten, denn sie erreichten soeben die Zwielichtzone. Aus dieser Höhe konnte man sogar die Krümmung des Planeten wahrnehmen.

»Die eine Hälfte wie 'ne Billardkugel, die andere Hälfte wie die schwarze Kugel beim Poulespiel«, sagte Ham und sah hinunter. »Nach all dem halten wir uns doch lieber an die Billardkugel-Hälfte.«

»Es waren diese Sporenhülsen«, redete Pat drauflos, ohne auf seine Bemerkung einzugehen. »Wir wußten vorher, daß sie narkotisierend wirken, aber wir konnten doch nicht vermuten, daß sie eine Droge beinhalten, die so heimtückisch wirkt – eine Droge, die uns willenlos macht und uns die Kraft raubt. Oscars Leute sind die Lotosesser und der Lotos, alles in einem. Aber mir tun sie irgendwie leid. Diese enorme Intelligenz, die sie besitzen, und die ganz nutzlos ist!« Sie hielt inne. »Ham, wodurch ist dir bewußt geworden, was da vor sich ging? Was hat dich stutzig gemacht, dich wachgerüttelt?«

»Oh, das war eine Bemerkung von Oscar, irgendwas in der Art, daß er nur eine herzhafte Mahlzeit für einen Triops sei.«

»Wie das?«

»Nun, wußtest du, daß wir alle unsere Nahrungsmittel verbraucht hatten? Diese Bemerkung erinnerte mich daran, daß ich bereits seit zwei Tagen nichts gegessen hatte!«

Weinbaums Welten, wenn ...
Eine Nachbemerkung

1. Weinbaum

Weinbaum starb im Alter von dreiunddreißig Jahren und wurde zur Legende. Sein Ruhm gründete sich damals auf zwölf Erzählungen, die er in den letzten anderthalb Jahren seines Lebens veröffentlicht hatte; auch die Zahl der begeisterten Freunde, die sich nach Weinbaums Tod seines Werkes annahmen und weitere Arbeiten daraus publizierten, dürfte das Dutzend kaum überschritten haben. Seine Leserschaft zählte nach Zehntausenden – Ende 1936 war er praktisch jedem Leser der amerikanischen Sciencefiction-Magazine ein Begriff. Außerhalb dieser Sphäre kannte ihn kaum jemand.

Stanley Grauman Weinbaum, Nachkomme jüdischer Einwanderer, wurde 1902 in Louisville, Kentucky, geboren (in seiner autobiographischen Skizze* schreibt er: »*circa* 1902«) und wuchs in Milwaukee auf. Er studierte an der Universität von Wisconsin, graduierte 1923 und arbeitete anschließend als Chemieingenieur.

Diesen Beruf gab er bald wieder auf, um sich der Literatur zu widmen – was für einen unbekannten Autor in den USA Ende der zwanziger und Anfang der dreißiger Jahre bedeutete, für Zeitungen oder für die zumeist auf ein spezifisches Publikum ausgerichteten Zeitschriften mittleren und niederen Niveaus zu schreiben und im Falle einer Veröffentlichung miserable Honorare zu erhalten. Weinbaum ließ sich davon nicht abschrecken; er experimen-

* Einen Großteil der biographischen und editionsgeschichtlichen Angaben über Weinbaum verdanke ich dieser Skizze (An Autobiographical Sketch of Stanley G. Weinbaum. In dem Band: St. G. Weinbaum, A Martian Odyssey and Other Science Fiction Tales. Westport 1974) und einem Essay von Sam Moskowitz (Dawn of Fame: The Career of Stanley G. Weinbaum. In dem Band: S. Moskowitz, Explorers of the Infinite. Shapers of Science Fiction. New York 1963). – E. S.

tierte auf verschiedenen Gebieten der Literatur und fand Anfang der dreißiger Jahre einen Verleger für »The Lady Dances«, einen laut Sam Moskowitz geschickt konstruierten romantischen Liebesroman, der unter einem weiblichen Pseudonym (»Marge Stanley«) erschien. Seine übrigen literarischen Versuche aus jener Zeit – wie z. B. das Opernlibretto »Omar, the Tent Maker« – wurden niemals publiziert, oder wie zwei frühe SF-Romane erst postum.

Für Science-fiction hatte sich Weinbaum von Kindheit an interessiert, er kannte die Romane eines Edgar Rice Burroughs und die amerikanischen Pulp-Magazine ebenso wie das Werk von Verne und Wells, von Poe, Mary Shelley und Edward Bellamy (die literarischen Niveaus wußte er sehr wohl zu unterscheiden). Erfolg, Anerkennung, sein Publikum fand er, als er für die SF-Magazine Kurzgeschichten zu schreiben begann. Gleich die erste, »A Martian Odyssey« (Eine Mars-Odyssee), gedruckt 1934 in der Juli-Nummer von Hugo Gernsbacks zweitem SF-Magazin »Wonder Stories«, war eine Sensation. Herausgeber, Kollegen und Leser äußerten sich begeistert; die Erzählung erhielt mehr Beifall als jede Publikation der Zeitschrift zuvor.

Der vom Eigentümer Gernsback eingesetzte siebzehnjährige Herausgeber der »Wonder Stories«, Charles D. Hornig, bat Weinbaum um eine Fortsetzung zur »Mars-Odyssee« und bekam sie auch; als er wenig später die Erzählung »Flight on Titan« ablehnte, brachte Weinbaums literarischer Agent, der SF-Fan Julius Schwartz, sie bei der Konkurrenzzeitschrift »Astounding Stories« unter. (Das dritte SF-Magazin in den USA, das der Wirtschaftskrise nicht erlegen war, die ehemals Gernsback gehörenden »Amazing Stories«, hatte eine geringere Auflage und lebte wohl hauptsächlich von der Anhänglichkeit der Fans.) Fortan erschienen Weinbaums Geschichten in beiden Zeitschriften, wobei auf »Astounding« der größere Anteil entfiel.

Während Weinbaums Popularität zunahm, verschlechterte sich sein Gesundheitszustand zusehends: der junge Mann, von Zeitgenossen als aufgeschlossen, geistreich und umgänglich beschrieben, hatte Kehlkopfkrebs. Er scheint es schon vor 1934 gewußt zu haben, denn nicht nur in auffällig vielen seiner Kurzgeschichten, sondern auch in den frühen Romanen werden Krebs und Tumore erwähnt. Doch selbst Mitte 1935, als er schon starke Schmerzen litt, kaum noch sprechen konnte und ihn die Folgen immer stärkerer Röntgenbestrahlungen so entkräfteten, daß er danach tagelang liegen mußte, arbeitete er unermüdlich weiter. Er schrieb u. a. die lange Erzählung »The Red Peri«, eine kosmische Piratengeschichte mit einer originellen Frauengestalt als Titelfigur, »The Adaptive Ultimate« (Die äußerste Anpassung), eine seiner stärksten Geschichten, und (»The Mad Moon«. Aber nur, wenn man um das Schicksal des Autors weiß, kann man seinen Reflex in der Tragik des todkranken Mädchens in »The Adaptive Ultimate« sehen, und in »The Mad Moon« gar deutet nichts darauf hin. Diese beschwingte, von Fabulierfreude und schlagfertigen Dialogen geprägte SF-Geschichte war die zwölfte und letzte, die Weinbaum gedruckt sah – sie erschien in der Dezember-Nummer der »Astounding Stories« (also im November). Am Morgen des 14. 12. 1935 starb Stanley G. Weinbaum.

Danach wurden noch weitere sieben SF-Erzählungen von ihm veröffentlicht, darunter »Proteus Island« (Die Proteus-Insel), einer seiner besten Texte, und »The Circle of Zero« (Der Kreis der Null), die beide vorher abgelehnt worden waren, außerdem einige Arbeiten auf anderen Gebieten der Literatur (z. B. Kriminalgeschichten). Bereits 1936 brachte eine Gruppe von Freunden und Bewunderern des Autors einen Sammelband seiner SF mit sechs Erzählungen und dem Kurzroman »Dawn of Flame« als Privatdruck in einer Auflage von 250 Exemplaren heraus. Der Kurzroman wurde später mit der erweiterten und stark veränderten Neufassung »The Black Flame« zusammengefaßt und 1939 als Buch publiziert. Die beiden frühen SF-Romane erschienen unter den Titeln »The New Adam« 1939 und »The Dark Other« 1950.

2. Weinbaums Welten

»A Martian Odyssey«, Weinbaums zuerst publizierte SF-Erzählung, ist bis heute seine populärste geblieben; 1968 wurde sie von der Berufsorganisation »Science Fiction Writers of America« zur zweitbesten aller vor 1964 publizierten SF-Geschichten gewählt. Schon bei der Veröffentlichung in »Wonder Stories« präsentierten Gernsback und Hornig sie als »derart neuartige und frische Erzählung, daß sie ähnliche interplanetare Geschichten weit überragt.«*

Dazu muß man sich vergegenwärtigen, daß die amerikanische Magazin-SF jener Jahre einerseits von grünhäutigen oder sonstwie exotisch aussehenden, im Grunde aber durchweg menschenähnlichen Außerirdischen in der Manier eines Edgar Rice Burroughs wimmelte, andererseits von den sprichwörtlichen käferäugigen (oder tentakelbewehrten, schleimigen ...) Monstern, die wie der Drache im Märchen mit Vorliebe schöne Frauen raubten und sich im übrigen für die Menschen hauptsächlich unter gastronomischem Gesichtspunkt interessierten. Weinbaum dagegen machte nicht nur den freundlichen, sympathischen straußenähnlichen Marsianer Tweel zu seinem Helden, sondern erfand dazu noch eine ganze Plejade außerirdischer Wesen, die – wie im Grunde auch Tweel – wirklich fremdartig, mit nichts Irdischem vergleichbar sind und dabei doch glaubhaft und plausibel erscheinen – selbst heute, da wir über den Planeten Mars etwas besser Bescheid wissen, haben sie nichts von ihrer Faszination eingebüßt. So überzeugend wirken sie nicht trotz, sondern

* Zitiert nach Sam Moskowitz, Dawn of Fame: The Career of Stanley G. Weinbaum. A. a. O. – Englische Zitate erscheinen in meiner Übersetzung. – E. S.

gerade *wegen* ihrer Fremdartigkeit. Denn Weinbaum beschränkte sich nicht darauf, ungewöhnliche biologische und ökologische Erscheinungen zu ersinnen und sie in ein von der Wissenschaft geprägtes Weltbild einzufügen (wobei ihm seine solide Allgemeinbildung gute Dienste leistete), sondern er zeigte vor allem fremde, nur bruchstückhaft erklärliche Verhaltensweisen, denen bei den intelligenten oder quasiintelligenten Außerirdischen wahrlich nichtmenschliche Denkweisen zugrunde liegen, ja geradezu andere Daseinszwecke.

In der Fortsetzung »Valley of Dreams« (Das Tal der Träume) werden einige der seltsamen Phänomene erklärt, doch es bleiben genug Rätsel ungelöst (und neue kommen hinzu), um den Gesamteindruck der Andersartigkeit zu bewahren. Bei dieser Erzählung handelte es sich ursprünglich um eine ältere Fassung der »Mars-Odyssee«, aus der Weinbaum, um ein weiteres Mars-Abenteuer mit Tweel gebeten, durch einige Änderungen eine Fortsetzung machte. Die in beiden Texten gleiche Erzählweise und -struktur belegt das ebenso wie das gelegentliche Auftauchen wörtlich gleichlautender Formulierungen oder die einfach in größerem Maßstab wiederholte Szene mit dem Traumungeheuer; der überaus lebendige Stil und der hohe Anteil von im ersten Text noch nicht verbrauchten Ideen und Bildern (vor allem die Passagen in der Stadt und am Kanal) sorgten jedoch dafür, daß kaum ein Leser die Dopplungen als störend empfand (soweit er sie überhaupt bemerkte).

Lebte die Handlung der beiden Marsgeschichten ausschließlich von der Reise durch die fremde Welt und den Begegnungen mit verschiedenen außerirdischen Wesen, so fügte Weinbaum in den beiden für »Astounding« geschriebenen Venus-Abenteuern »Parasite Planet« (Der Parasitenplanet) und »The Lotus Eaters« (Die Lotosesser) dem Panorama mannigfaltiger Lebensformen die Partnerbeziehung zwischen den Protagonisten Ham und Pat als zusätzliches Sujetelement hinzu. Für die amerikanische

SF jener Zeit war das eine Neuerung, insbesondere was die selbstbewußte und dem männlichen Helden durchaus ebenbürtige Patricia betrifft. In der geschickten und intelligenten, aber wie in einem guten Boulevardstück leichtgewichtigen Behandlung durch den Autor bleibt diese Beziehung freilich ein Beiwerk, während die abenteuerliche Konfrontation mit der fremden Welt nach wie vor im Mittelpunkt steht. Dasselbe gilt für die ähnlich angelegten Erzählungen »The Planet of Doubt« (eine dritte, auf dem Uranus spielende Ham-&-Pat-Geschichte), »Flight on Titan« und »The Mad Moon«.

Aus der Gruppe von Weinbaums sieben Erzählungen über außerirdische Wesen ragt »The Lotus Eaters« durch das Bild von den superintelligenten, aber völlig willenlosen Venuspflanzen hervor, die dem Untergang ihrer Art gleichmütig entgegensehen – ein Entwurf von durchaus philosophischer Dimension, gleichermaßen Gegenpol und mögliche Facette des menschlichen Wesens, menschlicher Haltung angesichts des Todes. Die Erzählung erschien in der April-Nummer der »Astounding Stories«.

Der kleine Zyklus um den genial-egozentrischen Erfinder Professor van Manderpootz und den ewigen Zuspätkommer Dixon Wells ist in der vorliegenden Auswahl durch den ersten von insgesamt drei Bestandteilen, »The Worlds of If« (Die Welten des Wenn), vertreten; ihm folgten »The Ideal« und »The Point of View«. Es sind typische Ideengeschichten, nicht die originell skizzierten Charaktertypen, sondern die relativ abstrakten Ideen sind die eigentlichen Helden dieser Erzählungen, ihrer Darstellung dienen die Handlung und die phantastischen Erfindungen. Mit einem anderen Personenensemble, aber nach demselben Prinzip funktionieren auch »Pygmalion's Spectacles« und »The Circle of Zero« (Der Kreis der Null): ihnen allen liegen Betrachtungen über das Verhältnis von Wirklichkeit und Möglichkeit oder Wirklichkeit und Schein zugrunde, und an »The Circle of Zero« etwa beeindrucken die Vision von Termopolis und das Konzept einer vom Gesetz des Zufalls zum Kreis geschlossenen Ewigkeit weitaus stärker als die Handlung selbst.

Eine Verbindung origineller SF-Einfälle aus dem Gebiet der Biologie bzw. Genetik mit einer dynamischen Handlung findet sich in »The Adaptive Ultimate« (Die äußerste Anpassung) und »Proteus Island« (Die Proteus-Insel). In letzterer Erzählung dominieren wie in den Planetengeschichten das Abenteuer und die Konfrontation mit seltsamen Lebensformen, aber auch das Thema verantwortungsloser wissenschaftlicher Forschung (und sogar einer Störung des natürlichen Gleichgewichts) klingt an. »The Adaptive Ultimate« hingegen wird getragen von einer starken und sorgfältig gebauten Fabel um eine menschliche Tragödie – die wundersame Heilung des todkranken Mädchens und seine darauf folgende bedrohliche Wandlung, der Konflikt des Helden zwischen der Liebe zu ihr und der Pflicht gegenüber den Mitmenschen, schließlich seine schmerzliche Erkenntnis, daß er die von ihm Verratene und dem Tode Geweihte noch immer liebt, machen diese Erzählung Weinbaums zu seiner literarisch anspruchsvollsten.

3. Wenn ...

»Angesichts des von Weinbaum gezeigten Talents war sein frühzeitiger Tod ein großer Verlust für die Sciencefiction«, schreibt Walter E. Meyers in einem Essay über Weinbaums Kurzgeschichten, und er schließt die Frage an, »... was Weinbaum wohl hätte tun können, wäre ihm nicht eine Hälfte des Lebens versagt geblieben.«* Eins der bundesdeutschen SF-Lexika meint sogar, »... höchstwahrscheinlich hätte die Entwicklung des Genres einen

* Walter E. Meyers, [Essay über] A Martian Odyssey. In dem Band: Survey of Science Fiction Literature. Edited by Frank N. Magill. Englewood Cliffs 1979, Bd. 3, S. 1356.

anderen Verlauf genommen, wäre ihm ein längeres Leben beschieden gewesen.«*

Es bräuchte einen Weinbaumschen – bzw. van Manderpootzschen – Konjunktivisor, um einen Blick in jene Welt des Wenn werfen zu können, in der Stanley Weinbaum den Zweiten Weltkrieg, den Anbruch des nuklearen wie auch des kosmischen Zeitalters erlebt hätte (zu schweigen vom Auf und Ab der SF) und in der er wie der nur zwei Jahre jüngere Clifford Simak noch heute leben könnte. Hätte er wie jener einen dauerhaften Ruf als sorgfältiger, anspruchsvoller Arbeiter des SF-Genres erworben oder den spektakulären, schon irrationalen Ruhm eines Asimov oder Heinlein? Wäre er einer der führenden Autoren im sogenannten Goldenen Zeitalter der amerikanischen SF geworden, dessen Beginn man zumeist mit dem Jahre 1937 ansetzt, als John W. Campbell jr. Herausgeber der »Astounding Stories« wurde, oder hätte sich das Publikum nach einiger Zeit wieder von ihm abgewandt – oder er selbst sich von der Magazin-SF?

Dies alles scheint möglich. Manche von Weinbaums Erzählungen (wie »The Adaptiv Ultimate«) lassen erkennen, daß er neue literarische Ansätze suchte und fand. Auch seine SF-Romane belegen das, insbesondere der frühe philosophische Roman »The New Adam«, die Geschichte eines Übermenschen, der unter gewöhnlichen Menschen so einsam wie ein einzelner Homo sapiens unter Menschenaffen ist und der an dieser Isolation scheitert.

Hier drängt sich ein Vergleich auf: Weinbaum war ja ein Zeitgenosse des Engländers Olaf Stapledon, dessen berühmter Übermenschenroman »Odd John« (in der gekürzten deutschen Fassung: »Die Insel der Mutanten«) 1936 erschien, und beide waren sie Nachfolger von H. G. Wells. Insbesondere die Erzählungen Weinbaums erinnern mit ihrem Ideenreichtum, aber auch in der narrativen Konstruktion lebhaft an Wells' Kurzgeschichten

* Reclams Science-Fiction-Führer. Herausgegeben von H. J. Alpers, W. Fuchs und R. M. Hahn. Stuttgart 1982, S. 443

und z. T. an dessen frühe »wissenschaftliche Romanzen«. Stapledon hat in seiner SF die grandioseren gedanklichen Konzepte entworfen, insbesondere in »Last and First Men« (1930) und »Star Maker« (1937), doch gerade dort hat er sie in einer abstrakt diskursiven Form dargelegt, die belletristische Verbrämung wirkt bei ihm eher störend und teilweise kitschig. In beiden Romanen kommen auch sehr fremdartige Lebensformen vor, doch während Stapledon die Fremdartigkeit einfach mitteilt, macht Weinbaum sie anschaulich, nachfühlbar – zweifellos war er der geschicktere Erzähler (wenn auch nicht immer der blendende Stilist, für den ihn Moskowitz hält). Beide wurden von der allgemeinen Literaturkritik jahrzehntelang nicht wahrgenommen; hat aber der Brite Stapledon mittlerweile Anerkennung als SF-Klassiker in der Nachfolge von Wells gefunden, so wird Weinbaum von manchen modernen Kritikern (z. B. in den SF-Monographien von Aldiss und Lem) überhaupt nicht erwähnt, während ihn andere nostalgisch als Vorläufer des besagten »Goldenen Zeitalters« feiern, in dem freilich nicht nur das handwerkliche Niveau der SF zunahm, sondern zugleich ihre Isolation von der übrigen Literatur. Die Subsummierung Weinbaums unter die Pulp-SF verzerrt noch heute sein Bild, wie die von den Gesetzen des Marktes erzwungene Beschränkung seines literarischen Wirkungsfeldes auf die spezialisierten Magazine ihn zu Lebzeiten behinderte.

Wie gesagt, Weinbaum kannte die Magazin-SF mit ihren »Supergelehrten, Kriegen zwischen Erde und Mars, Ameisenmenschen, Traktorstrahlen und Helden, die das Land, die Erde, das Sonnensystem oder das Weltall vor schrecklichen Invasoren von Draußen retten«,* und die Begeisterung junger Leser dafür war ihm nicht fremd, doch er bevorzugte Autoren wie Verne und Wells, Bellamy, Conan Doyle, Poe und Mary Shelley nicht allein wegen deren »Aufmerksamkeit für das realistische Detail«.**

* An Autobiographical Sketch of Stanley G. Weinbaum. A. a. O., S. xxviii.
** Ebd., S. xxiv.

Seine autobiographische Skizze, zugleich ein literarisches Credo, enthält eine schlüssige Formulierung der ethisch-axiologischen Funktion der Wissenschaft: Sie sagt nicht, man solle dies tun und jenes lassen, sondern was geschehen wird, *wenn* man etwas tut oder läßt; sie ist »nur ein Wegzeichen, kein Führer«, »weder Richter noch Retter. ... Doch die Science-fiction vermag etwas, was der Wissenschaft verwehrt ist. Sie *kann* kritisieren, denn Science-fiction ist keine Wissenschaft. Sie ist ein Zweig der Kunstgattung Literatur, oder sollte es zumindest sein, und kann darum recht eigentlich streiten, verwerfen, eine These aufstellen, propagieren, kritisieren oder jegliche andere ethische Funktion ausüben.«*

Die SF-Magazine boten dafür kein ausreichendes Podium, doch ein anderes gab es für Weinbaum erst recht nicht. Ihm standen weder die großen Buchverlage offen noch die Zeitschriften mit breitem Profil, wo Wells und Doyle ihre Texte in bester Gesellschaft publizieren konnten und wo sie von der besten (oder doch besseren) Gesellschaft gelesen wurden. Nach dem Erfolg der »Mars-Odyssee« wollten die Herausgeber der SF-Magazine von Weinbaum am liebsten immer wieder neue Geschichten mit neuen Ideen, aber in genau derselben Art. »The Adaptive Ultimate« und »Proteus Island« schrieb der Autor unter dem Pseudonym John Jessel, um die Typisierung zu umgehen, und für letztere fand er zu Lebzeiten ebensowenig einen Verleger, wie für seine Romane. Er war gezwungen, Konzessionen zu machen; so versah er den Kurzroman »Dawn of Flame« in der Neufassung »The Black Flame« mit zahlreichen SF-Staffagen und einem Happy-End, worunter sowohl die der ursprünglichen Version eigene dichte romantische Atmosphäre als auch die Logik der Handlung litten.

»In seinen besten Arbeiten war Weinbaum ein überaus fähiger Schriftsteller, doch für die Pulp-Magazine zählte vor allem, daß er fremde Milieus und außerirdische Le-

* Ebd., S. xxvii f.

bensformen konstruieren konnte, die komplexer und bizarrer als die seiner Zeitgenossen waren. Seine eigentlichen Talente als Schriftsteller und seine Fähigkeit, Ideen wohldurchdacht und sorgfältig zu entwickeln – wie er es zur Genüge in der brillanten und neuartigen Übermenschen-Geschichte »The New Adam« demonstriert – nutzen ihm bei den Pulp-Magazinen nichts.«*

Was Weinbaum hätte leisten können, *wenn* er länger gelebt und dazu die Publikationsmöglichkeiten und die Leserschaft etwa eines Wells besessen hätte, ist am ehesten daran zu ermessen, was er in so kurzer Zeit unter so einengenden Bedingungen vollbracht hat – und welche erstaunliche Frische, Originalität, gedankliche Faszination einem großen Teil seines Werkes noch heute eignet.

Juli 1987 Erik Simon

* Brian Stableford, [Essay über] The Black Flame. In dem Band: Survey of Science Fiction Literature. Edited by Frank N. Magill. A. a. O., Bd. 1, S. 240.

Die Science-fiction Stanley G. Weinbaums

Das Verzeichnis ist nach Publikationsjahren geordnet; die Zeitschriften erschienen in der Regel schon vor Beginn des Monats, zu dem die jeweilige Nummer gehörte. Es bedeuten:

WS = Wonder Stories
AST = Astounding Stories
TWS = Thrilling Wonder Stories
AM = Amazing Stories
SS = Startling Stories

1934: A Martian Odyssey (WS, Juli)
Valley of Dreams (WS, November)
Flight on Titan (AST, Januar 1935)
1935: Parasite Planet (AST, Februar)
The Lotus Eaters (AST, April)
Pygmalion's Spectacles (WS, Juni)
The Worlds of If (WS, August)
The Ideal (WS, September)
The Planet of Doubt (AST, Oktober)
The Adaptive Ultimate (AST, November)
The Red Peri (Kurzroman; AST, November)
The Mad Moon (AST, Dezember)
Smothered Seas (von Weinbaum und R. M. Farley; AST, Januar 1936)
1936: The Point of View (WS, Februar)
Redemption Cairn (AST, März)
Dawn of Flame and Other Stories (Buchausgabe)

Proteus Island (AST, August)
The Circle of Zero (TWS)

1937: Shifting Seas (AM)

1938: Revolution of 1960 (von R. M. Farley überarbeiteter Kurzroman; AM, Oktober und November)
The Black Flame (Kurzroman; SS, Januar 1939)

1939: *The New Adam* (Roman, Buchausgabe)

1948: *The Black Flame* (aus den beiden Fassungen »Dawn of Flame« und »The Black Flame« zusammengestellter Roman, Buchausgabe)

1950: *The Dark Other* (Roman, Buchausgabe)

Die oft in Weinbaums SF-Sammlungen aufgenommene Kurzgeschichte »The Brink of Infinity« ist keine Science-fiction, sondern ein belletristisch verbrämtes mathematisches Denkspiel ohne phantastische Elemente.

Erik Simon

Inhaltsverzeichnis

ISBN 3-360-00182-6

1. Auflage

Lizenz-Nr.: 409-160/241/88 · LSV 7334
Schutzumschlag- und Einbandentwurf: Kerstin Baarmann
Printed in the German Democratic Republic
Gesamtherstellung: Karl-Marx-Werk Pößneck V 15/30
622 837 7
00920